文城

WENCHENG

余華

目次

文城

一

在溪鎮有一個人，他的財產在萬畝蕩。那是一千多畝肥沃的田地，河的支流猶如繁茂的樹根爬滿了他的土地，稻穀和麥子、玉米和番薯、棉花和油菜花、蘆葦和青草，還有竹子和樹木，在他的土地上日出和日落似的此起彼伏，一年四季從不間斷，三百六十五天都在欣欣向榮。他開設的木器社遐邇聞名，生產的木器林林總總，床桌椅凳衣櫥箱匣條案木盆馬桶遍布方圓百里人家，還有迎親的花轎和出殯的棺材，在嗩吶隊的吹奏裡躍然而出。

溪鎮通往沈店的陸路上和水路上，沒有人不知道這個名叫林祥福的人，他們都說他是一個大富戶。可是有關他的身世來歷，卻沒有人知道。他的外鄉口音裡有著濃重的北方腔調，這是他身世的唯一線索，人們由此斷定他是由北向南來到溪鎮。很多人認為他是十七年前的那場雪凍時來到的，當時他懷抱不滿周歲的女兒經常在雪中出現，挨家挨戶乞討奶水。他的樣子很像是一頭笨拙的白熊，在冰天雪地裡踟躕前行。

那時候的溪鎮，那些哺乳中的女人幾乎都見過林祥福，這些當時還年輕的女人有一個共同的記憶：總是在自己的孩子啼哭之時，他來敲門了。她們還記得他當初敲門的情景，彷彿他是在用指甲敲門，輕微響了一聲後，就會停頓片刻，然後才是輕微的另一聲。她們還能夠清晰回憶起這個神態疲憊的男人是如何走進門來的，她們說他的右手總是伸在前面，在張開的手掌上放著一文銅錢。他的一雙欲哭無淚的眼睛令人難忘，他總是聲音沙啞地說：

「可憐可憐我的女兒，給她幾口奶水。」

他的嘴唇因為乾裂像是翻起的土豆皮，而他伸出的手凍裂以後布滿了一條一條暗紅的傷痕。他站在他們屋中的時候一動不動，木訥的表情彷彿他遠離人間。如果有人遞過去一碗熱水，他似乎才回到人間，感激的神色從他眼中流露出來。當有人詢問他來自何方時，他立刻變得神態遲疑，嘴裡輕輕說出「沈店」這兩個字。那是溪鎮以北六十里路的另一個城鎮，那裡是水陸交通樞紐，那裡的繁華勝過溪鎮。

他們很難相信他的話，他的口音讓他們覺得他來自更為遙遠的北方。他不願意吐露自己從何而來，也不願意說出自己的身世。與男人們不同，溪鎮的女人關心的是嬰兒的母親，當她們詢問起孩子的母親時，他的臉上便會出現茫然的神情，就像是雪凍時的溪鎮景色，他的嘴唇合到一起以後再也不會分開，彷彿她們沒有問過這樣的問題。

這就是林祥福留給他們的最初印象，一個身上披戴雪花，頭髮和鬍子遮住臉龐的男人，有著垂柳似的謙卑和田地般的沉默寡言。

有一人知道他不是在那場雪凍時來到的，這個人確信林祥福是在更早之前的龍捲風後出現在溪鎮的。這個人名叫陳永良，那時候他在溪鎮的西山金礦上當工頭，他記得龍捲風過去後的那個早晨，在淒涼的街道上走來這個外鄉人，當時陳永良正朝著西山的方向走去，他要去看看龍捲風過後金礦的損壞情況。他是從自己失去屋頂的家中走出來的，然後他看到整個溪鎮沒有屋頂了；可能是街道的狹窄和房屋的密集，溪鎮的樹木部分得以倖存下來，飽受摧殘之後它們東倒西歪，可是樹木都失去了樹葉，樹葉在龍捲風裡追隨溪鎮的瓦片飛走了，溪鎮被剃度了似的成為一個禿頂的城鎮。

林祥福就是在這時候走進溪鎮的，他迎著日出的光芒走來，雙眼瞇縫懷抱一個嬰兒，與陳永良迎面而過。當時的林祥福給陳永良留下深刻的印象，他的臉上沒有那種災難之後的沮喪表情，反而洋溢著欣慰之色。當陳永良走近了，他站住腳，用濃重的北方口音問：

「這裡是文城嗎？」

這是陳永良從未聽說過的一個地名，他搖搖頭說：

「這裡是溪鎮。」

然後陳永良看見了一雙嬰兒的眼睛。這個外鄉男人表情若有所思，嘴裡重複著「溪鎮」時，陳永良看見了他懷抱裡的女兒，一雙烏黑發亮的眼睛驚奇地看著四周的一切，她的嘴唇緊緊咬合在一起，似乎只有這樣使勁，她才能和父親在一起。

林祥福留給陳永良的背影是一個龐大的包袱。這是在北方吱呀作響的織布機上織出來的白色粗布，不是南方印上藍色圖案的細布包袱，白色粗布裹起的包袱已經泛黃，而且上面滿是汙漬。這樣龐大的包袱是陳永良從未見過的，在這個北方人魁梧的身後左右搖晃，他彷彿把一個家裝在了裡面。

二

這個背井離鄉的北方人來自千里之外的黃河北邊，那裡的土地上種植著大片的高粱、玉米和麥子，冬天的時候黃色的泥土一望無際。他的童年和少年是從茂盛的青紗帳裡奔跑出來的，他成長的天空裡布滿了高粱葉子；當他坐到煤油燈前，手指撥弄算盤，計算起一年收成的時候，他已經長大成人。

林祥福出生在一戶富裕人家，他的父親是鄉裡唯一的秀才，母親則是鄰縣的一位舉人之女，雖然出生時家道中落，可她飽讀詩書心靈手敏。林祥福五歲的時候，他的父親突然去世。當時酷好木工活的父親剛剛給他做完一張小桌子和一把小凳子，放下工具喊叫他的名字，喊到最後幾聲時不再是他的名字，變成了啊啊的叫聲，他雙手捂住胸口倒在地上。年僅五歲的林祥福來到木工間的門檻前，父親在地上掙扎的樣子讓他咯咯笑個不停，直到母親奔跑過來跪在地上發出連串驚叫，他才止住笑聲，然後害怕讓他響亮地哭了起來。

這可能是林祥福最初的記憶。幾天以後他看見父親躺在門板上面一動不動，一塊白布蓋住父親的身體，白布短了一截，父親的雙腳露在外面，這雙沒有血色的蒼白的腳，讓童年的林祥福端詳很久，他看見有一道劃破的傷痕在父親的腳底張開。

母親穿上他從未見過的衣裳，披麻服喪的母親雙手端著一碗水從他身前走過，走到宅院門口，跨過門檻將水放在地上，然後母親坐在門檻上，一直坐到太陽落山黑夜來臨。

父親死後給他留下四百多畝田地和有六間房的宅院，還有一百多冊裝在套盒裡的書籍，有些線已經斷了。母親飽讀詩書和勤儉持家的品行也傳給了他，從他學習認字起，就搬起父親最後的手藝——小桌子和小凳子，坐到母親的織布機前。母親一邊織布一邊指點他的學業，在織布機吱呀吱呀的聲響裡和母親溫和的話語裡，他從《三字經》學到了《史記》《漢書》。

他十三歲那年開始跟隨管家田大下地視察，像他家的佃農一樣一雙泥腿在田埂上走來走去，有時會與田大一起跨入水田，當他回到家中坐到母親的織布機前繼續自己的學業時，仍然是一雙泥腿。他繼承了父親的木工活酷好，小小年紀就與斧子、鉋子和鋸子打起交道，而且廢寢忘食，進了木工間半天不出來。於是在農閒時，母親就會領著他去鄰村鄰鄉的木匠師傅那裡拜師學藝，他常常在木匠師傅家裡吃住一兩月，傳授過他技藝的木匠師傅個個稱讚他聰慧手靈，稱讚他吃苦耐勞，一點不像富裕人家的少爺。

他十九歲的時候，母親病倒了。當時還不到四十歲的母親走到了人生的盡頭，多年的操勞之累和守寡之苦使她頭髮灰白，皺紋也刻滿了她的臉。這時候母親開始用從未有過的目光端詳自己的兒子，看到兒子已經像他父親生前一樣強壯，欣慰的神色從她眼中流出。兒子從田間視察回來或者從木工間出來，就把小桌子和小凳子搬到母親躺著的炕前，備好筆墨紙硯打開書籍，繼續接受母親的指點。那時候他的木工手藝已經小有名氣，他做的桌子和凳子有買家了，但是在母親面前繼續學業時，他仍舊使用父親留給他的小桌子和小凳子。

行將離世的母親眼前出現了一幅幅畫面，這些畫面顯示兒子的身體在小小的凳子和桌子之間越來越大，而書寫的毛筆在兒子的手中越來越小。她的臉上因此露出一絲安寧的微笑，似乎是艱辛一生終得酬謝。

十月裡最後的一天，已經不能動的母親突然迴光返照地側過身來，長時間望著敞開的屋門，她是在期待兒子的出現，可是目光在她期待的眼睛裡逐漸熄滅，她留給兒子的遺言是兩滴掛在眼角的淚珠，彷彿是不放心兒子獨自一人走在人世的路途上。

然後，林祥福五歲時見過的情景重現了，母親躺在門板上，一塊自己生前織出的白布蓋住身體。披麻戴孝的林祥福端著一碗水走到宅院門口，他將水放在門前地上，他像十四年前的母親一樣，在門檻上坐下來，坐到黃昏來臨，他看著從門口出發的小路曲折向前，進入遠處的大路，大路在空曠和飄揚著炊煙的土地上繼續前行，一直伸向天邊燃燒的晚霞。

三天後，林祥福將母親埋葬在父親身旁，這位十九歲的男子雙手撐住鏟子在那裡站立良久，站在他身後的管家田大和他的四個弟弟默不做聲，直到黑夜降臨，田大提醒他一聲，他才在遲緩的腳步裡回到家中，然後抹去臉上的淚水，繼續重複過去的生活。

他像往常一樣，每日清晨與田大一起走上田埂，去查看田地裡莊稼的長勢，與在地裡勞作的佃農們聊天說話，有時候他會捲起褲管下到地裡與佃農一起勞作，他做農活的熟練不輸佃農。空閒的時候他長時間坐在門檻上，沒有母親織布的聲響，他也就不再去翻閱那些線裝的書籍。他獨自一人生活了五年，變得越來越沉默寡言。只有田氏兄弟從宅院的後門進來，與他說些與田地莊稼有關的話時，這個宅院裡才有了他的聲音。

每年的深秋，林祥福都會牽著毛驢，帶上一年收成所積餘的銀元，走進城裡的聚和錢莊，換成一根小金條，同時買上一兩段彩緞帶回家中。金條藏在家中牆壁隔層的木盒裡，彩緞放進裡屋的衣櫥。

這是他母親生前的習慣。積攢金條是林家祖上開始的，彩緞是為兒子相親時用的。在生命的最後一年裡，這位疾病纏身的女人，總會在一個風和日麗的早晨，將一段彩緞放入包袱，疲憊地坐上毛驢，田大牽著毛驢，在塵土飛揚的路上搖搖晃晃遠去。

在林祥福的記憶裡，母親這樣的出門差不多有十來次，每次回來時包袱裡都沒有了彩緞，林祥福知道母親沒有看中女方，她將彩緞留下是為了給女方家眷壓驚，這是多年來的風俗。她回到家中，將毛驢交給迎上來的林祥福時，總會疲憊地笑著說：

「我沒有留下吃飯。」

林祥福知道這就是相親的答案，如果母親留下吃飯，就是她看上女方了。母親死後，林祥福繼承母親的習慣，進城時順便買來一兩段彩緞，為自己相親時備用。

這期間有媒婆數次找上門來，為他介紹未來的新娘，他也跟隨媒婆風塵僕僕去女方家中相親，在那些與他門當戶對的人的家裡，他顯得遲疑不決。

習慣了母親為自己做主的林祥福，一時間不知道如何面對這一切，而且母親十來次相親的空手而歸，使林祥福在遲疑不決的同時，增添了不知所措。每一次看見女方時他就會在心裡想：不知道母親會不會喜歡這個女子？最終的結果都是他沒有留下吃飯，留下了帶去的彩緞。

曾經有一個容貌姣好的女子讓他心動，那是在三十里路以外的劉莊，這戶人家的深宅大院讓林祥福為之動容，他在廳堂裡坐下來以後，那位女子的父親遞給他旱菸，林祥福正要推託說自己不會抽菸時，看到媒婆的眼色，於是他就接過旱菸，這時候那位漂亮的女子低頭從裡屋出來，款款地走向林祥福，她給林祥福裝上一袋菸，隨後又低頭回房。

林祥福知道這位女子便是他相親的對象，她給他裝菸時雙手哆嗦，媒婆問了她幾句話，她也沒有回答。不過她和林祥福倒是四目相望一下，那一瞬間她的眼睛一亮，林祥福則是感到自己熱血沸騰起來。在接下去的寒暄裡，林祥福心猿意馬詞不達意，當女方的父親問他是不是留下來吃飯時，他顯然是想留下來，可是媒婆的眼色改變了他的想法，他遲疑一會兒後，從包袱中取出彩緞，放在桌上，女方父親吃驚的眼神讓他羞愧，他滿臉通紅，匆匆起身告辭。

回家的路上，林祥福眼前充滿了那位女子漂亮的容顏和她父親吃驚的神態，林祥福心裡堵住似的難受。媒婆在路上告訴他，之所以使眼色讓他回絕這門親事，是她擔心劉家的那位姑娘可能聾啞，媒婆說姑娘給他裝菸的時候，她幾次用言語去逗引姑娘，姑娘就是不應答，像是沒有聽見。林祥福覺得媒婆說得有理，可是心裡就是放不下劉莊這個名叫劉鳳美的女子，直到快走完三十多里的路程，望到自己家的宅院，他才長長出了一口氣，感覺心裡好受一些。

三

就這樣，成親的機遇與林祥福失之交臂，他二十四歲了，然後一對年輕的男女來到他的宅院前，女的身穿碎花旗袍，男的是寶藍長衫，女的頭上包著一塊藍印花布的頭巾，他們的身後都背著包袱，兩個人站在他家的大門外說話，他們的語速很快，彷彿每個字都在飛。

那是黃昏時刻，院子裡的林祥福聽到了他們的說話，可是一句也沒有聽明白，他開門出去，那個年輕男子改用林祥福能夠聽懂的腔調說話了，這位書生模樣的男子告訴林祥福，他們乘坐的馬車一個輪子突然散架，馬車不能走，前面的車店有十多里路，天色又在黑下來。說到這裡他停頓一下，小心詢問林祥福，能不能讓他們在他家借宿一夜。

那個年輕女子站在男子的身後，正在取下她藍白分明的頭巾，同時用羞怯含笑的目光打量林祥福，林祥福看見了一張晚霞映照下柔和秀美的臉，這張臉在取下頭巾時往右邊歪斜了一下，這個瞬間動作讓林祥福心裡為之一動。

這天晚上，三個人圍坐在一盞煤油燈前，談話中，林祥福知道他們不是夫妻，是兄妹。在他們互相的稱呼中，他知道了妹妹叫小美，哥哥叫阿強。林祥福仔細端詳他們，覺得他們長得不像兄妹。那位叫阿強的哥哥看出林祥福的心思，說妹妹長得像母親，他長得像父親。阿強告訴林祥福，他們之所以不像兄妹，是因為他們的父母長得不像。林祥福聽後笑了起來，接下去知道他們來自一個名叫文城的城鎮，在遙遠的南方，渡過長江以後還要走六百多里路，那裡是江南水鄉。阿強告訴林祥福，他們的家鄉是出門就遇河，抬腳得用船。他們的父母都已去世，兄妹北上是要去京城投奔姨夫，他們的姨夫曾在恭親王的府上做過事，阿強相信他那有權有勢的姨夫能夠為他在京城謀得一份差事。

說話間屋外傳來牲口嘹亮的叫聲，林祥福看見兄妹兩人顯出吃驚的神色，告訴他們那是毛驢的叫聲。他們兩人驚奇地說，原來毛驢的叫聲是這樣的。林祥福由此知道他們生活的南方水鄉沒有毛驢。

這天晚上林祥福冗長地講述起自己，講到記憶中模糊的父親，講到記憶中清晰的母親，講到線裝的書籍和母親的織布機，講到童年時的青紗帳，最後告訴他們，在方圓百里之內他算得上富裕之戶，他看見這句話讓阿強的眼睛閃亮了，他又去看小美，小美的微笑仍然有些羞怯。

林祥福覺得這是一個愉快的晚上，母親去世以後，這間屋子沉寂下來，這個晚上有了連續不斷的說話聲音。他喜歡這個名叫小美的女子，很少說話的小美一直眼含笑意，她側身坐在對面，雙手不停擺弄藍印花布的頭巾，林祥福見到上面鳳凰和牡丹穿插在一起的圖案，好奇地探頭過去，讚歎這塊頭巾的精美，他說他們這裡的都是白布頭巾。他聽到了小美甜美的聲音，小美說這叫鳳穿牡丹，是富貴的圖案。小美說完話，明淨的眼睛透過煤油燈的光亮望著林祥福。正是她的眼睛，使平日裡很少說話的林祥福變得滔滔不絕，他感到小美有著他從未見過的清秀，那是在南方青山和綠水之間成長起來的濕潤面容，長途跋涉之後依然嬌嫩和生動。

這個嬌嫩和生動的女子第二天病倒了，躺在林祥福家的炕上，額頭上放著一塊浸濕的手帕，長髮從炕沿上披落下來，如同南方水邊的柳絲。她的哥哥愁眉不展，坐在炕沿上用那種很快的語調與她交談一會兒後，走到林祥福面前，憂慮地說妹妹生病了。他描述妹妹的病情，說她早晨起來時感到一陣一陣發暈，下地後還沒有走到門口就摔倒了。他說摸過妹妹的額頭，那地方燙得就像剛剛烤熟的紅薯。他的聲音無可奈何，自言自語說只能一個人上路了。他小心詢問林祥福，能否暫時收留他妹妹？他說到了京城找到姨夫以後就會回來接她。林祥福點了點頭，這位哥哥走到炕前，再次用林祥福無法聽懂的飛快話語與妹妹說了幾句話，然後背起包袱，撩起長衫跨出院子的門檻，從小路走上了大路，在日出的光芒裡向北而去。

林祥福想起昨晚似睡非睡之時，小美的微笑始終在眼前浮現，清秀的容顏在他的睡眠裡輕微波動，彷彿漂浮在水上。後來，一條黃色大道向他滑行過來，他看到清秀的容顏正在大路上遠去。他突然清醒過來，不安和失落的情緒湧上心頭，伴隨他度過漫漫長夜。黎明來到以後，小美留下來了，林祥福心裡的白天也來到了。

林祥福走到小美跟前，看見小美閉著的眼睛張開來，翹起的嘴唇也同時張開，小美說：

「給我一碗水。」

這一天的下午，小美從炕上下來，取出包袱裡的木屐穿在腳上，做起了家務，黃昏時她坐在門檻上，在夕陽通紅的光芒裡，微笑看著從田地裡察看莊稼回來的林祥福。

林祥福走到跟前，她起身與林祥福一起進屋，將桌上準備好的一碗水遞給他，又轉身走去。林祥福聽到屋內有異樣的聲響，接著看見小美腳上的木屐，她在屋內走動時發出清脆的敲擊聲，林祥福驚奇的樣子使小美笑起來，她說這叫木屐。林祥福說他從未見過木屐。小美說她們家鄉的姑娘都穿木屐，尤其是夏天傍晚的時候，在河邊洗乾淨腳以後，穿上木屐在城裡的石板路上行走，木屐響成一片，就像是木琴的聲音。林祥福問什麼是木琴的聲音，小美一時答不上來，她低頭想一想，就在屋內走了一圈，等木屐清脆的響聲消失後，她說：

「這就像木琴的聲音。」

林祥福看見屋子已經收拾過，桌上也擺好飯菜，小美含笑站立一旁，像是在等待什麼。林祥福似乎來到別人家中，眼前的一切使他侷促不安，他感到站在對面的小美也有著同樣的侷促不安，他在凳子上坐下來，小美也坐下來，他拿起筷子，小美也拿起筷子。小美臉上洋溢起紅暈，林祥福心想她已經從清晨的疾病裡康復了，為此他有些吃驚，小美的康復突如其來，如同她突如其來的病倒。

四

此後流光易逝，有幾次林祥福沿著田埂走回家中時，見到小美坐在門檻上，她雙手托住臉頰陷入沉思，迷離的眼睛眺望遠處。林祥福心想她是在期待哥哥的來到，那個身穿寶藍長衫的男子應該出現在塵土飛揚的大路上了。

他們在飯桌旁坐下以後，那個名叫阿強的哥哥成為經常的話題。林祥福為了安慰小美，總是說阿強應該到京城了，很快就會來接她。說完這話，林祥福眼前出現這樣的畫面，身穿碎花旗袍的小美跟隨她的哥哥，在日出的大路上慢慢遠去，她小巧的腳上是一雙烏頭襪和一雙木屐鞋。隨後林祥福惆悵滿懷，這個和自己相處多時的南方女子，這個為他煮飯為他洗衣的小美一旦離他而去，他不知道接下去的生活會是什麼樣子。

後來的一天，小美在林祥福母親留下的織布機前坐下來，她吱呀吱呀擺弄了很長時間，這是她第一次擺弄織布機，到黃昏的時候，終於能夠掌握這架織布機。從田地裡回來的林祥福走進院子時聽到織布機的聲響，產生了瞬間的幻覺，以為母親正在屋中，隨即他猜想到是小美。他跨過屋子的門檻，看見坐在織布機前的小美滿臉通紅，額上掛滿汗珠。小美看見林祥福進來，立刻起身迎上去，一遍遍告訴他，這架織布機的聲音比她家鄉的織布機響亮很多，就像驢的叫聲比羊的叫聲響亮很多一樣，她說剛開始嚇一跳，以為織布機被她弄壞了，然後說她學會織布了。

她一邊說一邊笑，她的眼睛閃閃發亮，這是林祥福第一次見到小美這樣的神態。一個在屋子裡走動時只有木屐聲響的女子，一個不會笑出聲音而是將笑意含在嘴角的女子，此刻容光煥發了。

林祥福感到母親的織布機讓小美安心下來，此後他不再看到坐在門檻上的小美，而是聽到織布的聲響持續不斷。母親去世後沉寂五年的織布機，在另一個女人的手裡響了起來。林祥福不再提起阿強，這個名字正在遠去。小美似乎也忘記了哥哥，她在做飯洗衣操持家務之餘，就會沉浸到織布機吱呀吱呀的聲響裡。林祥福開始從架子上取下書籍，用袖管擦去套盒上的灰塵，空閒時閱讀起來。他在小桌子和小凳子之間坐下來，會看到小美掩嘴而笑，他知道是自己的身體和太小的桌凳很不協調，也會嘿嘿笑上幾聲。小美在木工間見到有適應林祥福身體的桌凳，不知道他為什麼使用兒童的桌凳。

這樣的日子過得平靜又溫暖，只是有時候林祥福會有焦慮，看著小美在織布機前的身影，心想為什麼沒有媒婆來為她提親？

五

入冬後的一個夜晚，雨雹來到，在林祥福入睡之際鋪天蓋地擊打下來。林祥福被爆竹般的響聲驚醒，他支起身體看見窗戶已被風吹開，白如蠶繭的雨雹傾瀉下來，如同一張搖動的簾子，讓黑暗中的屋子閃閃發光。

林祥福看見了小美，她雙手抱住身體站在林祥福的炕前，雨雹的光亮顯示了她臉上的驚慌。這時候一塊形大如盆的雨雹擊穿屋頂，砸在小美身旁的地上，小美驚叫地爬到林祥福的炕上，鑽進了林祥福的被窩。剛才屋頂被砸出的洞口紛紛落下來碗大的雨雹，砸到地上後猶如花開花謝。

林祥福感到小美蜷縮的身體在他懷裡瑟瑟打抖，接下去像是用手撫平一張柔軟的宣紙，林祥福的身體慢慢將小美蜷縮的身體鋪平。他感到小美的身體正在舒展，兩人的衣服緊緊貼在一起，小美的體溫被點燃了，變得灼熱起來，透過衣服溫暖了林祥福。接下去林祥福再也聽不到雨雹的響聲，雖然兩人只有耳鬢廝磨，沒有肌膚相親，小美灼熱的體溫和緊張的喘息也讓林祥福淪陷了進去，其間林祥福驚醒似的感受到一次巨大的震動，彷彿房屋快要倒塌，他嚇了一跳，隨即他就返回到小美的體溫和喘息之中。直到第二天打開屋門，看見一塊石臼一樣巨大的雨雹橫在屋前，他才重新記起昨夜的那一聲巨響。

雨雹過後是一片蒼茫的景象，冬天堅硬的土地鋪上一層冰碴，如同結了冰的湖泊那樣在陽光下閃閃發亮。村裡不少茅屋在昨夜的雨雹裡倒塌，那些受傷和受驚的人站在白天的寒風裡，他們的身影像是原野上的枯樹散落在那裡。

林祥福去村裡走了一圈，流著眼淚的女人和裹著被子的孩子可憐巴巴看著林祥福，周圍零亂擺著從倒塌的茅屋裡撿出來的物件，一些男人正在試圖重新支起茅屋，於是屋頂的茅草散落開來，飄揚在寒風裡，懸掛在樹枝上，沾在人們的頭髮和衣服上。一些被雨雹砸死的牲口橫倒在地，牠們身上看不到一絲的血跡，牠們從茅棚裡被拖出來時身上沾滿茅草和冰碴子。牲口的死使那些女人哭聲淒厲，她們坐在地上對著蒼天喊叫著：

「這日子怎麼過呀？」

那些臉上凍出裂口的男人們則是眼淚汪汪，他們的聲音低沉可是更加絕望：

「這日子沒法過了。」

在村南幾座墳墓旁，一個被雨雹砸死的老人躺在一塊木板上，與失去牲口後哭天嚎地的悲哀不同，失去一位親人的悲哀顯得平靜，一塊已經破爛的白布蓋住死者的臉，他直挺挺躺在那裡。沒有人為他哭泣，只有五個為他掘墳的男人在旁邊揮動鋤頭，他們是田氏五兄弟，他們身上冒著熱氣，鋤頭砸在冬天堅硬的泥土裡，他們的手掌震出血絲。林祥福走到他們面前，他們撐著鋤頭看著林祥福，田大對林祥福說：

「少爺，是我們爹死啦，被冰雹砸死的，一塊木盆那麼大的冰雹，砸在他的臉上，那冰雹還不碎。」

林祥福眼前浮現出死者生前的模樣，一個乾瘦的蹲在茅屋牆角的老人，他的雙手插在袖管裡，咳嗽不止。

二十二年前，這個人帶著他的五個兒子來到林祥福家的大門前，說他的名字叫田東貴，他指著五個兒子像是數數一樣，他們叫田大、田二、田三、田四、田五。他和兒子們逃荒來到這裡，只是問一下，能不能租給他們田地。當時田大十六歲，田五只有四歲，趴在大哥的背上睡著了。

林祥福的父親站在門外與田東貴說了很多話，然後田東貴和兒子們住進了與林家宅院後門相連的兩間茅屋。後來田氏五兄弟相繼成家後，那裡又新蓋十間茅屋。林祥福父親去世之後，母親覺得田大忠厚，讓他做了管家，他的四個弟弟一個一個長大後，就負責收租和做一些雜活。田氏五兄弟與父親田東貴初來時，林祥福只有兩歲，村裡人經常看見田大馱著林祥福在村裡和田間走動。

現在田大揭開那塊破爛白布，林祥福看見一張破碎的臉，身上沾著茅草和冰碴子，他蹲下去，將破爛白布蓋住田東貴，站起身對田大說：

「先抬回家去，用井水清洗，換上乾淨衣服，我去做一具棺材，再下葬。」

田大點頭說：「是，少爺。」

在家中的小美聽著村裡飄來的這些悲傷聲音，心裡忐忑不安，聽到林祥福回來的腳步聲，她走出屋子想要問些什麼，見到林祥福神情肅穆，她欲言又止。林祥福讓她去裡屋衣櫥裡找一塊白布出來，小美點頭回到屋裡，林祥福去了木工間。過了一會兒小美捧著一塊白布進來木工間，林祥福正在木料裡挑選出長而寬的杉木，小美把手裡的白布放在一隻凳子上，看著林祥福把杉木整齊堆到地上，蹲下去畫線，小美小心翼翼問他：

「是不是砸死人了？」

林祥福說：「砸死一個人。」

小美說：「這麼多人在哭，我還以為砸死不少人。」

林祥福說：「砸死不少牲口。」

林祥福停頓一下又說：「牲口可是莊稼戶的一半家當。」

小美問：「這是做棺材？」

林祥福點點頭，隨後認真看了看聰慧的小美。小美看著蹲在地上的林祥福，心想這是一個善良的男人。林祥福鋸起了杉木，小美看著鋸出來的杉木長度，問林祥福死者是不是個子很高，林祥福搖搖頭說個子不高，說棺材的尺寸是定死的，他說了一句老話：

「天下棺材七尺三。」

田氏兄弟安置好父親的遺體，過來給林祥福打下手，小美離開木工間去準備午飯。這時林祥福已經淨料了，正在打眼開榫，田氏兄弟幫著林祥福截榫塑形，又幫著林祥福組裝校準，淨面打磨的活田氏兄弟做了，他們不讓林祥福做，他們搬來椅子，請林祥福坐上去歇著，在一邊看著指導他們就行。

田氏兄弟打磨棺材時，說少爺的木工手藝了不得，沒用一根釘子，一天就做出了一副棺材，方圓百里之內找不出第二個了。

林祥福說方圓百里內的木匠都會做棺材，他說他的第一個師父說過，是個媳婦會做鞋，是個木匠會做材。林祥福又說一天做出一副棺材全靠他們兄弟五個幫忙，棺材又重又大，一個人做起來十分吃力，如果是他一個人做，別說一天，三五天也做不出來。

接近傍晚時，田氏兄弟抬起棺材從後門出去，林祥福拿著那塊小美織出的白布跟在後面。在田家沒有倒塌的一間茅屋裡，田氏兄弟把清洗後換上乾淨衣服的父親抬進棺材，接過林祥福手裡的全新白布蓋到父親身上，合上棺材蓋，田氏兄弟和家人向林祥福鞠躬，田大叫了一聲「少爺」後，哽咽地說不出話來了。林祥福眼睛也濕潤了，他對他們說：

「節哀順變。」

這是淒涼的一天，哭聲和嘆息聲此起彼伏，還有一陣一陣寒風在呼嘯。林祥福和小美被這淒涼之聲所籠罩，也被昨夜的突發之事所迷亂，兩人沉默不語，小美的織布機響了起來，林祥福呆坐在那裡。後來林祥福起身走進自己的房間，躺到炕上，小美的織布機仍在響著，這似乎是她源源不斷的言語，過了一會兒響聲戛然終止，林祥福聽到小美起身時凳子挪動的聲響，小美的腳步聲如履薄冰似的小心翼翼，走出屋門，走向另外的房間。

這個夜晚林祥福焦灼不安，屋頂上被雨雹砸出的窟窿向下流淌著月光，彷彿水柱似的晶瑩閃耀。悲傷的村莊在黑夜裡寂靜下來，只有風聲擦著屋簷飛翔在夜空裡，這些嗖嗖遠去的聲響彷彿是鞭策之聲，使林祥福起身走向小美的房間，他在穿過水柱般的月光時，抬頭看到屋頂的窟窿上有著一片幽深的黑暗，絲絲的寒風向他襲來。他走出屋門，走到另一間屋子，來到小美炕前，借助月光看到裹著被子的小美側身而睡，蜷縮的身體一動不動。林祥福遲疑片刻，在小美的身旁悄聲躺下來，聽著小美輕微勻稱的呼吸，他一點點扯過來小美身上的被子，蓋到自己身上，這時候小美轉過身來，一條魚似的游到他的身上。

六

雨雹過後，人們支起倒塌的茅屋，修補了門窗，然後將脖子縮進衣領裡，將雙手插進袖管裡，挺起凍紅的鼻子，哈出滿嘴的熱氣，讓臉上的裂口劃斷表情，開始經歷比往年更加寒冷的冬天。

對林祥福來說，這樣的冬天並不難過，經歷冰涼的白天之後，就會是灼熱的夜晚。與小美同枕共眠，吸取小美身上源源不斷的熱量，林祥福似乎沉睡在春暖花開裡。

安穩的生活使小美瘦俏的臉逐漸圓起來，林祥福也開始長胖，他對魚水之歡新奇又癡迷，黑夜來臨之時，他就急不可耐對小美說：

「上炕。」

這時的小美就會微微一笑，她收拾一下織布機上的線頭，跟隨高大的林祥福走進裡屋。

轉眼間來到第二年的二月，小美的眼睛裡又出現迷離的神色，這一次她站在屋門口那塊石臼般的冰雹前，眺望遠處。林祥福心想她是在想念哥哥，就安慰她，讓她不要擔心，阿強可能已經離開京城，向這裡走來。林祥福指著冰雹，告訴小美，在這塊冰雹融化之前，阿強就會出現在這個門口。

林祥福說完以後，小美低下頭輕聲說：「阿強來了，我也不能跟他去京城了。」

小美的話使林祥福衝動起來，他拉著她的衣袖，來到村東的墓地，在兩塊灰白的墓碑前，林祥福讓小美和他一起跪下。

這是一個無風的下午，陽光普照，田野裡閃閃發亮。小美看到白茫茫的景色無邊無際，幾棵沒有葉子的榆樹伸展折斷的枝條，還有一些零星的茅屋散落在中間，這是和南方家鄉絕然不同的景色。身旁的林祥福一聲聲叫起了爹和娘，小美低下了頭，林祥福的聲音像是在哭又像是在笑，他滔滔不絕地說：

「爹，娘，我把小美帶來了，你們瞧一瞧，我要娶她為妻，你們答應吧。小美是個苦命的人，她的爹娘都死了，只有一個哥哥，哥哥去了京城，很久了還沒有回來接她，她是我的女人了，我要娶她為妻，你們答應吧。娘，小美像你一樣會織布，她織出來的布和你織出來的一樣結實……」

七

三天後的早晨，村裡的女人們來到林祥福的家中，她們帶來紅棉襖和紅紙，她們讓小美脫下花布棉襖，穿上紅棉襖，開始將紅紙剪出囍字。村裡的男人們牽來一頭豬和兩頭羊，他們在門口殺豬宰羊，豬羊的熱血噴到那塊石臼一樣的冰雹上，使堅硬的冰雹融化出絲絲的水跡，血在冰雹上往下流的時候，顏色越來越淡。

有一個村民穿著寶藍長衫而來，他在寒冷的冬季裡穿上這春秋季節的長衫，凍得臉色青紫，他是唯一穿著長衫前來賀喜的村民，其他村民圍著他，上下打量這件有著汙漬的長衫，詢問是從哪裡弄來這麼體面的長衫。這個村民得意洋洋，說是挑兩袋玉米進城賣，剩下半袋玉米時見到一個五十多的人過來，走路踉蹌，餓得不行，拿出這件長衫與他交換了半袋玉米。這個村民說完後補充了一句，這人額頭上有疤痕，像是被人砍過一刀。

這天上午，村裡的女人們在屋裡像麻雀一樣嘰嘰喳喳，男人們在屋外牲口一樣叫個不停，小美安靜地看著她們和他們，林祥福走過來對她說，今天什麼事都不要做，今天你是新娘，說完林祥福帶著田氏五兄弟進城去打酒。

有人說：「牽上毛驢吧，毛驢可以幫著馱些東西回來。」

林祥福搖搖頭說：「這季節不能使毛驢，這季節會傷著毛驢的。」

他們六個人排成一隊，都是縮著脖子雙手插進袖管的模樣，他們沿著村裡的小路走去，拐過一棵被閃電燒焦的榆樹，走上通向城裡的大路。

中午過後，煮熟的豬肉羊肉擺上桌子，囍字貼上了門窗。女人們仍然在嘰嘰喳喳，男人們仍然在門外叫個不停，他們說酒碗已經在桌上一字兒排開，排了好幾排一字兒，可是他娘的打酒的還沒有回來，他們說去城裡也就是十多里路，就是烏龜也應該爬回來了，可是他娘的打酒的還沒有回來。女人們在屋裡說，打酒的不回來也就罷了，新郎還沒有回來，新郎不回來，新娘也不焦急。

小美笑了笑說：「會回來的。」

差不多是黃昏的時候，林祥福他們出現在大路上，六個人擠成一團東倒西歪走來，像是一隻羊皮筏子搖晃在茫茫白色裡，他們拐過那棵焦黑的老榆樹，走上通往村裡的小路以後，不再是羊皮筏子，而是走成一排，身體搖搖晃晃，嘴裡叫叫嚷嚷，哈哈笑個不停。

這六個醉鬼來到門前，每個人手裡提著兩個空酒瓶，林祥福搖晃著身體，噴著滿嘴的酒氣，對等待他們的人舉起空酒瓶喊叫：

「酒來啦，酒來啦。」

他搖搖晃晃走到門口，伸出手摸了一會兒門框，確定這是門以後，嘿嘿一笑走了進來。他將空酒瓶往桌子上一放，對屋裡的人說：

「喝，喝吧，喝酒。」

那些嘴裡含滿口水期待已久的男人看著桌上的空酒瓶說：「喝個屁，他們在路上喝光了。」

林祥福的婚禮在六個醉鬼沉睡的鼾聲中和一群餓鬼狼吞虎嚥的咀嚼聲裡進行。小美一個人靜靜坐在一邊，她看著林祥福躺在裡屋的炕上，腦袋上的頭髮像是一撮雜草。堂屋裡擠滿了人，還有不少人在院子裡，這些飽受飢餓折磨的人都鼓起他們的腮幫子，他們低頭咀嚼的模樣讓小美想起遙遠的南方，在某個夏日的黃昏裡，有人將一把稻穀撒在地上，一群雞鴨張開翅膀飛奔過去，接下去的情景就像此刻擠在一起吃著的人們。

林祥福在沉睡中度過自己的婚禮，醒來時已是夜深人靜，他感到頭痛，痛出了嗡嗡的響聲。在煤油燈跳動的光亮裡，林祥福看到小美端坐的背影在牆上紋絲不動，他發出的哼聲讓小美轉過身來，他才意識到小美就坐在身旁。

小美低頭講述他的種種醉態，她嘴裡的氣息灑在他的臉上，那是無色無味的氣息，像晨風一樣乾淨，在他的臉上吹拂而過時有著難以言傳的輕柔。

然後小美站起來，說給他熬好了薑湯，她在走去時說喝醉酒以後會頭疼，喝一碗薑湯就會好一些。小美端著薑湯回來時，還端來一盆肉，說這碗肉是她偷偷藏起來的，她說沒有見過這麼多的餓鬼，小美張開雙手，說就那麼嘩嘩幾下，桌上的肉全沒了。

她心疼地說：「那可是一頭豬和兩頭羊啊。」

這天晚上，小美給林祥福打開自己的包袱，移開衣服之後，拿出三條藍印花布的頭巾，小美說自己什麼都沒有，只有三條頭巾，這是她僅有的喜好。小美將三條藍印花布的頭巾鋪在炕上，林祥福見過鳳穿牡丹的，另外兩條頭巾沒有見過。小美手指一條喜鵲登梅的圖案告訴林祥福，這是喜上眉梢的意思；另一條的圖案是顯示吉慶歡樂的獅子滾繡球。

小美對林祥福說：「我的嫁妝只有這些。」

也是這天晚上，林祥福移開了裡屋牆上的一塊磚，從牆的隔層裡取出一隻木盒，他展開兩張有些泛黃的紙，一張是房契，一張是地契，他指著地契告訴小美，這上面有四百七十六畝田地。然後他又從木盒裡提出一個沉甸甸紅布包袱，打開以後小美看到了十七根大的金條和三根小的金條，林祥福說大的叫大黃魚，小的叫小黃魚，十根小黃魚才能換一根大黃魚。

林祥福將那些金條一根一根擺開來，往事湧上心頭。他告訴小美，這些金條是他家祖上就開始積攢的。在他不多的童年記憶裡，仍然留下父親腳穿草鞋，從城裡風塵僕僕回來的模樣。父親死後，母親風塵僕僕了，每一年的麥收之後，田大牽著毛驢，母親騎在驢背上前往城裡的聚和錢莊，這樣的情景讓他回想時不由陣陣心酸。年幼的他看著母親坐在門檻上，把草鞋套在布鞋上，然後與田大走上小路，走上大路時她騎上驢背，在上午的光芒裡漸漸遠去，直到下午才與田大回到家中，母親每次回來時都會向他舉起一串糖葫蘆。那時候家中的毛驢在前囟門上繫著紅纓，脖子上掛著一個小鈴鐺，毛驢上路時，紅纓飄飄鈴鐺聲聲。母親病倒那年的麥收後，他繼承母親的風塵僕僕走向城裡，當他下午回到家中時，母親已離世而去，母親是睜著眼睛死去的。

林祥福嘆息一聲，說人死時兒孫應該守候在旁，缺一人，就是月亮缺一角，死者就不會閉上眼睛。林祥福說母親去世時身旁一個人也沒有，那情景就是烏雲蔽月。

往事在冬天漫長的黑夜裡接踵而至，醉酒後的頭痛讓往事如雜草一樣在林祥福腦子裡到處生長，直到入睡以後，他才進入到安寧之中。

八

二月裡，林祥福每天和田大去察看麥子。這一天他從田間回來，看到小美站在門前神色迷離。小美說眼看春天就要來了，她哥哥還是沒有來到。

林祥福在那裡呆立良久，他已經忘記小美的哥哥，這個穿著寶藍長衫的男子，在去年秋天的一個黎明揚長而去，以後就如泥牛入海沒有了音訊。

小美詢問林祥福，這地方有沒有廟宇？她想去燒香，求菩薩保佑她哥哥。

林祥福轉過身去，伸手指著西邊燦爛的晚霞，他說往西走十五里有一座關帝廟。

這天晚上小美將一個小包袱放在炕上，然後擰滅煤油燈鑽入被子，她將頭枕在林祥福的胳膊上，輕聲細語說著：

「吃的都擺在灶台上，穿的都在衣櫥裡，左邊的是打了補丁的衣服，你下地時穿，右邊沒有補丁的衣服你進城時穿，還有一身新衣服和兩雙新布鞋是我這些天做出來的，也放在衣櫥裡。」

林祥福聽後說：「你也就是去一天，又不是一年半載。」

小美沒再吱聲，林祥福的鼾聲一陣一陣響了起來。這是二月最後一個夜晚，月光從窗口照射進來，灑在炕前的地上，從窗口進來的還有絲絲微風，帶來殘雪濕潤的氣息。

林祥福在晨曦裡醒來時，小美已經走了。田地裡傳來牲口嘹亮的叫聲，還有揮動樹枝的響聲和人的吆喝聲。林祥福來到外屋，看見一塊舊布罩在織布機上，心想小美真是心細，離開一天都要將織布機罩上。他來到灶間，看見灶台上堆滿食物，差不多夠他吃半個月。小美臨行前將屋裡屋外安排得整整齊齊，這讓林祥福稱心滿意，他吃完早飯後去田地那裡察看。

出門遇上田四，田四對林祥福說，他看見小美天沒亮走上村口的大路，小美身上背一個包袱，手裡挽一個包袱，那模樣像是回娘家去。林祥福說回什麼娘家，小美只是去關帝廟燒香。田四驚詫地說，關帝廟在西邊，她為何向南走？林祥福聽了這話以後，心裡咯噔一下，擔心小美是不是走錯路了。

這一天落日西沉黑夜降臨後，小美沒有回來。又過去了兩天，小美仍然沒有回來。

小美一去不返。林祥福發現衣櫥裡沒有了小美的衣服，炕下沒有了小美的布鞋，小美的木屐和鳳穿牡丹的頭巾也沒有了。木屐和鳳穿牡丹的頭巾是跟隨小美而來的南方氣息，現在小美又將它們帶走了。小美留下了喜鵲登梅和獅子滾繡球的頭巾，這兩塊頭巾壓在衣櫥裡林祥福的衣服上面，雁過留聲似的留下了小美的音容笑貌。

林祥福在此後的幾天裡心神不寧，他的睡眠輕得像是漂浮之物，雞鳴狗吠和風吹草動都會讓他從睡夢中驚醒，遠處偶爾出現的腳步聲更是讓他心跳不已。

他知道小美沒有走向西邊的關帝廟，而是向南而去，他感到小美可能離去了，可是他不知道小美為什麼要離去。林祥福心裡一片迷茫，猶如冬季的田野一樣落寞，隱約之間他又會想像起來，手挽包袱的小美在某一個黃昏突然出現在他面前。這樣的想法就像每天的日出和日落，來了又去，去了又來。

直到有一天，林祥福確信小美不會回來了。這天晚上，林祥福吃完小美留在灶台上的食物，擰滅煤油燈躺到炕上，窗外進來的月光讓他長久不能入睡。小美臨行前為他準備了差不多半個月的食物，現在他吃完了，他心想小美可能要回來了，他覺得小美一定是計算好自己的行程，所以才為他準備這麼多的食物，希望之火在他心中熊熊燃燒，他變得激動和亢奮。

就在這時候，一個奇怪的念頭降落下來，他突然想起隔牆中那只木盒，並且將那只木盒和小美的離去聯繫起來。他回憶起那天晚上從隔牆中取出木盒，打開後給小美看了金條，還有地契和房契，當時小美臉上的神色結冰似的凝住了，他覺得她沒有在聽他說話，伸手推了推她，她哆嗦了一下。

他在炕上一躍而起，點亮煤油燈，移開牆磚取出木盒，他打開後，看見紅布包袱還在，地契和房契也在，他安心了，可是他提起紅布包袱時感覺分量輕了，急忙打開包袱，十七根大金條剩下十根，三根小金條少了一根。他腦子裡爆炸似的轟的一聲，他知道了小美為什麼一去不返。

這個深夜，村裡很多人都在睡夢裡聽到一個可怕的聲音，時而尖利時而低沉，在夜空裡一陣一陣呼嘯而過，讓夢中驚醒的人個個毛骨悚然，第二天他們紛紛說昨夜村裡鬧鬼了。

這是林祥福的聲音，他發現小美將他家從祖上開始積攢下來的金條差不多捲走了一半，渾身哆嗦，嗚嗚哭了起來，他的哭聲比嬰兒的哭聲還要漫長，然後像是一個受了欺負的孩子去尋找父母一樣，在冷清的月光裡走到父母墳前，跪在地上，有時高聲喊叫，有時哽咽說不出話來，他喊叫時說：

「爹！娘！我對不起你們，對不起祖宗。爹！娘！我是你們的不肖之子，我是林家的敗家子。爹！娘！我眼睛瞎啦我受騙啦！我笨啊我們的家產被人偷啦。爹！娘！小美不是個好女人……」

九

此後的林祥福沉默寡言，笑容從他臉上消失，他心事重重，時常望著村口的大路發愣。他有時候會想起小美，也會想起那個名叫阿強的男子，懷疑他們是不是兄妹，小美在他腦海裡停留的時間越來越短，小美甜美的笑容在他記憶裡彷彿深秋的樹葉一樣正在凋零，小美清脆的聲音也在隨風飄去，小美在他的記憶裡遠去的時候，他對小美的怒氣也在散去。

他想起母親生前經常說的一句話，母親說這話的時候他正在木工間裡滿頭大汗，母親出現在門口，兒子像父親那樣的酷好木工活讓她深感欣慰，她用讚許的語氣說：

「縱有萬貫家產在手，不如有一薄技在身。」

破財之後的林祥福時常想起這句話，他越想越覺得有道理，再多的家產也會有敗落的一天，古往今來方圓百里都有這樣的例子。人生在世禍福難測，有一門技藝在身能夠逢凶化吉，技藝是怎麼也不會敗落的。林祥福覺得自己的木工技藝應該更上一層樓，應該繼續去拜師學藝。

冬去春來，門前的冰雹終於開始融化，樹木生長出綠芽，大地開始復甦，鳥兒飛來了，在林祥福家的屋頂上嘰嘰喳喳叫個不停。林祥福牽著那頭紅纓飄飄鈴鐺聲聲的毛驢，走上村口的大路。

他四出拜師，都是技藝高超的木匠師傅，他見到的第一個是離家十多里的陳箱櫃，那是一個櫃箱匠，也會做桌椅板凳，方圓百里之內的木匠裡只有他去過京城，他是見過大世面的。他在京城見過皇帝出行，這是他一生裡彌足珍貴的經歷，他見到林祥福說的第一句話就是：

「你見過皇帝出行嗎？」

林祥福見到他的時候，他正在收拾一隻舊木箱，一邊吸著旱菸，一邊幹著活，一邊滔滔不絕向林祥福說著皇帝出門的情景，他告訴林祥福，最先出來的不是皇帝，是皇帝的佩刀，由奏事官莊重捧出來，奏事官高呼一聲「刀下來了」，皇帝的佩刀出來之後，皇帝才會出來。

陳箱櫃年過五旬頭髮花白，他向林祥福講述皇帝出門的情景時不斷吞咽口水，彷彿他說的不是皇帝正在出門，而是皇帝正在用膳，皇帝出門時的八面威風彷彿是山珍海味，他描述皇帝前呼後擁的佇列時，彷彿是在清點滿漢全席的一道道菜餚，陳箱櫃浮想聯翩口水橫流。

林祥福在陳箱櫃滔滔不絕的講述裡目瞪口呆，這是他前所未聞的事，更讓他目瞪口呆的是陳箱櫃的手藝，說話間就將一隻舊箱子收拾整理得跟新箱子一樣。聽到林祥福的讚歎後，陳箱櫃淡然一笑，他對林祥福說：

物。」

「幹我們這一行的，不光要做衣櫥箱匣桌椅板凳，還要學會特別的本領，就是能收拾舊

陳箱櫃告訴林祥福，他只是一個軟木器匠，木工這一行裡最上乘的是硬木器匠，專做硬木器具，軟木器具自然也能做，他說這硬木器匠不但能整理舊器如新，反過來還能做新者如舊。陳箱櫃說木工行裡最下等的是洋木器匠，他說自從洋人一個一個來到京城，京城是世風日下，風行起洋式木器來了，像他這等技藝的木匠，也算是數得上來的人物，最後也落魄得沒有了雇主，陳箱櫃說到這裡一臉的苦笑，感嘆世事變幻莫測，他說：

「平常木器已不許隨便用釘子，硬木器是連楔子都很少用，那些洋木器都是釘子敲打出來的。」

然後他伸手向門外一指說：「往西走二十多里路，到徐莊，有一位徐硬木，那是我敬佩的人，他是做硬木器的，四十多年的木工活，沒有用過一次楔子，釘子？那是瞧都不會瞧一眼。」

徐莊的徐硬木是林祥福拜師的第二位，與陳箱櫃不同，年過六旬的徐硬木不認為做洋木器是下等活，他說洋木器裡軟的地方自有功夫，比如說軟椅，那羊皮包上去時可是十分講究。

徐硬木說木工行裡只有分門別類，沒有貧賤富貴，比如說木廠，大多數木廠都不會做木工活，可是精通大小工程的估工估價，設計包辦，能畫樣也能出樣；比如說木匠，這行是專管建築的，一切梁柱椽檁門窗隔窗都是他們的手藝；比如模子作，做點心模子，不但花樣要美觀，而且深淺大小極費斟酌，因為花樣雖然不同，印出的點心分量必須一致；比如說牙子作，木器上的

花邊雕刻是別人做不來的；比如說小器作，瓶座爐座盆架是他們所長，專門照物配座，這手藝由蘇杭傳來；比如說鏇床子匠，專做圓柱形的木物，粗細長短也是花樣翻新；比如說圓椅匠，用的是新鮮柳木，趁其潮濕彎曲過來製造太師椅，這一行只靠一把大斧，鋸鑿都算輔屬物，不但不需要墨線，連尺子都可以不用；比如說箍桶匠，木桶馬桶洗腳盆洗臉盆全是他們做的；比如說羅圈匠，除了圓籠帽盒籠屜羅圈，還會做小兒的搖車；比如說旗鞋底匠，京城裡旗門婦人都穿木底鞋，最厚的鞋底有六七寸，這也是平常木匠做不來的活；比如說剃頭挑匠，後邊坐櫃是平常木匠的活，前面圓桶又是羅圈匠的活，加起來就是他們的活；比如說小爐匠挑子，看起來是箱櫃匠的活，可裡面有風箱屜格，這活就只有他們能做；比如說梆子木魚匠，就這念經時敲打的木魚也是專門的技藝；比如說把子作，他們專做戲界打仗時的假兵器，這也是木工裡一大行；比如說大車匠，那是專製大車的；比如說轎車匠，轎車匠的手藝比大車匠可要精細很多，功夫主要在輪子上；比如說小車匠，那是專門製造二把手小車的；比如說馬車匠，這一行做的是洋式馬車；比如說人力車匠，專門造人力車；比如說鞍子匠，專做馬鞍韂鞍，也做驢子騾子的馱鞍；比如說轎子匠，那和轎車匠不同，他們做的是抬轎馱轎，是沒有輪子的；比如說執事匠，旗鑼傘扇只有他們能做；比如說壽木工人，這也不是平常木匠能做的活，一件大木料能出不少材料，這一行講究的是用邊際料做出省料省工又美觀的壽木。

徐硬木最後對林祥福說：「即便是看起來簡單的大鋸匠和扛房工人，也是各有專行。就說這大鋸匠，那是專門用大鋸解木板的，好的大鋸匠不會糟蹋木料，而且鋸縫極細。再說扛房工人，喪事時所用的罩扛看起來只是幾根木棍，若不出內行人之手，抬扛夫的肩膀便會受不了，這行也是非有真傳不可。」

林祥福勤奮好學，經常是黎明時刻，村裡人看見林祥福頭上紮著白頭巾，手裡牽著紅纓飄飄的毛驢走上大路，經常是黑夜來臨，村裡人聽到林祥福回來時毛驢脖子上的鈴鐺聲，這樣的日子在曉風殘月裡周而復始。

十

隨著林祥福一個一個村莊去拜師學技，有關小美離去的傳言，也跟隨他的腳步走村串戶，人們私底下議論起這個林姓木匠的女人，不過他們並不知道內情，他們所傳的只是小美回去南方娘家日久未歸，還有一些不著邊際的猜測。

這天下午，小美離去的傳聞讓那位久違了的媒婆來到林祥福的家中，她扭著小腳跨進屋門，盤腿坐在炕上。

媒婆先是詢問林祥福，他和小美合八字前寫了庚帖沒有，林祥福問寫什麼庚帖，媒婆呀的一聲拍起了大腿，她說：

「世上還有這等奇事，沒寫庚帖沒合八字一男一女就入了洞房。」

媒婆問起小美的生辰日月，林祥福茫然搖頭；媒婆問起小美的屬相，林祥福還是一無所知，媒婆再次呀的一聲叫起來：

「世上還有這等奇事，不知道女方的生辰八字，也不知道女方的屬相，就娶回家中，難怪這個小美一去不返。」

媒婆說只有知道生辰八字，知道屬相，才知道是相生還是相剋，才能推斷禍福壽夭，她說：「屬馬的不能配屬牛的，屬羊的萬萬不能和屬鼠的相交，這就叫白馬怕青牛，羊鼠相交一斷休，蛇虎配婚如刀割，兔兒見龍淚交流，金雞玉犬難避難，豬共猿猴不到頭，二狗不同槽，兩龍不同潭，羊落虎口……你是屬羊的，你們兩個怕是羊鼠配，要不就是羊虎配。」

媒婆扳著手指一邊數著一邊說：「你既沒有合八字寫庚帖，也不知女方的生辰日月和屬相，結婚那天總該是用轎子將她接過來的？」

林祥福還是搖起了頭，這一次媒婆的兩隻手都拍在大腿上，驚叫起來：「世上還有這等奇事，俗話說破扇子扇扇也有風，破轎子坐坐也威風。先不說威風這事，你不用轎子把女人抬回來，女人的腳就不是你的，是她自己的，她隨時都會一走了之。這個小美是一定不會回來了。」

林祥福端坐在板凳上，看著坐在炕上的媒婆唾沫橫飛，手裡的菸槍也是上下揮舞，末了她嘆息一聲，說這樣吧，她再四處去探訪探訪，看看有沒有合適人家的小姐。她告訴林祥福，這一次怕是不會有大戶人家的小姐了，雖說小美一去不回，可她總還是占著一個正房，再娶過來的只能算是妾，大戶人家的小姐是不願意做妾的。

心灰意冷的林祥福點點頭，對媒婆說：「規矩人家的姑娘就行。」

媒婆臨走前突然想起什麼，問林祥福是不是還記得劉莊的那位小姐。那個容貌姣好的女子立刻在林祥福的記憶深處浮現出來，他想起那個曾經令他心動的女子，在劉莊的一個深宅大院裡，在一個寬敞的廳堂裡，向他款款走來，他記得她當初給他裝菸時的情景，她的雙手哆嗦不已。他記起了她的名字，她應該叫劉鳳美。

媒婆告訴林祥福，這位名叫劉鳳美的千金小姐其實不聾也不啞。媒婆說她已經出嫁，嫁到城裡開聚和錢莊的孫家。然後媒婆的嘴裡發出一聲聲的感嘆，說劉鳳美出嫁前，家中全是人，裁縫、木匠、漆匠、篾匠、五金匠、雕花匠一個不少，為她製作四季衣裳和各種日用器具。因為日夜趕製，庭院裡掛滿燈籠，人來人去絡繹不絕。到了出嫁那一天更是風光無限，數十個挑子排成長長一排，她的嫁妝似乎望不到頭。一般有錢人家嫁女兒最多是半堂嫁妝，而劉家連同田地房屋一起陪嫁，這樣的全堂嫁妝已是多年不見。劉家小姐坐的是八人抬的大轎，轎子的四周紮著紅綢，四個角掛著玻璃連珠燈，下面還墜著大紅彩球。最惹眼的還是那一具壽材，跟在嫁妝佇列的最後面，那壽材少說也上過十多道油漆，顏色又亮又深，深得都分不出是紅還是黑。將壽材作嫁妝更是多年沒見，這是劉家的氣派，將小姐從生到死的一切花銷都作了陪嫁，連壽材都準備好了。

媒婆說到這裡唉的一聲，說當初試探時，劉家的小姐只要答應一聲，如今小姐便是林祥福的人了。

她看著林祥福不無遺憾地說：「可惜了一段好姻緣。」

媒婆告訴林祥福，她聽說劉家的小姐出嫁時頭戴鳳冠，臉遮紅方巾；上身內穿紅絹衫，外套繡花紅袍；下身著紅裙、紅褲、紅緞繡花鞋。劉家的小姐是一身的紅色，聽說到了城裡孫家的朱紅大門前下轎時，圍觀者裡不少人驚叫，她從轎裡出來的模樣千嬌百媚，就像牡丹花從花苞裡開放出來。

這天晚上，林祥福在炕上翻來覆去難以入睡，只要閉上眼睛，就會看到劉家小姐一身紅色從轎裡出來，接著就是她在廳堂裡款款走來的身影，然後是小美身穿碎花旗袍在那個黃昏時刻的出現在大門外，這樣的情景風吹似的在他眼前一陣一陣掠過。

林祥福想起那段彩緞，正是他把彩緞拿出來放在劉家廳堂的桌上，才沒有了這段姻緣，才有了後來小美的來去匆匆。這天晚上，那段彩緞在林祥福腦子裡時遠時近，揮之不去，最後他覺得這都是緣分，都是命。

十一

麥收前一個月，林祥福去了一趟城裡，在鐵匠鋪打造幾把大鐮刀，準備收割麥子時用，同時買了兩段彩緞，小美雖然已走，往後的日子還是要過下去，還是要跟著媒婆去相親，娶個姑娘白頭偕老，讓林家的香火延續下去。只是這次一定要娶個規矩人家的規矩姑娘，不能再娶個不明不白的女人。

他回家時天色已黑，看見窗台上亮著煤油燈，又聽到織布機吱呀吱呀的響聲，他先是嚇一跳，手裡提著的鐮刀掉落在地，隨即心裡一陣狂跳，牽著毛驢幾步跨進屋裡。

小美回來了，仍然穿著那身碎花的旗袍。她端坐在織布機前，側身看著林祥福，煤油燈的光亮讓她清秀的臉半明半暗。

林祥福站在那裡，手裡牽著那頭毛驢，他不知道把毛驢牽進屋裡，呆呆看著小美，感到小美在向他微笑，可是看不清小美眼中的神色。過了一會兒他自言自語似的問她：

「是小美嗎？」

他聽到小美的聲音：「是我。」

林祥福又問：「你回來了？」

小美點點頭：「我回來了。」

林祥福看到小美起身離開凳子，他繼續問：「大黃魚帶回來了？」

小美沒有回答，而是緩慢跪下，林祥福又問：

「小黃魚呢？」

小美搖搖頭。這時毛驢甩了一下腦袋，響起一陣鈴鐺聲。林祥福扭頭看了一眼毛驢，對著小美喊叫起來：

「你回來幹什麼？你把我家祖上積攢的金條偷了，你空手回來，竟然還敢回來。」

小美低頭跪在那裡哆嗦不已，那頭毛驢又甩了一下腦袋，又響起一陣鈴鐺聲，林祥福怒不可遏扭頭對毛驢吼叫：

「別甩腦袋！」

林祥福吼叫之後，陷入到迷茫之中，他看著跪在地上哆嗦的小美。屋子裡寂靜無聲，過了一會兒林祥福嘆了一口氣，揮揮手傷感地說：

「你快走吧，趁我還沒有發作，你還是快走吧。」

小美輕聲說：「我懷上了你的骨肉。」

林祥福一驚，仔細去看小美，小美的腹部已經隆起。林祥福不知所措了，看著小美哀求的眼神，聽著她哭泣的聲音，很長時間不知道說些什麼，最後他重重地嘆息一聲，對小美說：

「你起來吧。」

小美還是跪在那裡，還在哭泣，林祥福高聲說：「你站起來，我不想扶你，你自己站起來。」

小美戰戰兢兢站了起來，她抹著眼淚對林祥福說：「求求你，讓我把孩子生在這裡。」

林祥福擺擺手不讓她說下去，他說：「別對我說，對我爹娘去說。」

在安靜的黑夜裡，林祥福和小美走向村東的墓地。林祥福仍然牽著那頭毛驢，鈴鐺聲在夜空裡清脆響起，可是他沒有聽見，他忘記自己還牽著毛驢。他們走到林祥福父母的墳前，林祥福指著月光下父母的墓碑，對小美說：

「跪下。」

小美一隻手捧著腹中的孩子，斜著身體彎下腰去，另一隻手摸索到地面，小心翼翼跪了下去。

林祥福等她跪下後，對她說：「說吧。」

小美點點頭，雙手支在地上，對著月光裡林祥福父母的墓碑說了起來：

「我是小美，我回來了……我原本無顏面來見你們，只是我懷上林家的骨肉，我罪該萬死也要回來，我要是斷了林家的香火，就是罪上加罪。求你們看在孩子的分上，饒我一次。這是林家的後嗣，我不能不把他送回來，求你們讓我把孩子生在林家吧……」

小美的哭泣斷斷續續，林祥福對她說：「起來吧。」

小美站了起來，伸手抹去眼淚。林祥福牽著毛驢往回走去，小美跟在他的身後。這時候林祥福聽到了毛驢的鈴鐺聲，才發現自己一直牽著毛驢，他伸手拍拍毛驢，有些感傷地說：

「只有你一直跟著我。」

林祥福走了一段，回頭看到小美雙手捧著肚子走得吃力，就站住腳，等小美低頭走到跟前時，一把將她抱到驢背上。小美先是吃了一驚，隨後嗚嗚地哭出了聲音。林祥福牽著毛驢走在前面，他聽著小美在驢背上的哭泣，嘆了一口氣，輕聲說：

「你騙了我，拐走了我家的金條，我本不該接納你，想到你已經有了我的骨肉，林家有了傳人，也就……」

說到這裡林祥福搖了搖頭，說道：「你沒有在我爹娘墳前發誓，你沒有發誓說以後不走了。」

林祥福說完這話站住腳，抬頭看著滿天星辰，腦子裡一片空白，直到身旁的毛驢又搖晃出一陣鈴鐺聲，他才牽著毛驢繼續向前走。走進院子後，他轉身將小美從驢背上抱下來，準備將她放到地下時看到門檻，遲疑一下後把小美抱過了門檻。

林祥福將毛驢安頓好，走到裡屋的門口，看到小美熟練地從衣櫥裡取出一床被子，鋪在記載他們甜蜜往事的炕上，小美鋪好被子後抬頭看見站在門口的林祥福，不由微笑一下。

林祥福問她：「金條呢？」

她的笑容瞬間凝固了，低下頭不說話。

林祥福追問：「你把金條給誰了？」

她仍然低頭不語。

林祥福又問：「阿強是你什麼人？」

她的聲音有些遲疑：「我哥哥。」

林祥福轉身離開。這是一個寂靜的夜晚，林祥福無聲地坐在那把小凳子上，凝視煤油燈微弱光芒映照下的織布機。

很長時間過去了，林祥福一動不動，直到窗台上的燈油耗盡，光亮突然失蹤，他猛然一怔，清醒過來，眼前只剩下月光，他慢慢起身，往燈筒倒進煤油，重新點亮後提著煤油燈走進裡屋。

小美仍在炕上坐著，雙手捧著明顯隆起的肚子，不安地看著他。林祥福透過小美放在肚子上的雙手，看到將要來到人間的孩子，他輕聲說：

「快睡吧。」

小美溫順地答應一聲：「嗯。」

然後斜著身子脫下兩隻布鞋，又脫下了一雙襪子，小美開始脫去外衣的時候，林祥福看見她一雙紅腫的小腳，心想就是這雙小腳長途跋涉，把他的孩子帶了回來。

小美躺進被窩後，林祥福擰滅煤油燈，脫去外衣，躺進自己的被窩。林祥福感到小美側身向他而睡，熟悉的氣息回來了，仍然是無色無味的氣息，仍然像晨風一樣乾淨，小心翼翼來到他的臉上。然後熟悉的手也回來了，小美的手伸進他的被窩，抓住他的手，仍然是有些濕潤的手，只是哆嗦不已。林祥福一動不動，感受著小美的手在他的手掌裡傾訴般的哆嗦，又漸漸安靜下來，接著另一隻同樣濕潤的手也回來了，伸進被窩抓住他的手。這時候，小美的兩隻手都回到了他的手掌裡，他真真實實感到小美回來了。

林祥福的手被小美的兩隻手拖進了她的被窩，小美的兩隻手細心地將林祥福的手指分開，貼在她孕育生命的肚子上。林祥福重溫起小美身體的灼熱，隨即他的手掌被擊打了一下，林祥福嚇一跳，脫口叫道：

「啊！」

「踢你。」小美說。

「踢我？」林祥福問。

「你的孩子踢你了。」小美在黑暗裡笑著說。

林祥福如夢初醒，小美肚子裡的孩子開始接二連三地擊打他的手掌，林祥福驚訝地叫了起來：

「我的娘，拳打腳踢啊！」

林祥福嘿嘿笑了起來，隨即感傷地想到了父母，如果父母仍然在世，此刻該是多麼的喜悅。感傷之後，他叫了幾聲小美，小美沒有答應，經歷旅途疲憊的小美睡著了。林祥福一隻手感受孩子的踢打，另一隻手伸出被窩放到小美的臉龐上，喃喃自語，說了很多肺腑之言，講述小美離去以後他的悲哀和憤怒，最後他對睡眠裡的小美說：

「雖然你把我家一半的金條偷走了，一根也沒有帶回來，但是你沒有把我的孩子生在野地裡，你把我的孩子帶回來了。」

過了一會兒，林祥福又說：「你也沒有狠心到把金條全偷走，你留下的比偷走的還多點。」

十二

小美回來的消息不脛而走，村裡人三三兩兩來到林祥福的院子裡，看見小美隆起的肚子，都呵呵笑了起來，他們說恭喜恭喜，恭喜少奶奶有喜了。小美回娘家一回就是數月，他們覺得蹊蹺，如今小美回來了，他們又覺得理所當然，路途這麼遙遠，小美又身懷六甲，來回數月合乎情理。

林祥福笑容可掬地對他們說：「上次的婚禮過於匆忙，沒有寫庚帖，沒有合八字，也沒有坐轎子，不能算，這次要重新操辦婚禮，不求隆重，只求規矩。」

林祥福去鄰村請來一位私塾先生，在家中設酒席宴請這位老先生。酒過三巡，老先生慎重入座，打開灑金紙做成的折合式庚帖，磨了磨用紅絲線縛住的小黑墨，拿起一枝毛筆在帖子上側書寫「乾造」二字，接下寫林祥福的姓名，生辰日月，再寫上「恭求」二字，意思是向女方求婚。隨後，老先生換一枝毛筆，在帖子下側書寫「坤造」，接下寫小美的姓名，生辰日月，再寫上「敬允」，意思是答應男方的求婚。寫小美名字時，老先生詢問小美的姓氏，小美猶豫地說姓林，林祥福說你也姓林，小美輕聲說以前不姓林，從今往後姓林了。最後，老先生在貼旁寫上：百年合好，天成佳偶，永結同心。

林祥福雙手捧著庚帖，恭敬地放在灶台上，祈求灶神爺保佑，保佑林家歲歲平安香火不斷。

林祥福對小美說：「平常人家也就是放上個三天五日，我們有所不同，要放上一個月。這一個月內若是家中一切平安，萬事順心，不出任何事故，就是我們八字相合，命運相配。這期間家中哪怕是摔破一只碗，也要算我們八字相剋，我們的緣分也就是走到盡頭了。」

接下去麥收的季節來到了。林祥福說麥熟一晌，要抓緊了收割。平日裡不下田的林祥福與田氏五兄弟這時候也是早出晚歸，與佃農一起在田裡勞作，小美早起晚睡操持家務。起初中午的時刻，小美還挺著越來越大的肚子送吃的到田頭，兩天後林祥福就不讓她送了，說她身體不方便，萬一不小心摔一跤，動了胎氣不說，若摔破一兩只碗，他們就沒有了夫妻緣分。他提醒小美，別忘了庚帖還在灶台上放著呢，他說從前麥收時節割麥子時是左手一把麥子，右手一把鐮刀霍霍地割，如今不敢霍霍地割了，只能咔嚓咔嚓一把一把瞄準了割，為什麼？還不是怕割破手指，還不是為了那張庚帖。

此後兩個人都是小心翼翼，生怕這期間出現什麼差錯。收割的日子雖然勞累，也在平安過去。這天晚上林祥福疲憊不堪在炕上躺下來時，小美走到他身旁，輕聲問：

「我這些天氣色還好嗎？」

林祥福說很好，臉色紅紅的。

小美聽了這話後憂心忡忡地說：「都說孕婦臉色黃瘦憔悴的必生男，鮮豔姣紅的必生女；還有看孕婦走路，若先舉左腳必生男，先舉右腳必生女，這些天我時常先舉右腳，我怕是不能為你生兒子，只能為你生女兒了。」

林祥福看著小美臉上焦慮的神色，想到這些日子小美愁眉不展，擔憂自己不能生男，只能生女，林祥福安慰小美，說生男生女只有生出來才知道，他看到小美無奈地點點頭，就說：

「睡吧。」

說完自己呼呼睡去了。這天深夜，小美從衣櫥裡取出林祥福的衣衫，穿在自己身上，又將林祥福的白頭巾包在自己頭上，來到院子裡，繞著水井，在月光中緩慢地走了一圈又一圈，她看著自己在地上的影子衣褲寬大，一副男兒的模樣。這是她從小就聽聞過的轉胎法，只要穿戴丈夫的衣冠繞井而行，看影而走，不回頭，不讓人知道，那麼女胎就會轉換成男胎。

此後的兩個深夜，林祥福睡著後，小美都會這身裝扮來到院子裡。到了第三個深夜，林祥福從睡夢裡醒來，伸手一摸，沒有摸到身旁的小美，再一摸，還是沒有摸到，他猛地坐起來，發現炕上沒有小美，心裡一驚，以為小美又走了。他跳下炕，赤腳跑到院子裡，看見小美衣衫寬大，在月光裡繞水井而走，脫口叫了一聲：

「小美。」

小美吃驚地回過頭來，呆呆地看著他。林祥福赤腳走到她面前，看到她的穿戴後，問她這是幹什麼，小美嘆息一聲，說她是在轉胎，欲將腹中的女胎轉換成男胎。她苦笑一下說：

「轉胎時一旦讓人看見，就會轉不過去了。」

林祥福明白過來了，舉起拳頭捶了一下自己的腦袋，懊惱地叫了一聲。這時小美笑了，她拉住林祥福的手，在井台上坐了下來，對他說：

「其實轉胎是在妊娠未滿三月時才有用，說是三個月叫始胎，還沒有定形，會見物而化，我快有七個月了，即使你沒有看見，也是很難轉過來了。我只是不死心，還想著要生個兒子讓林家的香火不斷。」

林祥福還在懊惱，埋怨自己睡得好好的醒來幹什麼。小美站起來，急切地問林祥福：

「你剛才叫我，我是左邊回頭，還是右邊回頭？」

林祥福想了又想，才猶豫不決說：「好像是右邊回頭。」

小美垂下頭去，她靠著林祥福的身體，重新坐在了井台上，她說：「左邊回頭是男，右邊回頭是女。這一次我是死心了，我懷的必是女兒。可惜我不能為你生個兒子，不能為林家續上香火。」

林祥福遲疑起來，又仔細想了想後說：「也好像是左邊回頭。」

小美笑了，林祥福抓住小美的手說：「其實女兒也好，女兒也是我林家之後，再說你以後還能生兒子，以後再生兒子也不晚。你看看田家，他們有五兄弟呢，你以後也生個五兄弟出來。」

小美聽後低頭不語。兩人在井台上坐了一會兒後，林祥福拉起小美的手回到屋裡。在炕上躺下後，小美將林祥福的手抱在胸前，這是她睡覺的姿態。林祥福告訴小美，剛才他從睡夢裡醒來發現炕上沒有小美，驚出一身冷汗，以為小美又是一去不返。林祥福感到小美的雙手顫動了一下，他對小美說：

「你人是回來了，金條一根也沒有帶回來，你不說金條在哪裡，想必有難言之隱，我也沒再問你，只是有時覺得你還是會走……」

林祥福停頓一下，語氣堅決地說：「如果你再次不辭而別，我一定會去找你。我會抱著孩子去找你，就是走遍天涯海角，也要找到你。」

林祥福說完這話時，感到自己的手已經被小美捧到臉上，小美的淚水流進他的指縫，淚水在他的指縫裡流淌時遲疑不決，彷彿是在尋找方向。

這天下午，林祥福手握鐮刀站在麥田裡，看著自己的身影在陽光裡逐漸拉長，他估算著時間，覺得差不多過午時了，放下手裡的鐮刀，大步走上田埂，向著家中走去。

他跨進家門就急切地問小美：「這半天裡家中沒出什麼差錯吧？沒有摔破碗吧？織布機沒斷線吧？」

小美迷惑地搖搖頭說：「沒摔破碗，織布機也沒斷線。」

林祥福放下心來，他拿起灶台上的庚帖，告訴小美一個月的期限已到，他說謝天謝地這一個月裡家中沒出什麼差錯，他對小美說：

「看來我們是八字相合命運相配了。」

小美左手捧著肚子，緩慢地從凳子上站起來，離開織布機走到林祥福面前，從他手裡拿過庚帖，目光游離地看了起來。她聽到林祥福如釋重負的聲音在她頭頂響了起來：

「這一個月我擔驚受怕啊。」

十三

田裡的麥子收割後開始晾曬，林祥福與田氏兄弟選好一些生長整齊穗大粒多的單株，脫粒以後，鋪在家中院子裡曬。小美坐在屋門前縫製嬰兒衣裳，不時抬頭看一眼在院子裡與田氏五兄弟一起忙碌的林祥福。他和田氏兄弟將秸稈燒成的草木灰與麥種拌和到一起，放進一個個缸罐，起身對小美說，白露後將麥種播種到田地裡。小美舉起縫製完成的嬰兒衣裳，對林祥福說：

「那時候這衣裳裡面有一個小人了。」

林祥福走過來，小心翼翼接過來嬰兒衣裳，像是接過來他的孩子，捧在手裡看了又看，嘿嘿笑個不停。

林祥福和田氏兄弟把缸罐搬進對面屋子裡整齊排列，又在田地裡種下了高粱和玉米。然後林祥福覺得一切都妥當了，接下來的日子裡應該籌備婚禮。

林祥福在院子裡展示他高超的木工手藝，他讓田氏兄弟把木工間裡成型的家具搬出來，又將原來的桌椅板凳衣櫥箱匣這些舊物敲敲打打，收拾如新，坐在屋門前縫製嬰兒衣裳的小美見了驚訝地叫出聲音：

「唷！」

林祥福從鄰鄉請來兩位漆匠，用砂紙一遍遍打磨，再刷上一道道油漆，讓這些家具閃閃發亮，小美說家具亮得跟鏡子似的。

眼看白露將至，林祥福要在播種小麥前把婚事辦了。他請來一位裁縫，吩咐給小美做一身紅衣、紅褲、紅裙和紅緞繡花鞋，裁縫看見已有九個月身孕的小美後連連搖頭，他說紅緞繡花鞋能做，這紅衣紅褲紅裙做不出來，就是做出來了穿在身上也是不成體統。小美說不做紅衣紅褲紅裙，做一件紅袍，寬寬大大套在身上。

裁縫做完紅袍紅鞋走後，林祥福對小美說：「這次一定要讓你坐上轎子。」

林祥福叫來田氏兄弟，六個人將一張四方桌翻過來改裝成轎子。桌子四腳就是轎柱子，桌面便是轎底。兩旁綁上竹竿，竿端綁著的兩條扁擔是轎槓。紅布圍著桌腳，又紮個紅頂子放在桌腳上。最後在轎底鋪上麥秸，又在麥秸上放一塊棉褥子。不出兩個時辰，一頂四人抬的花轎展現在小美的眼前。

林祥福選了一個黃道吉日，請小美坐進四方桌改造的花轎。裡面放了一隻小凳子，小美在林祥福攙扶下，艱難進入轎子，坐到凳子上，田氏四個兄弟抬起花轎出了林祥福的院門。

這一天陽光明媚，林祥福說到村外大路上去走一走，走得遠一點，田大就在前面引路，花轎吱呀吱呀響著沿小路而去，林祥福跟在花轎的後面，村裡人跟在林祥福的後面，人群跟隨著花轎來到大路上，大路開始塵土飛揚了。他們向著前面的李莊走去，村裡一百多人前呼後擁，過路的人好奇詢問：

「轎子裡坐的是誰呀？」

田氏兄弟說：「轎子裡坐了個女貂蟬。」

接近李莊的時候，轎子裡的小美哎唷哎唷叫喚起來，抬轎的田氏四兄弟立刻站住了腳，他們對後面的林祥福叫起來，說少奶奶憋不住啦，少奶奶要生啦，要生孩子的女人都是哎唷哎唷叫喚。旁邊路過的人說，不對吧，要生的時候都是啊呀地叫。田大說，你懂個屁，生完了才是啊呀叫上一聲。

林祥福急忙跑上前去，滿臉通紅探進轎子，再探出來時已是臉色蒼白，他哆嗦地說：

「要生啦。」

田氏四兄弟抬著轎子在大路上狂奔起來，田大和林祥福在前面跑，他們要跑到前面的李莊去，那裡有一個名揚百里的收生婆。

小美在轎子裡呻吟不止，六個男人在道路上跑得揮汗如雨。林祥福在前面一邊跑一邊催促，喊叫地說後面抬轎的四個人慢得跟烏龜一樣，這四個人不敢吱聲，哭喪著臉呼呼喘氣呼呼跑。跑出了兩里路，心急如焚的林祥福讓抬轎的站住腳，一把從轎裡抱出小美，抱著小美在大路上飛跑起來。田大讓他的四個弟弟抬著空轎子在後面跟著，他說他要去替換少爺，跑著追趕而去。

田大沒有追上林祥福，抱著小美的林祥福跑去時腳底生風，田大隻身一人在後面追都追不上，四個抬轎的更是越落越遠。林祥福跑過一片樹林，拐彎以後就不見人影了。

當田氏五兄弟來到李莊，來到收生婆的屋門前時，林祥福已經站立在那裡了，汗水濕透他的全身，看上去像是剛從水裡撈出來，兩隻腳的下面積了兩灘水。他呆呆看著田氏五兄弟跑過來，轎子往地上一放，就一個一個倒在地上，拉風箱似的喘起氣來。這時候屋裡傳來嬰兒的哭聲，林祥福的臉上不由抽搐了幾下，像是在笑，又像是在哭。過了一會兒，收生婆笑吟吟走出來說：

「生啦，是個千金。」

十四

小美分娩後的第三天，收生婆帶著艾葉和花椒來到林祥福家中，她將艾葉和花椒放入鍋中，在灶間燃火燒起草藥熱湯。然後將熱湯倒入木盆，又往熱湯裡放了一些花生和紅棗，然後把嬰兒放入草藥熱湯中洗浴起來，收生婆說清除汙穢才能除災免禍。

到了滿月這一天，收生婆又來了，這一次她身後跟隨一個剃頭匠，村裡也來了很多人。剃頭匠用一把亮晃晃的剃刀刮去嬰兒的胎髮，又刮去嬰兒的眉毛，小美用一塊紅布將胎髮和眉毛小心翼翼包裹起來。林祥福抱著沒有胎髮和眉毛的嬰兒來到院子裡，嬰兒的腦袋在陽光下閃閃發亮，像是一顆透明的玻璃球，村裡人見了笑個不停。

夏天流逝而去，秋天匆匆來臨。十月裡的這一天，黎明來到之前，林祥福在嬰兒持續不斷的啼哭聲裡驚醒。他叫了幾聲小美，沒有應答，起身點亮煤油燈，看到炕上沒有小美，心裡一沉，舉著煤油燈走到外面，又叫了幾聲小美，還是沒有應答。

他意識到發生過的事再次發生了。他打開衣櫥，裡面沒有小美的衣服，炕下也沒有小美的棉鞋。他立刻從牆的隔層裡取出木盒，打開後看見十根大黃魚和三根小黃魚還在紅布包袱裡，這次小美沒有拿走一根金條。

女兒的哭聲因為激烈變得哽塞起來，林祥福急忙過去，看見鳳穿牡丹的頭巾蓋在襁褓中的女兒身上，女兒身旁擺著一碗粥湯。林祥福抱起女兒，自己喝一口粥湯，然後用嘴慢慢灌到女兒嘴中。

女兒重新入睡後，林祥福來到屋外，在井台上一直坐到黎明降臨。他想著小美的已往，想到她如何身穿他的衣服在月光下為轉胎而繞井遊走，想到她坐在炕上如何小心翼翼從剃頭匠手上接過女兒的胎髮眉毛……當最初的陽光照射到臉上時，他起身走進屋子，抱起炕上的女兒，從後門去到田大家，讓他家裡的人照看自己的女兒，然後又回到家中，從木盒裡取出裝有金條的紅布包裹，在日出的光芒裡向著城裡大步走去。

在城裡，林祥福去了聚和錢莊，把四百七十六畝田地抵押後換成銀票，大黃魚小黃魚也換成銀票，有一根小黃魚換成銀元；又去了一家裁縫鋪子，讓他們給嬰兒做裡外各兩套四季衣裳，吩咐他們把衣裳做得大一點，還讓他們做一個布兜和一個棉兜，兩日後來取。當他回到村裡時已是深夜，他去田大家抱回女兒，讓田大跟在身後。兩個人走進林祥福的屋子，坐在煤油燈微弱的光亮裡，林祥福將這一切告訴了田大。田大驚訝地張大嘴巴，半晌合不攏。

林祥福說他三日後就要帶上女兒去追趕小美，他說已將田地抵押，期限三年，房屋沒有抵押，他讓田大一家過來住，替他照看房屋。他告訴田大，找到小美後，會給他來一封書信，若兩年內沒有收到他的書信，那他一定是客死他鄉，這房屋就歸他們兄弟所有，田地過了押期之後，會有新的主人。林祥福說完，將房契交給田大。

這個曾經馱著林祥福在村裡到處走動的田大，眼淚汪汪聽完林祥福的話，手裡拿著房契說：

「少爺，帶上我吧，路上有個照應。」

林祥福搖搖頭說：「你就替我照應房屋管好田地。」

田大的眼淚掉在房契上，他用已經磨爛的袖管小心翼翼地擦乾淨，再次懇求林祥福：

「少爺，你帶上我吧，你一個人，我們兄弟不放心。」

林祥福擺擺手說：「你回去吧。」

「是，少爺。」田大恭敬地起身，抹著眼淚走了出去。

三日後，林祥福將熟睡中的女兒放入棉兜，背上那個龐大的包袱，天沒亮就走出屋門，他牽著毛驢先是來到村東父母的墳前，跪下來對他的父母說：

「爹，娘，我對不起你們，對不起祖宗。我把祖傳的田地抵押了，我要把小美找回來。爹，娘，你們的孫女要吃奶，她不能沒有娘，我要去把小美找回來。爹，娘，我在這裡發誓，我一定會回來的……」

十五

林祥福向南而行，他將女兒放在胸前棉兜裡，將包袱放在驢馱上，手牽韁繩走在塵土滾滾的大路上。他一路都在打聽小美的行蹤，詢問是否見過一個身穿土青布衣衫和土青布裙的年輕女子。同時尋找正在哺乳的女人，為飢餓的女兒乞求奶水。

兩天後，林祥福來到黃河邊。一個上了年紀的艄公告訴林祥福，人可以渡河，毛驢不能過去。艄公說風急浪高，毛驢在羊皮筏子上站立不住會落水。林祥福看見河水滔滔而去，還有上游下來的冰塊在河面上橫衝直撞，有一隻羊皮筏子在波浪上簸蕩起伏時隱時現。林祥福看了看懷中的女兒，此刻女兒正在熟睡，一滴口水從她的嘴角掛落下來。林祥福抬起頭問艄公，哪裡有驢戶的驛站？艄公說很近，沿著河向東走一里路有一家驛站。

林祥福將毛驢賣給驛站的一個男子，說再買些飼料。那個男子奇怪地看著他，說毛驢都賣了，還買什麼飼料？林祥福說毛驢跟了他五年，是他的夥伴，他想再餵牠一次。那個男子就拿出一些麥秸稈，林祥福搖搖頭，說不要這些粗料，要精料。男子再次奇怪地看看林祥福，他問，要什麼精料，是青草？乾草？還是麩皮？林祥福拿出一文銅錢遞給他，說都來一點。

夕陽西下之時，林祥福抱著女兒蹲在地上，均勻攪拌起草料。那個男子站在一旁嘿嘿笑著，說沒見過攪拌草料這麼久的。

林祥福也笑了笑，他說：「俗話說有料沒料，四角都要攪到。」

然後林祥福對著毛驢說起了話，他說：「本來是不會把你賣掉的，可惜你不能過河，只能留下來。你跟了我五年，五年來耕田、拉磨、乘人、挽車、馱貨，你樣樣在行。從今往後，你要跟著別人了，這往後的日子你好自為之。」

林祥福離開驛站，乘坐羊皮筏子橫渡黃河的時候，夜色正在降臨。他一手抱緊懷中棉兜裡的女兒，一手抓住包袱，在波浪裡上下簸蕩。艄公跪在前面，揮動木槳划水而行。浪頭打上來，淋濕了林祥福的衣服，林祥福的眼睛透過水珠，看到黃河兩岸無邊無際的土地正在沉入到黑夜之中，空曠的天空裡一輪彎月正在浮動，女兒嚶嚶的哭聲在浪濤聲裡時斷時續。

渡過黃河，林祥福一路南下。此後的旅途裡馬蹄聲聲，他換乘一輛又一輛馬車，從十二匹馬三節套的馬車，到三匹馬二節套的馬車。他耳邊時刻響著車夫揚鞭催馬聲，「駕！啪！呵！」，只要車夫喊「唔唔」，他不用看就知道是往左走，喊「哦哦」是往右走，喊「越越」是在走上坡的路，喊「吰吰」是跨越了街道上的石頭門檻。

他住過的車店數不勝數，見過的店幌也是五花八門，在掛著笊籬頭子幌兒的雞毛小店裡，他與走村串戶的貨郎同席而睡；在掛著一個羅圈，下面飄幾根布條幌兒的小店裡，他和推車挑擔的盤腿而坐；在掛著梨包幌兒的店裡，他與趕牲口的聊天；在掛著七個羅圈，下面繫紅布條幌兒的大車店裡，他和鑲著金牙的生意人寒暄。

林祥福經過很多的吊橋、浮橋、梁橋和石拱橋，沿著運河向南而行，他與冬天一起渡過了長江，此後他的行程不再是一路向南的直線，而是徘徊不前的橫線，他在江南水鄉的城鎮之間穿梭，穿梭了二十多個城鎮，也穿梭了冬天和春天，他向人們打聽一個名叫文城的地方，這是小美的家鄉，可是所有人的臉上都是茫然不知的表情。

春去夏來，這一天他走進一個名叫沈店的城鎮，沿著石板鋪成的街道漫無目的走去，走到街道突然中斷時，他來到了碼頭。

一個年輕的船家站立船尾，笑聲朗朗和岸上一個年輕姑娘說話，他們快速的語調讓林祥福心裡一動，林祥福聽不懂他們說些什麼，可是聽出來了他們的腔調，小美和阿強最初出現在他家門口時就是這樣的腔調，林祥福覺得自己來到文城了。年輕的船家看見林祥福，問他是不是要船，林祥福搖搖晃晃上了船，彎腰鑽進竹篷，坐在船艙裡，他見到紅漆的船板上鋪有草席，還有兩個竹木枕頭。年輕的船家問他去什麼地方，林祥福說：

「去文城。」

「文城？」

船家的臉上露出迷茫的神色，這是林祥福已經熟悉的神色，他知道船家沒有聽說過這個地方，船家剛才說話的腔調讓林祥福仍抱希望，他問船家的家在什麼地方，船家說：

「溪鎮。」

林祥福問，溪鎮是一個什麼樣的地方？船家說，是一個出門就遇水，抬腳得用船的地方。這話讓林祥福心裡再次一動，他想起來阿強曾經這樣說過自己的家鄉，於是他說：

「去溪鎮。」

十六

黃昏的水面上，林祥福懷抱女兒坐在船裡，他本想取下身後的包袱，可是身體往後一靠，包袱像靠墊一樣讓他感到舒適，他就沒有取下包袱，取下了胸前的布兜，讓布兜裡的女兒躺在他腿上，他伸手拉開上面的竹篷，夏日的晚風吹在了他身上。

船家坐在船尾，背靠一塊直豎的木板，左臂腋下夾著一支划槳，劈水操縱著方向，兩隻赤腳一彎一伸踏著擯槳。林祥福聽著咿啞咿啞的擯槳踏水聲，看著水面上一葉一葉竹篷小舟破浪前行。船家們右手握著一把小酒壺，雙腳一彎一伸之間，呷上一口黃酒，左手從船沿上的碗碟裡拿一粒豆子，向嘴中一丟，嚼得津津有味。

晚霞在明淨的天空裡燃燒般通紅，岸上的田地裡傳來耕牛回家的哞哞叫聲，炊煙正在嫋嫋升起。同時升起的還有林祥福的幻象，他看見小美了，懷抱女兒坐在北方院子的門檻上，晚霞映紅了黃昏，也映紅了小美身上的土青布衣衫和襁褓中的女兒。從城裡回來的林祥福一手牽著毛驢一手舉著一串糖葫蘆，走到小美身前，他將糖葫蘆遞給小美，小美將糖葫蘆貼到女兒的嘴唇上。這是小美留給林祥福的最後情景，天亮前她再次離去，一去不返。

巨大的響聲把林祥福從幻象裡抽了出來，剛才還是明淨和霞光四射的天空，這時昏天黑地，電閃雷鳴，風雨交加，林祥福看見船家驚恐的眼睛在雨水裡左右張望，林祥福也抬頭看去，看見漏斗狀的旋風急速而來，塵土碎物旋轉飛翔的景象，彷彿是大地的暴雨向空中傾瀉。這時兩個疊加在一起的竹篷脫離了小舟，翩翩起舞般飛翔而去。船家叫了聲「龍捲風」，就跳入水中，他跳下去時，右手還握著那把小酒壺。

船家逃命而去，林祥福不能跳入水中，女兒就在胸前，他只能坐在船裡，雙手緊緊護住女兒，他感到身上的衣服呼呼向上掀起，衣服彷彿要拉扯他去飛翔。他盤起腿來，閉上眼睛，彎下上身，將女兒藏在懷裡，抵抗著衣服的飛翔，身後沉重的包袱此刻與他同心協力，一起抵抗飛翔。

小舟離弦之箭似的飛了起來，飛了一陣又掉落下來，在水面上嗖嗖馳去。女兒在他胸前的布兜裡啼哭不止，在龍捲風的巨大響聲裡，女兒的啼哭如同他的心跳一樣隱蔽。

接下去小舟不是嗖嗖而去，而是吱哩嘎啦前行了。他睜開眼睛，見到亂石飛舞，樹木拔地而起，河裡的竹篷小舟滑行到了陸地上，陸地上的屋頂飛向河裡。小舟已經破裂瓦解，船板在狂風裡分道揚鑣，他知道自己不是坐在小舟裡，而是坐在了木板上，接著這塊木板也分裂了，他的身體騰了起來，衣服像是風帆那樣鼓起，他的身體像是飛翔，又像是衝鋒，飛簷走壁似的滑翔過去，後來撞在了什麼上面，他掉落下來，昏迷了過去。

龍捲風過後，夏日的黑夜逐漸離去之時，林祥福在一片橫倒在地的稻穀中間甦醒過來，他與大地一起甦醒，他看見天色正在明亮起來，亂雲飛渡的天空看上去朝氣蓬勃。

林祥福驚醒般地伸手摸向胸口，沒有摸到布兜，沒有摸到女兒，林祥福驚叫一聲站起來，背後的沉重又讓他跌坐在地，他伸手往後一摸，那個龐大的包袱仍在身上，他雙手支撐著站立起來，焦急的眼睛環顧四周，沒有看見布兜，沒有看見女兒，只看見一塊斷裂的船板斜插在稻田裡，田裡的稻穀猶如叢生的雜草，旁邊的樹木飛走了，留下幾個泥坑正在講述它們空蕩蕩的不幸。

林祥福驚慌地來回奔跑，哇哇喊叫，尋找他的女兒，他看見水面已在兩三里路程之外，是狂風把他帶到這裡，幾棵粗壯的大樹和一個空洞的屋頂也來到了這裡。

林祥福沒有找到女兒，他大聲哭喊，走過幾棵不知來自何處的大樹，它們交叉躺在一起，支撐著那個空洞的屋頂。他走向遠處的水域，東張西望，神態卻像一個盲人，似乎什麼都看不見。他哭喊著奔跑起來，一直跑到水邊，站在那裡，張望霞光照耀下廣闊的水面，水面漂浮著樹木、船板、家具和衣物……他對著水面大聲喊叫，可是只聽到自己喊叫的回聲，他看見有衣物在沉下去，樹木和船板仍在漂浮。

林祥福站立良久，大聲哭喊變成了低聲嗚咽。他抹著眼淚往回走，那一刻他覺得失去女兒了，他害怕，他渾身顫抖，走路搖晃起來。他繼續東張西望，他的眼睛被淚水蒙住；他繼續大聲喊叫，嘴巴張開後沒有聲音。他被絆倒，感到自己的身體摔倒在一個架子上，他爬起來，可是雙手撐空，再次摔倒，他雙手摸索著，摸到很粗的樹幹，終於將身體支撐起來。他重新站起，抬手抹去淚水，眨了幾下眼睛，意識到自己走回了原地，走到那幾棵倒地的樹木所支撐住的屋頂前，他剛才就是摔倒在這個空洞的屋頂上。

這時候林祥福看見了布兜，掛在倒地的樹枝上，上面是那個空洞的屋頂。林祥福使勁眨了幾下眼睛，那個布兜還在那裡，一陣風吹來，幾根殘留在屋頂的茅草吹起後，從布兜上面飄過。林祥福緊張地笑了笑，像是徵詢別人意見似的回頭張望一下，然後小心翼翼將腳插進空洞的屋頂，深一腳淺一腳走到充滿希望的樹枝前，取下上面的布兜抱到胸前。

他看到女兒在布兜裡雙目緊閉，他的手指緊張地伸向女兒的鼻孔，這時睡夢中的女兒打了一個呵欠，他破涕為笑了。

他將布兜掛在胸前，雙手小心翼翼守護它。他的雙腳插在屋頂裡舉目四望，四周的一切像是剛剛洗滌過一樣清晰，這是他第一次張望這個名叫萬畝蕩的廣闊土地，日出的光芒將破敗的萬畝蕩照耀出一片通紅的景象。

林祥福離開空洞的屋頂，走上一條小路，大步向前走去，他笑容滿面，嘴裡不由自主吐出了家鄉那個媒婆的腔調，對熟睡中的女兒說：

「世上還有這等奇事，睡著了還會打呵欠。」

林祥福揹著龐大的包袱，雙手護著胸前布兜裡的女兒，雙腳在倒地的稻穀、蘆葦和青草上踩踏過去，向著遠處房屋密集的地方走去。

林祥福走進樹木失去了樹葉、屋頂失去了瓦片的溪鎮。他把小美留下的鳳穿牡丹的頭巾包在女兒頭上，他在溪鎮遇到的第一個人就是陳永良，那時候他還在女兒失而復得的喜悅裡，因此陳永良見到的不是一個從災難裡走來的人，在霞光裡走來的是一個歡欣的父親。

十七

林祥福雙手護住布兜裡的女兒，在淒涼破敗的溪鎮四處行走。他仔細聆聽人們說話的腔調的時候，小美和阿強對話的腔調就會浮現在耳邊。

他見到了藍印花布的頭巾，見到了滿街的木屐，那些年輕姑娘在水邊洗腳之後，穿著木屐在石板路上走動，發出的聲響讓他想起小美穿上木屐在他北方家中走動的情景，小美說就像敲打木琴，在溪鎮的傍晚，林祥福時常聽到一片木琴般的聲響。

林祥福覺得這裡很像阿強所說的文城，他幾次向人詢問：「這裡是文城嗎？」

得到的回答都是：「這是溪鎮。」

林祥福接下去問：「文城在哪裡？」

林祥福看見迷茫的眼神，還有果斷的搖頭，這裡沒有人知道文城。渡過長江以後，在他尋找小美的旅途上，在他去過的城鎮裡，同樣見過這樣迷茫的眼神，這樣果斷的搖頭，同樣沒有人知道文城。他站在溪鎮的街頭，彷彿是迷路了，失落的情緒籠罩了他。

一個似曾相識的身影在其他身影裡飄然而過，恍若一片樹葉在草叢裡被風吹過，過去了一會兒，林祥福似夢初覺，剛才過去的身影像是小美。他轉身急步走去，眼睛尋找那個身影，布兜裡熟睡女兒的頭顱輕輕碰撞他的胸膛，他放慢了腳步，右手護住布兜裡女兒的頭顱，走得小心翼翼了。

那個身影在前面來往的人影裡時隱時現，她幾次回頭張望了林祥福，林祥福沒有看清她的面容，看清的是她身穿碎花圖案的旗袍，旗袍的圖案和顏色與小美的旗袍不一樣，可是她的身影像是小美的身影，似乎比小美瘦俏，林祥福跟隨而去時，心裡想小美瘦了。

林祥福走到碼頭這裡，走進一條狹長的小巷時，那個身影沒有了，他眼見那個身影拐進這條小巷，可是突然沒有了。他在巷口站立一會兒，走進小巷，走過一扇虛掩之門時，聽到吱呀一聲，門打開了，身穿碎花旗袍的她站在門內的昏暗裡，微笑地看著林祥福，對林祥福說了一句什麼話，林祥福沒有聽懂她語調飛快的說話，但是認出她是那個身影，也認出她不是小美。

林祥福惆悵之時，她重複了剛才的話：「進來呀。」

這次林祥福聽懂了，木然地看著站在屋裡微笑的她，她又說了一聲：「進來呀。」

林祥福不知道她為什麼如此熱情，還是走了進去，在一股濃烈的魚腥味裡，林祥福跟隨她走上樓梯，走進一個房間，她關上房門，插上門閂，請林祥福在椅子裡坐下。

林祥福不知道自己進入了私窩子，他坐在椅子裡，疑惑地看著她。她看看林祥福胸前布兜裡的嬰兒，莞爾一笑，帶著嬰兒來私窩子的，她是第一次見到。她打開衣櫥，從裡面取出一床棉被，整齊鋪在桌子上，她笑著對林祥福說：

「小人給我。」

她從懵懵懂懂的林祥福的身上取下布兜，把布兜裡的嬰兒抱過去放在桌子的棉被上面。然後她面對林祥福微笑地脫下碎花旗袍，疊好後放在床邊的櫃子上，她在解開內衣的時候，林祥福知道自己來到什麼地方了，這時候嬰兒啼哭起來，嬰兒餓了。

接下去這個有著與小美相似身影的女子，見到了一個慌張的男人。林祥福從椅子裡站起來時似乎是跳了出來，抱起桌子上啼哭的嬰兒兩步跨到門口，他拉了幾次房門才意識到沒有拉開門閂，拉開門閂出去後，他急促的腳步聲從樓梯響了下去，接著急促的腳步聲又從樓梯響了上來，他懷抱嬰兒滿臉通紅回到房間裡，把幾文銅錢放在剛才坐過的椅子上，轉身出門，急促的腳步聲再次從樓梯響了下去，消失在外面的小巷裡。

十八

此後的幾天，林祥福繼續在溪鎮的街上遊走，他的眼睛鍥而不捨去尋找，見到過幾個似曾相識的身影，卻沒有見到小美的面容。

溪鎮房屋破敗的大門外有著破敗的半高腰門，零零星星，這是龍捲風刻下的傷痕，林祥福聽過小美有關腰門的描述，知道這是為了阻擋豬狗的進入。不少人家門外安放一碗清水，有的人家還在門框上垂掛黑紗，林祥福知道這裡面有人在龍捲風裡丟失了性命。

放在門外的一碗水讓林祥福傷感地想起自己的父母，在他家的門前也放過兩碗水，一碗是母親給父親放的，一碗是他給母親放的。

災難之後的溪鎮，人們的生活一如既往，雖然林祥福會聽到女人的低泣和男人的嘆息，可是他們的憂傷如同微風般地安詳。林祥福覺得溪鎮對人友善，女兒因為飢餓啼哭之時，有人會主動上前，把他引到哺乳中的女人家裡。林祥福離開溪鎮時，一個挎著竹籃的陌生女子追上來，送給他紅色綢緞的嬰兒衣服和鞋帽，林祥福詫異之後說話時，陌生女子已經匆匆離去。林祥福看著這個陌生女子不願回首的背影，心裡憂傷地猜想，有一個嬰兒在龍捲風裡死去了，所以這身嬰兒衣裳來到他的手上。

城外的人們小心翼翼收割起田地裡殘剩的莊稼，將樹木重新植入泥土，將木船推回水中，將茅屋重新蓋起。城裡的磚瓦房雖然沒有在龍捲風裡倒塌，可是屋頂的瓦片飛走了，於是城外出現很多的瓦窯，燒瓦的煙柱同時伸向空中時猶如一片杉樹林。

在秋風吹落樹葉之初，林祥福懷抱女兒離開了溪鎮。接下去的三個多月裡，林祥福向南而行，繼續尋找那個名叫文城的城鎮。他沿途打聽，還是沒有人知道文城。文城在林祥福心中虛無縹緲起來，他仍然南行，越往南走，聽到的說話腔調越是古怪，越不像小美和阿強對話時的腔調。他因此終止了旅程，在一座橋上坐了很長時間，仔細回味之後，覺得他去過的城鎮裡，溪鎮最像阿強所說的文城，他意識到阿強所說的文城是假的，阿強和小美的名字應該也是假的。

歷盡千辛萬苦，沒有找到小美，他心裡淒涼起來，那一刻他想回家了，他想到那頭紅纓飄飄鈴鐺聲聲的毛驢，想到家鄉的田地和宅院。他摸了摸女兒衣服裡的銀票和自己身上的銀元，想著渡過黃河後要去找到那家驢戶，贖回自己的毛驢，回到家鄉後要贖回抵押的田地。

然而女兒改變了林祥福的想法，當時他站在一座橋上，右手扶住女兒，試圖讓她站在他的左手上，他感覺她的雙腿在使勁，似乎要站住了，他在橋上發出了笑聲，這是他離家南行以來的第二次笑聲，第一次笑聲是在那場龍捲風過後，女兒失而復得之時。

林祥福決定重回溪鎮，女兒需要母親，他需要小美，他相信阿強所說的文城就是溪鎮，雖然不知道他們此刻身在何處，他心想他們總有一天會回到溪鎮，他將在溪鎮日復一日等待小美的出現。

林祥福轉身向北而行，在冬天飛揚的雪花裡再次走進溪鎮。

十九

這場長達十八天的大雪剛剛來到時，溪鎮的人們沒有感到這是災難降臨，以為只是入冬以後的第一場雪。儘管鵝毛一樣的雪花很快就將屋頂和街道覆蓋成了白色，人們仍舊相信大雪在天亮之前就會停止，日出的光芒會讓積雪慢慢融化。然而大雪沒有停止，太陽的光芒也沒有照耀溪鎮，此後的十八天裡，雪花不斷飄揚，時大時小，雖有暫停的時候，可是天空一刻也沒有改變它灰白的顏色，灰白的天空始終籠罩溪鎮。

林祥福懷抱女兒，在積雪越來越厚的街道上艱難跋涉，為女兒尋找奶水。當時的林祥福將棉袍的下襬捲起後包住胸前棉兜裡的女兒，行走時小腿深陷於積雪之中，飛揚的雪花染白了他的頭髮，也染白了他的衣服，使他沉沒在白色的靜謐之中。

林祥福在見不到人影的街上前行，女兒在懷中啼哭，這是飢餓的聲音。他一邊艱難行走一邊仔細聆聽兩旁房屋裡有沒有嬰兒的哭聲，如果他聽到這樣的哭聲，就會去敲開那家的屋門。

進屋後他的右手伸過去，手掌上放著一文銅錢，乞求地看著正在哺乳的女人，她們的男人從他手掌上拿走銅錢，拿走銅錢就是同意他的請求，他的臉上立刻掠過一絲欣慰的神色。他取下胸前的棉兜，將女兒遞過去，看到女兒終於到達那些女人溫暖的胸懷，他的體內就會出現一股暖流。當女兒的小手在她們胸口移動時，他會眼睛濕潤，他知道她抓住了，就像是腳踩在地上一樣。

雪凍的溪鎮，每一天的黎明從灰白的天空裡展開，每一天的黃昏又在灰白的天空裡收縮，來到的黑夜沒有星光，也沒有月光，溪鎮陷入在深淵般的漆黑之中。

溪鎮的人們開始覺得這紛紛揚揚的雪花將會沒完沒了地持續下去，會像他們的生命一樣持續下去，於是悲觀的情緒越過腰門穿過屋門襲擊他們了，他們時常懷疑地說，不知道還能不能活著見到陽光。這樣的情緒如同瘟疫一樣蔓延，林祥福推門而入時，溪鎮的男人差不多都會用可憐的聲調問他：

「這雪什麼時候才會停止？」

林祥福搖搖頭，他不知道。懷抱女兒的林祥福走遍了溪鎮，用手指敲開一扇又一扇屋門。溪鎮的女人在面對雪凍時，比男人堅強和平靜，儘管她們臉上都掛著麻木的表情，可是她們一如既往操持家務。正是她們在屋內的走動，使林祥福感受到雪凍的溪鎮仍然有著人間氣息。

這一天，林祥福來到了溪鎮商會會長顧益民家中。顧益民的買賣多而廣，既是本地錢莊的主人，也是西山金礦的主人，還在溪鎮、沈店等地開設多家綢緞商號，專與上海、蘇州、杭州一帶的綢緞掮客來往，與其他商號坐收其利不同，他的夥計時常帶著貨樣走街穿巷招攬顧客。

林祥福初次見到這位三十來歲的男子時，不知道他在溪鎮是說一不二的人物。仍然是嬰兒的哭聲指引他來到這氣派的深宅大院，林祥福走過一段又高又長的圍牆時，看見裡面的大樹戴滿積雪。朱紅大門沒有緊閉，留出一條門縫，讓他看見裡面庭院的積雪已被清掃，嬰兒的哭聲就是從那裡隱約傳來，林祥福遲疑之後走了進去。

他走到寬敞的大堂，兩根粗壯的圓柱支撐著上面的橫梁，有十多人分坐在兩旁的椅子裡，六個炭盆分成兩排，供他們烤火取暖，一個清瘦黝黑的男子坐在正面主人的位置上。他們正在議論什麼，看見林祥福走進來，停止了說話，詫異地看著這位不速之客。林祥福伸出放有一文銅錢的右手，說出自己的來意後，顧益民，就是那位清瘦的男子扭頭對一位僕人說：

「叫奶媽過來。」

僕人進去後，奶媽出來了。一個體態豐滿的女人走到林祥福面前，她淡漠地看了一眼林祥福手掌裡的銅錢，接過他的女兒，轉身走回裡面的房間。林祥福的手仍然伸在那裡，奶媽沒有拿走他的銅錢。客廳裡的人不再注意他，繼續他們剛才的話題。林祥福聽著他們飛快的語速，是在議論持續了十五天的雪凍。

坐在這個大堂裡的都是溪鎮有身分的人，他們說應該拿出三牲來祭拜蒼天，他們似乎信心十足，認為祭拜蒼天之後大雪就會停止。同時他們又在唉聲嘆氣，說牲口都已凍死，不知道誰家還有活的。

林祥福看見這些男人說話時都是彎身湊向炭盆，只有這位清瘦的顧益民筆直坐在椅子裡，他的雙手沒有伸向炭盆，而是擱在椅子的扶手上，嘴裡哈出的熱氣在他臉上消散，他一直在凝神靜聽。

這時候奶媽出來了，林祥福從她手中接過吃飽後已經睡著的女兒。奶媽離去後，那文銅錢仍然在林祥福手掌上，這使他有些苦惱。顧益民注意到了林祥福的處境，向他微微點了點頭，林祥福知道應該將這一文銅錢放回口袋了。

顧益民說話了，這位神情嚴肅的男子說話時的語氣不容置疑，他說：「祭天的燔柴和三牲我已準備好，城隍閣的道士我也去說過了，明天就可以祭拜，就看能祭拜多久。這一次祭拜不同平常祭日、祭月、祭祖、祭土地，不是一日的祭拜就可收效的，常言道日久見人心，天也是一樣的。」

此後的三天，林祥福懷抱飢餓中的女兒，在只有白雪沒有人影的街上走到城隍閣前的空地時，看見了溪鎮的生機。

第一天，一張長方桌旁圍著幾十人，他們在雪中瑟瑟打抖，將一頭羊放到桌子上。林祥福看見羊的眼睛，行將被宰割時的眼睛清澈明淨，一把利刃刺進牠的身體後，牠的眼睛混濁起來了。接著他們將一頭公豬架到桌子上，桌子上已積下一層薄冰，公豬從這邊放上去，又從另一邊滑落，這樣重複幾次之後，公豬掙扎的嚎叫變成苦笑般的低鳴，忙亂的人群發出一陣一陣的笑聲，這是雪凍以來林祥福第一次聽到溪鎮的笑聲。後來是八個強壯的男人按住公豬的四隻腳，屠刀才砍了下去，豬血噴湧而出，灑在人群裡，也灑在雪地上。最後他們將一頭牛搬上桌子，因為等待得太久，牛已經凍僵了，牠的眼睛半開半閉，眼神裡有著行將入睡的溫順。一把屠刀刺進牛的胸膛，牛彷彿被驚醒似的抽搐起來，牠發出一聲漫長沉悶的嘆息聲。

第二天，林祥福走過城隍閣時，看見裡面擠滿跪拜的人，殿上擺著一個大壇，燔燒三牲，馨香陣陣飄來。閣中道士分左右站立在殿上，手執笛、簫、嗩吶和木魚，在木魚的節奏裡，笛聲、簫聲和嗩吶聲優雅四起，響徹在梁柱之間，飄揚在雪花之中。裡面屈膝跪地的人手胸著地，叩頭至手，他們的身體在音樂聲裡如同波浪似的整齊起伏。

第三天，祭拜的人越來越多，城隍閣外面的空地上跪下了一百多個祭天的男女，閣中雅音齊奏，他們的身體一起一伏。這裡的積雪祭拜前清掃過了，不到三天又回來了，林祥福看不見他們的小腿，積雪漫過他們的膝蓋，彷彿抹去了他們的小腿，他們嘴裡哈出的熱氣匯集到一起成為升騰的煙霧，在灰白的空中炊煙般散去。

二十

這一天林祥福認識了陳永良。當時陳永良第二個兒子出生三個月，是這個孩子的哭聲把林祥福召喚到陳永良這裡。在這兩個房間的家中，林祥福感受到了溫馨的氣息，滿臉絡腮鬍子的陳永良懷抱兩歲的大兒子，他的妻子李美蓮正在給三個月的小兒子餵奶，一家人圍坐在炭火旁。

林祥福來到他們中間，陳永良給了他一隻凳子，讓他坐到炭火旁。與溪鎮其他女人木然的表情不一樣，李美蓮把女孩抱到胸口時，林祥福看見一個母親的神情，李美蓮讚歎女孩的美麗，繼而讚歎女孩身上大紅綢緞的衣服和帽子，讚歎手工縫製的細緻，她摘下女孩的綢緞帽子，不斷湊到女孩的頭髮上聞一聞。這時的陳永良抱著兩個兒子，微笑地看著自己的妻子。很久沒有感受家庭氣息的林祥福，見到這樣的情景時，心裡湧上一個奇怪的念頭，如果自己遭遇不測，女兒是不是可以留在這戶人家？

對溪鎮口音有所了解的林祥福，從說話的語調裡聽出來他們也是外鄉人。陳永良告訴林祥福，他們的家鄉往北五百里，因為連續不斷的旱災，他們只能背井離鄉，一路南下，靠打短工為生，挑擔扛包拉板車，還做過船夫，陳永良說他是用手划船，不是萬畝蕩水面上的船家那樣用腳划船。直到兩年前遇上顧益民，才結束漂泊的生涯，在溪鎮住了下來。陳永良用平和的語氣講述他們帶著剛出生的第一個兒子，在餐風露宿和朝不保夕的日子裡如何艱難度日。

陳永良一家是在沈店遇到顧益民的，當時顧益民有一批綢緞要從沈店帶回溪鎮，雇用了四個腳夫，陳永良是其中的一個。陳永良挑著綢緞和其他三個短工向溪鎮走去時，他的妻兒緊隨其後。與陳永良一樣，李美蓮也挑著一付擔子，擔子的一頭放著衣物和棉被，另一頭是他們的兒子。本來應該是陳永良的擔子，來到李美蓮的肩上。坐在轎子裡的顧益民和陳永良一路交談，知道了他們的身世，知道陳永良的妻兒之所以同行，是他們沒有住宿。顧益民看著挑著擔子的李美蓮疲憊地跟在丈夫後面，這個身材嬌小的女人為了跟上男人們快速的步伐，一直在小跑。途中她的兒子啼哭時，就抱起兒子，為了擔子的平衡她將棉被放到空出來的這一頭，然後解開胸前的衣服，右手托著兒子，給兒子餵奶，左手扶住挑著的擔子，繼續小跑，她喘氣的聲音就像拉動的風箱聲，她的頭髮被汗水浸濕，臉上的汗水在跑動時不斷被風吹落，然而她一直在微笑。到了溪鎮，顧益民拿出工錢讓那三個腳夫回家，把陳永良一家留了下來。

林祥福從陳永良的講述裡，知道他所說的顧益民，就是四天前見到的那個清瘦的男子。林祥福想起顧家又高又長的圍牆，問陳永良那宅院究竟有多大。陳永良搖搖頭，他說雖然常去顧益民府上，經常是到大堂為止，偶爾會去書房，再裡面是個什麼世界不得而知。陳永良說完以後，安靜地看著林祥福。林祥福知道他在等待自己的講述，林祥福淡淡地說了一句：

「我也是從北邊過來的。」

林祥福說完以後，看見陳永良臉上出現一絲迷惑，就加上一句，說他以前學過木工活。陳永良問他學的是什麼木工，林祥福回答：

「硬木。」

陳永良眼中出現羨慕的神色，他說他也學過木工，不過他學的是低等的大鋸匠和扛房工人。

林祥福搖搖頭，他說：「木工裡只有分門別類，沒有高低之分。大鋸匠手藝好的鋸縫筆直，不糟蹋木料；扛房工人也講究，不能讓抬扛夫的肩膀受不了。」

李美蓮餵完奶之後，沒有馬上將孩子還給林祥福，兩個男人在那裡交談的時候，她試著讓孩子站在自己的腿上，她感到孩子的腿在用力時，發出驚喜的叫聲，說這孩子很快就會站直走路了。李美蓮由衷的喜悅感染了林祥福，使他坐在這裡沒有了生疏之感。

有過漂泊經歷的陳永良對眼前這個男人產生了好感，林祥福外表淒涼，語氣謙和，卻是一個見過世面的人，他說話時眼睛閃閃發亮，體內有著蓬勃生機。

林祥福沒有像往常那樣在孩子吃飽以後起身離去，陳永良的真誠和李美蓮的熱情讓他坐了很長時間，這是他在溪鎮雪凍時第一次感受到這樣的情緒。他走進過不少人家，死氣沉沉的氣氛讓林祥福覺得雪凍滲透進所有人的家中，可是在陳永良這裡，雪凍被關在了門外。

這裡有紅彤彤的炭火，一個隨遇而安的男人，一個知足而樂的女人，還有兩個初來人間的男孩。林祥福不願意從凳子上站起來，長時間孤單的生活使他這一刻倍感溫暖。當李美蓮遞給他一碗熱氣蒸騰的粥湯時，他接住碗的手微微顫抖了，他知道這碗粥湯在雪凍時意味著什麼，他們這是將自己的生命分給了他一部分。他把他們的大兒子抱到自己的腿上，一邊用嘴吹著粥湯一邊小心餵給孩子，自己一口沒喝。陳永良和李美蓮無聲看著他，他們沒有說話，只是緩慢地喝著自己手中的粥湯，白色的粥湯沾在陳永良的鬍子上。等陳永良的大兒子喝完以後，林祥福起身告辭，將兩文銅錢，不是一文銅錢，悄悄放在凳子上，他突然羞怯起來，不像此前那樣伸出右手將銅錢遞過去。

李美蓮問他：「孩子有名字了嗎？」

林祥福點點頭說：「有了，她吃的是百家奶，就叫她林百家。」

林祥福的話讓陳永良和李美蓮為之動容，他們挽留林祥福，說就在這裡住下來，外面的雪都有兩尺厚了，孩子凍病了怎麼辦？林祥福搖搖頭，打開屋門，看到屋外一片寒冷的茫茫白色時，又猶豫起來，可是想到才剛認識他們，他的腳還是邁了出去，陷入到雪中。陳永良關門的時候看到積雪淹沒了林祥福的膝蓋，他懷抱女兒走去時像是跪著用膝蓋在行走。

林祥福艱難前行時，樹上凍僵的鳥兒時時突然墜落下來，無聲地在積雪裡打出一個個小洞。兩旁的樹木也難逃雪凍之劫，林祥福不斷聽到樹木咯吱咯吱在寒冷裡裂開的聲響，這樣的聲響和樹木在烈火中的爆裂幾乎一致，只是它們拉得更長，更為尖利。

陳永良和李美蓮的挽留似乎是命運的暗示。這一天林祥福沒有回到自己的住宿，他在樹木凍裂的聲響和鳥兒掉落的振動裡，一步一步再次來到他們家中，以後就住了下來。

那時候女兒的啼哭持續不斷，他敲開陳永良的家門，還沒有說話，陳永良就將林祥福拉了進去。李美蓮接過嬰兒，解開衣服給孩子餵奶。陳永良和李美蓮沒說一句話，似乎林祥福應該回到這裡。

黑夜隨之降臨，林祥福的女兒一直在啼哭，她吃了幾口奶水馬上嘔吐出來。李美蓮伸手一摸嬰兒的額頭，失聲叫道，孩子的額頭很燙。李美蓮的話讓林祥福手足無措，他不知道該怎麼辦。

陳永良從水缸裡舀了一盆涼水，將一塊布浸濕後擰乾，放到嬰兒的額頭上。

這天晚上，陳永良和李美蓮將家中唯一的床讓出來，讓林祥福和他女兒睡。陳永良告訴林祥福，這是他們家鄉的規矩，客人來了睡在床上，他們自己睡在地上。

林祥福沒有說話，只是搖了搖頭。他抱著女兒坐在炭火前，目光像是緊繃的繩子一樣看著紅彤彤的炭火。女兒滾燙的體溫透過棉兜，來到他的手掌，不祥之兆開始襲擊他，他悲哀地感到，一旦女兒離去，那麼他在人間的日子也就屈指可數了。

這期間嬰兒曾經有過幾次微弱的哭聲，睡在裡屋的李美蓮聽到後，立刻披衣來到外屋，從林祥福手中接過孩子，給她餵奶，可是孩子每次都把奶水嘔吐出來。林祥福看到李美蓮胸前布滿奶漬，眼神裡充滿不安。李美蓮安慰他，說每個孩子都會有病有災，生一次病就是過一道坎，遇一次災就是翻一座山。

夜深時分，女兒似乎睡著了。林祥福懷抱女兒一直坐到黎明來臨，一直沒有聲音的女兒突然啼哭起來，這一次哭得十分響亮，驚醒了裡屋的李美蓮和陳永良，他們兩個人披衣出來。李美蓮說，聽孩子的哭聲像是退燒了。李美蓮抱過嬰兒，伸手一摸說真的退燒了。李美蓮給嬰兒餵奶，飢餓的嬰兒發出響亮的吮吸聲，林祥福不由淚流而出。

李美蓮看見窗戶上的光芒，又看見光芒從門縫齊刷刷穿透進來，彷彿要將屋門鋸開，不由驚叫一聲，問陳永良那是不是陽光。這時候他們才意識到屋外已是人聲鼎沸，陳永良打開屋門，旭日的光芒像浪濤一樣迎面打來。

二十一

冬去春來，林祥福留在了溪鎮，沒有和冬天一起離去。當綠芽在樹木凍裂敞開處生長出來時，林祥福在溪鎮扎下了根。

龍捲風之後是雪凍，溪鎮破敗的景象在門窗上一覽無餘。林祥福施展起了他的木工手藝，將陳永良家變形破損的門窗收拾一新，又替隔壁鄰居收拾了變形破損的門窗。林祥福的木工手藝聲名鵲起，街上其他人家的邀請接踵而至，林祥福一人忙不過來，陳永良也加入進來。陳永良展示了大鋸匠的手藝，不用尺子，只是用手掌丈量，就能鋸出林祥福需要的尺寸，而且鋸縫又直又細，陳永良還將過去製作扁擔的本事也用在了門窗的翻新上。兩個人聯手後幹起活來又快又好，一天就能翻新一戶人家的門窗，當街坊鄰居詢問多少工錢時，兩個人一樣的木訥起來，不知道應該收多少。倒是李美蓮有辦法，她把一隻竹籃掛在門口屋簷下，讓他們自己往裡面扔工錢，願意扔進去多少是多少，不扔的說上幾句好聽的話也行。街坊鄰居都往竹籃裡扔進去了工錢，好聽的話也是說了不少。

想到溪鎮盡是變形破損的門窗，林祥福和陳永良商量繼續做下去，陳永良說西山的金礦沒有什麼砂金了，雪凍之前的龍捲風又把機器損壞，現在金礦沒有工人，只剩他一個光桿工頭，顧益民沒有辭退他，是考慮他沒有去處，現在他可以去向顧益民請辭了。

兩個人開始走街串戶，做過大鋸匠和扛房工人的陳永良，將他的手藝延伸之後做出了一輛板車，而且十分結實，只是在街上拉過去時聲音響得出奇，板車上堆滿木料，板車的響聲成為他們的吆喝聲，人們只要聽到嘎吱嘎吱彷彿一座木橋正在倒塌的聲響，就知道修理門窗的那兩個人來了。

他們攜帶一只髒得像是裝過木炭的米袋，掙到的工錢都扔在裡面，黃昏回到家中，首先做的事就是把米袋裡的銅錢倒進那只竹籃。李美蓮已將竹籃移到屋前的一棵桃樹下，竹籃裡的銅錢堆起來時，鮮豔的花瓣也在掉落下來，桃花和銅錢摻和到一起，李美蓮說這些錢裡就會有一股喜氣。

兩個人拉著板車走街串戶修理門窗的同時，林祥福也在尋找小美，他見到五個叫阿強的男子和七個叫小美的女子，可是沒有見到他尋找中的小美和阿強。他與陳永良幾乎走遍溪鎮人家，沒有發現小美的痕跡，只有那些無人的空屋沒有走進去，空屋都是門窗緊閉。

在給人修理門窗時，在陳永良不經意間，林祥福向溪鎮的人們打聽那些房屋為何空著，人們回答說有的是房主外出未歸，有的是房主已經死去。林祥福對房主外出未歸的空屋念念不忘，總覺得某個空屋裡留有小美的痕跡，他想進去看看。當他們將溪鎮人家的門窗差不多修理完成之後，林祥福對陳永良說：

「那些戶空屋的門窗也是變形破損，雖然房主不在家，我們是不是也應該幫助修理？」

陳永良聽後點了點頭，他不知道林祥福的心思，以為林祥福是想做善事。他們拉著嘎吱作響的板車來到第一戶空屋前，看見門上掛著的鐵鎖，陳永良猶豫了，他對林祥福說：

「給人修理門窗是好事，撬人門鎖實在不妥。」

林祥福也猶豫，雖然他很想進入空屋看看，可是撬開人家門鎖確實不妥，他點點頭，對陳永良說：

「我們去下一戶看看。」

他們又走了幾戶空屋，都是門上掛著鐵鎖，陳永良沒有說話，他看著林祥福，林祥福說：

「我們再去看看。」

兩個人拉著板車看遍溪鎮的空屋，陳永良覺得林祥福不再關注門上是否掛著鐵鎖，而是前後左右看了又看，關注的是空屋所在的位置，他心想林祥福準備等到房主回來，再來幫助修理門窗。

二十二

林祥福與陳永良精湛的木工手藝在溪鎮流傳開來，有人搬來破舊木器，看著林祥福將它們收拾一新。一傳十，十傳百，更多的破舊木器來到陳永良家門口。最多的一天那些衣櫥、桌子、椅子、木盆什麼的逃難似的排成一隊。如此多的破舊木器聚到一起，也把溪鎮各個角落的蟑螂帶到了這裡。蟑螂們堂而皇之從那些破舊木器裡躥出來，消遁在街道兩旁的房屋裡。

蟑螂在陳永良家裡神出鬼沒，牠們從牆壁上爬過，從屋頂上掉下來，又從被子裡鑽出來，打開衣櫥看見牠們在裡面上躥下跳，做飯時看見牠們在灶台上橫衝直撞，深夜時分會從他們臉上爬過。李美蓮變得疑神疑鬼，在家裡走動時躡手躡腳東張西望，隨時手腳並用踩打那些蟑螂，她時常在後半夜悄悄起身，去蟑螂集結的狹小廚房襲擊牠們。

然後，有人來定做新家具了。林祥福對陳永良說，如果開設一家木器社，生意就能紅紅火火做下去。陳永良點頭說是正經做木器生意的時候了。聽到兩個男人說要做新木器，李美蓮高興了，她說新木器沒有蟑螂。

說話的時候李美蓮坐在門前洗衣服，兩個男人坐在屋裡，陳永良的兩個兒子坐在他的兩條腿上，林祥福雙手托著女兒。林祥福說這條街東邊有一塊空地，可以蓋兩排樓房，樓下用作工房，樓上用作住家，兩頭砌上圍牆就是院子，只是不知道那塊空地是否可以用？陳永良說溪鎮的空地都是顧益民的，這個不難，他去詢問顧益民，顧益民會出價公允。蓋房子，又是兩排樓房，不是一日兩日能夠完成，會有一年半載，嘈雜聲響會打擾到旁邊的住戶，這個也不難，他們已將街上住戶的門窗翻修一新，還沒有上油漆，只要花錢請幾個油漆匠過來，把他們的門窗免費油漆一新，他們也就能夠接受蓋房子的嘈雜聲響。陳永良說難的是蓋房的資金哪裡來，雖說他們已經掙了一些，蓋房的話還是遠遠不夠。

林祥福認真解開女兒的衣服，從裡面摸出一個布包，打開布包後取出抵押田地和金條所換的十二張銀票，遞給陳永良。陳永良吃驚地看著這一疊數額巨大的銀票，他沒有想到這個背井離鄉的男人竟然攜帶如此驚人的財富。他將銀票遞回去，看著林祥福小心翼翼放進女兒衣服裡面，問林祥福為何要將銀票放在女兒的衣服裡。林祥福說，銀票要是丟了，他和女兒就不能活下去了。陳永良說要是女兒丟了呢，這銀票不也丟了？林祥福說：

「女兒丟了，我還要銀票幹什麼？」

街上人家的門窗油漆一新以後，林祥福和陳永良開工了，他們先後雇來了泥瓦匠和油漆工，梁柱門窗這些木工活自己動手，他們在那塊空地上日出而作日落而息。半年以後，兩排雙層的青磚灰瓦的樓房拔地而起，再用圍牆連上。兩排房子的樓上各住兩家人，一排房子的樓下是木器社，另一排房子的樓下有李美蓮的廚房和兩個雜物間，還有一個最大的房間作為倉庫。

陳永良請風水先生選了一個黃道吉日，作為木器社開張之日，也是他們兩家喬遷之時。

這一天，二十多個鄰居陸續走來，這些說話時語調飛快的男人和女人，嬉笑地擠進屋門，風捲殘雲似的搬空了陳永良的家。他們每人搬起一物，三個孩子也被他們抱到了手上，後來的幾個人看看實在沒有什麼可搬了，就追上去搭一把手。這些人浩浩蕩蕩走在街上，後面跟著更多的孩子，來到街道東邊的那兩排新蓋的樓房。尾隨在後的李美蓮眼睛濕潤，這位歷經漂泊之苦的女人，終於在這一天感到今後的生活有了根基，她對走在前面的陳永良說：

「這麼多人來幫忙，做人是做到頭了。」

顧益民也來了，他帶來了幾串鞭炮，讓兩個僕人在院子大門前點燃鞭炮，在劈劈啪啪的響聲裡，顧益民看看嶄新的兩排樓房，又看看眾多前來幫忙的人，對林祥福和陳永良說：

「你們在這裡落地生根了。」

顧益民看見林祥福的女兒站在一張桌子下面咯咯笑，她抱著桌腿像是抱著父親的大腿。顧益民問林祥福，這孩子叫什麼名字？林祥福對顧益民說：

「她是吃百家奶過來的，因此叫林百家。」

顧益民點頭說：「這名字好，這名字吉利。」

站在一旁的李美蓮聽了有些心酸，等人們散去，她悄聲對林祥福說，該去找個合適人家的女人，她說：

「不為自己，也該為孩子找個媽。」

林祥福笑了笑，不以為然地擺擺手，對李美蓮說：「你就是孩子的媽。」

二十三

林祥福給田大寫了一封信，信中簡要說了自己離家兩年多的經歷，他說暫時還不會回家，他要在這裡等待小美回來，他覺得文城其實是溪鎮，他讓田大經常給他父母和祖上的墳墓除草添土。

到了晚上，林祥福躺在床上，聞著新鮮木料的氣味和油漆的氣味，想起白天李美蓮的話，小美躍然眼前了。他回憶起小美身體的點點滴滴，他的回憶彷彿生長出了一隻手，仔細摸遍了小美的全身。那些熱烈的夜晚，兩個人的身體在炕上合併到一起，他的身體強勁撞擊小美，小美的身體則是柔軟迎接。

林祥福感到自己很長時間沒有衝動了，他努力回想是什麼時候開始的，是在溪鎮的雪凍裡，還是在身心憔悴的漫長路途上，林祥福難以記起，只是覺得有一段日子了，清晨醒來時，那裡不再像木樁一樣堅硬挺拔，而是像一條浸了水的毛巾那樣垂落。

林祥福想起那個似曾相識的身影，在龍捲風過後的街上出現，消失在一條狹長的小巷裡，再次出現是在一間昏暗的屋子裡。他遲疑之後悄然起身，走出新居，在月光裡來到溪鎮的碼頭，認出那條狹長的小巷，走了進去，他不記得是哪個門進去，他的腳步小心翼翼，經過一扇虛掩之門時，聞到一股魚腥味，他記起了這個氣味，小心翼翼推門進去。

一個坐在桌前的年輕女子看見他進來，微笑起身，自我介紹名叫翠萍，隨後手舉油燈將他帶到樓上，領進一個房間，關上房門，插上門閂後，年輕女子將油燈放在床頭的櫃子上，微笑地看著林祥福，開始脫衣服。

借著油燈的光亮，林祥福這次看清了她的臉，上次只是看清她不是小美，沒有看清她有著翹起的嘴唇和很大的眼睛。

她先是脫下碎花圖案的旗袍，認真疊好後放在床邊的凳子上，接著脫下印著條紋的粗布內衣和內褲。每脫下一件，她都會整齊疊好放到凳子上，當她彎下腰疊內褲時，林祥福看到她抬起的屁股凸顯出了骨骼的輪廓，他才意識到眼前的這位女子身體纖瘦，當她赤身裸體躺到床上時，他看到她平坦的小腹微微下陷。

林祥福站著沒有動，他感到自己的心跳打鼓似的咚咚響起，呼吸也隨之短促起來，可是那裡仍然是一條垂落的濕毛巾。

這時候她微笑地坐起身來，問林祥福：「我替你脫？」

林祥福搖搖頭，說自己脫。林祥福差不多是慌張地脫下了自己的衣服，然後借著油燈的光亮爬到床上。他在爬上去時，看見女子稀疏的陰毛淡淡地分布在那裡，那一刻他感到自己有一些衝動了。他哆嗦地爬到她身上，她閉上了眼睛，微微突起的乳房上有著暗紅的乳頭，他的手輕輕摸弄起她的乳頭，他聽到她的呼吸變得越來越長。

然而年輕女子引人入勝的乳頭並沒有持續林祥福剛才的衝動，他感到自己的欲望炊煙似的漸漸消散。他的手離開了乳頭，沿著她光滑的身體往下摸去，一直摸到她的下身，這時候他感到她的手也摸到了自己的下身。過了一會兒，他的手離開了她的下身，放到她的肩上，充滿歉意地說，他不行了。

這位嘴唇翹起的女子睜開眼睛，她的手摸了摸他的額頭，說他出汗了。然後安慰他，說不要急，慢慢來，她說有的客人比他還慢。

林祥福的手重新摸到她的下身，那個濕潤以後變得模糊的部位。他悄聲問她，軟的是不是也能插進去？

她輕輕笑了一下，說不知道，可以試試。

她的雙腿張開，林祥福抱著最後的希望，試了一次又一次，她也伸手去幫他，仍然無法插進去。

林祥福已是大汗淋漓，他的信心也跟隨汗水流失，他從她身上翻下床來，匆忙穿上了衣褲。他坐到暗處的椅子裡，羞愧使他滿臉通紅，看著這位女子一件一件認真穿上衣服。林祥福從椅子裡站起來，摸出一塊銀元在暗處遞給她，她接過去後吃了一驚，說給錯了，這是銀元，不是銅錢。

林祥福說沒有給錯，她感激地收起銀元。她提起油燈，領著林祥福走出房門，在嘎吱作響的樓梯上，濃烈的魚腥味陣陣襲來，林祥福問，她的丈夫是不是販賣魚蝦的，她說是的，她丈夫去蘇州了。林祥福又問，難道魚販子的生意不能養活她，還要做這私窩子的事？她說他吃鴉片，掙的錢養活自己都難。

林祥福離開這位翹嘴唇的女子，沿著冷清的街道向前走去，感到了從未有過的疲憊，邁出去的雙腿像石頭一樣沉重，僵硬的身體似乎快要倒下。回到新居的房間，沒有脫掉衣服就睡了過去。

林祥福一直睡到第二天下午，李美蓮把午飯端到桌上時，看到林祥福的早飯還放在那裡，她讓陳永良上樓進他房間看看，陳永良說不用進去，在樓下都能聽到他的鼾聲，說他太累了，讓他睡吧。

這漫長的睡眠洗去了林祥福日積月累的疲憊，他一覺醒來聽到女兒在樓下的笑聲，他起床下樓，李美蓮正在給林百家紮辮子，兩歲的林百家坐在李美蓮的腿上，手裡舉著一面小圓鏡，從鏡中看見自己的辮子後咯咯笑個不停。

晚飯以後，林祥福帶著女兒走過溪鎮的七條街巷，走到了西山，又走回家中。兩歲的林百家在父親的牽扯下走完了一條街巷，剩下的六條先是坐在父親的手臂上，然後趴在父親的脊背上，最後是騎在父親的脖子上。

林祥福一路上喋喋不休，告訴林百家，他不會娶妻納妾了，林百家也不會有兄弟姊妹了，他往後的一切都是為了林百家。年幼的林百家知道父親正在和自己說話，所以林祥福每說一句話，她就「嗯」的一聲。

二十四

林祥福和陳永良將木器社的招牌掛在院子門口，他們兩人用了一個晚上的時間，將各類木器的尺寸價格確定下來，然後林祥福用小楷抄錄在宣紙上，又將宣紙裱好後掛在了木器社進門的牆上。林祥福說這叫明碼實價，顧客抬腳跨過門檻就能對價格一目了然。陳永良看著小楷讚歎起來，說林祥福的字寫得比他老家的私塾先生還好。

木器社生意蒸蒸日上，兩個人忙裡忙外應接不暇。林祥福和陳永良商量應該招收工人了，然後林祥福寫下了二十多張招工啟事，兩個人將小楷的招工啟事貼在溪鎮各個街角。

一個拄著一根樹枝的衣衫襤褸的人站在溪鎮的一個街角，長時間辨認招工啟事上的字跡，然後用濃重的北方口音對身邊走過的溪鎮人說，他不識字，可是他認出了上面的字跡。他詢問他們，寫這字的人是不是叫林祥福？

得到肯定的回答後，這個肩揹包袱胸前掛著一雙草鞋的人來到那兩排樓房前，站在院子的門口猶豫不決。這時候林祥福和陳永良兩家人正在吃晚飯，從廚房裡出來的李美蓮，看見這個拄著一根樹枝拿著一隻破碗的人，以為是個叫花子，就回去盛了一碗飯，走出來倒在他的破碗裡。他感激地看看自己碗中的飯，仍然站在那裡，沒有離去的意思。李美蓮又回去夾了一些菜出來，她將菜放在他的碗裡後，他還是站在那裡，李美蓮看他的眼睛不斷向屋裡張望，就問他還想要什麼。

這時候他開口了，他說：「裡面說話的人像是我家少爺。」

李美蓮笑著問：「誰是你家的少爺呀？」

他說：「就是說話這位。」

李美蓮聽到林祥福正在屋裡說著什麼，走回去對林祥福說：「外面有個人好像認識你。」

林祥福起身走出來，奇怪地看著這個衣衫襤褸的人。這人看見林祥福以後，拄著那根樹枝嗚嗚哭了起來，他哭著說：

「少爺，您一走就沒了音訊，兩年兩個月零四天啊，我們都以為您死了。」

林祥福認出這人是田大，他叫了一聲，上前扶住田大，仔細看起來，兩年多沒見，四十多歲的田大已是頭髮灰白，皺紋也弄亂了他的臉。

林祥福說：「你怎麼來了？」

田大嗚咽地說：「開春的時候收到您的信，我就趕來了。」

田大說著從胸口摸出一塊紅布，雙手哆嗦著打開後遞給林祥福，他說：「少爺，這是房契，我給您帶來了。」

林祥福接過來打開紅布看著房契，房契上面是爺爺的名字，不由百感交集。田大又從胸口摸出一個小布袋遞給林祥福，林祥福打開後看到兩根小金條，他不解地看著田大，田大說：

「這是田地裡兩年的收成，我去城裡錢莊換成小黃魚，給您帶來了。」

林祥福看著眼前衣衫襤褸的田大感慨萬千，呆立一會兒後收起房契和小布袋，扶著田大往裡走。走到屋門口，田大坐到門檻上，脫下腳上走爛的草鞋，取下胸前的新草鞋，擦了擦眼淚，笑著對林祥福說，他出來時準備了五雙草鞋，走爛了四雙，這是最後一雙。他說這最後一雙草鞋輕易不敢穿，現在見到少爺了，可以穿上它了。

田大穿著新草鞋跨進屋子，一眼認出了正在吃飯的林百家，又眼淚汪汪起來，他問林祥福：

「這是小姐吧？」

田大哭著要去抱林百家，他蓬頭垢面的樣子讓林百家嚇得往後退縮，田大站住腳，對林祥福說：

「小姐長這麼大了，小姐長得像少奶奶。」

第二天，林祥福請來剃頭師傅給田大剪了頭髮刮了鬍子，又請來一位裁縫，給他做了一身單衣和一身棉衣。他對急於回去的田大說：

「既然來了，就多住些日子。」

田大住了三天後，從外面抱進來一捆稻草，坐在門檻上編織起草鞋。林祥福見到這情景，知道他要回去了，就讓李美蓮多準備些食物讓他帶著路上吃，自己上街去給田大買了一根拐杖。

田大編織完第五雙草鞋，林祥福把他叫進自己的房間，說有些事要向他交代。林祥福給了田大六張銀票，說回去後先把抵押的田地贖回來，又將房契遞給田大。林祥福對他說：

「你要替我照看好田地和房屋，照看好我家的祖墳。房屋你先住著，田地裡的收成先歸你們五兄弟。有一天我回來了，房屋和田地再還給我。」

田大退縮雙手不敢去接，林祥福厲聲說：「拿著。」

田大才將銀票和房契接過來，然後抹著眼淚說：「少爺，您什麼時候回來？」

林祥福搖搖頭說：「現在不知道，總有一天我是要回去的。」

翌日清晨，田大胸前掛著五雙草鞋上路了。他穿上了新衣服，揹著兩個藍印花布的新包袱，一個包袱裡放著衣服，另一個包袱裡放著李美蓮為他準備的食物。出門時，他向陳永良和李美蓮鞠躬，請他們照顧好他家少爺，說他家的少爺是世上最好的人。然後他看見拉著李美蓮衣角的林百家，躬背走過去，小心翼翼摸了摸林百家的臉，又說小姐長這麼大了，小姐長得像少奶奶。

林祥福將田大送到溪鎮的碼頭，走在溪鎮的街道上時，田大始終將那根亮閃閃的拐杖抱在胸前，林祥福問他為什麼不用拐杖，田大嘿嘿笑著說捨不得用這麼好的拐杖。田大跨上竹篷小舟前，林祥福在他的包袱裡塞了五塊銀元，說是給他路上用的。這一次田大沒說什麼，彎腰鑽進了竹篷小舟，當小舟撐開時他哭了，對岸上的林祥福說：

「少爺，您早點回來。」

二十五

歲月的流逝悄無聲息，轉眼間十年過去了。十年裡林祥福沒有停止對小美的尋找，他記住了溪鎮那些外出未歸人家的空屋，林祥福以意為之，覺得某一處空屋就是小美和阿強的，他等待他們的回來。十年間陸續有八戶人家回來溪鎮，前面五戶他登門拜訪，自我介紹是木器社的林祥福，要為他們修理門窗，他們詢問價格時，林祥福擺擺手。後面三戶人家是自己找上門來的，他們回到溪鎮，鄰居就會告訴他們，木器社的林祥福無償修理門窗，他們就來到木器社，笑容可掬地詢問哪位是林祥福。

林祥福帶著木器社工人張品三給他們修理門窗之際，與他們聊東聊西，打聽出了他們的身世經歷，這回來的八戶人家與小美阿強沒有一絲瓜葛。

此時的林祥福已經擁有萬畝蕩一千多畝田地，林祥福用帶來的銀票首次購入田地，田地裡的收成與木器社的收入，又支持林祥福持續購入萬畝蕩的田地。木器社也是生意興隆，原來的地方太小，就在不遠處的一塊空地蓋起新的木器社，還蓋起倉庫。

這個北方農民對土地有著難以言傳的依戀，就像嬰兒對母親懷抱的依戀一樣。十二年前那場龍捲風過去後女兒失而復得，他在旭日的光芒裡第一次眺望萬畝蕩的土地，一片片水陸交叉的田地，連根拔起的樹木四處散落，田裡的稻穀東倒西歪如同被胡亂踩踏過的雜草，破裂的船板、叢叢的茅草、粗壯的大樹和空洞的屋頂在水面上漂浮……儘管這樣，林祥福仍然從這破敗的景象裡看出萬畝蕩此前的富裕昌盛，如同從一位老婦的臉上辨認出她昔日的俏麗。

清王朝坍塌之後，戰亂不止，匪禍氾濫。流竄在萬畝蕩的土匪與日俱增，這些土匪綁的最多是花票，抓去富裕人家的閨中女子，索取高額贖金。那些擔心女兒被土匪糟蹋的人家紛紛讓女兒提前出嫁，通往溪鎮或者沈店的河流上和道路上，迎親的嗩吶聲接踵而至，坐班戲在那些人家進進出出，婚禮的樂曲此起彼伏。土匪的打家劫舍，讓生活在萬畝蕩的大戶家家賤賣田地搬入沈店或者溪鎮居住。大戶一走，二大戶成為土匪目標，二大戶隨之也賤賣田地搬入溪鎮或者沈店。林祥福這個時候仍在收購萬畝蕩的田地，他不在意時局的動盪，也不在意匪禍會使萬畝蕩的田地顆粒無收，他心想留得青山在，不怕沒柴燒。

顧益民依然黝黑清瘦，只是沒有了昔日的意氣風發，時局的動盪讓他憂心忡忡，說話常常說了上半句忘了下半句。

顧益民對林祥福說：「民國的大總統走馬燈似的換了一個又一個，不知道是誰家的天下。」林祥福也開始顯露出生命的疲憊，這個身材魁梧的北方人沿著街巷走去時出現了咳嗽的聲音。

兩個人商量起子女定親典禮的事宜，林百家十二歲，顧益民的長子顧同年十五歲。顧益民說，眼下戰亂不止和匪禍氾濫，不是定親的好時候，只是這事不能拖延，日子還得一天一天過，該做的事就應該做。兩人商定將定親的典禮放在臘月十二進行。

二十六

顧同年在沈店一所寄宿學校就讀，已經有了混世小魔王的名聲。學校的食堂裡不准有蒼蠅，否則重罰廚房。顧同年抓了蒼蠅扔進菜桶裡，讓廚房掌櫃被罰了幾次。年過五十的掌櫃不知道是誰幹的，有一天竟然當眾跪在學生們面前，聲聲哀求道：

「我們是血本經營，賠不起呀！」

這個混世小魔王幾年下來練就了撐竿跳的本領，學校與戲院隔著一條小河，戲院門前是妓女招客的地方，顧同年找來一根粗壯的竹竿，在夜色降臨之後撐竿跳過小河，拖著長長的竹竿進入戲院看戲。顧同年十二歲以後沒有看戲的興趣了，這個還沒有完全發育的男孩拖著竹竿在戲院門前晃來晃去，無師自通地學會了與妓女搭訕，又學會了與妓女討價還價。顧同年十二歲開始在附近旅社開房間，與妓女同床共枕到旭日東昇。

這位顧家的闊少爺出手卻並不闊綽，他只肯出半價招妓，理由是他只有半個男人的身高，所以應該半價。戲院門前的妓女都不願搭理這個嘴上無毛的小混蛋，顧同年就拖著竹竿在戲院門前走來走去，又是破口大罵，又是據理力爭，他的嗓音尖細嘹亮，引來不少圍觀者。顧同年滔滔不絕毫無羞恥之感，他見人就傾訴自己的滿腹委屈，反倒是那些妓女被他弄得羞愧起來。顧同年小小年紀胃口很大，他一次要招兩個妓女。妓女心想雖然是半價接客，可是兩個人應付這個嘴上沒毛的小混蛋應該是輕鬆自如，於是尾隨這個小混蛋和那根長長的竹竿來到旅社的房間。上床之後妓女開始叫苦不迭，沒想到小混蛋那東西和放在床前的竹竿一樣堅挺，小混蛋還喜歡花樣翻新，讓她們翻來覆去爬上爬下，一夜的侍候讓她們覺得是在碼頭幹了一天的搬運活。此後站在戲院門前的妓女們一看見顧同年撐著竹竿越過小河時，就會東躲西藏，她們說這小混蛋活脫脫是個混世魔王。

顧同年一副出師大捷的模樣，開始三個四個地招妓，有一個晚上他招來五個，讓她們脫光衣服以後橫躺在床上，他一個一個襲擊她們，累了以後就躺在五個的肚皮上小睡一會兒，然後繼續襲擊她們，直到五個妓女疲憊不堪離去之後，他才心滿意足一覺睡到中午。然後他渾身發軟拖著竹竿走出旅館，撐著竹竿準備越過小河時，手腳發抖使他一頭栽進了河水裡。顧同年從河水裡爬上來以後連打了幾個噴嚏，隨後高燒不止，他回到溪鎮家中躺了二十三天。第二十四天他坐著轎子回到沈店的學校，到了晚上他又撐竿跳過了小河。此後他倒是不再四個五個地招妓了，通常是一次襲擊兩個，偶爾才會招上三個。

顧益民之後陸續將另外三個兒子送進沈店的寄宿學校，顧同年將他三個弟弟顧同月、顧同日和顧同辰培養成撐竿跳的高手。戲院門前的妓女們看見的不是一個，而是四個混世小魔王撐竿越過了小河。這四個拖著竹竿走來時都是地道的嫖客模樣，四雙亮閃閃的賊眼瞟來瞟去，然後每人挑選一個去了旅館。他們只開一個房間，四個赤裸的妓女躺到床上後，他們先是上起了人體生理課，議論紛紛地比較她們的乳房，比較她們的臉，她們的腿和她們的屁股。這樣的比較就會花去半個時辰，躺在床上的妓女開始打起呵欠。比較完了按年齡順序爬到床上，先是顧同年，再是顧同月和顧同日，最後是顧同辰。顧同年時常弄完第四個才會下來，顧同月和顧同日弄一個就泄了。妓女最怕的是顧同辰，這個只有七歲的男孩對乳房的興趣超過其他的，他爬到她們的胸前，對準乳房又是捏又是揉，又是吸又是咬，還抓來推去，她們疼痛的叫聲破窗而出。

二十七

林祥福沒有把林百家送去學校，那時方圓百里之內沒有招收女生的學校，林祥福就在家中教授女兒。

在這幢兩排雙層的房子裡，林百家和陳耀武陳耀文共同成長，他們跑上跑下將樓板踩得咚咚直響，地板縫裡垂落下來的灰塵常常掉進李美蓮炒菜的鍋中，正在做飯的李美蓮一聲聲叫著，要樓上的孩子別在上面跑，三個孩子聽到李美蓮的叫聲乾脆在那裡蹦跳起來，讓更多的灰塵掉下去。而且開始了惡作劇，去樓下木器社裡抓幾把木屑回來，塞進地板縫裡，在那裡又踩又跳，樓下做飯的李美蓮叫得越響亮，他們在樓上跳得越歡樂。無可奈何的李美蓮叫上兩個木器社的工人，用紙糊在頂上，糊住地板的縫隙，這才阻擋木屑灰塵的灑落。

林祥福看著三個孩子整天裡裡外外奔跑，覺得應該讓朗朗讀書聲代替咚咚腳步聲，他和陳永良把樓下一個堆放雜物的房間收拾出來，在牆上掛上一塊小黑板，黑板旁邊貼上雍正皇帝的《聖諭廣訓》，又搬進來三張小課桌和三把小凳子。林祥福將三個孩子叫到面前，告訴他們：

「現在開始要認字讀書了。從今往後，坐要坐得端正，走要走得方正。」

林祥福教授起了林百家、陳耀武和陳耀文。十天後，林祥福又搬進來了兩張小課桌和兩把小凳子，顧益民把他的兩個女兒顧同思和顧同念送到了林祥福這裡。

顧家姊妹分別是十歲和七歲，林祥福笑容滿面帶著她們進來，告訴林百家、陳耀武和陳耀文她們兩個的名字後說道：

「是你們的同窗，也是你們的妹妹。」

身穿水紅和淺綠旗袍的顧同思和顧同念，臉色羞紅看了看這三個年齡大的孩子，走到了林百家的身旁，姊姊顧同思把手裡捧著的三個小布袋遞給林百家，林百家好奇接過去，打開一個布袋，看見裡面裝的是糖豆，知道這是顧家姊妹帶來的見面禮，她把另外兩個布袋遞給陳耀武和陳耀文，陳耀武和陳耀文打開布袋後貪婪吃起了糖豆，林百家把糖豆往手掌裡倒上一些，拿起一粒送到顧同思嘴邊，又拿起一粒送到顧同念嘴邊，拿起的第三粒才放進自己嘴裡。

陳耀武和陳耀文喝水似的把糖豆吃完，然後眼饞地看著林百家和顧家姐妹慢慢品嘗糖豆。站在黑板前的林祥福，默不作聲看著林百家與顧家姊妹美滋滋吃著糖豆，他忘記應該講學了，林百家與顧家姊妹才見面就如此融洽親密，讓林祥福滿心欣喜。

顧同思和顧同念的到來，讓林百家變了，她不再是那個整天與陳耀武陳耀文裡外上下奔跑的不像女孩的女孩，她像一個女孩了，而且是一個姊姊。課間的時候，陳耀武與陳耀文手揮木刀木劍在院子裡嬉笑打鬥，林百家與顧家姊妹踢毽子，七歲的顧同念抬腿去踢毽子時，經常重心不穩摔倒在地，林百家就用繩子繫上毽子，左手扶住顧同念，右手提著繩子讓顧同念去踢跑不了的毽子。放學時，林百家把顧家姊妹送出院子，送上轎子，雖然明天就會再見，還是依依不捨揮手道別，早晨的時候，林百家又會守候在院子門前，等待顧家姊妹的轎子來到。

林祥福迷戀起了教育，他將木器社的生意交給陳永良去打理，自己全身心投入到課堂中去。

他按照私塾的規矩給孩子們上起孔孟儒學，《論語》《孝經》《大學》《中庸》，還有《孟子》和《禮記》一應俱全。此後聽說新式教育興起，他來到沈店的那所寄宿學校求教。

那天傍晚時分，林祥福看見顧益民的四個兒子拖著竹竿從一家飯店裡走出來，他們抹了抹油光光的嘴巴，助跑了四五米，撐竿跳過了小河。他們越過小河時燕子般地輕盈，竹竿伸直的時候還在空中停留一下，就是最小的顧同辰也是哼著小曲飛越了過去。

二十八

顧同年和林百家的定親典禮如期在臘月十二進行。林祥福讓一個剃頭挑子來到家中，給自己和陳永良理髮刮臉，還修了眉毛。然後兩個人穿上棉袍，走上溪鎮的大街。溪鎮的規矩是女方至少要有兩人參加定親典禮，人數多少不講究，必須是雙數。林祥福叫上陳永良，他們來到顧家宅院，門前已是張燈結綵，車水馬龍，雙人的嗩吶吹響嘹亮的樂曲，四人的鑼鼓敲出喧天的節奏。顧益民站在門前的台階上抱手作揖，笑迎來賓。

收到顧益民請柬的人，都是溪鎮有身分的人，他們自然是坐上轎子來到顧家。這一天溪鎮的轎子被預訂一空，即便只是咫尺之路，來賓也是坐上轎子，先讓轎夫抬著去別處轉轉，讓城裡的百姓知道一下，他是收到顧益民請柬的人。這一天步行而來的只有林祥福和陳永良，兩個人的雙手插在袖管裡，在冬天的陽光裡疾步走來，他們走到顧益民面前抱手作揖時，顧益民看見林祥福紅彤彤的臉上滲出了汗水。

定親的典禮就在顧家大堂進行，裡面擺上二十張八仙桌，幾十個炭盆環繞著大堂，閃爍著暗紅的火焰。攢動的人頭和雜亂的聲音使顧家大堂熱氣騰騰，彷彿是戲院裡的情景。來賓落座之後，典禮開始，先是由男家聘請的文墨先生宣讀男方的禮單，禮單上光是聘金一項就是五千銀兩，讓在座的來賓響起一片唏噓之聲，此外還有綢緞、耳環、戒指、手鐲和項鍊等等。然後由陳永良代表女家宣讀陪嫁的禮單，有萬畝蕩良田五百畝，還有各類日用器具和四季衣裳。陳永良話音一落，顧家大堂裡響起一片嘖嘖聲。

宴席開始了，顧家的僕人魚貫而入，端上來一盤盤精美的菜餚，天上飛的、水裡游的、地上長的，能放進嘴裡吃的幾乎都有。幾十個酒罎一字排開，裡面波動著幾十種南酒，顏色深淺不一，香味濃淡各異。有紹興的老酒，蘇州的福貞，松江的三白，宜興的紅友，揚州的木瓜，鎮江的百花，苕溪的下若，淮安的臘黃，浦口的浦酒，浙西的潯酒，宿遷的沙仁豆，高郵的五加皮。

二十九

這一天李美蓮給林百家穿上了紅裙、紅褲、紅緞繡花鞋和紅緞繡花棉襖。李美蓮喜氣洋洋對林百家說：

「今天是你的好日子，你是顧家的人了，今天你就規規矩矩坐在椅子裡，不要亂動，不要把衣服弄髒了，顧家的女人都是衣服上沒灰，鞋上沒土，牙齒潔白，頭髮又黑又亮又香。」

李美蓮讓紅彤彤的林百家坐在椅子裡，將通紅的炭盆移到林百家的腳前，讓兩個兒子陳耀武和陳耀文好好伺候林百家，說炭盆暗下來了要加炭，林百家渴了要趕緊端茶上去。說完她挎上籃子上街去買菜，林祥福和陳永良去吃宴席了，她要讓三個孩子也吃上一頓豐盛的午餐。

林百家端坐在椅子裡，陳耀武看著炭盆裡的火暗下去了沒有，他嘴裡唸著，快暗下去，快暗下去，好讓我加炭。陳耀文端著茶站在林百家身旁，一次次問林百家渴了沒有，林百家都是搖頭。林百家說：「坐在這裡不能動，做顧家的人一點都不好。」

這時兩個陌生男人走進了院子，他們的臉在窗戶上閃現一下，然後走了進來，一個揹著長槍，一個挎著短槍，兩個人走進廳堂，嬉笑地看著林百家，揹長槍的男人說：

「誰家的小姐？打扮得跟花朵似的。」

陳耀文響亮地說：「顧家的小姐。」

挎短槍的男人說：「樹看枝葉，人看容貌，看她這一身穿戴，該是五百大洋。」

陳耀武和陳耀文站在那裡發傻，林百家對陳耀文說，還不給客人端茶。挎短槍的說，喝什麼茶，快跟我們走吧。揹長槍的說，喝一碗茶水再走也不遲。陳耀文趕緊將茶水送上去，兩個土匪坐了下來，喝著茶，看看林百家，看看陳耀武和陳耀文，又看看屋子四周。看著他們喝完茶，林百家起身對兩個土匪說：

「我們走吧。」

陳耀文沒有明白發生了什麼，問林百家：「你們去哪裡？」

陳耀武明白了，他對弟弟說：「他們是土匪，是來綁票的。」

林百家跟著兩個土匪走出屋子，回頭對陳耀武說：「哥，快去告訴我爹，準備五百大洋來贖我。」

林百家說完，問揹長槍的土匪：「到什麼地方來贖我？」

揹長槍的土匪說：「我們會下帖子的。」

三十

買了菜的李美蓮在回家路上聽說一隊土匪進入溪鎮綁票，想到三個孩子正在家中，腦子裡嗡嗡直響，她扭著小腳跑回家中，陳耀武和陳耀文迎上去告訴她，林百家跟著土匪走了。李美蓮腿腳一軟坐在門檻上，她想起有關土匪的那些傳說，他們對男綁票「手搖磨」，將竹棍插進屁眼裡搖個不停；對女綁票「拉風箱」，用竹棍插到她們的陰戶裡戳進戳出。

李美蓮對大兒子陳耀武說：「你快去，快去把林百家替回來。你是男的，被他們『手搖磨』就是疼一點；林百家被他們『拉風箱』了，以後一輩子都抬不起頭來。」

十四歲的陳耀武走出家門，詢問街上神色恐慌的人，土匪往哪裡走了，他們說往南走了。陳耀武往南飛奔而去，他穿過溪鎮的大街，一口氣跑出南門，跑在城外的大路上，跑得胸口發悶汗如雨下，一邊跑一邊脫下棉襖，將棉襖提在手裡跑了一會兒後，覺得是累贅就扔掉棉襖。然後他看見前面有二十多個人票被繩子綁成一條線，沿著大路走去，前後左右都是持槍的土匪。跑近了他見到林百家走在最前面，那兩個來他們家的土匪也走在前面。他一直跑到他們前面，站在大路中央擋住他們，上氣不接下氣說：

「土匪客人，我有事和你們商量。」

那個挎短槍的土匪上去就是給他一巴掌：「你找死啊！」

陳耀武用手捂著臉說：「我不是找死，我是來替我妹妹。」

說著他用手指了指林百家，對挎短槍的土匪說：「她今天定親，所以穿戴得好，平日裡她沒我穿戴得好。她是女的，沒我值錢，我是家裡長子，她值五百銀兩，我就值一千。你們要五百呢，還是要一千？」

林百家一聽這話，趕緊對陳耀武說：「哥，你別來替我，我們家不是富戶，我們家也就是殷實一點，不能多付五百。」

陳耀武聽後點點頭，對挎短槍的土匪說：「算啦，我不替我妹妹了，五百銀兩可不是小數目。」

陳耀武說著走到路邊，那個挎短槍的土匪對他吼叫一聲：「你他媽的過來，老子不要她那個五百，老子就要你這個一千的。」

土匪解開林百家身上的繩子，把陳耀武拉過去綁上。林百家看到陳耀武穿著被汗水浸濕了的單衣瑟瑟打抖，就問他棉襖呢，陳耀武說扔掉了，說提著棉襖跑不快就扔掉了。林百家脫下自己的紅緞繡花棉襖要陳耀武穿上，棉襖小了一些，陳耀武穿起來費勁，那個揹長槍的土匪伸手幫他將手插進袖管，挎短槍的土匪就罵了起來：

「你是土匪，不是和尚，用不著菩薩心腸。」

揹長槍的土匪一聲不吭，舉起刺刀向陳耀武的左臂扎了過去，陳耀武嚇得驚叫一聲，隨後看見刺刀穿衣而過，沒有刺傷手臂。揹長槍的土匪將繩子從剛才刺刀扎破的袖管穿過去，將陳耀武和其他人票拴在一起。

土匪吆喝著讓人票上路，林百家上去湊到陳耀武耳邊悄聲說：「哥，揹長槍的人善一些，你靠近他走。」

三十一

顧家的酒席方興未艾，來賓們興致勃勃看著顧同年出場。十五歲的顧同年身穿黑紅綢緞的棉袍，戴著尖頂六合帽，在管家的陪伴下，在嘈雜人聲裡，繞著桌子嬉笑來到林祥福身前，向林祥福和陳永良行見面禮。

顧同年屈膝跪地，林祥福將他扶起來，從陳永良手裡接過一個紅包塞到顧同年手裡。林祥福仔細端詳顧同年，這孩子和他父親一樣黝黑清瘦，可是滿臉的玩世不恭，絲毫沒有顧益民的認真神色，心裡不由恍惚了一下。

這時一個僕人匆匆走到顧益民身前，俯身在顧益民耳邊低聲說了幾句話，顧益民笑容蕩漾的臉一下子僵硬了，彷彿結了冰。他低聲對身旁的林祥福和陳永良說，剛才土匪進城綁票，被綁走的人裡面有林百家。

林祥福疑惑地看著顧益民，顧益民又說了一遍，這次顧益民的話像是一塊砸下來的石頭，林祥福躲避似的跳了起來，跳起來的林祥福在桌子和椅子的夾縫裡向外衝去，讓那些手舉酒杯嘴裡還在咀嚼的來賓們目瞪口呆，接著他們看見陳永良也像林祥福那樣衝出大堂。來賓們不知道發生了什麼，神情緊張地看著顧益民，顧益民強作笑顏，輕描淡寫說：

「有一夥土匪進城綁票，諸位不必驚慌，土匪已經離去。」

林祥福在街上狂奔，跟在後面的陳永良意識到林祥福是往家的方向奔跑，趕緊叫住他，指指街邊的人告訴林祥福，他們說土匪已經從南門出城了。林祥福站住腳怔了一下，隨即點點頭，轉身向南門跑去。林祥福跑去時覺得眼睛裡一陣痠疼，伸手抹了一下才知道是汗水流進了眼眶，當他跑出溪鎮的南門時，感到有一個穿紅色衣裳的孩子從他身旁閃過，他聽到跑在後面的陳永良的叫喊聲，他站住腳，回頭看見陳永良和一個女孩在一起，陳永良向他招手，他抹了抹眼角的汗水，看清了陳永良身旁的林百家，跑到女兒的面前，用袖管擦乾淨臉上的汗水，屈膝跪地將女兒抱進懷裡。他抱著女兒時感到她的身體單薄，才發現女兒只穿著薄薄的紅絹衫，問她為什麼沒穿棉襖。

然後他們知道陳耀武跟著土匪走了，林祥福看見陳永良的眼睛裡閃現出迷茫的神色，陳永良的眼睛跟蹤那條大路向南望去，大路盡頭是水天一色的萬畝蕩。林祥福說快去追土匪，陳永良搖搖頭，抱起林百家說：

「回家吧。」

李美蓮站在街邊眺望，看見林祥福和陳永良拐過街角出現，林百家從陳永良懷裡跳下來，向著她跑來，李美蓮手捂胸口長長出了一口氣。

回到家裡，李美蓮把林百家拉到身前，仔細看了起來，看到林百家只是頭髮有些亂，終於放心了，她說去拿梳子給林百家梳理頭髮。陳永良說先給孩子穿上棉襖，李美蓮這才注意到林百家穿著單衣，她笑著說自己高興糊塗了，隨即去隔壁房間給林百家找棉襖。她拿著棉襖回來，給林百家穿上，扣上布扣時突然哭出聲來。她告訴陳永良和林祥福，是她讓陳耀武去頂替林百家的，她怕林百家被土匪「拉風箱」，她兒子有兩個，女兒只有一個，所以讓陳耀武去了。李美蓮的眼淚讓林祥福十分難過，他低頭走到屋外，陳永良也走了出去，把手放到林祥福肩上說：

「她說得對，兒子有兩個，女兒只有一個。」

三十二

土匪進城綁票的消息，如同晴空霹靂，溪鎮的人們驚慌失措議論紛紛，從他們嘴裡出來的都是嚇唬自己的話，這些習慣安居樂業的人受到驚嚇之後，越說越誇大，溪鎮的未來在他們的描述裡暗無天日。

一些曾經在萬畝蕩遭遇過土匪，後來為了躲避匪禍遷入溪鎮的人，這時候現身說法了，這些人從臉色紅潤講到臉色蒼白，向溪鎮的居民講述土匪的種種惡行，土匪對人票挖眼珠割耳朵，還有「手搖磨」「拉風箱」「壓槓子」「劃鯽魚」「坐快活椅」和「耕田」，這些人講述的時候已經分不清哪些是親身經歷，哪些是道聽塗說。

在他們的講述裡，溪鎮的人們明白了「劃鯽魚」就是在人背上用刀劃出一排排斜方格，就是鯽魚下鍋前在魚背上劃出的斜方格那樣；「坐快活椅」就是在椅面上布滿鐵釘，釘尖向上，讓人票的屁股坐上去。最複雜的是「耕田」，解釋不清後，幾個遭遇過土匪折磨的人只好走到大街上以身示範，伏在地上，讓人用兩根木棍綁在兩條腿上，請另外兩人各持一根木棍豎立起來，讓這人往前爬行。示範「耕田」的幾個人在地上爬行時因為疼痛嗷嗷亂叫，三個向前爬了不到一米就連聲喊停，渾身鬆軟趴在地上，豆大的汗珠從額頭上滾落。

「耕田」示範很快演變成「耕田」比賽，不少人身體力行，於是溪鎮的居民關心起誰是「耕田」狀元，最後確定了三個人，一個是顧益民的僕人陳順，一個是木器社的張品三，還有一個是划船的曾萬福。這三個膀大腰圓的年輕人都爬過五米左右，可是究竟誰爬得最遠又說不清楚，這三個人之間也是互不服氣，他們很想一爭高低。

匪禍之時，竟然用土匪的刑罰進行比賽，溪鎮的幾位有識之士痛心疾首，他們來到商會會長顧益民家中，請求顧益民出面制止這樣的比賽。

這時的顧益民正在籌建民團。土匪綁票事件讓顧益民深感震驚，他感到日後的溪鎮將會不斷受到土匪的騷擾。他奔走在沈店和溪鎮之間，想請來官軍保護溪鎮，可在這戰亂時期，暫無官軍可請。顧益民只好以商會的名義組建民團，派人去鄉間收購火槍。顧益民對「耕田」比賽略有所聞，幾位紳士講述之後，他微微搖了搖頭，不同意去制止「耕田」比賽，他告訴他們：

「雖說『耕田』比賽於情於理都不合適，可如今人心惶恐，『耕田』比賽倒是可以緩解惶恐。」

就這樣，由商會出面組織的「耕田」比賽正式開始。這一天溪鎮的居民聚集到了城隍閣前的空地上，四周的樹上爬滿了人，附近的屋頂上也坐了不少人，那些樓上敞開的窗戶都擠著幾張人臉。

參加比賽的陳順、張品三和曾萬福都是一身練武的裝束，緊身的黑衫和燈籠褲，綁著護腰帶。面對爐火般熱烈的人群，這三個人興奮得滿臉通紅。隨著顧益民的右手慢慢舉起，這三個人立刻俯身伏地，然後狗撒尿似的左腿翹起，左腿被綁上木棍後，他們又整齊地右腿翹起，他們的右腿綁上木棍後，顧益民舉起的手揮了下來。六個壯漢兩人一組手持木棍，真像是耕田一樣推著這三個人向前爬去。三個人都是一聲不吭爬出了五米多遠，他們咬牙切齒向前爬去，臉色由紅變紫，又由紫變青，接著像是挨過暴揍那樣青紫混雜了。

在浪濤般起伏的加油聲裡，三個人都爬出了十米。爬過十米的石灰線以後，三個人還在往前爬，曾萬福第一個忍受不了疼痛，開始嗷嗷叫了起來，曾萬福一叫，陳順和張品三也嗷嗷叫開了，嗷嗷的叫聲瘟疫似的在人群裡迅速蔓延，不一會兒加油的叫聲變成了嗷嗷的叫聲。三個人都爬過了二十米的石灰線。誰也沒有想到他們能夠爬出二十米遠，二十米之外沒有石灰線了，這三個人還在向前爬去，不過他們已經不再嗷嗷叫了，他們嗚嗚低鳴，如同深夜的貓叫，不一會兒受到感染的人群也響起了一片嗚嗚聲。差不多有三十米的時候，陳順第一個撲通倒地，他是腦袋撞在了地上，發出的聲響就像是一隻木桶扔進井水裡。下一個撲通聲來自張品三，划船的曾萬福平日裡用慣了手腳，撐到最後才趴在地上，曾萬福成為「耕田」狀元。

這三個人癱瘓在地，木棍從他們腿上取下來以後，他們仍然趴在那裡，他們的腿已經不聽使噢，別人把他們扶起來時，他們的腿無精打采像是紙張疊出來的，身體搖擺了幾下，又摔倒在地。顧益民叫來三個轎子，把他們三人抬回家中。

三天以後，溪鎮的人們在不同的地方看見這三個人，他們在不同的地方和不同的時間出現，都像是蹣跚學步的嬰兒那樣扶著牆慢慢走來，都是走幾步歇上一會兒，他們比賽時撞到地上擦傷了臉，苦笑掛在臉上的傷痕裡。

三十三

土匪的帖子在綁票十一天後出現，那些被綁票的人家清晨打開屋門時，在飄揚的雪花裡看見門上插了一把亮閃閃的尖刀，刀尖上掛著一張沾上雪花的紙，紙上寫著贖金數目和贖人位址。

李美蓮度過了十一個不眠之夜，身旁的陳永良時常在翻身之後一聲嘆息，李美蓮有時會淺淺地睡過去一會兒，街上的腳步聲又會讓她驚醒，她支起身體側耳細聽，辨別腳步是否在院子門前停留。這個深夜，李美蓮聽到了停留在院子門前的腳步，還聽到了什麼東西插到院子門上的聲響。腳步聲離去之後，李美蓮披衣下床走出去，打開院門後看到土匪留下的帖子，她使勁拔下尖刀，回到屋裡看見陳永良坐在床上。

陳永良看著李美蓮手裡拿著的紙和尖刀，悄聲問：「帖子來啦？」

李美蓮點點頭說：「來了。」

兩個人在煤油燈下將土匪的帖子看了幾遍，林祥福在屋外敲門，他也聽到了聲響。林祥福進屋後在他們身旁坐下來，將帖子仔細看了一遍，長長出了一口氣，說可以去把陳耀武贖回來了。他說一千銀兩的贖金已經準備好了，問陳永良是不是讓木器社的張品三送去，陳永良搖搖頭，說他要自己送去。

這天下午，顧益民召集商會主要成員到家中開會，他說贖金不應由被綁票的人家自己籌集，應在商會每年所得的捐稅中劃出。他說今天被綁的是他，明天被劫的就是你。顧益民說話時，遠處隱約傳來槍炮聲，看到大家臉上露出驚恐的神色，顧益民安慰他們，說這不是土匪，土匪哪有大炮？這是北洋軍和國民革命軍在沈店那裡交火，然後顧益民提高嗓音說：

「身處亂世，溪鎮民眾更應團結一致，有難共當。」

顧益民與大家商議後決定，贖金由商會開支，為保證不出差錯，送贖金的人也由商會挑選。參與「耕田」比賽的曾萬福、陳順和張品三，眾望所歸成為給土匪送贖金的最佳人選。顧益民也傾向這三個人，只是擔心在「耕田」比賽之後，這三個人的六條腿還能不能跑起來。

當天下午，在城隍閣前的空地上，在眾目睽睽之下，在陣陣喝采聲裡，這三個人又是踢腿又是壓腿，還表演了折返跑。顧益民十分滿意，說真是六條好腿，踢的時候像貓腿，跑的時候像狗腿。

臘月二十七的上午，在城隍閣前的台階上，被雪花染白頭髮的顧益民將二十三張數目不等的銀票交給曾萬福、陳順和張品三，在飛揚的雪花裡為他們送行。他高高舉起一碗酒，三個滿頭雪花的「耕田」壯士也高高舉起酒碗，被綁票人家的代表也舉起酒碗，他們抹去了掛在嘴邊的雪花，將碗裡的酒一飲而盡，然後顧益民對這三個人說：

「快去快回。」

這三個人的黑棉襖上都紮著腰帶，腿上綁上綁腿，他們在人群裡走過去時昂首挺胸，可能是過於激動，他們胸懷大志的神情裡透出嘿嘿的傻笑。

走出溪鎮以後，他們向沈店方向走去，走了十多里，拐上一條蜿蜒的小路，走到五泉，還要走過一段蜿蜒山路，才能抵達土匪帖子上寫明的交贖金地點，那裡有一座觀音廟。

走過五泉，一個挑著空擔子的農民和他們相遇同行，這個農民告訴他們，昨天在沈店城外親眼看見北洋軍和國民革命軍交火，打了一天，他躲在橋下聽了一天的槍炮聲，現在耳朵裡還有嗡嗡響聲。

他們快到觀音廟的時候，聽到身後傳來陣陣腳步聲，回頭一看，一支幾十人的隊伍扛著槍向他們快步跑來。這時候前面也響起了同樣的腳步聲，一支差不多人數的隊伍也在向他們跑來。兩支隊伍在相距三十來米的地方同時停下來，抬起槍互相瞄準，他們四個人剛好站在兩邊的射程裡。飄揚的雪花讓兩支隊伍都分不清對方是誰，各自向站在中間的這四個人打聽，打聽對面的是什麼隊伍，於是北方口音和南方口音從兩頭向他們而來，這時候那個農民說話了，他指著自己前面的隊伍說：

「你們是北方腔，你們一定是北洋軍，那頭是南方腔，那頭一定是國民革命軍。」

話音剛落，槍聲鞭炮似的響了起來，兩邊的子彈嗖嗖飛到了一起。曾萬福還沒有明白發生了什麼，那個農民一頭栽倒在地，接著陳順和張品三挨了悶棍似的倒下了，曾萬福這下明白過來，他揮舞雙手狂喊：

「別打啦，別打啦，你們過會兒再打。」

曾萬福的喊叫沒有制止槍聲，他看見兩邊的隊伍一邊射擊，一邊在小路旁分散開去，子彈在他身前身後嗖嗖地飛，他撒開腿奔跑起來，跑去時揮舞雙手，像是在抵擋子彈，就在他快要跑出射程時，一顆子彈削去他右手的中指，他全然不覺，只知道拚命奔跑，把褲腰帶都繃斷了，褲子往下滑，他伸手從褲襠那裡提著褲子跑。

曾萬福一口氣跑了十多里路，他不知道自己跑向什麼地方，只是覺得有時候拐彎有時候過橋。他一邊跑，一邊用右手提著褲子。被子彈打掉了中指的右手鮮血淋漓，去提褲子時又將褲襠染成一片血紅。

曾萬福一口氣跑進溪鎮，跑到顧益民家門前，這時候他才覺得沒有子彈的嗖嗖聲了，他氣喘吁吁站住腳，右手提著褲子，疑神疑鬼地四下張望一會兒，發現已經來到顧益民的宅院門口。

正在書房的顧益民聽僕人說曾萬福回來了，他吃了一驚，曾萬福他們走了還不到三個時辰，隨即他預感出事了，起身走出書房，來到大堂，曾萬福提著褲子站在那裡，一副魂飛魄散的模樣。

見到顧益民出來，曾萬福斷斷續續說出了打仗、子彈、北洋軍和國民革命軍幾個詞。他覺得顧益民的眼睛一直盯著自己的褲襠，他也低頭去看，看見褲襠上一片血紅，腦袋搖晃了一下，撲通一聲栽倒在地，嚇昏了過去。

死裡逃生的曾萬福此後的幾天裡神志不清，別人問他問題，他都是迷茫地看著對方，似乎是在辨認說話的人是誰。他一個人的時候，時常舉著少了中指的右手，神色迷茫地看著，好像在思考為什麼右手只有四根手指。誰也無法從他嘴裡了解到陳順和張品三的下落，有人摸遍他的口袋也沒有找到那二十三張銀票。顧益民記得在城隍閣前出發時，親手將銀票交給曾萬福，也有人說看見曾萬福當時轉給了陳順，又有人說是轉給了張品三。更多的人說他們沒有注意銀票的事，他們當時被這三個人出發時的氣勢所吸引，他們走去時滿臉英雄氣概，結果曾萬福丟了魂回來，像個傻子，另外兩個沒有音訊。

三十四

顧益民派去尋找陳順和張品三下落的人還沒有回來，一個讓人膽戰心驚的消息來到了。北洋軍的一個旅在距離溪鎮兩百多里的石門戰敗，潰退途中又遇到另一支國民革命軍的攔阻，其殘部掉頭向溪鎮而來，這些殘兵敗將沿途搶劫，一路上雞飛狗跳，沿途居民紛紛逃避，綿延數十里斷斷續續出現了逃難的人，在天寒地凍裡沒有盡頭地走去。

這天早晨，溪鎮的居民打開屋門，看見一百多逃難的人從北門進來，這些棄家離舍的人提著包袱行李，攜兒帶女，有的裹著被子，有的揹著孩子，有的用獨輪車載著老人，走過溪鎮的大街，從南門走了出去。他們走去時的神態筋疲力竭，他們告訴溪鎮的居民，北洋軍正朝這裡潰退而來。

這樣的情景在這一天裡持續不斷，難民三五成群出現在溪鎮街道上，有些人來到溪鎮親友的家中，帶著苦笑喝上一碗熱粥，訴說潰敗的北洋軍是如何燒殺搶掠姦淫婦女，說他們比土匪還要土匪。還有一些人站在街上講述他們是如何逃生出來的，有的是將草簍子反扣自己藏在下面躲過一劫，有的爬在屋梁上，有的將土坯橫七豎八壓在身上裝死……有一個懷抱嬰兒的女人講述她丈夫的死去，她是躲在地窖裡，把乳頭填在孩子嘴裡生怕孩子哭出聲來，她聽到丈夫死前的慘叫，連哭都不敢哭。現在講述這些時，她放聲大哭了。

溪鎮的一些居民收拾了自己的行裝，跟隨難民們的腳步走出溪鎮的南門，去投奔異鄉的親友。逃難的恐慌在溪鎮蔓延，隨著難民越來越多地從北門進來，溪鎮的居民接二連三跟隨難民走出了南門。

也有人覺得走不是上策，雖然北洋軍潰敗為匪，畢竟不是土匪，他們不會落地生根，只是潰逃途中燒殺搶掠，只要躲開他們，等他們遠去以後，溪鎮仍然會是現在的溪鎮。有人想到萬畝蕩大片的蘆葦，說蘆葦是藏身的好地方。這個想法得到很多人的贊成，可是如何藏身到蘆葦中去，有人說用船，立刻有人說行不通，停泊在碼頭的那些竹篷小舟和大一點的木船能裝上多少戶人家？有人說讓林祥福的木器社趕緊造幾條船出來。眾人都搖起了頭，他們說北洋軍都近在眼前了，別說造船來不及，就是製作洗腳盆也沒有時間了。這人抬扛說，製作洗腳盆怎麼沒有時間，製作洗腳盆一個下午就夠了。眾人反駁，一個洗腳盆能裝下溪鎮兩萬人嗎？起碼製作兩萬個洗腳盆，況且一個洗腳盆裝下一個大人都難。

這時候有人說可以紮些竹筏，話音剛落，幾個機靈的人撒腿就跑，跑回家中拿起斧子就向著西山的竹林奔跑過去。到了下午，西山上布滿溪鎮的男人，砍伐竹子的聲響和喊叫的人聲夾雜在一起，茂盛的竹林很快荒蕪了一大片。他們在山上去掉枝葉，用劈刀將竹材截成一樣的長度，然後把竹筒扛下西山，扛到溪鎮的水邊，水邊平整的地方很快鋪滿了竹筒，他們先用麻繩紮出骨架，然後把竹筒一根一根放上去紮出了竹筏。溪鎮的水邊人聲鼎沸，興致勃勃的孩子在那裡跑來跑去。很多人家是第一次紮竹筏，他們現學現紮，繩索綁定竹筒時沒有雙層綁定，而是像捆綁柴禾那樣綁定了竹筏。

兩天後，成片的竹筏伸向水中，彷彿秋收後田地裡成片躺倒的稻子。那些紮完竹筏的男人，滿頭大汗滿手血泡回到家中，他們的女人已經收拾好行裝，隨時可以登上竹筏，躲進萬畝蕩的蘆葦叢中。一排排的竹筏讓留下來的居民心裡踏實了不少，他們心裡盤算當潰敗的北洋軍臨近時，再登上竹筏逃進蘆葦叢。

有幾戶人家擔心北洋軍會在夜色裡偷襲溪鎮，他們提前帶上鋪蓋，天黑後揹上包袱來到水邊，登上竹筏撐向蘆葦叢。他們在月光裡漸漸遠去的身影，讓溪鎮其他的居民惶恐不安，他們覺得這幾戶離去的人家一定是聽到了風聲，於是紛紛仿效，趁著夜色攜兒帶女攙扶老人登上竹筏，更多的身影在水上遠去後，謠言來了，說燒殺搶掠的北洋軍距離溪鎮只有十多里了，一時間水邊擠滿了逃難的人群，他們推推搡搡擠到自己家的竹筏上，有些竹筏還沒有撐開就散了，另一些竹筏撐到水面中間也散了，很多人掉進寒冷刺骨的水中，一些老人和孩子僅僅掙扎幾下就凍僵沉了下去，另一些壯實的男女拚命抓住旁邊的竹筏往上爬。更多的竹筏不堪重負也散了，更多的人掉入水中，更多的人沉沒下去，救命的哭喊聲聲急促，在溪鎮的夜空裡飛翔而去。

三十五

林祥福和陳永良沒有上西山砍伐竹子，他們準備從陸路逃走，北洋軍距離溪鎮十多里的謠言傳來時，他們已經收拾好行裝，堆在陳永良那輛嘎吱作響的板車上，林祥福將林百家和陳耀文抱上板車，李美蓮鎖上大門，陳永良拉起板車準備走的時候，李美蓮又打開了門鎖，她站在門前對兩個男人說：

「我不走了，我要留下來，你們走吧。」

陳永良說：「都什麼時候了，兵匪都快進城了，你還要留下來。」

李美蓮說：「我不能走，兒子回來了找不到我們怎麼辦？」

陳永良搖搖頭說：「這時候也就顧不上他了。」

李美蓮對他們說：「你們快走吧，我在這裡等兒子回來。」

陳永良對李美蓮說：「你不走，我們都不會走。」

李美蓮固執地搖搖頭說：「我不能走。」

陳永良對李美蓮吼叫起來：「你是要我們都死在這裡。」

李美蓮流出了眼淚，她說：「不是的。」

陳永良指著板車上的林百家和陳耀文說：「這裡有兩個孩子呢，你不想他們死的話，就鎖上門，跟我們走！」

陳永良說完後拉起板車向前走去，李美蓮說：「我不能鎖門，兒子回來總得讓他進屋。」

陳永良回頭說：「不鎖了，快走吧。」

李美蓮抹著眼淚跟在板車後面走去，走出十來米，他們發現林祥福沒有跟上來，林祥福站在門口對他們說：

「我等陳耀武回來，你們帶林百家陳耀文走。」

陳永良搖了搖頭，對林祥福說：「只要有一個人不走，就都不會走。」

林祥福指指板車上的林百家和陳耀文說：「為了這兩個孩子，你們快走吧。」

陳永良放下板車，走過來對林祥福說：「我留下來，你們帶上兩個孩子走。」

李美蓮跟著走過來對林祥福說：「我也留下來，你帶兩個孩子走。」

林祥福苦笑一下，對他們兩個說：「把林百家交給你們，我就什麼都不怕了。」

陳永良說：「把陳耀文交給你，我們也放心。」

正在這時，顧益民的一個僕人跑過來，說他家老爺請林祥福和陳永良去府上商議大事。他們這才不再爭持，對僕人說他們馬上就去。僕人說了一句還要去請別的老爺後匆匆跑去了，陳永良走過去把板車拉回來，拉到院子裡，看著林百家和陳耀文從板車上跳下來，他關照李美蓮在家裡等著，然後與林祥福走去。

溪鎮已是傍晚，林祥福和陳永良走在空蕩蕩的街上，他們走近南門時，看見一些離去的人家陸續回來，他們告訴陳永良和林祥福，說北洋軍離溪鎮還有一百多里路。

林祥福和陳永良走進顧家大堂時，看見城裡舉足輕重的人物大多坐在那裡了，顧益民正在說話：

「我下午去碼頭那邊看了看，近半數的竹筏散了架，水面上橫七豎八都是竹子，掉入水中的人很多，淹死的人也是不少。我以為出走躲避不是上策，潰敗的北洋軍沿途下來見物就搶見房就點，人可以躲開他們，城鎮是躲不開的，北洋軍會把溪鎮搶個精光燒個精光，只怕躲避過後回來時，到處是斷牆殘垣，這樣損失更大。我以為大家應該留下來，對北洋軍熱情款待，雖說北洋軍落荒而逃，畢竟還是軍隊，畢竟還不是土匪。」

三十六

溪鎮沉陷在憂傷裡，掉入水中淹死了一百多人，還有近千人落水被救起後發起了高燒。在驚嚇和受凍之後，感冒在溪鎮流行起來，咳嗽和噴嚏在大街小巷節奏鮮明地響著。

顧益民派出商會的人將城裡大小酒館飯店全部包下，讓他們準備好酒席，迎接北洋軍的到來。此時仍然有一些逃難的人從溪鎮經過，不再有溪鎮的居民跟隨而去，竹筏的散架讓他們死了這條心，他們覺得顧益民說得對，只要對北洋軍熱情款待，就能讓溪鎮化險為夷。

溪鎮在陰沉的天空下度過了平靜的兩天，然後陽光來了，積雪反射出來的光芒讓溪鎮明亮起來。中午的時候，有人發現這天沒有逃難的人經過，這話傳到顧益民那裡，顧益民傳話給鎮上的酒館飯店，讓他們準備好雞鴨魚肉和本地黃酒，說北洋軍馬上就要到了。一個時辰之後，馬蹄聲隱約傳來，顧益民立即起身，帶領商會成員和眾多百姓，來到北門外列隊迎候。

一隊騎兵在遠處奔馳過來，蕭蕭馬鳴在天寒地凍裡鋒利響起，讓城門外迎候的人群心驚膽戰。這隊騎兵在離城兩里多路的地方勒住韁繩，他們向著城門外的人群眺望一會兒後掉頭回去了，馬蹄揚起的積雪讓騎兵奔馳而去時只聞其聲不見其影。大約又過了一個時辰，北洋軍的大部隊出現了，不分道路和田地，浪濤似的蜂擁而來，有一百多人帶著八匹馬拖著的兩門大炮，從田地裡響聲隆隆踐踏而來。

一個年少英俊的軍官騎馬飛奔到城門下，揮舞馬鞭喊叫：「誰是領頭的？」

顧益民上前一步，自我介紹是溪鎮商會的會長，他說溪鎮的百姓在此迎接貴部，又說溪鎮的大小酒館已經準備了宴席，恭候貴部大駕光臨。年輕的軍官點點頭，掉轉馬頭飛奔回去。隨後幾十個騎兵簇擁著他們四十來歲的旅長來到城門外，旅長翻身下馬，走到顧益民面前雙手作揖，笑聲朗朗說：

「多謝諸位迎候。」

一千多北洋軍官兵從溪鎮的北門魚貫而入，漫長的隊伍走了半個時辰。在這寒冬季節，大多士兵還是身穿單衣，也有一些穿著搶掠來的衣服，有穿長袍的，有穿短襖的，有的反穿皮襖，有的身穿女人的花襖，有的頭戴禮帽，有的蒙上花格頭巾。他們進了溪鎮以後，立刻擠滿所有的酒館飯店狼吞虎嚥起來，咀嚼聲、笑聲和叫喊聲經久不息，彷彿大群的牲口在溪鎮東南西北持續叫嚷。旅長和那位年少英俊的副官以及二十多個軍官被顧益民請到家中，顧益民設家宴招待旅長和他的手下。酒足飯飽之後，顧益民又請他們到廂房休息，送上了鴉片菸。在旅長吸食鴉片菸的時候，顧益民試探地說：

「旅長，這寒冬臘月的，貴部的士兵大多還穿著單衣，萬一士兵因為饑寒而犯了錯誤，日後上面追究下來，責任還不都在旅長身上？」

旅長吸著菸說：「這窮途末路之時，我又能如何？」

顧益民說：「我願在三天之內，將全旅官兵的冬衣一律製發，軍餉照額發放一個月。請旅長叫軍需前來，詢問如何辦理，共需多少銀兩。」

旅長說：「不用問軍需，我深知本旅情況，換發一季冬衣和一個月的軍餉六萬銀兩夠了。」

顧益民當即答應下來，承諾在這三天之內將一千多件冬衣和軍餉準備好。顧益民知道溪鎮的幾家裁縫鋪是無法在三天內做成一千多件冬衣的，他讓裁縫鋪只做軍官的冬衣，士兵的冬衣由商會出面，組織了一千多個家庭主婦來縫製。接下來的三天裡，這些家庭主婦在屋子裡剪裁冬衣，在屋子外曬著太陽縫製冬衣，她們個個動作嫻熟，平日裡家裡人的衣服都是她們自己縫製的。

顧益民吩咐商會將鎮上的旅店、倉庫、店鋪都騰出來，變成臨時兵營。為了讓良家婦女不受侵犯，顧益民又讓商會包下鎮上的兩家妓院，供全旅官兵清火消熱。鎮上有幾分姿色的私窩子也都被顧益民找來，與青樓女子不同，二十多個私窩子都穿著藍印花布的衣裳，臉上沒有胭脂沒有口紅。平時她們是在家中悄悄接客，這時她們排成一隊供旅長、團長、營長和連長們挑選，個個臉上掛著羞怯之意，從旅長到連長們喜笑顏開。第一個挑選的旅長猶豫不決，他說胖的瘦的都喜歡，不知該選哪一個。其他軍官就說，旅長您胖的瘦的都來一個，左右開弓雙槍齊發，施展旅長之雄姿。旅長笑咪咪點頭稱是，說左右開弓也是個辦法。旅長選了兩個後，其他軍官挑選了，喜歡胸的選胸大的，喜歡屁股的選屁股大的，喜歡苗條的選瘦的，喜歡豐滿的選胖的，喜歡瓜子臉的選臉尖的，喜歡鵝蛋臉的挑臉圓的，喜歡看眼睛的挑眼睛又黑又亮的，然後他們順手牽羊似的一個個拉走了她們。

那些排長和班長們只能在天寒地凍的街上與士兵為伍，當然他們不會像士兵那樣在凜冽的寒風裡站得雙腿發麻，他們命令擠在妓院門前的士兵們讓出路來，他們罵道，畜生都知道讓開個路，你們他娘的連個畜生都不如。他們進了妓院以後分頭撲向了一格一格的房間，心急火燎地讓妓女叉開雙腿，妓女說長官你別太急了，他們又罵起來，母狗都知道叉開個腿，你他娘的連條母狗都不如。當排長和班長們陸續從妓院裡出來後，如饑似渴的士兵才開始一個一個往裡擠進去。

下午的時候，旅長在一胖一瘦兩個私窩子中間爬起來，穿上軍服帶著那位年少英俊的副官和護兵，來到溪鎮的街上巡察隊伍，走過妓院時，看到妓院前的街道上人山人海擠滿了士兵，一股股熱浪撲面而來。旅長問他的副官，這是什麼地方？副官說，是妓院。旅長很生氣，對副官說：

「成何體統？這哪像軍隊，這倒像搶糧的饑民。傳我的令下去，不許他們擠成一團，給我排成兩隊，整整齊齊進去，嫖娼也要講個軍威。」

那些排長和班長們被副官叫了回來，他們又叫又罵，擠成一團的士兵終於排出了隊形，長長的隊形沿著街巷蜿蜒而去，讓那些排在後面的士兵垂頭喪氣，他們說剛才擠在一起時還能見到妓院門前的燈籠，如今出了那條街又拐了幾個彎，別說是燈籠了，就是妓院的屋頂也看不見了。

到了晚上，妓院裡的妓女們已經筋疲力竭，她們每人都應付了幾十個，她們對妓院的老鴇哭訴，她們的乳房被捏腫了，她們的屁股和大腿像是脫了臼的疼痛，她們哭訴饒了我們吧，快把大門關上。老鴇哭喪著臉，說不能關上大門，外面的嫖客個個扛著槍，要是關上門，一排排子彈打過來，我們個個都成馬蜂窩了。

這樣的情景一直持續到深夜，那些在寒風裡站了一天的士兵個個手腳發麻，有些人眼看著挨到妓院門口，摸摸自己凍成冰棒似的身體，說這時候進去也幹不了啦，還是回去睡覺吧。他們罵罵咧咧，身體僵硬地往回走去。一些不死心的堅持到最後，當他們進了妓女的格間，看到赤身裸體的妓女躺在那裡死去似的沒有動靜。他們也是有心無力了，搓著自己的手，搓著自己的腿，搓著自己的身體，後面等待的弟兄又在惡言惡語罵著，只好草草收兵，用手在妓女的身上胡亂摸上一陣，凍僵的手摸上去什麼感覺都沒有，彷彿手裡拿著一根木棍，是木棍在摸她們的身體。

第二天，溪鎮的兩家妓院都是高掛免戰牌。苦戰了一個晝夜的妓女們，有的出血，有的脫臼，有的氣息奄奄。妓院的老鴇提起前一天的經歷也如驚弓之鳥，說這些北洋軍人數眾多，動作野蠻。

在宴請旅長時，顧益民苦笑說：「溪鎮原本興旺的娼妓業，遭此重創，怕是難以復原。」

旅長對手下的軍官說：「顧會長對我們仁至義盡，傳令給全旅官兵，不許騷擾搶劫百姓，不許調戲姦淫婦女，有違抗者格殺勿論。」

三十七

妓女們的遭遇讓那些專門伺候長官的私窩子聞風而逃，後來的兩天裡士兵們在酒館飯店裡吃飽喝足後，扛著槍三五成群找地方曬起了太陽。長官們找不到女人，只好躺在菸榻上吸食鴉片來消磨時光。

有一位連長吸食了鴉片菸以後，提著手槍在深更半夜接連敲開五戶人家的屋門，終於看見一位略有姿色的年輕女子，在年輕女子戰戰兢兢的身體上，連長折騰到黎明來臨，然後一覺睡到中午。

年輕女子的父母從深夜忍氣吞聲到上午後，來到顧益民面前涕淚縱橫，顧益民對他們好言相勸，然後將此事告知旅長，旅長聽後十分惱怒，下令就地正法，旅長的副官帶著旅長的兩個護兵將那位連長從睡夢裡叫醒，再拖下床來。

這一天，十七歲的副官在溪鎮碼頭那邊見到十二歲的林百家，林百家比同齡女孩身材高挑，像是有十三四歲。當時副官和兩個護兵押著那個犯事的連長走進一家酒館，溪鎮的一群孩子跟隨在他們的身後，中間有一個女孩容貌美麗，副官忍不住看了一眼又一眼。當他們在酒館裡入座以後，林百家和那群孩子就站在酒館窗外向裡面張望。副官叫來了滿滿一桌酒菜，對睡眼惺忪的連長說：

「連長，今天是旅長請客，你就吃個飽。」

三十多歲的連長知道自己死期臨近了，他對副官說：「李副官，我爹娘死得早，我要去陰間見他們了，答應我一件事。」

副官看了看站在酒館窗外的林百家，回過頭來說：「請說。」

連長用手指著自己的臉說：「別打這裡，臉打爛了，我就無臉去見爹娘。」

接著連長指了指自己的心臟：「往這裡打進去。」

副官點點頭舉起了酒杯說：「一言為定。」

連長將杯中的酒一飲而盡，接著又乾了三杯，他的臉立刻豬肝似的紫紅了，他開始大口吃肉大聲咀嚼。副官不停地向連長敬酒，同時也不停地去看一眼窗外的林百家。他開始向林百家送去微笑，林百家看到這個年少英俊的軍官十分友善，也以微笑回報他。於是，副官起身走到窗前，問林百家叫什麼名字，誰家的人，家住哪裡。林百家一一回答了他，當她說到她是林家的人時，站在身旁的陳耀文喊叫了起來：

「不對，她是顧家的人。」

副官看見紅暈浮現在林百家秀美的臉上，他走回去時忍不住又回頭看了一眼林百家。副官重新坐到桌前，繼續向連長敬酒，繼續勸連長吃肉。

這一天的下午，副官把犯事的連長灌得爛醉如泥，然後讓兩個護兵架起連長走出酒館。副官看到酒館外人頭攢動，要處決犯事連長的消息在溪鎮像蒼蠅似的嗡嗡亂飛，人們湧向了碼頭，圍住了酒館。當副官他們向北走去時，人群又像水流似的湧向了北門。

十七歲的副官看上去意氣風發，他揮手要人群讓出路來。喝醉了的連長向前走去時東倒西歪，讓架著他走路的護兵滿頭大汗，連長一路上嘿嘿傻笑，嘴裡又唱又說：

「當哩個當，當哩個當，當哩個當哩個當哩個當，西北風呼呼的，凍得我愣愣的，大姊大姊行行好，拿出屄來暖暖屌……」

溪鎮一些人聽懂了，嘿嘿哈哈地笑，副官和兩個護兵也是笑個不停，副官笑著對溪鎮的人說：

「連長唸的是山東快書，連長是山東聊城人。」

他們聽著連長的「當哩個當」，一路走出了溪鎮的北門，簇擁的人越來越多，兩個拖著連長的護兵對副官說，身上的力氣笑光了也走光了，不能再走了。副官這才站住腳，揮手讓圍觀的人讓開，看見路邊一棵大樹，他讓護兵將連長拖到大樹前，讓連長靠在大樹上，連長歪著腦袋仍然在說唱：

「當哩個當，大姊大姊行行好……」

副官對執刑的護兵說，瞄準心臟，別瞄準臉。兩個護兵舉起了槍，副官一聲令下，兩顆子彈都打進了連長的肚子，連長彷彿是肚子上被人蹬了一腳，一屁股坐到了地上，疼痛使連長瞪大了眼睛，他受驚似的看著副官和周圍的人群，嘴裡吐出最後的「當哩個當」。

副官對著護兵罵道：「分明讓你們打心臟，你們偏去打肚子。」

一個護兵喘著氣說：「拖著這麼壯實的連長走了這麼長的路，又笑了這麼長的路，實在是沒力氣了，力氣只能把槍舉到連長的肚子上，舉不到他的胸口了。」

副官從一個護兵手上拿過來長槍，走到連長的身前，他看見連長剛剛吃進去的肉食和腸子一起流了出來，溢淌在了路邊。

這時候連長不再「當哩個當」了，他清醒了過來，悲哀地看著副官將槍管頂到他胸口上，在副官扣動扳機的時候，他的眼角掉出了一滴淚水。連長的身體在槍響時震動了一下，然後腦袋一歪耷拉下來，他的身體貼著大樹倒了下去。

衣服濺上鮮血的副官，回過頭來時看見了林百家，她的臉在人縫裡，她的眼睛充滿驚恐，顯得楚楚動人。

三十八

顧益民承諾的一千多件冬衣和一個月的軍餉如數發放到官兵手上。這天早上，旅長帶著副官和護兵來到木器社，旅長的來到讓林祥福和陳永良惶恐不安，在旅長他們坐下後，這兩個人依然背躬曲膝站著，旅長請他們也坐下，詢問哪位是林祥福後，手指副官對林祥福說：

「這副官是我的外甥，他名叫李元成，他父母早亡，家境貧寒，從小跟人學習裁縫，前年我路過家鄉，他丟下剪刀針線，跟隨我扛槍打仗。今天他在溪鎮見了個西施般的小姐，就是你家的小姐，他就想丟掉槍，重新拾起剪刀針線，與你們家小姐永結同心，百年合好。」

林祥福聽了旅長的話以後愁雲滿面，他吞吞吐吐說：「能與旅長攀親實在是三生有幸，只是我女兒才滿十二歲，尚未到婚嫁年齡。」

旅長說：「不是現在成親，我外甥與你女兒可以先定親，定親之後他在你木器社旁邊開個裁縫鋪子，到了婚嫁那天，我再回來喝他們的喜酒。」

林祥福只好如實相告：「我女兒已經許配給了溪鎮商會會長顧益民的長子顧同年。」

林祥福說完以後，旅長面無表情了，林祥福戰戰兢兢看著旅長，陳永良接著說：「定親宴席也擺過了。」

旅長這時笑了起來，他說：「已與顧會長結親，恭喜，恭喜。」

旅長說完起身，扭頭對副官說：「人家小姐已是名花有主，你就死了這心，跟著舅舅走吧，你就是走南闖北出生入死的命。」

這個名叫李元成的副官點點頭，對他的旅長舅舅說：「不丟掉槍了，我跟舅舅走。」然後對林祥福和陳永良鞠躬說道：「晚輩失禮了。」

他們走到院子裡時見到了林百家和陳耀文，年少英俊的副官站住腳，對林百家說：「記住我，李元成，將來你在報紙上看到有個大英雄李元成，必定是我，你若是落難了，就拿著報紙來找我。」

副官說出來的是林百家從未聽到過的那種話，她不由笑了笑。旅長是哈哈大笑，與林祥福陳永良作揖告辭，帶領外甥副官和護兵走出了木器社。

這支在溪鎮盤踞三日的潰敗之師午飯後在城隍閣前集合，然後浩浩蕩蕩走出溪鎮的北門。顧益民讓商會組織居民夾道歡送，自己和旅長走在部隊前列，走到北門外言別時，旅長對顧益民說：

「實話相告，我部原想搶劫貴處，顧會長如此仁義，我們又怎能搶得下去。」

北洋軍沿著大路蜿蜒而去，他們哈出的熱氣在冰天雪地裡彷彿霧氣一樣。旅長和副官騎上了馬，他們在騎兵的簇擁下，從田地裡奔馳而去，揚起的積雪遮掩了他們離去的身影。

顧益民在北門和眾人拱手作揖之後上了轎子，讓轎夫直奔西山。在西山的坡道上，顧益民下了轎子，這裡可以俯瞰溪鎮全景。顧益民站立很久，看著山下積雪中完整無損的房屋和街道，還有點點滴滴的行人，顧益民長長出了一口氣，然後坐回轎子裡，對轎夫說：

「回家。」

三十九

有人在碼頭看見曾萬福坐在竹篷小舟裡，像從前那樣大聲招徠顧客。曾經嚇傻的曾萬福突然不傻了，一些人好奇地跑到碼頭那裡和他說話，他口齒清晰對答如流，有人問他右手為何少了一根中指，他滿臉迷茫，不知道是怎麼回事。當問到陳順和張品三的下落，問到送贖金的事時，他疑神疑鬼看著他們，完全記不起送贖金的事。

顧益民派出去打探陳順和張品三下落的兩個僕人早就回來了。這兩個僕人沿途尋找，快走到觀音廟的時候，發現眾多被積雪覆蓋的屍體，在那裡找到死去的陳順和張品三，在陳順的口袋裡摸出了那些銀票。兩個僕人回來時正是北洋軍快要進城之時，顧益民將這事壓下不說，現在北洋軍離去了，顧益民思忖如何去向大家說明，再去贖回人票。

這時候，一個剃頭挑子走進溪鎮，他沿途打聽來到林祥福和陳永良的家門外，從挑子的小抽屜裡拿出一封信，舉在手裡喊叫起來：

「陳永良接信，陳永良接信。」

李美蓮從屋裡出來，他把信件遞過去，說是綁票的土匪讓他捎來的。聽說是土匪捎來的信，李美蓮接過信就往屋裡跑去，對裡面的林祥福和陳永良說：

「土匪來信了。」

陳永良接過信，從裡面抽出信紙時也抽出一隻耳朵，耳朵掉在桌上。陳永良的臉色一下子慘白了，拿著信紙的手顫抖起來。李美蓮看見桌上的耳朵，膽戰心驚地問：

「這是什麼呀？」

站在旁邊的林百家拿起來仔細看了一會兒，告訴李美蓮，這耳朵上有一顆黑痣，陳耀武左側的耳朵上就有一顆黑痣，兩顆黑痣一模一樣。

李美蓮看著陳永良手中的信，哆嗦地問：「信裡怎麼說的？」

林祥福將信拿過去，看完後告訴陳永良和李美蓮，土匪信裡說上次沒有將贖金送到指定地點，所以割下了人票的耳朵，若十天內再不將贖金送到，送來的就是人票的腦袋了。

林祥福話音剛落，李美蓮身體搖晃著倒在地上，昏迷了過去，甦醒過來時天色已黑，醒過來的李美蓮開始了漫長的哭泣，她的哭聲彷彿一曲周而復始的落地唱書，長長的語音聲調裡流淌著悲傷的嘆息。

這兩天裡還有一個貨郎、一個牙醫、一個修鞋匠、一個賣藥的老頭和一個砍柴的農民陸續來到溪鎮，給人票的家人送來土匪的信件。每一個信封裡都裝有一隻耳朵，信上的內容與陳永良收到的一樣。每封信的筆跡不同，語句長短不一致，送贖金的地點也不一樣。根據送信人的講述，他們是在不同的地方遇到不同的土匪，少則兩三人，多則五六人。土匪搶劫了送信人身上錢財，再讓他們將信件送到溪鎮。牙醫和賣藥的老頭說，他們遇到的土匪不懂文墨，信是土匪口述，他們代筆而成。

這些書信最後都來到顧益民這裡，人票的家人也都來到顧家的大堂。顧益民一封一封仔細看完後說，上次指定送贖金的地點只是一個，這次分散了，這些日子北洋軍和國民革命軍激戰，土匪沒有了打家劫舍的機會，土匪已經化整為零，所以送贖金的地點也不一樣。

顧益民說，已找到張品三和陳順的屍體，銀票也找到，他對他們說：「這次送贖金最好由家人親自去，盡量小心翼翼。我要叮囑的只有一點，就是發現贖金送錯了，也要將錯就錯，不要聲張，不管是誰家的人票都要帶回來。只要是人票都安然回來，即便全送錯了，其結果也是沒有送錯。」

四十

月亮升起的時候，陳永良懷揣銀票走出了北門，走向土匪信上指定的地點。

陳永良出門前，天色已黑，李美蓮心裡擔心，勸陳永良翌日清晨再送去贖金，陳永良抬頭看看天空，說今夜月光好，不會走錯路。林祥福說他也去，兩個人在一起能夠互相照應。陳永良不答應，說此去凶險，他們兩人必須有一個留在家裡。林祥福說那就讓他去，陳永良留在家裡。陳永良搖頭說，本來只是擔心陳耀武一個人，林祥福去的話，他要擔心兩個人，與其在家裡坐立不安，不如自己送去。兩人小聲爭執地走出家門，路上林祥福把話挑明了，說陳永良此去萬一有個三長兩短，他與李美蓮帶著孩子生活成何體統，還是應該讓他送去贖金。陳永良態度堅決，必須自己親自送去才能安心，直到走近北門，林祥福無奈站住腳，目送陳永良走去。

陳永良走出北門時，看見前面走著十來個人，他們無聲地走著，有一個人回頭看見了陳永良，說了一句話，這十來個人站住腳，等著陳永良走近，陳永良認出來他們都是人票的父親或者兒子。陳永良走到他們中間，他們仍然站著不動，看著不遠處的北門，陳永良轉身看去，其他人票的父親或者兒子正在陸續走來。給土匪送贖金的人走到了一起，有人數了起來，數到二十三，停下來說人齊了。

他們向前走去，這時候天色黑了，無聲的月光照耀著無聲的他們，他們知道自己正在走向命運叵測之地，可是他們的臉上流露出微微的笑意，沒有一個等到天亮後再去送贖金，這讓他們感到了相互的鼓勵。他們走到大路口，有七個人向左走去，其他的人站住腳看著他們，像是送別他們，等他們走出了二十多米，這些人才向右走去。就這樣，有人拐上另外的路，其他的人就會站住腳看著他或者他們離去。走在一起的人越來越少，陳永良拐上一條小路時，只有四個人了，這四個人站在那裡看著陳永良走去，陳永良走出了十來米回頭看到他們仍然站在那裡，就向他們揮揮手，他們也向陳永良揮揮手，然後轉身走去。

四十一

臘月十二那天闖入溪鎮綁票的土匪由三股人馬組成，他們頭目的江湖綽號分別叫水上漂、豹子李與「和尚」。水上漂人數最多，有七人，豹子李有五人，「和尚」只有三人。十五個土匪押著溪鎮二十三個人票，走出溪鎮的北門之後，走進了冰天雪地。

身穿紅緞繡花棉襖的陳耀武走在最前面，他身後是醬園的李掌櫃，還有徐鐵匠、賣油條的陳三和豆腐店的夥計唐大眼珠。為了不讓眾多的腳印留在雪上，那個叫水上漂的挎短槍的土匪要人票踩著同一個腳印向前走，於是二十三個人票全都低下頭，小心翼翼踩著前面的腳印，他們排成一條在白雪皚皚的路上向前走去，如同蠕動的蚯蚓。醬園的李掌櫃有一腳沒有踩准，那個叫豹子李的土匪舉起槍托砸向他的腦袋，他嘴裡嗚的一聲倒在雪地裡，被繩子綁在一起的陳耀武和徐鐵匠幾個也倒在地上。水上漂和豹子李對他們一陣猛踢，把他們一個個踢起來，只有李掌櫃趴在雪地裡一動不動，用槍托打他，他不動，用腳踢他的腦袋，他還是不動。

那個揹長槍的叫「和尚」的土匪說：「八成是死了。」

水上漂說：「他媽的裝死，斃了他。」

豹子李將長槍頂到李掌櫃腦門上，把槍栓一拉推了上去。李掌櫃聽到槍栓的聲響，猛地坐了起來，連聲說：

「老爺，老爺，我能走。」

他們踩著前面的腳印緩慢走上一條山路，看見一條潺潺流動的小溪後，土匪把他們趕到小溪裡，讓他們踩著溪水往前走去，這樣就沒有了腳印。他們走在冬天的溪水裡，先是感到刺骨的冰冷，此後雙腳麻木，失去了知覺。

黃昏的時候，他們經過一片山林，在一間破舊的茅屋裡，一個窮得衣不遮體的老人裹著棉被坐在床上，幾個土匪進去搶他的棉被，老人緊緊抓住棉被，哀求說這破爛棉被值不了幾個錢。豹子李進去後，二話不說，舉起槍托朝老人的臉上打去。接下去這個滿臉是血的老人爬到門口，眼淚汪汪看著幾個土匪將他的棉被撕成了布條，又用這些布條蒙住了二十三個人票的眼睛。那個叫「和尚」的土匪用布條蒙上陳耀武的眼睛時，陳耀武看見老人正在看著自己。

蒙上眼睛的人票由土匪前面領著，後面押著，深一腳淺一腳走上山坡，又走下山坡。接著他們聽到了狗吠聲，他們知道走進了一個村莊。豆腐店的唐大眼珠悄聲對賣油條的陳三說：

「這地方好像是劉村。」

他剛說完，臉上挨了重重一槍托，他嘆息似的哼了兩聲。他們聽到豹子李惡狠狠的聲音：

「誰他媽的再說話，誰就是找死。」

天黑後，他們被土匪帶進一個潮濕的房間。土匪取下他們眼睛上的布條，借著油燈的光亮，他們看見自己站在一個沒有窗戶的大房間裡，然後看見唐大眼珠青紫的臉，這個以眼睛大聞名溪鎮的豆腐店夥計，此時臉部腫脹後只剩下兩條眼縫。

土匪用繩子綁住每個人票，把他們串聯在一起，讓他們貼牆坐下，繩頭吊在中間的屋頂上，便於看管他們。一個叫小五子的土匪抱著一捆乾稻草走進來，他將稻草鋪在屋子中間，再鋪上一條褥子，又將一條棉被披在身上，將一根鞭子放在身旁，雙手捧著一個豬蹄，坐在褥子上啃吃起來。

二十三個人票坐在冰涼堅硬的地上，身下的稻草已經霉爛，他們又餓又渴又累又睏，看著小五子親嘴似的啃著豬蹄，他們空蕩蕩的腸胃裡滾動出咕咚咕咚的響聲，口渴使他們連發饞的口水都沒有了，只能伸出乾燥的舌頭，舔著乾燥的嘴唇。其他土匪在隔壁的房間裡喝酒猜拳，他們的叫聲和笑聲裡夾雜著咀嚼聲，他們不斷起身來到屋外，衝著人票屋子的牆壁唰唰地撒尿。人票都不敢出聲，徐鐵匠實在忍受不住，輕聲說一句：

「沒有吃的，給碗水喝吧。」

那個叫小五子的土匪左手拿著豬蹄，右手拿起鞭子看了一會兒徐鐵匠，確定剛才說話的就是他以後，揚起鞭子抽過去，徐鐵匠臉上立刻隆起一條鞭痕。

小五子說：「誰說話，誰就是密謀，誰就得掉腦袋。」

說完小五子放下鞭子，舔了舔手指上的油漬，繼續親嘴似的啃他的豬蹄。所有人票都耷拉下腦袋，在饑寒交迫裡聽著隔壁房間裡土匪吃飽喝足以後，開始抽大菸、推牌九、玩骰子。

四十二

第二天上午，土匪將人票一個個拉出來拷打審問。第一個被拉出來的是醬園的李掌櫃，水上漂嘿嘿笑著問他，家裡有多少大洋？兩千？李掌櫃哭喪著臉跪在地上，一邊叩頭一邊哀求：

「我是做小買賣的，常常是入不敷出，老爺們行行好，放過我吧。」

土匪們哈哈笑起來，豹子李說：「行行好？你上廟裡找和尚去，我們是賣人肉的，得拿錢來買。」

說完豹子李飛起一腳，踢翻一隻凳子似的踢翻了李掌櫃。小五子和一個土匪把他架起來，扒掉他身上的衣服，用扁擔把他的胳膊支起來，再用繩子把他吊在屋梁上。小五子和那個土匪一左一右，揮起鞭子在李掌櫃的前胸後背抽打起來，鞭子一聲聲抽上去，李掌櫃身上立刻隆起一條條傷痕，傷痕破裂後又冒出一道道血水，李掌櫃叫得撕心裂肺。兩個土匪抽了四十多鞭，李掌櫃慘叫了四十多聲。水上漂說是聽煩了他的叫聲，抓起一把灶灰，在李掌櫃張嘴喊叫時撒進他的嘴裡，李掌櫃的慘叫立刻消失了，呼吸也沒有了，臉色慘白像是刷了石灰，他睜圓眼睛，全身抖動了好一會兒才緩過氣來，當他再次慘叫時，嘴和鼻子噴出了血水，噴到了挨牆而坐的人票身上。

水上漂笑嘻嘻問他：「家裡怎麼也有個兩千大洋吧？」

李掌櫃連連點頭，嘴裡嗚嗚響著。水上漂對坐在旁邊記帳的「和尚」說：「叫他家出一千銀兩。」

下一個被拉出來的是豆腐店的夥計唐大眼珠，水上漂問他家裡有多少大洋，唐大眼珠搖搖頭說一塊大洋也沒有。水上漂看著唐大眼珠青紫腫脹的臉，對兩個土匪說：

「抽他的屁股，把他的屁股抽花了，抽成臉一樣花。」

兩個土匪扒下他的褲子，把他摁在板凳上，揮起鞭子狂抽起來。唐大眼珠咬緊牙關一聲不叫，只是從鼻子裡發出滾動的呼吸聲。一個土匪抽了一百多下停下鞭子，抹著臉上的汗水說要喝口水，要歇一會兒，另一個土匪接過鞭子又抽了一百多下。唐大眼珠的屁股腫得像個鼓，上面隆起的已經不是條條鞭痕，而像魚鱗那樣一片片了。看到唐大眼珠仍然一聲不叫，水上漂叫小五子去隔壁房間拿來辣椒麵，撒在唐大眼珠的屁股上，這時唐大眼珠嗚嗚叫了起來，豆大的汗珠下雨一樣掉到地上，眼淚刷刷淌出來。

水上漂看了一眼他的屁股說：「花倒是抽花了，只是還不像臉，還缺兩個眼珠子。」

小五子取來燒紅的鐵鉗，在唐大眼珠兩側的屁股上烙出兩個雞蛋大的形狀。在嗞嗞的響聲裡，人肉的焦臭味瀰漫開來。這時候唐大眼珠啊啊叫了起來，叫聲又低又長，像荒野裡受傷的狼的嗚咽聲。

水上漂笑著說：「這屁股有點像臉了，換個地方，抽他的臉，把他的臉抽得像屁股。」

兩個土匪把唐大眼珠拉起來，往牆角推去，水上漂說：「讓他坐在板凳上，貼牆坐。」

兩個土匪將板凳拿過去，要唐大眼珠坐下去。唐大眼珠血淋淋的屁股剛挨著凳子，立刻燙著似的站起來，土匪們哈哈大笑。

小五子抽了他一鞭子說：「他媽的坐下。」

唐大眼珠小心翼翼再次坐到板凳上，刺心的疼痛使他又站了起來，土匪們笑出了咳嗽的聲音。唐大眼珠腫脹的眼睛看了看沿牆而坐的人票，看見一排哆嗦的身體和一排驚恐的眼睛，他苦笑一下，咬緊牙關坐在了板凳上，疼痛使他的臉歪斜了。

小五子揮起馬鞭，劈啪一聲，鞭子從牆壁滑過，打在唐大眼珠的臉上。唐大眼珠沉重地呻吟一聲，接著又是劈啪劈啪的鞭撻聲，唐大眼珠的臉血肉模糊了，他倒在地上昏死過去。

水上漂走過去說：「行啦，這臉上什麼都看不清了，像屁股啦。」

小五子收起鞭子嬉笑地說：「紅糊糊的，像猴子屁股。」

土匪們笑過之後，唐大眼珠慢慢甦醒過來，水上漂蹲下去拍拍唐大眼珠的肩膀說：「告訴我，家裡有多少大洋？」

唐大眼珠微微張開嘴，吐出來血水，聲音混濁地說：「我沒大洋，我是窮人。」站在旁邊的豹子李端起長槍頂住唐大眼珠的腦袋問：「你他媽的真是窮人？」

唐大眼珠有氣無力地點點頭，豹子李說：「窮人活著幹嗎？死了吧。」豹子李扣動扳機，一聲槍響，唐大眼珠的腦袋被打爛了，鮮血濺得滿牆都是，也濺到了水上漂臉上。

水上漂抹了一把臉，罵道：「你他媽的開槍也不說一聲，濺得老子一臉都是。」

那個叫「和尚」的土匪看不下去了，他說：「人票有富有窮，綁了個窮票是倒楣，也不該要人家的命。」

水上漂罵起來：「你還真把自己當和尚了，你他媽的是土匪。」

然後水上漂轉身對貼牆而坐的人票說：「沒有錯綁，你們都得拿錢來。」

小五子把徐鐵匠拉出來，膀粗腰圓的徐鐵匠哆嗦地走上去，昨晚挨了一鞭子後，臉上留下一道鞭痕，還沒等土匪開口，他就說：

「老爺，我是富人，我不是窮人。」

人票裡有一位私塾王先生還沒有被拉出去就說了：「老爺，我是富人。」

接下去的人票個個自稱是富人，土匪們嬉笑地給他們定下了贖金的數額。輪到陳耀武時，陳耀武說：

「我的昨天就說好了。」

水上漂想起來了，笑著說：「對，你小子是一千銀兩。」

四十三

溪鎮的人票在潮濕昏暗的票房裡度過了豬狗不如的十五天。每人每天只有兩碗稀粥和一張麵餅，偶爾才會有些鹹菜。土匪為了防止他們密謀，睡覺時要他們一頭一腳，還要一臥一仰，輪到仰著睡還算好，就怕輪到臥著睡，把臉貼在霉爛的稻草上，幾夜下來臉上的皮肉都腐臭了。每天早晨六點起床出去放風，起來慢了，看管他們的小五子的鞭子就會抽過來。放風就是拉屎撒尿，一天的放風都在早晨進行，過了這個點就不准放風了，要在肚子裡憋著。有人憋得不行了捂著肚子直叫，小五子說：

「這他媽的是票房，不是你們家，不能那麼隨便。」

這人只好拉在褲子裡。十五天下來，所有人票的褲子裡都拉滿了屎，在寒冬裡又凍得像石頭一樣堅硬，白天的時候還要挺胸坐著，他們的屁股磨爛了。他們的手腳凍腫之後流出了血水，地上的潮濕使他們的衣服也開始霉爛，繩子勒爛他們的衣服後又勒破他們的臂膀，血水浸紅了繩子。他們渾身腐臭，頭髮也不是一根根了，黏成了一團團，蝨子在裡面翻滾。

第十六天，水上漂和豹子李兩股土匪在飄揚的雪花裡下山，留下「和尚」一股看管他們，「和尚」對他們說：

「你們快熬到頭了，贖金今天送到，明天你們就能回家。」

中午的時候雪停了，太陽出來了。「和尚」牽著繩子，像牽著牛羊那樣將人票牽到屋外，讓他們貼牆坐下。「和尚」對他們說：

「你們身上都長出青苔了，好好曬曬，曬乾了回家。」

陽光照在他們的身上，乾燥的寒風吹在他們臉上，他們互相看看，不同的臉上有著同樣欣喜的神色。賣油條的陳三瞇縫眼睛大口呼吸起陽光裡的空氣，其他二十一個人票也是瞇縫眼睛，大口呼吸起乾燥和清新的空氣。他們貪婪地張大嘴巴，彷彿不是在呼吸，是在吃著新鮮的空氣。徐鐵匠低頭發出吃吃的笑聲，其他人票也低頭吃吃笑起來，笑聲在陳耀武那裡變成哭聲以後，他們一個個開始淚流滿面，然後陽光曬乾了他們臉上的淚水。他們看著前面掛滿白雪的樹林，知道是在山上，可是看不見起伏的群山，樹林擋住了他們的視野。他們只能看著從房屋到樹林的這一段開闊的空地，看到腐爛的樹木橫七豎八從積雪裡伸展出來。

傍晚的時候，下山的兩股土匪回來了。他們在觀音廟附近守候了一天，凍得手腳僵硬也沒有見到送贖金的曾萬福、陳順和張品三。他們回來時凶狠叫罵如同一群瘋狗，小五子揮起鞭子對著人票猛抽起來，一邊抽一邊破口大罵：

「他媽的，你們綁來都半個月啦；他媽的，你們家裡一不來人二不送錢；他媽的，你們在這裡吃得又白又胖，他媽的，比在你們家裡還享福。」

然後水上漂讓手下的土匪把人票一個一個提了出去。第一個出去的是徐鐵匠，他出去以後沒有聲息，坐在屋裡的人票正在膽戰心驚猜測時，聽到徐鐵匠一聲慘叫。過了一會兒，徐鐵匠歪斜著腦袋回來了，其他人票看見他少了一隻耳朵，失去耳朵的地方全是灶灰，血水染紅他的脖子和上衣，徐鐵匠臉色蒼白，身體晃晃悠悠坐到地上，兩眼發直看著自己的雙腳。第二個出去的是陳三，他還沒有明白過來，扭頭看著徐鐵匠，彎著腰走了出去。屋裡的人票聽到陳三出去後哭泣求饒的聲音，接著陳三殺豬般哭喊起來。陳三回來時，也少了一隻耳朵，耳廓那裡也是沾著黑乎乎的灶灰，也是臉色蒼白兩眼發直身體晃悠。

陳耀武是第七個出去的，他看見了夕陽西下的情景，通紅的霞光從積雪的樹枝上照耀過來，他眯縫起了眼睛。小五子把他推到「和尚」面前，「和尚」用兩根筷子夾住他的左耳朵，筷子的兩端又用細麻繩勒緊了。陳耀武看見水上漂血淋淋的手上拿著一把血淋淋的剃頭刀，知道要割他耳朵了。「和尚」勒緊麻繩時他疼得掉出了眼淚，他哭著求「和尚」鬆一鬆筷子，「和尚」說：

「越緊越好，夾鬆了割起來更疼。」

陳耀武感到水上漂捏住他已經發麻的左耳朵，剃頭刀貼在他的腦門上，剃頭刀拉了幾下，陳耀武聽到咔嚓幾聲，隨即「和尚」抓起一把止血的灶灰按住了耳朵那裡，他另一耳朵聽到水上漂說：

「這小子的耳朵真嫩，一碰就下來啦。」

陳耀武感到左邊一下子輕了，右邊一下子重了。冷風吹在左側臉上，一陣刺骨的寒冷。陳耀武晃晃悠悠走回屋子，他感到熱乎乎的鮮血順著脖子往下流，這時候劇烈的疼痛洶湧而來了。陳耀武覺得自己的身體似乎越來越薄，薄得飄動起來，他坐下去時，身體彷彿慢悠悠掉了下去。他看看其他人票，他們模模糊糊，然後他閉上眼睛昏迷過去。

四十四

早晨放風的時候，二十二個人票少了二十二隻耳朵，他們互相看著，都覺得對方一下子瘦了很多。水上漂和幾個土匪從他們身旁走過，嬉笑地向他們展示割下來的耳朵，水上漂對他們說：

「看見你們的耳朵了吧，他媽的，再不送贖金來就把你們的腦袋砍下來。」

幾個土匪往山下走，他們要出去找路人把人票的耳朵捎回溪鎮，他們走出去二十多步，聽到了槍聲，趕緊跑回來，邊跑邊喊叫：

「不好啦，來官軍啦。」

豹子李站在空地上喊叫：「快把耳朵分了，快提人票，一人提兩個，往樹林裡跑，能跑多遠是多遠。」

土匪們割斷串聯人票的繩子，拿著人票的耳朵押著人票，跑過屋前的空地，跑向樹林。豹子李抓著兩個人票往樹林裡跑，豹子李一邊跑一邊用腳踹向身邊的土匪，罵道：

「他媽的分開了跑。」

水上漂一把抓住往前跑的陳耀武，推給了「和尚」，把陳耀武的耳朵也扔給「和尚」，對他說：

「『和尚』，這值錢的貨給你，你槍法好，帶著你的兄弟在這裡死打，我們從北面迂迴。」

豹子李和水上漂帶著各自的土匪和人票在炒豆子般響個不停的槍聲裡，跑進前面的樹林。

水上漂回頭對「和尚」喊叫：「『和尚』，聽到沒有，是他媽的機槍啊，我們打不過機槍，我們不迂迴啦，你他媽的多保重，後會有期。」

「和尚」罵了一聲：「王八蛋。」

「和尚」和手下的兩個土匪，推著陳耀武，貓腰向前跑去，子彈在他們身前身後嗖嗖地飛，

「和尚」喊了聲趴下，四個人就趴在腐爛的樹木下，聽著子彈從他們頭頂飛過，短小急促的聲響彷彿是一群麻雀在叫喚。

他們在樹木下趴了一會兒，聽清楚子彈是從兩邊飛過來的，「和尚」嘿嘿笑了幾聲，對另兩個土匪說：

「不是打我們的，是北洋軍和國民革命軍打上了。」

他們差不多趴了一個時辰，槍聲停息後才站起來，一個土匪問「和尚」，是不是去追上水上漂和豹子李他們，「和尚」說：

「他們腳底抹油，你追得上嗎？」

「和尚」他們不敢走大路，沿著山上的小路走，陳耀武跟著他們翻山越嶺。連日來陳耀武吃不飽睡不足，又被割去了左耳朵，他向前走去時搖搖晃晃。少了左耳朵以後身體總是不由自主向右偏去，他斜著身體往前走，走著走著走出了小路，腳一滑從山坡上滾了下去。「和尚」他們只好滑下山坡，將他拉上來。「和尚」手下的兩個土匪一路上都在罵罵咧咧，他們說自己一個人翻山越嶺已經是上氣不接下氣，再拖著這小崽子差不多快斷氣了。一個說挖個坑把這小崽子活埋了，另一個說哪還有挖坑的力氣，一槍斃了他最省事。走到傍晚的時候，陳耀武又一次從山坡上滾下去後，再也站不起來了，那兩個土匪用腳踢他，他只是搖搖頭，說不出話來。「和尚」看見陳耀武實在走不動了，就說揹著他走吧。那兩個土匪連連搖頭，說自己的親爸都沒揹過，怎麼能揹這個小崽子呢。「和尚」苦笑一下，自己揹起陳耀武，深一腳淺一腳向前走去。

陳耀武趴到「和尚」背上，馬上昏睡過去。夜深時一陣狗吠聲將他驚醒，他知道進了一個村莊。他們走到一幢房屋前站住了腳，「和尚」敲起了門，敲了一會兒，裡面房間裡的油燈亮了，一個老太太的聲音傳了出來：

「誰呀？」

「和尚」說：「媽，是我，小山。」

「和尚」的母親披著棉襖，手舉油燈走了出來，她看見陳耀武，問道：「誰家的孩子？」

「和尚」說：「溪鎮綁來的人票。」

此後的四天裡，陳耀武高燒不止，他在「和尚」家的柴房裡日夜昏睡。他的眼睛裡霧茫茫的，他的耳朵裡灌了水似的響起流動的聲音，他的身體如同石頭一樣沉重。他迷迷糊糊覺得「和尚」他們進來過幾次，站在他身前說了些什麼。陳耀武昏睡期間最熟悉的是「和尚」母親的身影，這個老太太每次進來時雙手都是伸在前面，不是端著水，就是端著粥，有時候端著薑湯，然後是沙啞的聲音：

「喝點水……喝點粥……喝點薑湯……」

陳耀武度過了生離死別般的四天後，第五個早晨醒來時聽到清脆的鳥鳴，看見陽光從柴房的天窗照射下來。他眼中的霧散了，耳朵裡的響聲沒了，身體也不再那麼沉重，他感到肚子裡滾動起咕咚咕咚空蕩蕩的聲響，他知道飢餓了，然後他驚詫地發現手腕上繫了紅繩。

「和尚」的母親端著一碗米粥進來，看見陳耀武坐起來了，伸手摸摸他的額頭說：

「菩薩保佑，退燒了。」

老太太問他叫什麼名字，是溪鎮誰家的孩子，他說他叫陳耀武，是溪鎮木器社陳永良的兒子。老太太告訴他，紅繩是她繫上的，繫上紅繩能保佑他平安。

老太太還給陳耀武煮了兩個雞蛋，陳耀武一口氣吃下去兩個雞蛋，把自己的嘴巴塞得鼓鼓的。他又一口氣喝下了米粥，他喝粥時的聲響彷彿是在往井裡扔石頭。

陳耀武高燒期間，「和尚」和一個土匪出去下帖子，他們在大路上攔住一個剃頭挑子，讓剃頭挑子把帖子帶到溪鎮，交給木器社的陳永良。

四十五

陳耀武在這個山腳下的村莊裡度過了十天。他睡在柴房的地上，「和尚」的母親給他鋪上了厚厚的稻草，又給了他褥子和被子。「和尚」取下綁著他的繩子，他可以在幾個房間走動，也可以雙手插進袖管走到屋外曬曬太陽。他幫著老太太幹活，老太太炒菜做飯的時候，陳耀武坐在灶前燒火。老太太教會他如何燒火，做飯時火要溫一些，炒菜時火要旺。當老太太說火旺了，陳耀武趕緊扒些灰燼上去，壓一壓跳躍的火焰；當老太太說火溫了，陳耀武立刻舉起吹火棍，呼呼地吹起來，將火焰吹得高高竄起滿爐飛舞。每次做完飯菜，爐膛裡的火焰逐漸熄滅時，老太太會遞給陳耀武一個地瓜，讓他把地瓜埋到幽暗的炭火裡烤著。在「和尚」家中這些天，陳耀武吃完飯還能吃上一個烤地瓜。

這天上午，「和尚」和一個土匪走出村莊去取贖金，留下一個土匪看著陳耀武。下午的時候他們回來了，看看蹲在牆角曬太陽的陳耀武，對站在陳耀武身旁的土匪揮一下手，他們走進了屋子。過了一會兒他們出來了，一個土匪走過去踢了踢蹲在那裡的陳耀武，叫道：

「起來。」

陳耀武站了起來，看見「和尚」笑咪咪的，不知道他們要幹什麼。那個踢他的土匪說：

「小崽子你來了這麼久，家裡也不管你，我們供你吃供你喝供你睡，還供你曬太陽，供著你有什麼用？」

另一個土匪說：「快走吧，坑都替你挖好了。」

陳耀武聽說坑都挖好了，心想他們是不是要活埋我？他兩腿一軟渾身哆嗦起來。

「和尚」笑咪咪說：「走呀。」

陳耀武動了動腿，怎麼也邁不出去。他看見「和尚」笑咪咪的，站在門口向他揮手的老太太也是笑咪咪的，陳耀武心想原來殺人的時候都是笑咪咪的，他哭喪著臉說：

「我抬不起腿來了。」

「和尚」用一塊黑布蒙住陳耀武的眼睛，兩個土匪架起他走去，到了村口他們拐上一條上山的小路，陳耀武被他們拖著上山，兩個土匪一邊喘氣一邊罵罵咧咧，陳耀武傷心地對他們說：

「別走啦，你們別累了，就在這裡吧。」

「和尚」他們沒有答理他，拉著他繼續往前走，他們上了山又下了山，幾次上下後來到一條大路上。陳耀武的兩條腿彷彿兩根樹樁那樣沒有了知覺，他哭了起來，央求「和尚」：

「我實在走不動了，走到哪裡都是死，就在這裡吧。」

「和尚」站住腳，架著陳耀武的兩個土匪鬆了手，「和尚」溫和地對陳耀武說：

「不是活埋你，是放你回家。」

他們取下陳耀武眼睛上的黑布，陳耀武看見自己站在大路中央，一個土匪指了指前面說：

「快跑吧。」

陳耀武將信將疑看著他們三個人，那個土匪舉起長槍對準他說：

「快跑呀。」

陳耀武感到雙腿回到身上了，正要轉身，「和尚」叫住他，他的腿又軟了。「和尚」把一個布袋套在他肩上，對他說：

「裡面是我媽給你做的，你路上吃。」

「和尚」告訴陳耀武：「一直沿著大路走，就能走到溪鎮；別走小路，走小路你會迷路的。」

陳耀武點點頭，轉過身小心翼翼往前走去。走了幾步聽到身後的一個土匪說：

「快跑呀，我們要開槍了。」

陳耀武一聽這話撒腿就跑，少了一隻耳朵讓陳耀武跑去時重心不穩，跑得歪歪斜斜，另一個土匪在後面喊叫：

「照直了跑，別拐彎跑。」

陳耀武心想不能照直了跑，不能讓他們瞄準了從後面給他一槍。陳耀武拐彎跑起來，他聽到「和尚」他們在身後哈哈大笑。他撒開腿狂奔，「和尚」他們的笑聲始終追隨著他，他跑了差不多有十里路，實在跑不動了，「和尚」他們的笑聲好像還在後面追著，他站住腳哭了幾聲，回頭說：

「開槍吧。」

陳耀武站在大路的中央，呼哧呼哧喘氣，伸手抹去眼皮上的汗水，仔細一看，大路上空空蕩蕩。他奇怪地眨了眨眼睛，還是沒有看見一個人，心想「和尚」他們放了他是真的，接著又想「和尚」他們萬一後悔了就會追上來，於是又狂奔起來。他一跑，「和尚」他們的笑聲又跟上來了，他扭頭看看，後面沒有人，這才發現那不是「和尚」他們的笑聲，是自己喘氣的聲音。他一邊跑，一邊嘿嘿笑了起來。

他差不多又跑出了五里路，兩條腿軟綿綿的一點力氣也沒有了，他開始慢慢往前走，走了不知道有多長時間，覺得自己實在走不動了，便倒在地上。他在地上躺了一會兒，心想不行啊，為了活命還得走。他站起來走，走一陣歇一陣，感覺有點力氣了，又開始奔跑起來。

天黑後，陳耀武迷路了。他想不起來是什麼時候離開大路，拐上山林裡的小路。樹葉沙沙的響聲讓他感到寒風陣陣，他抬頭看天，看見星星在雲層裡時隱時現，他分不清東南西北，不知道溪鎮在哪裡，只能繼續沿著小路向前走。

陳耀武在山林裡走了很久，看到一間月光下的茅屋，他走到茅屋門前，伸手敲了敲，裡面沒有動靜，他推了推門，裡面上了門閂，他一邊敲門一邊說：

「裡面的好人，我是溪鎮的陳耀武，我被土匪綁了票，我從土匪那裡逃了出來，我迷路了。」

茅屋的門吱呀一聲開了，一個老人站在陳耀武的面前，老人說：

「進來吧。」

陳耀武走了進去，老人點亮了油燈，陳耀武看到老人和善的眼睛，老人對他說：

「屋裡沒有凳子，上床坐吧。」

陳耀武疲憊不堪地坐到床上，感到右側的耳朵沉甸甸的，身體不由自主向右側斜了下去，隨即昏昏沉沉睡了過去。他一覺睡到天亮，醒來時陽光已經從門縫裡照射進來了。他支起身體看見老人端著一碗熱粥站在面前，老人說：

「喝碗粥。」

兩個人坐在床上喝起熱粥。熱粥從陳耀武嘴裡下去時，彷彿一團溫暖的火在體內緩慢滾落。陳耀武看見自己身上有一個布袋，想起來是「和尚」給他的。他打開布袋，裡面有兩個雞蛋和兩張餅，他把餅和雞蛋拿出來和老人分享。兩個人先把餅吃了，然後拿著雞蛋在碗上敲擊，敲碎後仔細剝去蛋殼。陳耀武兩口就把一個雞蛋吃了下去，老人則是細嚼慢嚥，不時喝上一口粥，幫助他將雞蛋咽下去。陳耀武感到力氣回來了，他環顧四周，看見屋子裡什麼都沒有，只有這張嘎吱作響的破床，床上也沒有被子。老人告訴他，被子讓土匪搶走了。

陳耀武想起來了，就是在這裡，土匪撕碎這個老人的被子，用那些布條蒙上他們的眼睛。陳耀武想起豹子李一槍托砸了老人的臉，他仔細看看老人的臉，傷痕仍然可見，陳耀武低下頭說要走了。

老人把陳耀武送到山坡那裡，手指山下一條大路，告訴他向南走，就能走到溪鎮。陳耀武沿著山坡往下走，走到大路上抬頭看看山上，老人還站在那裡，正揮著手告訴他要向南走，他向南走去後，老人揮動的手才掉落下去。

陳耀武走在大路上，陽光燦爛，積雪閃閃發亮，沒有凜冽的寒風，只有微風吹來。大路上出現了挑著擔子的農民，包頭巾的女人，做小生意的販子，陳耀武走在他們中間。

陳耀武看到前面有個人走去時不斷向右偏過去，快要走出大路時，趕緊往左邊走了幾步，隨即又是向右偏著走去。陳耀武看見他的左耳朵也沒有了，他跑了過去，認出來是賣油條的陳三，他拉了拉陳三的衣服說：

「你也逃出來了。」

陳三看見是陳耀武，驚喜地笑了，他拉住陳耀武的手。兩個人的手拉到一起後沒再分開，他們手把手，向右偏著走去，然後又趕緊向左走幾步，糾正後又不由自主向右偏了過去。

他們向溪鎮走去時，不斷看見前面出現偏著走路的人，於是徐鐵匠和醬園的李掌櫃，私塾王先生和其他兩個人與他們匯合到一起。這七個人裡四個沒有了左耳朵，三個沒有了右耳朵，他們相遇時驚喜交加，手不由自主拉到一起。他們七個人手拉著手向前走去，四個向右偏，三個向左偏，開始走得平衡了。

這是最先回來的被綁人票，他們手把手走進溪鎮的北門時，溪鎮沸騰了。他們回來的消息像風一樣吹遍了全城，人們擁向他們，喊叫他們的名字。他們七個人還是手把手走去，他們前後左右都是人，聽到無數的聲音在喊叫他們的名字，他們沒有笑容，也沒有眼淚，只是不斷點頭，發出麻木的嗯嗯聲。然後他們分開了，因為哭喊的親人出現了，他們被自己的親人拉了過去。

陳耀武看見母親李美蓮，她哭成了一個淚人，手裡捏著的手帕好像也在掉著淚水。他看到父親陳永良笑容滿面，同時也是淚流滿面；林祥福和林百家，還有陳耀文，都是眼淚汪汪。

陳耀武看見了自己的家，他走進屋子，在凳子上坐下來，無聲地看著一家人圍著他哭。林百家坐到他身邊，拉住他的胳膊哭著問他：

「你為什麼不哭？」

陳耀武說：「我哭不出來。」

四十六

回到溪鎮的人票，在最初一段日子裡，身體時常會不知不覺歪斜起來。徐鐵匠昏睡了三天，然後繼續他打鐵的生涯，他舉起鐵錘瞄準燒紅的鐵塊砸下去時，一聲慘叫嚇了他一跳，他看到鐵錘沒有砸在鐵塊上，而是砸在徒弟孫鳳三的左手上，把那只左手的手指砸扁連成一塊，看不見手指了。他的爐火因此熄滅，坐在鋪子裡整日發呆，徒弟孫鳳三哭喪著臉坐在他身旁，砸壞的手上纏滿布條。醬園的李掌櫃知道站著是很難一直保持平衡的，稍有疏忽身體就會微微歪斜，所以他下了床就坐到椅子裡，雙手插進袖管，不時將右側歪斜過去的腦袋晃一晃，晃到左邊來，一邊咳嗽一邊指導夥計幹活。賣油條的陳三站在街上，一邊炸著油條一邊根據風向調整自己的位置，讓呼呼的冬風吹在身體右側，彷彿拐杖那樣支撐他不向右側歪斜過去。名聲不錯的私塾王先生有七個學生，被割掉右耳朵以後，王先生像是被一根繩子扯住了，他瞇縫著眼睛講解孔孟儒學，講到忘我之時身體會不由自主向左側靠過去，不由自主來到門口，站在門口講解《中庸》，清醒過來後低頭不語回到屋子中央，謙卑地看著他的七個學生。七個學生看見先生臉色蒼白，倖存下來的左耳朵卻像燃燒的木炭一樣通紅。然後有一個學生把他的課桌搬走了，另外的學生也把他們的課桌搬到私塾張先生那裡。當王先生又一次在講課時歪斜到門口，最後一個學生也搬走了他的課桌。

張先生的修養和名聲都在王先生之下，他是學費收得便宜才有四個學生。如今王先生的七個學生都投奔到他門下，得意之色溢於言表。張先生經過王先生的屋門時會停留一會兒，看看坐在空屋子裡滿臉落寞的王先生，說上幾句寒暄的話，嘿嘿笑著離去。

王先生自然聽出了張先生的弦外之音，有一天他走到門外，當著眾人的面，手指張先生怒氣沖沖說：

「你乘人之危。」

王先生因為激動失去平衡的身體向左歪斜過去時，他的手也歪斜了過去，說出那句話時沒有指上張先生，指上了剛好走過來的陳三。張先生一副與己無關的表情揚長而去，賣油條的陳三看見王先生怒氣十足地指著自己，回頭看看身後沒有別人，只好一臉無辜地賠上笑容。

陳耀武回家後變得沉默寡言，總是坐在角落裡，沒有聲息地坐上很久。陳永良李美蓮和他說話，他目光飄忽地看著他們，彷彿是在看著遠處。笑容從陳永良和李美蓮臉上消失，不安的神色替而代之，這也影響了林祥福，笑容也從林祥福臉上消失。有一天林百家走過去坐在了他的身旁，此後陳耀武獨自坐在角落時，林百家也會過去坐在那裡，陳耀武一聲不吭坐上一整天，林百家也會一聲不吭坐上一整天。

平靜的生活重新開始，林祥福也重新開課，顧益民的兩個女兒沒再出現，土匪來到溪鎮綁票，而且來到林祥福陳永良家裡綁票，顧益民應該是考慮女兒的安全，沒再把顧同思和顧同念送到這裡。

重新開課後，陳耀武不再坐在角落裡，而是坐到窗前，他的眼睛總是看著窗外，坐在他身旁的林百家也時常扭過頭去，和他一起看著窗外。陳耀文不是東張西望，就是哈欠連連。林祥福授課時也是心不在焉，每天都是草草收場。

林祥福授課的房間就在王先生私塾的對面，坐在窗前的陳耀武目睹了那七個學生搬起課桌離去的情景，也看見王先生站在街上落魄的模樣。接下去的幾天裡，陳耀武看著王先生敞開的屋門，卻看不見王先生，下午的時候照射進去的陽光讓陳耀武看見王先生端坐的身影，陽光將王先生的身影拖到了門口的地上。

這時候林祥福正在授課，陳耀武突然搬起自己的課桌，碰撞了陳耀文的課桌後走出屋門，把課桌搬進了王先生的私塾。

雙手插在袖管裡呆坐了幾天的王先生，看見同樣少了一隻耳朵的陳耀武搬著課桌進來時，先是滿臉疑惑，接著低下了頭，過了一會兒他抬起頭來滿面紅光，看見陳耀武害羞地坐在角落裡，他起身將陳耀武的課桌搬到屋子中央，拿起一冊書大聲講解起來。

陳耀武的舉動讓林百家和陳耀文愣住了，他們看著林祥福走到陳耀武空出來的窗前。林祥福看著對面王先生敞開的屋門，照射進去的陽光讓他看見他們在地上的身影，兩個人你一聲我一聲，很久沒有說話的陳耀武此刻像早晨的雄雞一樣聲音嘹亮。

那時候陳永良出門在外，李美蓮知道後急忙走到王先生門口，輕聲叫著陳耀武的名字，要把他叫回來，陳耀武只是扭頭看了她一眼，此後不再扭頭，好像沒再聽到她的叫聲。然後李美蓮看見林百家和陳耀文搬著課桌走過來，進了王先生的私塾。她回頭後看見林祥福笑著站在院子門口，林祥福對她說，自己本來就不是做先生的材料，自己就是一個木工。

王先生揚眉吐氣了，雖然走掉了七個，來了只是三個，他授課時的聲音如同叫聲，彷彿他的學生隔山而坐。左鄰右舍走到門前，好奇地向裡面張望，王先生不失時機地向鄰居們點點頭。接下去王先生有了奇怪的發現，他一直站在原處，過了一會兒自己還在原處。他滿腹狐疑看看門口，小心翼翼問三個孩子，剛才他是不是走到門口了？他們說他沒有走到門口，說他一直在這裡站著。王先生滿臉通紅，知道自己不知不覺間糾正了歪斜的毛病。他張了張嘴，沒有聲音；伸了伸手，不知道要幹什麼。片刻的手足無措之後，他拿起《論語》，抑揚頓挫朗誦了兩頁還有四行。

這一天的王先生遲遲沒有放學，張先生走過他門前時，王先生聲嘶力竭的聲音讓他站住了腳，王先生一邊講一邊看了張先生幾眼，每一眼都讓張先生覺得那是視而不見。張先生離去後，王先生垂下手裡的書，筋疲力竭地說：

「放學。」

放學後，王先生站在私塾門前，雙手插在袖管裡一直站到黃昏。看見林祥福走過來，王先生迎上去恭敬地叫了一聲林先生，給林祥福鞠了一躬。

四十七

為了抵禦土匪，顧益民建立起溪鎮民團，沈店和其他城鎮也建立了民團。北洋軍潰敗後，很多槍枝流失民間，顧益民以商會的名義去收購這些散落的槍枝彈藥。與此同時，各路土匪為了壯大自己的實力，也到處掠奪和收買槍枝。於是槍枝皮條客如雨後春筍般出現，這裡面有種地的農民，有開店擺攤的生意人，有男人有女人，有老人有孩子。這些槍枝皮條客頂著呼嘯寒風，踏著皚皚白雪，到處尋家問戶，以低價買進槍枝，再以高價賣給土匪或者溪鎮和沈店等地的民團。一時間槍枝買賣盛行，大街小巷的言談議論也都是槍槍槍，聽起來溪鎮彷彿是個軍火庫，都在說誰誰弄到了什麼槍掙到了多少錢。槍的價格是一路飆升，一枝漢陽造步槍要價七十八銀元，老套筒和三八式賣到百元以上，盒子槍貴到了二百多元，有一枝勃朗寧手槍被顧益民以天價買下。

槍枝皮條客越來越多，槍枝越來越少。少了一隻耳朵的徐鐵匠和手上纏著布條的孫鳳三也加入進倒賣槍枝的行列之中。他們揹著乾糧出去了三天，扛著一枝回來了，他們扛著的既不是漢陽造，也不是老套筒和三八式，而是一枝生了銹的長矛。

徒弟纏著布條的手挽著師父的胳膊，這是讓師父走路不再歪斜，他要讓師父堂堂正正走進溪鎮，其實他師父已經不再歪斜了。那枝生銹的長矛就架在兩個肩膀之間，儘管別人譏笑聲聲，對他們指指點點，他們仍然喜氣洋洋，彷彿扛著的是一支鋥亮的三八式。

徐鐵匠和孫鳳三沒有做成槍枝生意，師徒兩人商量後決定加入民團。一個少了只耳朵後平衡不如過去，另一個廢了一隻手，他們不能繼續打鐵謀生，想來想去只能去吃扛槍打仗的飯了。他們來到城隍閣前的空地上，在這一天的上午報名加入民團，他們在一張八仙桌上寫下自己的名字時，看見前面已經有一百二十七個名字了。

顧益民打算組建一支三十人的民團，沒想到前來報名的超過二百人。林子大了什麼鳥都有，有富裕人家的少爺公子，有無家可歸要飯的，有正經人家也有地痞流氓，溪鎮被土匪綁過的二十二個人票，也來了十九個。

人們在城隍閣前踮起腳尖伸長脖子，張望從街上過來的四抬轎子，顧益民從省城請來一個名叫朱伯崇的人出任民團首領。朱伯崇曾在清軍的勇營做過什長，又在皖系的西北軍當過團長，他從四抬轎子裡出來時，溪鎮的百姓看見一個白髮銀鬚、身材高大、雙目炯炯有神的五十來歲的男人，立刻響起一片驚詫之聲：

「真像個大官啊。」

大官模樣的朱伯崇，挎著盒子槍小跑幾步，縱身一躍站到八仙桌上，圍觀的人群又是一片驚詫之聲。朱伯崇開口說話，聲音洪亮，他說民團不是雜貨店，不是什麼人都可以進來的。他看了一眼腰間挎著勃朗寧手槍的顧益民，說民團好比藥鋪，進的貨都要精挑細選。他說只有考試合格的才能加入民團，怎麼考試？朱伯崇跳下八仙桌，大聲問誰先來試試。

一個身穿棉袍的青年翩翩上前，這是溪鎮中醫藥鋪的郭少爺。郭少爺以為要考他的滿腹文章，看了一眼空空的八仙桌，說無筆無硯無紙如何考試，朱伯崇從一個木桶裡拿出一隻碗，舀滿水後放到郭少爺頭頂，讓郭少爺站直了別動，自己走出二十來米，端起盒子槍對著郭少爺瞄準。

嘈雜的人聲頃刻倒塌下去，鴉雀無聲了。圍觀的人知道什麼是考試了，就是盒子槍裡的子彈向著郭少爺的頭頂飛去。郭少爺也知道子彈即將飛來，他的腿開始哆嗦，手也哆嗦，接著嘴唇也哆嗦起來。朱伯崇瞄了一下，看到郭少爺身後人頭攢動，放下盒子槍大聲說：

「子彈可不長眼睛，請諸位給子彈讓出一條路來。」

郭少爺身後亂成一團，似乎子彈已經飛過來了，人們喊叫著往兩邊又推又擠。朱伯崇身邊也空空蕩蕩了，人們都遠遠躲開，朱伯崇搖搖頭說：

「這是子彈，不是炮彈，用不著躲這麼遠。」

朱伯崇端起盒子槍再次瞄準郭少爺，他從準星裡找不到郭少爺，他的盒子槍上下左右移動，也沒有找到郭少爺。他聽到人群的笑聲爆炸似的響起，他放下盒子槍，郭少爺已經逃之夭夭。朱伯崇一動不動站在那裡，等到笑聲紛紛掉落後，他才大聲說：

「下一個！」

朱伯崇等了片刻，沒有看見下一個出來，他又喊道：「誰是下一個？」

徐鐵匠撥開人群走了出來，他走到剛才郭少爺站立的地方。他的徒弟孫鳳三也走了出來，走到師父身邊，習慣性地抓住師父的胳膊靠在一起。朱伯崇看到這兩個人直挺挺站在那裡，點點頭，示意別人將兩只水碗放到他們頭頂上，隨後舉起盒子槍瞄準了一會兒，叭叭兩聲槍響，孫鳳三頭頂上的水碗粉碎了，徐鐵匠本能地脖子一縮，水碗掉到地上碎的。

人們一陣驚歎，以為兩只水碗都是朱伯崇打中的。徐鐵匠和孫鳳三滿臉是水，一動不動站在那裡。

朱伯崇舉起左手向他們揮了揮，說道：「錄用啦。」

這兩個人如夢初醒，東張西望地伸手抹了抹臉上的水，面對黑壓壓的人群和嘈雜的人聲，孫鳳三問徐鐵匠：

「師父，看見子彈了嗎？」

徐鐵匠說：「沒看見，我閉著眼睛。」

孫鳳三說：「我看見了，頭頂的碗先碎了，才看見子彈飛過來，子彈怎麼會在後面呢？」

朱伯崇接下去打出二十八槍，二十七隻水碗碎了，大多是頂碗的哆嗦一下掉到地上碎的。只有陳三沒有哆嗦，他是最後一個，槍響之後仍然頂著那只水碗，人們連聲叫好，以為朱伯崇只是打飛了一顆子彈。那顆子彈冷風似的從陳三的頭頂上躥了過去，讓陳三在此後幾天裡疑神疑鬼，總覺得有子彈在頭頂上躥過去，頭皮因此一陣一陣發麻。

溪鎮的民團建立起來了，十九個少了一隻耳朵的人全都錄取，另外十一個裡有種田的也有打工的，有游手好閒的也有偷雞摸狗的。他們全副武裝，扛著老套筒，扛著三八式，扛著漢陽造，也有扛著鳥槍的，早出晚歸操練起來。朱伯崇先是讓他們練習扛槍走路，讓他們把槍扛在右邊的肩膀上，那些沒了左耳朵的人本來身體已經恢復平衡，扛上一枝槍以後又往右邊歪斜了，朱伯崇一看這情形，就讓這些人把槍扛到左邊去。然後操練時有左邊扛槍的，也有右邊扛槍的，左轉右轉那些槍枝就會碰來撞去，朱伯崇見了直搖頭。接下去朱伯崇訓練他們趴下瞄準，半跪瞄準，站立瞄準，跑步瞄準，只讓他們瞄準不讓他們開槍，說子彈太貴，子彈可是黃金白銀的價錢。溪鎮的百姓說他們光放屁不拉屎，整天聽著他們一遍遍喊叫「開槍」「射擊」，就是聽不到槍響。

四十八

陳耀武開始經歷心神不寧的時光。自他回來以後，林百家和他形影不離，不是坐在他身邊，就是走在他身旁。起初陳耀武沒覺得什麼，直到某一個黃昏，陳耀武轉過頭去，看見林百家的臉在夕陽的餘暉裡楚楚動人。那一刻他發現已經不是過去的林百家了，不是那個流著鼻涕，拉著他的衣角，一聲一聲叫著哥哥的林百家了。

陳耀武有時會出神地看著林百家，就是在王先生的私塾裡，他也會扭過頭去看著坐在左邊的林百家。這時候已是春暖花開的季節，林百家上身中袖短襖下身肥褲坐在課桌後面，陳耀武注意到林百家微微隆起的胸部，他的目光開始從林百家的臉上滑落，沿著她細長的脖子抵達她的胸前，長時間停留在那裡。林百家一動不動，可是紅暈在臉上悄然浮現。

手握戒尺的王先生春風得意，曾經離去的七個學生也都回來了，他比過去更加嚴厲，誰要是在課堂上走神，王先生就會舉起戒尺打向誰的手掌，並且警告下次會打出鞭炮的響聲。陳耀武走神時，王先生視而不見，有時實在看不下去，也只是用戒尺輕輕敲敲陳耀武的桌子。

林百家也開始心神不寧了，陳耀武的目光像爐灶裡的火焰一樣熱烈，她知道陳耀武變了，自己也變了，她時常臉色通紅，心跳加快，有時候嘴唇會突然微微抖動起來。

春去夏來的一個中午，穿上百褶裙的林百家躺在院子裡樹蔭下竹榻裡睡午覺，陳耀武從熟睡的林百家身旁走過，看見她白皙的大腿從百褶裙裡出來，不由心跳加快，呼吸急促，他站在那裡看著林百家的大腿，然後他的手放了上去，林百家皮膚的涼爽讓陳耀武十分意外，他害怕地縮回了手，過了一會兒他再次把手貼上去，仍然是那麼的涼爽，他開始輕輕撫摸起來，獲得了綢緞般光滑的感覺。

林百家驚醒過來，看見是陳耀武，先是一怔，隨後她羞怯地閉上了眼睛，感受陳耀武的手在自己大腿上移動。因為激動和緊張，陳耀武的手顫抖不已，顫抖隨即也傳導給了林百家，林百家的身體也開始顫抖。兩個人的身體瑟瑟抖動了一會兒後，林百家突然意識到此刻正在院子的樹蔭下，她起身一把推開陳耀武，陳耀武還沒有明白過來，就聽到出現在屋門口的李美蓮的叫聲：

「作孽啊。」

與李美蓮同時出現在屋門口的陳永良，隨手操起門邊的一根扁擔，舉起扁擔打向陳耀武。陳耀武奪門而出，脫韁的野馬似的在街上狂奔，陳永良手提扁擔在後面窮追不捨。陳永良殺氣騰騰，他一邊追趕一邊喊叫：

「我要劈了你。」

街道兩旁的人目瞪口呆，誰也不敢上前去阻攔陳永良。這時林祥福剛好走過來，見到陳永良舉著扁擔跑來，衝上去一把抱住他，向他喊叫，問他發生了什麼事。陳永良掙扎著想甩開林祥福，林祥福緊緊抱住他，過了一會兒陳永良安靜下來，轉身低頭拖著扁擔往家中走去。林祥福走在他身旁，再次問他發生了什麼事。他始終不答，回到家中，他關上院門，走進廳堂後，難過地對林祥福說：

「我們對不起你。」

接下去是李美蓮告訴林祥福剛才發生了什麼，林祥福回頭看了看林百家，林百家站在角落裡，如同驚弓之鳥。林祥福什麼話也沒說，只是輕輕點了點頭，表示知道了，然後坐在椅子裡沉思起來。

陳耀武一路狂奔，跑上了西山，回頭看看，沒有看見陳永良追來，這才站住腳，呼哧呼哧喘著氣走進一片樹林。他在樹林裡一直坐到滿天星辰，嗡嗡叫著的蚊子把他咬得渾身發癢，他從裡面出來時，山下的溪鎮已經黑了。他又餓又渴，走下西山，走到溪鎮的碼頭，趴在水邊喝了一肚子的水，隨後遲疑不決地走去，他聽到更夫正在敲響三更。他走到家門口，推推門，裡面上了門閂，他想敲門，又不敢敲，站了一會兒後坐下來，靠著門睡著了。

早晨的時候，李美蓮打開院門，看見睡著的陳耀武，把他推醒，拉著他來到廳堂，陳永良和林祥福坐在那裡，林百家和陳耀文也坐在那裡。陳耀武揉著眼睛，看見他們正在吃早飯。李美蓮把陳耀武拉到陳永良身前，陳永良點點頭，起身找來一根麻繩，拉著陳耀武的手往外走。林祥福伸手去攔他，他搖搖頭說：

「國有國法，家有家規。」

林祥福說：「讓他吃了飯，睡上一覺，再行你的家規。」

陳永良看見陳耀武沒有耳朵的左臉，心裡湧上一陣酸疼，就說：「吃飯可以，睡覺不行。」

陳耀武坐在林百家對面狼吞虎嚥吃完早飯，跟著陳永良來到屋外。陳耀武站在榆樹下，耷拉著腦袋，因為沒有睡醒他打了一個呵欠。陳永良用麻繩把他捆綁起來後吊到榆樹上，他看著陳永良拿著鞭子走過來，就說：

「爸，求你把我放下去，讓我把汗衫脫了再抽，我就兩件汗衫。」

陳永良猶豫一下後，將陳耀武放下來，鬆了綁脫去他的汗衫，再用麻繩將他綁好，吊到樹上。陳永良手裡的鞭子啪啪地抽到陳耀武身上，陳耀武一聲聲地慘叫，他身上的皮膚一道道地隆起，破裂處又冒出了絲絲血水。

坐在廳堂裡的林百家聽到陳耀武的慘叫，渾身發抖，眼淚直流。林百家痛苦萬分的表情，讓林祥福什麼都明白了，他知道剛才發生的事不是陳耀武一個人的，是他們兩個人的事。陳耀武的慘叫對於林百家如同利箭穿心，她先是臉色慘白，接著嘴唇也白了，在陳耀武一聲撕裂般的喊叫之後，林百家一頭栽到地上，昏迷過去。

林百家的昏迷讓廳堂裡亂成一團，陳永良也丟掉鞭子跑了進來，李美蓮衝著他連聲叫著，他聽清楚了是讓他快去把中醫請來，他又掉頭跑了出去。

林祥福把林百家抱到樓上房間裡，讓林百家在床上躺下來。林百家無聲地躺了半個時辰，當陳永良帶著中醫郭先生一起趕來時，林百家剛好甦醒過來。郭先生給林百家切脈，說林百家是急火攻心，現在已經沒事了。全家人鬆了一口氣，然後他們想起來陳耀武還吊在樹上，林祥福和陳永良趕緊把陳耀武放下來，發現陳耀武也昏迷過去了，他們再次亂成一團，把陳耀武抱到樓上房間的床上。郭先生坐在床前給陳耀武切脈，說脈搏有些弱，接著又說脈搏強起來了。郭先生起身說過一會兒孩子就會醒來，他看著陳耀武身上的傷痕，對陳永良說：

「抓些灶灰撒在鞭花處，這樣不會毒火攻心。」

李美蓮抓來灶灰，細心地撒在陳耀武的傷痕上，灶灰帶來的灼痛使陳耀武一下子醒了過來，他哭叫兩聲，以為又是鞭子抽上來了，看見是李美蓮，不是陳永良，又看見自己躺在床上，他不再喊叫了，低聲呻吟起來。

李美蓮看著兒子身上一道道的鞭痕，看著沒有耳朵的左臉，不由心酸落淚，她搖著頭說：

「小姐已是顧家的人，萬一這事傳了出去，日後小姐如何做人。」

陳耀武睡著以後，李美蓮來到林百家的房間，坐在床前看著林百家蒼白的臉唉聲嘆氣。林百家看見李美蓮以後，滿腔的委屈一湧而出，她抓住李美蓮的袖管嗚嗚哭個不停。李美蓮摸著林百家的頭髮，對她說：

「這命啊，都是前世就定好的。」

四十九

林祥福和陳永良在燈芯的跳躍閃爍裡坐到夜深。他們喝下了兩斤黃酒，李美蓮給他們做的四個菜是一點沒吃。陳永良屈指算來，他和李美蓮背井離鄉已有十五個年頭；林祥福想起當年將林百家放在布兜裡一路南下的情景，一晃也過去了十三年。兩個人感慨萬千，陳永良告訴林祥福，他想返回家鄉，而且主意已定。林祥福知道陳永良的心思，知道他是想讓陳耀武遠離林百家。林祥福說了很多話，他不勸阻陳永良留下來，只是希望陳永良不要走得太遠，他說眼下兵荒馬亂，誰也不知道會有什麼災禍發生，兩戶人家還得互相照應。林祥福說在萬畝蕩已有一千三百多畝田地，有五百畝給林百家做了嫁妝，還有八百多畝。林祥福最後把話點明了，他說只要林百家和陳耀武不再見面就行，用不著大張旗鼓返回故鄉，雖說這裡是異地他鄉，創下一番基業實屬不易。

林祥福的話讓陳永良沉思良久，然後他點點頭，接納了林祥福的建議。他們喝光黃酒仍覺意猶未盡，兩個人起身出門，在夜深人靜的街道上穿越了溪鎮，走到南門才找到一家仍然亮著煤油燈的酒館，他們點了兩個菜，又要了兩斤黃酒，臨窗坐下後開始討價還價。林祥福要送出餘下的八百多畝田地，陳永良只肯接受一百畝，林祥福再三說服，陳永良也只願意接受兩三百畝。

這個深夜，林祥福將自己的身世向陳永良全盤托出，他所以千里迢迢來到溪鎮，就是為了尋找名叫小美的女子，林百家的母親。雖然林祥福越來越覺得阿強與小美是夫妻，他在講述時仍然把阿強與小美說成兄妹。

陳永良神色平靜聽完林祥福的講述，他與林祥福朝夕相處了十三年，心裡早有知覺，林祥福懷抱女兒從北方而來，在溪鎮住下，他在溪鎮應該有難言之隱，現在他說了出來。

陳永良說他只是比林祥福早兩年來到溪鎮，對溪鎮的熟悉與林祥福相差不多，在溪鎮他認識三個叫小美的女子和兩個叫阿強的男子，年齡與相貌都與林祥福所描述的不符。

林祥福說起當年他們兩個人拉著板車穿街走巷，為溪鎮人家修理門窗時，他見到過七個叫小美的女子和五個叫阿強的男子，也都不是他要尋找的小美和阿強，他對陳永良說：

「既然文城是假的，小美和阿強的名字應該也是假的。」

陳永良點點頭，他記起當年林祥福執意要去為那些空屋修理門窗，因為鐵將軍把門沒有進入，後來這些年每當有外出人家回來溪鎮，林祥福都是主動前去修理門窗。陳永良知道原因了，林祥福是在溪鎮等待小美和阿強回來。陳永良對林祥福說：

「如今方圓百里之內，差不多都知道溪鎮的木器社和林祥福，你所說的小美和阿強，想必也會知道。」

陳永良遲疑之後說出下面的話：「他們不會回來溪鎮了。」

林祥福苦笑一下，他說十三年過去了，沒有找到小美和阿強，他們的蹤跡也是沒有顯現，他覺得當初確定溪鎮就是文城是自己一意孤行，他覺得自己錯了，文城不是溪鎮，是另外一個地方。林祥福告訴陳永良，他想回家了，回到北方的家鄉，因為林百家尚未出嫁，尚未正式是顧家的人，他還不能回去。陳永良聽後感觸良多，他說總有一天他們一家也會返回家鄉。

此後兩人不再說話，頻頻舉起酒盅，他們不知道下次在一起喝酒將是什麼時候，每次舉起酒盅，兩人就會相視一笑。

第二天早晨，陳永良揹上裝有乾糧的布袋走出家門，走到溪鎮的碼頭，坐上竹篷小舟，去萬畝蕩察看今後的落腳之地。陳永良走後，李美蓮開始收拾行裝，她在整理衣物時看到了那個粗布的棉兜，當初雪凍時林祥福懷抱林百家走進她家的情景立刻歷歷在目，她拿著棉兜走到林祥福面前，說這棉兜也用不上，能不能送給她，或許她今後還需要這個棉兜。她說這話的時候眼淚汪汪，林祥福知道她是想留下一件林百家的衣物，十三年的朝夕相處使她們兩個已是母女情深。林祥福點點頭說：

「拿去吧。」

林百家坐在房間裡神思恍惚，她預感到陳永良一家就要離去，淚水不時流出她的眼眶。陳耀武可以下床了，他重現從土匪那裡回來時呆坐的情形。只有在吃飯的時候，林百家和陳耀武才會相見，林百家有時會抬頭看一眼陳耀武，陳耀武則始終低著頭，身上的鞭痕還在疼痛，他不敢去看林百家。

陳永良出門兩天後回來了。他告訴林祥福，萬畝蕩的齊家村有兩百多畝田地是林祥福的，他選擇了齊家村，說已經在齊家村買下一幢房子，還是磚瓦的房子。林祥福請來對面私塾王先生作證人，立下字據，將齊家村的兩百多畝田地歸到陳永良名下。

然後，陳永良從木器社裡拉出那輛閒置多年嘎吱作響的板車，將行裝放到板車上，他看了一眼林祥福，夏天的陽光讓他眯縫起了眼睛，他低下頭拉起板車走出院子大門。林祥福上前兩步走在他身旁，李美蓮拉住林百家的手走在一邊，陳耀文在後面推著板車，陳耀武低頭走在弟弟身後。剛開始陳耀武走得還算正常，走上大街以後，陳耀武的腦袋突然向右歪斜了過去。

他們來到溪鎮的碼頭，陳永良跳到船上，林祥福把行李一件件遞給陳永良，陳耀文和陳耀武上船後，陳永良上岸和林祥福告別。陳永良站在林祥福的面前，他想說些什麼，可是沒有說出來，只好伸手去撓撓頭皮，笑了笑。林祥福也不知道說些什麼，他點點頭，伸手拍拍陳永良的肩膀。

這時候一直面帶笑容的李美蓮哭出了聲音，她捧著林百家的臉看了又看，林百家也嗚嗚哭了起來，李美蓮擦著林百家的眼淚，說著別哭別哭，自己卻哭得滿臉淚水。陳永良把李美蓮拉過來，扶到船上，他說哭什麼呀，自己也禁不住流出了眼淚。陳永良讓船夫撐開船，他站在船頭向林祥福揮手，終於說出一句告別的話：

「多保重。」

林祥福眼睛濕潤了，木船在寬闊的水面上遠去的時候，林祥福感到陳永良一家其實已是自己的親人。他看了看女兒，林百家滿臉淚痕，她的眼睛木然地看著遠去的木船，她一直看著站在船尾的陳耀武，陳耀武歪斜著腦袋，讓她覺得他隨時會掉進水中。

五十

顧益民得知陳永良一家遷往齊家村十分吃驚，他對林祥福說：「萬畝蕩土匪橫行，大小共有十幾股，富裕一點的人家都搬來溪鎮了，陳永良為何要搬去萬畝蕩？」

林祥福沉默片刻後，像是自言自語地說：「只能聽天由命了。」

林百家在最初的幾天裡時常獨自流淚，她坐在曾經是教室的房間窗前發呆，神情淒美，彷彿石崖一動不動。有一天她想起了什麼，走到林祥福面前，問她的母親是誰。

林祥福吃了一驚，這時才意識到李美蓮在女兒心中的位置多麼重要，十三年來林百家沒有問過母親是誰，如今李美蓮離去了，她才想起自己的母親。

林祥福的記憶看見了小美，小美近在眼前，小美的容貌、小美的聲音和小美的體溫開始栩栩如生，林祥福感受到了，可是曇花一現，轉瞬間失落的情緒在林祥福心裡瀰漫，林祥福再次覺得溪鎮不是阿強所說的文城，再次覺得自己在一個沒有小美的地方空等了小美十三年，他憂傷地感到此生不會再見到小美了，於是剛才近在眼前的小美遠去了，她的容貌模糊起來，她的聲音微弱下去，她的體溫慢慢消散。

林百家看見父親的嘴唇微微顫抖，然後講述了有關她母親的事。林祥福沒有講述小美，那一刻他想到了另外一個人，就是媒婆帶著他去見過的劉鳳美，那個容貌俏麗的姑娘當初一言不發，錯過了本來應有的一段好姻緣。林祥福努力在記憶裡尋找劉鳳美的模樣，他講述，又修改，最後他發現講述的全是小美的點滴往事。最後他告訴女兒，她的母親名叫劉鳳美，生下她後不久就去世了。

林百家問他，衣櫥裡三條藍印花布的頭巾是不是她母親的？林祥福先是一怔，接著點了點頭，他看見傷心的神情布滿女兒的臉。

林百家經歷了十來天的傷心，十來天的神思恍惚和茶飯不香之後，林祥福突然聽到她的笑聲，看見她拿著書籍從對面的私塾走出來，臉蛋像天邊的晚霞那樣紅撲撲的。林祥福如釋重負，心想好在林百家年齡尚小，容易忘事。他慶幸一切都過去了，慶幸林百家又像過去那樣興高采烈。

五十一

十六歲的陳耀武離開林百家以後喪魂落魄，每天站在齊家村的水邊望著溪鎮的方向發呆。萬畝蕩水面上來往的貨船讓他有了一個激動的想法，這一天他脫光衣服跳進水面，一隻手舉著衣服，另一隻手划水游向了水面中央，靠近一艘貨船抓住船舷，問上面的船員，是否可以搭船去溪鎮？得到肯定的回答後，他翻身爬到船上，赤條條站立在船頭，讓夏天的陽光曬乾身上的水珠後再穿上衣服。

他在溪鎮的碼頭上岸，直奔王先生的私塾，當他出現在他們面前時，聽到了一片驚叫，他看見林百家漲紅的臉。王先生問他是如何過來的，他如實回答後，看見林百家咬著嘴唇流出了眼淚。他坐在林百家的身旁，不時扭頭看著林百家，林百家也時時扭過頭去看看他。在林百家的眼睛裡，陳耀武看見了無限的深情，這是他以前沒有見到過的眼神。

到了下午，陳耀武起身離開私塾，跑到碼頭，搭上一艘裝上貨物返回的貨船。貨船在萬畝蕩水面上駛去，接近齊家村時，陳耀武又脫光衣服跳入水中，舉著衣服游向岸邊，上岸後蹦蹦跳跳地抖落身上的水珠，再穿上衣服若無其事地回到家中。

陳耀武往來於齊家村和溪鎮之間，與來往貨船上的船員熟悉起來，他赤條條站立在船頭的模樣讓船員們好奇，有船員問他常去溪鎮幹什麼。

他回答：「看我的女人。」

船員們看著他下身稀疏長出來的陰毛，不由哄堂大笑。此後他迎風站立船頭，其他貨船上的船員見到了，都會向他揮手，喊叫著問他：

「你女人好嗎？」

陳耀武總是簡單地回答：「還好。」

然後，林祥福看見一個很像陳耀武的身影從王先生的私塾裡走出來，沿著街道快步走去。當時林祥福沒有在意，一個月後，林祥福再次看見這個身影，他認出是陳耀武。陳耀武沒有看見林祥福，他在街角轉身而去的瞬間，林祥福看見了他，也看見了他臉上的喜悅。此後林祥福憂心忡忡了，他終於知道林百家為什麼臉色紅潤，為什麼笑聲朗朗了。

五十二

這天下午，顧益民來了，他手裡拿著一份上海的《申報》，和林祥福說了一些關於時局的話題後起身離去，那份《申報》忘在林祥福家的桌子上。

晚上的時候，林祥福拿起《申報》，無意中讀到有關中西女塾的介紹。於是林祥福知道上海有女子學校，也了解中西女塾除了私塾已有的教育，還教授西洋音樂，傳授基督教要義。一個想法在林祥福腦中閃過，林百家適合去這所學校。這樣的想法沒有持續下去，林祥福放下《申報》的時候，也放下了這個想法。然後林祥福繼續自己的苦惱，他不知道如何才能將林百家和陳耀武真正分開，他開始失眠，想著這兩個孩子在王先生那裡見面，他們見面的事也許傳到街坊鄰居那裡了。

這時林祥福突然感到顧益民可能已有耳聞，想到顧益民下午的來訪和留下的《申報》，他覺得這可能是顧益民的一番苦心，讓他把林百家送去上海的中西女塾。

半個月後，林祥福帶上林百家和行李，坐上竹篷小舟來到沈店，又坐上馬車前往上海。一路上林祥福都是神情嚴厲，林百家心裡忐忑不安，她不知道要去何處，也不敢詢問，她感到陳耀武偷偷來看她的事已被父親知曉。一直到了上海，來到中西女塾，林百家才知道父親送她到了什麼地方。

林百家來到中西女塾的第二天，剛好是學校的姊妹節。林百家穿上了班衣，襟上綴著橙色的班花，和其他襟上綴著紅、黃、綠、藍、紫班花的新生站在草坪上，在留聲機放出的西洋音樂裡，一群高班的女生笑著向她們走來，她們要各自選擇一個新來的女生，從此姊妹相稱。她們將手裡的鮮花遞給新生，只要新來的女生接過鮮花，就是姊妹了。容貌出眾的林百家吸引了幾個高班的女生，她們都向林百家遞過去手裡的鮮花，林百家羞紅了臉，正在猶豫接過誰手上的鮮花之時，兩個年齡小的女生手捧鮮花走過來，嘴裡叫著：

「林姐姐。」

林百家認出了是顧同思和顧同念，她們長高了許多，這個意外相見讓林百家忘記了應有的禮貌，她沒說一句話，轉身離開這幾個滿懷期待的高班女生，向著顧同思和顧同念走去。

顧同思迎上來把鮮花遞向林百家，顧同念也迎上來，看見姊姊把鮮花遞過去了，她後退了一步，讓林百家去接姊姊的鮮花。

林百家接過笑吟吟的顧同思手裡的鮮花，再走向有些害羞的顧同念，也接過了顧同念手裡的鮮花，天真爛漫的笑容出現在顧同念臉上。林百家和久別重逢的顧家姊妹相擁在一起時，不由淚流而出，歡笑的顧家姊妹也跟著流淚了。

然後顧同思低頭祈禱：「感謝主賜我美麗的林姊姊。」

顧同念也低頭祈禱：「感謝主讓我再見到林姊姊。」

林百家開始了全新的生活，她和顧家姊妹同居一室，加入學校的祈禱會，晚餐時她和同學圍坐在桌前，齊聲唱道：

「慈悲上帝，保佑一夜，到天明亮，我心感激，主賜飲食，保佑我身，一切喜樂，都出主恩。」

睡前她與顧家姊妹仔細梳洗，回到床前又是默祈：「感謝主賜我平安。」

學校熄燈後，顧同思把棉被掛在窗上，點起蠟燭偷偷做起繡花活，顧同念遵守學校規矩，老老實實躺進被窩，在微暗的燭光裡看著坐在床邊的林百家。林百家看著顧同思繡花，想著自己的心事。顧同思繡花時會抬頭看看林百家，給予林百家嫣然一笑，林百家回以微笑後，去看顧同念，見顧同念仍然睜著眼睛在看她，她輕聲說睡覺，顧同念點點頭閉上眼睛。

中西女塾有一間哭室，週五的下午開放，讓那些不習慣學校生活的新生去那裡哭個痛快。林百家在學校度過一周之後，終於走進那一間哭室。林百家雙手捂住自己的嘴，嗚嗚哭了很久，眼淚在她的臉上氾濫，彷彿水災般地連成一片。林百家百感交集，傷心蜂擁而來，她想到陳耀武，想到李美蓮和陳永良，想到陳耀文，想到很多的過去，想到死去的生母，她猜想起生母的容貌，浮現出來的總是李美蓮的臉，她想到十三年來朝夕相處的父親，如今她和父親天各一方。

林百家兩眼紅腫走出哭室，顧同思和顧同念站在門外，顧同思將她完成的刺繡送給林百家，上面是三枝梅花，從大到小，象徵三姊妹。三個女孩互相看看，同時笑了起來，然後她們投身到前面一群笑聲朗朗的女生中去。

五十三

林祥福回到溪鎮去見顧益民，告訴顧益民，他把林百家送去了上海的中西女塾，顧益民聽後沒有訝異的神色，只是平靜地點了點頭，然後說他的兩個女兒顧同思和顧同念也在中西女塾。林祥福有些驚訝，顧益民從未說起這個，他送林百家到中西女塾時也未見到顧家姊妹。他是來去匆匆，把林百家送到學校後就回來溪鎮了。

林百家與顧家姊妹會在中西女塾相遇，這讓林祥福深感欣慰，他對顧益民說：

「她們應該見到了。」

林祥福開始了獨自一人的生活。土匪的綁票成全過木器社的生意，為了讓子女盡早婚嫁，前來訂購家具的人曾經絡繹不絕，然而興隆的景象只是曇花一現，此後越來越冷清。如今庫房裡堆滿床、桌、椅、箱、櫥、櫃、盆、桶、匣，還有瓶座、爐座和盆架等等，布滿灰塵，蜘蛛在那裡牽線搭橋。

林祥福住在空蕩的屋子裡，心裡也是空空蕩蕩。在一個夜晚，他從床上起身，走出屋門和院門，走到了碼頭那邊的私窩子，走過那段嘎吱作響的樓梯，與那位身體纖瘦有著很大眼睛和翹嘴唇的翠萍相對而坐，在煤油燈閃爍的光亮裡，林祥福沒有說話。這時候翠萍的家中已經沒有魚蝦的腥臭，她的丈夫因為吸食過多鴉片中毒身亡。翠萍告訴林祥福，一個沒有月光的夜晚，她的丈夫被人抬回家中，嘴巴裡塞滿了濕泥，連鼻孔裡都是泥土。他們告訴她，這些濕泥是救治她丈夫用的。他們說，食了菸土的人，若和地下的濕土接觸，土見土，就可以得到解救。當時她茫然無措，事後回想起來總覺得蹊蹺，心想什麼土見土，她的丈夫分明是被濕泥活活憋死的。

這位名叫翠萍的女子已是昔日黃花，沒有客人再來光顧她的身體。歲月讓她變得更加纖瘦，皺紋爬上她的眼角，曾經是明亮的眼睛也黯淡下來。林祥福因為寂寞難忍來到她家中時，她驚詫地發出了呀的一聲，她看著這個滿臉羞色的男人，自己也變得手足無措。翠萍不會忘記這個曾經來過一次出手闊綽的北方男人，而且這十來年林祥福在溪鎮名聲鵲起，翠萍知道他是僅次於顧益民的大富戶。

開始的時候，林祥福一言不發坐上一個時辰後離去，起身時悄悄在椅子上留下十文銅錢。翠萍知道林祥福的身體沒有了能力，所以不會主動去拉扯他。她給林祥福沏好一杯茶，就會退回來小心翼翼坐在床沿上，林祥福將茶水喝了，她就起身過去給他斟滿。

林祥福來過幾次後，兩個人開始斷斷續續說話了。林祥福總是說起他的女兒林百家，有時會從胸口掏出林百家的來信，唸上一段，微笑一下。翠萍有一次也提到了她死去的丈夫，她告訴林祥福，她年輕時掙的皮肉錢差不多都被吃鴉片的丈夫糟蹋光了。翠萍在埋怨生前的丈夫時，眼睛裡仍然流露出懷念的神色。她對林祥福說，對於女人，不管是什麼男人，有一個總比沒有好。

有一天晚上，林祥福在翠萍那裡坐了很久之後，決定不回家了，他說今晚就住在這裡。翠萍急忙起身鋪好床，林祥福只是脫下外衣，穿著襯衣和襯褲躺進被窩，他將十文銅錢悄悄塞到枕頭下面。

翠萍在床邊猶豫一會兒後，還是將自己的衣服全部脫去，赤條條躺到林祥福身旁。兩個人無聲地躺了一會兒後，翠萍感到林祥福的手放到了她的胸口，隨後慢慢地往下摸去，她感到林祥福的手調皮起來，像是一個正在玩耍的孩子。接下去翠萍的手也伸進了林祥福的衣褲，緩慢撫摸起了林祥福的身體。翠萍涼爽的手逐漸溫暖起來，林祥福覺得身體正在舒展，彷彿一件綴巴巴的衣服被燙平了那樣。

後來的日子裡，林祥福晚上來到這裡後就不再回去，他脫光衣服躺進被窩，在翠萍手指的撫摸中沉沉睡去。翠萍撫摸時的指甲在他身上慢慢畫過去，讓他僵硬的身體變得鬆軟，彷彿麥收後的耕耘讓田地變得鬆軟起來。

五十四

陳耀武最後一次搭船來到溪鎮，已是涼意陣陣的秋天，萬畝蕩的水也冷了，他爬到船上秋風一吹，又打噴嚏又打抖，他仍然赤條條站立在船頭，直到秋天的冷風吹乾身體才穿上衣服。陳耀武來到王先生的私塾時沒有見到林百家，他看見林百家的座位空著，連課桌也沒有了，他在旁邊坐下來，時刻張望門口。手捧書籍的王先生唸了一段後，放下書說：

「不會來了。」

王先生告訴陳耀武，林百家去上海念書了。陳耀武低下頭，接著他的頭歪斜過去，連打三個噴嚏，凍壞了似的站起來，瑟瑟抖動走出了王先生的私塾，走到碼頭。在一艘正在往上搬運一袋袋黃豆的貨船前，陳耀武站住腳，雙手抱住自己仍在瑟瑟打抖。當貨物都搬到船上，陳耀武也上了船，船員們都認識他，看見他哭喪著臉，渾身抖個不停，笑著問他：

「你女人好嗎？」

陳耀武傷心地說：「我沒有女人了。」

這次陳耀武沒有站立船頭，而是蜷縮在幾袋黃豆之間。幾個船員嬉笑地逗他說話，他們說天底下怎麼會沒女人呢，別說是大戶人家的小姐和普通人家的黃花閨女了，就是死了男人的寡婦都比這黃豆多，還有妓女，還有私窩子。他們說三條腿的母雞難找，兩條腿的女人到處都是。

就在幾個船員嘻嘻哈哈說話的時候，幾艘竹篷小舟飛快划過來，貼上貨船的船舷後，一個身上挎著盒子槍手提利斧的男子，縱身一躍上了貨船，緊接著另外幾個提著槍的人也跳了上來。一個船員舉起木槳試圖將一個上船的打下去，最先跳上船來的男子衝過去，揮起利斧劈下那個船員半個肩膀，那個船員沒哼一聲就死了，剩下的四個船員知道是土匪上船來了，一個個跪了下來，掌舵的雙手作揖，連聲哀求：

「老爺，船和貨物給你們，只求饒我們一命。」

手提利斧的男子一聲不吭走過去，舉起利斧挨個將四個船員全部劈殺，又將屍體踢下船去。四個船員被劈殺時，只有第一個發出慘叫，後面三個沒叫出聲就被砍死了。坐在幾袋黃豆中間的陳耀武看見後來跳上船來的土匪是那個外號叫「和尚」的人，陳耀武低聲叫道：

「『和尚』，『和尚』，救我一命。」

「和尚」聽到陳耀武叫他，不由一怔，他仔細看了看陳耀武，把他認了出來。當那個手提利斧的男子向陳耀武走來，「和尚」對他說：

「這個交給我。」

「和尚」用繩子鬆鬆地在陳耀武身上繞了幾圈，把他推下了貨船。陳耀武在水中掙脫了繩子，浮出水面時，鮮血染紅了水面，也染紅了他的頭髮和臉。正是那些船員的鮮血救了他的命，讓他的臉看上去血肉模糊，那個手提利斧的土匪看見他時，以為是另一具漂浮的屍體。土匪搶劫的貨船駛遠以後，陳耀武才爬上一艘被遺棄的竹篷小舟，他嗚嗚哭了起來，剛才還在嬉笑說話的船員此刻已經命歸黃泉，斧子都是從肩膀砍下去的，他們漂浮在染紅的水面上，被砍裂的肩膀離開了身體，只有腰部還連接著，張開著在水面上浮動。

後來的三年裡，陳耀武沒有離開齊家村，他長大了，成為一個強壯的男人。他有時候會想起林百家，他想到的林百家仍然是那個只有十三歲的女孩，他覺得自己沒有什麼衝動了。他不知道三年來林百家一直在給他寫信，林百家的信件都是寄給王先生，請王先生轉交給他。王先生把這些信件藏在衣櫥裡，可是三年過去了，王先生沒有見過陳耀武，王先生開始抱怨自己的衣服都快沒地方放了。

五十五

一個叫張一斧的土匪惡名鵲起，這個橫行在萬畝蕩的土匪三年來搶劫了五十七次貨船，用利斧砍死了八十九名船員。他手下的土匪把搶劫的貨船駛往岸邊，每次卸下的貨物上都有人血，銷贓之後，沾上人血的大米、黃豆、布匹、茶葉等貨物在溪鎮和沈店等地的商號出現。隨著斑斑血跡貨物的廣泛出現，有關張一斧的傳聞也是紛紛揚揚。

張一斧不僅有一把令人膽寒的利斧，他還是一個百步穿楊的神槍手，而且身手敏捷，平時步履如飛，撐竿翻牆和騰躍過船是他的拿手好活。他還會掐指算命，從小跟隨一個算命先生遊走江湖。張一斧在萬畝蕩水面上殺人越貨，也洗劫附近的村莊。張一斧愛吃用黃酒爆炒的人肝，抓去的人票一旦沒有送來贖金，就將人票生剖開膛，取出人票的肝臟，在鍋裡爆炒後成了他的下酒菜。

張一斧七年娶了七個妻子，七年又殺了七個妻子。最後被殺的妻子縫補衣服時針掉落在地，怎麼也找不到，張一斧只是往地上看了幾眼，就把針撿拾起來，他妻子笑著說，你真是賊眼。這「賊眼」犯了忌諱，張一斧摸出盒子槍當場擊斃了自己的妻子。

張一斧的凶悍狠毒，讓曾經名震一時的水上漂和豹子李等幾股土匪個個望而生畏，紛紛投身到他的麾下。人多勢眾以後，張一斧要攻打溪鎮了，他把水上漂、豹子李等人叫到一起，對他們說：

「萬畝蕩沒什麼貨船了，周邊村莊的富戶也都躲進了溪鎮，沒有油水了，只有他媽的溪鎮最肥。」

土匪準備攻打溪鎮的消息傳來，溪鎮民團首領朱伯崇作好了迎戰準備，他在城門上設立崗哨，天黑後就關閉城門。他將子彈發放下去，把民團拉到西山上練習射擊。這時溪鎮的百姓終於聽到了槍聲，這個只放屁不拉屎的民團如今正式開槍，溪鎮的百姓反而提心吊膽，他們說這個獨耳民團能行嗎，那十九個被土匪割掉耳朵的人再遇上土匪會不會嚇得屁滾尿流。

五十六

四月裡的一天，張一斧率領一百多土匪，抬著兩架雲梯，拉著兩車濕被子，還有一門土炮，一路咋咋呼呼，來到溪鎮的南門。

朱伯崇布置其他人去守衛另外三個城門，自己帶著十七人守在南門，十個人在城牆上，七個人守衛下面城門。為防土匪攻開城門，在城門那裡堆滿裝了濕泥土的布袋。

土匪來到城下，鬧哄哄站住腳，七嘴八舌說些什麼，有幾個人拉下褲子在那裡撒尿，一個土匪對上面的人喊叫道：

「城上的弟兄們，我們是張一斧的人馬，今晚想在溪鎮過夜，請打開城門。」

城牆上的民團士兵聽了土匪的喊叫，不知該怎麼回答，都去看朱伯崇，朱伯崇對城牆下的土匪大聲說：

「溪鎮太小，住不下你們，你們走吧。」

一個撒完尿的土匪抖了抖他的褲子，高聲說：

「他媽的，我們是扛槍吃飯的，你們也是扛槍吃飯的，要多少開門錢？我們給。」

城牆上幾個被割掉耳朵的士兵認出他來了，他們有些驚恐地叫了起來：

「小五子，是那個小五子。」

小五子在下面聽到了，抬頭仔細看了一會兒，嘿嘿笑著回頭與其他土匪說了些什麼，然後抬頭叫了起來：

「城上弟兄怎麼都少了一隻耳朵？」

城下的土匪發出哄笑，城上少了一隻耳朵的八個士兵都耷拉下腦袋。小五子在下面繼續喊叫：

「是天生的，還是被人割掉的？」

朱伯崇看這八個士兵都羞紅了臉，他們垂頭喪氣，手裡拄著長槍就像是拄著拐棍，朱伯崇心想這八個看來是靠不住了，衝著他們喊叫：

「那是槍，不是拐棍，舉起來。」

城牆下的張一斧不耐煩了，他叫道：「他媽的快開城門，要是讓老子攻進來，不是割你們的耳朵，是挖你們的心肝。」

突然一聲槍響，城牆下的小五子應聲倒地。開槍的是徐鐵匠，他看見小五子被他打死了，激動得滿臉通紅，說話結巴了，他說：

「仇仇人相相見，分分外眼眼紅。」

徐鐵匠這一槍讓另外七個獨耳士兵勇氣倍增，他們一齊舉槍向城牆下射擊。看見有幾個土匪在槍聲裡倒地，他們也像徐鐵匠一樣激動起來，他們一邊射擊，一邊齊聲叫道：

「仇人相見，分外眼紅。」

子彈將城牆下的樹木打得簌簌往下掉樹葉，城牆下的土匪分散開去，開槍還擊，一排排子彈向城牆上面射來。

陳三被擊中左手，他被火燒了似的甩著左手哇哇亂叫：

「燙死我啦，燙死我啦。」

其他獨耳士兵看見他滿手鮮血，都愣住了。朱伯崇大聲喊叫讓他們跪下，他們趕緊跪下去，躲在城牆後面。土匪的火力一下子就把城牆上的火力壓了下去，兩隊土匪抬著兩架雲梯，往城牆跑過來。

朱伯崇喊叫著讓城牆上的士兵趕快開槍，自己的盒子槍也向下射擊，城牆上的火力重新聚集起來向下射擊。

這時徐鐵匠看見水上漂跑在一架雲梯的後面，他大聲叫道：

「水上漂，我看見水上漂啦，我他媽的打死你。」

其他獨耳士兵聽到叫聲，跑到徐鐵匠這邊問他：

「在哪裡，在哪裡？」

徐鐵匠說：「就在雲梯後面，看見了嗎？」

他們說：「看見啦，看見啦。」

他們喊叫：「打死他，打死他。」

城牆上的子彈都射向水上漂，把那裡打得塵土飛揚。水上漂發現所有的子彈都朝自己射來，心想壞了，猴子似的在子彈叢中蹦蹦跳跳往回跑，躲到一棵大樹後面。

另一端的一個獨耳士兵看見豹子李，他也大聲喊叫起來，獨耳士兵又擁向另一端。豹子李叫叫嚷嚷正在指揮一隊土匪把雲梯架到城牆上，十來個土匪頭頂花花綠綠的濕被子，手裡拿著長刀盒子槍沿著雲梯向上爬，其他的土匪一邊往上射擊，一邊大聲與向上爬的土匪一起喊叫：

「刀槍不入，刀槍不入。」

眼看喊叫刀槍不入的土匪就要爬上城牆，那些獨耳士兵擠成一堆，指指點點還在尋找豹子李，朱伯崇破口大罵：

「他娘的開槍呀，這是打仗，不是看戲。」

獨耳士兵這才看見土匪正在爬上來，急忙調轉槍口對著花花綠綠的被子開槍，子彈打在濕被子上，發出撲哧撲哧的響聲，裡面的棉絮被打得飛了出來。土匪喊叫的「刀槍不入」把獨耳士兵給震住了，子彈分明打中土匪，可土匪還在往上爬，他們叫了起來：

「我的媽呀，真是刀槍不入。」

兩個土匪爬上城牆，他們掀開被子跳過來，一個土匪手舉長刀向朱伯崇砍去，朱伯崇迎面給他一槍，打爛了土匪的臉，又給了另一個土匪一槍，也將他打死。獨耳士兵們恍然大悟，他們叫道：

「什麼刀槍不入，是被子。」

這時有四個土匪從雲梯上跳下來，他們掀開被子正要開槍，獨耳士兵全都撲了上去，把土匪摁在地上張嘴亂咬，咬得土匪陣陣嗷叫，徐鐵匠的徒弟孫鳳三將長槍一個個伸過去，貼著土匪的胸膛開槍，把四個土匪全部打死。

朱伯崇大聲喊叫：「推開梯子，推開梯子。」

朱伯崇自己撲上去將一架雲梯推倒下去。陳三撲向另一架梯子，一個土匪剛剛掀開被子，陳三撲上去一把抱住他，在他臉上使勁咬一口，咬下一大口肉，接著他雙腿往城牆上使勁一蹬，連土匪帶自己和雲梯一起倒下去。

陳三摔到地上，暈頭轉向爬起來，腮幫子鼓鼓地向前面一個土匪撲過去。幾個土匪同時向他開槍，他雙腿一軟跪在地上，吐出大口鮮血，也將那塊咬下的肉吐了出來，他撿起來仔細一看，看清自己咬下的是一隻耳朵。他搖搖晃晃站起來，轉身將咬下的土匪的耳朵舉過頭頂，滿臉得意讓城牆上的人看一看，他手裡舉著的是什麼。一排子彈把他的身體打穿，他手裡舉著的耳朵掉落之後，他的身體也掉落下去。

陳三壯烈死去，城牆上的一個獨耳士兵嚎啕大哭，這個獨耳士兵撿起地上的一把長刀，躍身跳下城牆，衝向抬著雲梯的土匪。

一個嚎啕大哭視死如歸的人揮著長刀衝過來，那幾個土匪扔下雲梯就往回跑，其他土匪向他射擊。這個獨耳士兵對射來的子彈不管不顧，狠命砍著雲梯，把雲梯砍斷。他身中數彈後又撲向另一架雲梯，再揮刀砍下去。

張一斧喊叫：「別開槍。」

張一斧奔跑過去，舉起利斧劈下獨耳士兵的左胳膊，這個獨耳士兵頭都不回，右手的長刀繼續砍著雲梯。當張一斧劈下獨耳士兵的腦袋時，雲梯已被砍斷成兩截。

張一斧一看兩架雲梯都被砍斷，知道攀城是不行了，就命令土匪後撤，把土炮拉上來。

向後退去的土匪聽到城牆上一片嗚嗚的哭聲，兩個獨耳士兵的英勇犧牲，讓城牆上其他獨耳士兵失聲而哭。

朱伯崇看見土匪把土炮拉過來了，就讓城牆上的士兵分散開去，又命令下面守衛城門的七個士兵後退二十米。城牆上的士兵抱著槍蹲著，聽著城牆下的土匪吵吵嚷嚷，朱伯崇揮手，他們立刻起身向城牆下射擊，然後又蹲下來往槍裡壓子彈。壓子彈時聽到城牆下傳來的土匪呻吟聲，徐鐵匠嘿嘿笑了兩聲，其他人也嘿嘿笑了起來。

這時轟的一聲巨響，土炮擊中城牆，炸出一個缺口，碎石和塵土一片飛舞，城牆上的士兵被巨響震得暈頭轉向，他們滿身塵土爬起來，看見他們的團領朱伯崇受傷了。

朱伯崇的肚子被炸出一個口子，冒著熱氣的腸子流了出來，士兵們驚慌地圍過去，朱伯崇一邊喝斥他們，讓他們退回去；一邊將流出的腸子一把一把往肚子裡塞，他把碎石子也塞進了肚子。朱伯崇命令他們守住缺口，又把城牆下的七個士兵叫上來。他坐在地上繼續指揮，土匪向缺口撲過來時，他就舉手讓士兵們射擊。土匪撲上來三次，被他們打回去三次。朱伯崇覺得自己快不行了，在戰鬥的間隙裡，他輕聲把近處的徐鐵匠叫過來，又讓徐鐵匠把所有的士兵都叫過來，那些滿臉塵土和鮮血的民團士兵蹲在朱伯崇四周，朱伯崇數了數，還有十二個，他看著他們的臉笑了笑，他說：

「我認不出你們誰是誰了。」

朱伯崇說自己快要死了。他看見他們的淚水從滿是塵土的眼睛裡流出，一道道流在滿是塵土的臉上。朱伯崇把自己的盒子槍遞給徐鐵匠，任命徐鐵匠為團領，接替他指揮戰鬥。他指了指城牆下，對他們說：

「記住了，深仇大恨，不共戴天。你們要死守城門，絕不能讓土匪攻進來。」

朱伯崇死前迴光返照，說出訣別之語：「我一生戎馬，從清軍到西北軍，再率領溪鎮的民團。沒想到最為驍勇的是溪鎮民團，身為你們的團領，我三生有幸，死而無憾。」

城上十二個民團士兵再次發出嗚嗚的哭聲，徐鐵匠像朱伯崇那樣坐在地上，當土匪再一次撲過來時，他像朱伯崇那樣舉起了手，其他士兵立刻起身射擊。

十二個民團士兵浴血奮戰了兩個多時辰，最後只剩下徐鐵匠和他的徒弟孫鳳三，孫鳳三身上八處負傷，徐鐵匠的眼球被打出來了。師徒兩人趴在城牆的缺口上死守溪鎮，孫鳳三擊中一個土匪，就會問：

「師父，是豹子李嗎？」

起先徐鐵匠還能看清，當他眼球被打出來以後，就不清楚了，他覺得有什麼東西掛在眼睛上，就問孫鳳三：

「我眼睛上掛著什麼？」

孫鳳三看了看說：「師父，你眼睛上掛著眼睛。」

徐鐵匠一把扯掉自己的眼球，他覺得另一隻眼睛也逐漸黑暗下來。他把盒子槍往孫鳳三那裡送，他說：

「我瞎了，我把朱團領的槍給你，任命你為團領。」

奄奄一息的孫鳳三接過盒子槍，嘿嘿笑了兩聲。這時城牆外一聲巨響，土匪的土炮炸了。

張一斧率領一百來土匪狂攻溪鎮一天，仍然沒有攻下來，土匪軍心渙散，張一斧只能再用土炮去轟開城門，結果這一次火藥裝多了，土炮自己爆炸，還炸死了三個土匪，炸傷五個。張一斧一看土匪死的死傷的傷，剩下的不到六十人。這時溪鎮城裡突然喊聲震天，城牆上開始人頭湧動，張一斧知道大事不好，命令土匪撤退。

獨耳民團誓死抵抗土匪的時候，溪鎮一些膽大的年輕人爬上屋頂觀戰，看見民團士兵英勇奮戰，死守城門。這些年輕人不由熱血沸騰，他們從屋頂上下來，在溪鎮的大街小巷奔相走告。於是更多的人爬上了屋頂，更多的人目睹了民團士兵的壯烈犧牲，又有更多的人奔相走告。有的人從家裡取出了菜刀，取出了柴刀，取出了木棍，取出了鐵棍，取出了長矛，在大街上喊叫「殺土匪去」，一時間肉店裡的刀，鐵器店裡的刀都被一搶而空，就是裁縫鋪子上的剪刀也被人拿走了。上千的男人湧向溪鎮的南門，裡面有些人還揹著包裹，他們本來是準備土匪攻進來時逃跑的，現在也喊叫著衝向南門。

他們從城牆的缺口洪水般湧了出來，土匪聽到震天的喊聲，看到烏泱泱撲過來的人群，嚇得四散逃去，有些土匪為了讓自己跑得更快，丟掉了槍枝。那些受傷的土匪和跑得慢的土匪都被追上來的人亂刀砍死，亂棍打死，有一個倒楣的土匪被剪刀活活剪死。

土匪的潰逃讓溪鎮的百姓士氣大振，他們窮追猛打，一口氣追出了十多里路。這中間有很多人跑不動了，半途站住腳，追殺土匪的後來剩下十多個人，他們仍然一邊追一邊喊叫，覺得喊叫聲越來越少，才發現身邊沒有幾個人了，又看見二十多個土匪反撲過來，趕緊撒腿往回跑，輪到他們逃跑了。反撲過來的土匪擔心還會有人追來，向他們開了幾槍後繼續向南潰逃。

擊退土匪後，溪鎮的百姓擁向南門，他們從城牆上和城牆下的亂石堆裡找出朱伯崇，找出徐鐵匠，找出陳三等十七具民團士兵的屍體，只有孫鳳三還有一絲氣息，孫鳳三胸前還抱著那把盒子槍。他們卸下十七塊門板，把民團士兵的屍體放到門板上，眾人齊力抬著走向城隍閣，街道兩旁擠滿百姓，當十七塊門板過去後，他們跟在後面，一直跟到城隍閣。

尚有一絲氣息的孫鳳三被抬到郭家藥鋪，顧益民把城裡的中醫都請來，中醫們察看了傷痕累累的孫鳳三，不是嘆氣就是搖頭，他們告訴顧益民，孫鳳三身上取不出來的子彈就有八顆，別的傷是數不勝數。

幾個中醫看著孫鳳三身上還在出血，便用乾炒的蒲黃敷在出血的傷口。他們說別無他法了，只能用蒲黃給他止血鎮痛和抗炎。那時候藥鋪的門外擠滿了人，很多人來到那裡，等待孫鳳三的消息。

孫鳳三昏迷不醒，死前突然睜開眼睛，看見盒子槍仍然抱在自己胸前，又看見顧益民站在一旁，孫鳳三臉上出現了笑意，他雙手把盒子槍抬起來給顧益民，聲音虛弱地說：

「朱團領死前任命師父為團領，師父死前任命我為團領，我要死了，我任命你為團領……要在師父和我的墓碑上刻上『團領』。」

顧益民接過盒子槍，伸手替孫鳳三闔上眼睛。然後提著盒子槍走到外面，告訴等待的人群，孫鳳三死了。剛才還在議論紛紛的人群立刻鴉雀無聲，顧益民舉起手中的盒子槍，對他們說：

「三年前我前往省城，請出朱伯崇來溪鎮組建民團出任團領。朱伯崇死前任命徐鐵匠為民團團領，徐鐵匠死前任命孫鳳三為團領，剛才孫鳳三把盒子槍給我，任命我為團領。現在我是溪鎮民團第四任團領。」

十八個壯烈犧牲的民團士兵沒有葬在西山，顧益民把他們葬在城隍閣前的空地上，他要百姓記得是誰保衛了溪鎮。城隍閣前豎起了十八塊墓碑，朱伯崇的墓碑上刻著「溪鎮民團首任團領」，徐鐵匠的墓碑上刻著「溪鎮民團次任團領」，孫鳳三的墓碑上刻著「溪鎮民團三任團領」。

五十七

溪鎮的獨耳民團威名遠揚，顧益民重建民團的消息傳出後，報名者從四面八方趕來。顧益民去省城購得二十枝漢陽造，溪鎮的一些富戶也捐出私藏的槍枝，顧益民重新組建了一支三十人的民團。團領顧益民從此槍不離身，每次出現時總是斜挎著朱伯崇的盒子槍，即便是會客和赴宴也是如此。他學習朱伯崇的樣子，在城隍閣前指揮民團士兵練習扛槍走路，練習趴下瞄準，練習半跪瞄準，練習站立瞄準，練習跑步瞄準；又像朱伯崇那樣把士兵拉到西山上練習開槍，像朱伯崇那樣大聲叫好。朱伯崇是在士兵擊中靶子時大聲叫好，顧益民一聽到槍響就忍不住叫起來：

「好槍法！」

附近城鎮的民團找上門來，要和溪鎮民團訂立聯防公約。就是固若金湯的沈店，也派人前來訂立聯防公約，他們那裡除了民團，還有省城督軍派去的剿匪官軍。

顧益民儼然自視為各支民團的總首領，他把各民團團領召集到溪鎮開會，研究剿匪事宜。他說如今民心振奮，應該一鼓作氣打擊土匪，今後民團不再只是為了守城，應該主動出擊。於是一有匪情，顧益民親自率領民團出城剿匪。三個月裡顧益民樂此不疲出城了十三次，雖然沒有遭遇土匪，民團的聲勢倒是越來越浩蕩。與身先士卒的朱伯崇不同，顧益民出城剿匪時還是商會會長的派頭，他平時出門是四抬轎子，出城剿匪時為了鼓舞士氣，他要坐八抬大轎。夏天裡八抬大轎招搖過市時，兩旁各有一位民團士兵手拿扇子，一邊走著一邊給轎子裡的他搧風。他從轎子裡出來，就有一把油布洋傘在他身後撐開，為他遮擋炎炎烈日。

五十八

溪鎮一役讓張一斧損兵折將少了一半人馬，水上漂、豹子李等幾股土匪也率領殘部脫離張一斧，各自拉出去重新幹起攔路搶劫的勾當。

張一斧手下的土匪不到二十人，他知道憑這二十幾條槍是幹不成大事的，開始在萬畝蕩一帶招兵買馬，強令群眾入股為匪。張一斧出道時是搶劫來往貨船，以致萬畝蕩水面上沒有了貨船，萬畝蕩村莊裡的富戶也都紛紛遷走，張一斧原本看不上這些已經沒有多少油水的村莊，敗走溪鎮後他重新打起這些村莊的主意，這一天他率領土匪來到陳永良一家居住的齊家村。

匪徒們從稻田裡橫七豎八走來，手裡拿著長刀，一邊走一邊亂砍稻子。村裡人眼看著快要收割的稻子被土匪亂砍，個個心疼，可是誰也不敢說話，只有血氣方剛的陳耀武衝著土匪喊道：

「你們這些人是吃糧食的還是吃草的，為什麼要砍稻子？」

一個土匪向陳耀武舉了舉長刀說：「媽的，老子不但要砍你的稻子，還要砍你的腦袋。」

陳永良拉住兒子的胳膊，讓他別再說話。張一斧和匪徒們從稻田裡走出來，張一斧左邊挎著盒子槍，右手提著一把利斧，陳耀武一眼認出了他，這個張一斧就是當年一連劈下五個船員肩膀的土匪，陳耀武頭皮頓時一陣發麻。

張一斧走到村民跟前，對他們說：「這裡是我的地盤，一切都得順從我。你們是個大村，挑選二十個青年跟我幹，還得向我繳納軍餉。」

陳永良上前一步說：「我們是靠耕田種地來養家活口，抽不出人手跟隨你們幹；至於出錢出糧，我們願意盡力照辦。」

張一斧沉下了臉，過了一會兒他慢慢地說：「那就先出錢出糧吧。」

這幫土匪開始洗劫齊家村。他們挨家挨戶翻箱倒櫃，把值錢一點的東西全部搬到船上，裝了四船的衣物糧食。然後他們在陳永良家院子裡生火開灶，殺豬宰羊，幾口鍋不停地做飯，做了一頓又一頓，吃了一夥又一夥。他們糟蹋的糧食灑滿了陳永良家的院子，還沒有被宰殺的雞鴨都在院子裡低頭吃著糧食。他們在齊家村吃喝了兩天，眼看著把沒法帶走的糧食和雞鴨豬羊吃光了，他們才拍拍屁股站起來，油光滿面打著飽嗝走向他們的船隻，上船前張一斧嘿嘿笑著拍拍陳永良的肩膀說：

「下個月再來串門。」

土匪離去以後，齊家村的女人們眼淚汪汪了，她們哀嘆不知道以後的日子怎麼過。陳永良把各戶召集到一起，他說：

「看來今後是過不了安穩日子，大家都要小心，還剩下值點錢的東西都小心藏好，糧食收上來各家也要藏起來。」

陳永良最後告誡村裡人：「不要惹是生非，要息事寧人，忍讓為好，免得大禍臨頭。」

五十九

一年下來，張一斧糾集起了五十來人的土匪隊伍，由於缺少槍枝，他們只能在萬畝蕩一帶的村莊活動。顧益民坐著八抬大轎出城剿匪的派頭，讓張一斧十分羨慕，心想自己要是坐上八抬大轎，幾百上千的土匪前呼後擁，也算是不枉來這世上一趟。

張一斧打起顧益民的主意，他把手下幾個幹將召集到一起商議，他說打蛇要打七寸，擒賊要先擒王，若是把顧益民綁了票，一是可以殺殺溪鎮民團的威風，二是可以拿顧益民換來民團的槍枝，壯大自己實力。

張一斧備好一口棺材，槍枝藏在棺材裡，帶上十個能幹的土匪，披麻戴孝出發了。土匪在萬畝蕩的蕩西村下了船，那裡有陸路通向溪鎮，土匪沒有走大路，走小路繞道來到溪鎮的西山。

幾個正在西山上撿柴的溪鎮居民，看見一支喪葬的隊伍從山路上來，十一個身穿孝服的男人抬著一口棺材哭出一片烏鴉的叫聲。這幾個溪鎮的居民心裡好奇，看著這些陌生人走近，問他們是哪裡人，土匪也不回答，他們把棺材抬到顧益民家的祖墳前，放下棺材後拿起鋤頭，挖起顧家的祖墳。

幾個溪鎮的居民嚇了一跳，趕緊上前阻止他們，對他們說這是顧家的祖墳，說你們要是挖了顧家的祖墳，你們就要去坐牢。土匪也不答理他們，依然是一邊哭叫一邊挖著顧家的祖墳。

有一個溪鎮的居民對土匪說：「你們知道顧益民吧？他是溪鎮民團的團領，還是溪鎮商會的會長。」

張一斧轉過身來說：「這墳地是我們張家剛剛買下的，你們看，有地契。」

張一斧拿出一張紙給他們看，他們看到上面確實寫了字，也有手印。張一斧把紙放回胸前的口袋，轉身哭叫起來：

「爸呀，爸呀，你別扔下我們啊。」

這幾個溪鎮的居民不知道怎麼辦，有一個說趕緊去告訴顧益民，便有兩個人跑下山去。

這時顧益民正在書房裡，兩個從西山跑下來的人氣喘吁吁來到他面前，從這兩人斷斷續續的講述裡，顧益民知道有十來個人抬著棺材到西山，正在挖他家的祖墳，那些人還有墳地的地契。他腦子裡嗡嗡直響，顧不上坐轎子，帶上兩個僕人，右手抄起長衫就往西山方向跑去。

顧益民和兩個僕人上氣不接下氣地跑上西山，留守的三個居民看見顧益民跑上來了，得意地對土匪說：

「顧團領顧會長來啦，看你們怎麼交代。」

顧益民跑到近前，一看祖墳已被刨開，氣得蹦跳起來，他伸手指著土匪，顫抖地說：

「你們……」

顧益民話還沒有說完，土匪已經扔下鋤頭，打開棺材，從裡面取出槍枝。張一斧一把抱住顧益民，另外的土匪開了三槍，兩個溪鎮居民和一個顧益民的僕人中彈倒地。土匪挾持顧益民向著剛才過來的山路跑去，回頭對那兩個沒有中彈卻嚇傻的人喊叫：

「回去告訴你們城裡的人，我們是張一斧的人馬，我們綁了顧益民，等我們的帖子。」

名聲赫赫的溪鎮商會會長、民團團領顧益民被土匪綁票的消息，像打雷一樣在溪鎮炸開了。溪鎮的百姓驚慌失措，獨耳民團的勝利讓他們趾高氣揚了一年，現在他們感覺大事不妙，有些人家又開始悄悄打理行裝，一旦土匪攻城，立即逃之夭夭。

三十個民團士兵群龍無首，他們三三兩兩聚到一起，像是抱著枕頭似的抱著他們的漢陽造，抱著他們的三八式，互相詢問怎麼辦，誰也不知道該怎麼辦。商會的幾個副會長知道怎麼辦，他們緊急商議後，立即讓四個城門關閉，將民團士兵分派去守衛城門。又請林祥福出面，去安撫顧益民的眷屬。

那天顧家的深院大宅裡一片哭泣哀鳴，顧益民的妻妾裡有暈眩的，有捶胸頓足的，有唉聲嘆氣的，有喘不過氣來的。林祥福進去後，在夫人召集下，她們圍坐在大堂上商議怎麼辦，所謂商議，也就是圍著前來安撫她們的林祥福哭哭啼啼，她們塗滿胭脂的臉被淚水一沖，像蝴蝶一樣花稍起來。

顧益民的兩個女兒此時仍在上海的中西女塾，四個兒子有三個還在沈店的寄宿學校，最大的顧同年在沈店結識一位上海來的妙齡女子，在父親書房裡偷了準備進貨用的一千兩銀票後與妙齡女子去遊山玩水了。

這個妙齡女子說話時上海話與英語交替出現，她自稱是富家小姐，父親在上海有多間綢緞鋪子，與顧同年遊山玩水期間，讓顧同年給她買了不少首飾，還定製了三身旗袍。

顧同年手裡的錢快要花完時，他們到了上海。妙齡女子說通過父親的關係為顧同年找到一份肥差，讓他去一家專做碼頭倉棧生意的洋行做事。顧同年跟隨這個妙齡女子來到碼頭，在一間洋人的辦公室裡，一個滿臉鬍子的洋人遞給他一份英語合同，顧同年看不懂英語，妙齡女子為他翻譯，大意是讓他先做助理，月薪五十銀元，妙齡女子說她父親手下綢緞鋪裡的掌櫃先生月薪不過八塊銀元。

顧同年欣然在合同上簽字畫押，洋人起身將合同放入櫃子後，說著英語向顧同年招手，顧同年聽不懂，去看妙齡女子，妙齡女子架起腿點燃一根紙菸，悠然吸了一口，吐出幾個煙圈後說洋人要帶他去參觀辦公室，她就在這裡等他回來。

顧同年跟隨洋人走出碼頭的屋子，走上一條大船，顧同年心裡好奇，自己的辦公室竟然在船上。洋人在甲板上揭開一個鐵蓋，做出一個請的手勢，顧同年看到下面黑乎乎，似乎坐著很多人，他感覺不對時，洋人把他推了進去，顧同年沿著樓梯滾到下面，還沒有爬起來，上面的鐵蓋已經闔上。

底部船艙裡只有一盞昏暗的煤油燈，顧同年看見坐在這裡的人大多衣衫襤褸，他詢問之後知道自己被賣到澳洲去做勞工了。他傻愣半晌後痛哭流涕，他嗚咽地一聲聲喊叫：

「爸，爸，救救我……」

可是哭泣與喊叫不會改變他此後在澳洲礦上食不果腹衣不蔽體勞役繁重的命運。

六十

顧益民被張一斧土匪綁架到萬畝蕩齊家村時，已是深夜。土匪們舉著火把喧嘩進村，睡夢中的村民紛紛驚醒。土匪把村民驅趕到一起，要他們拿出糧食，生火開灶，煮飯燒水。張一斧把陳永良一家人趕到羊棚裡住，自己帶著幾個土匪住進陳永良家的磚瓦房屋，其他土匪住進近旁人家的房屋裡。

陳永良沒有認出被綁的人票是顧益民，只是在火把的光亮裡看見土匪把一個捆綁住手腳，嘴裡塞得鼓鼓布條的人推進柴房。這一夜土匪沒有去管顧益民，他們吃飽喝足後抽起大菸玩起紙牌，然後倒頭呼呼睡去。

第二天，土匪們來到柴房。張一斧命令一個手下給顧益民鬆綁，取出他嘴裡那團破布。平時養尊處優的顧益民被捆綁一夜後渾身痠疼，塞在嘴裡的破布不知道是從哪裡找來的，陣陣臊臭讓顧益民的腸胃一夜都在翻江倒海，臊臭的破布取出後，顧益民感到要嘔吐了，胃裡的酸液一股股躥到嘴裡，想到自己的身分，顧益民強忍住，咽了下去。鬆綁後他扯了扯長衫，上前兩步，在張一斧對面的凳子上坐下來，結果身後的土匪將凳子一抽，顧益民一屁股坐到地上，土匪們哈哈大笑，坐在椅子裡的張一斧假裝訓斥土匪：

「不得無禮。」

顧益民站起來重新往凳子上坐，土匪又把凳子抽走，顧益民再次跌坐在地，又是一陣哈哈大笑。張一斧又說了一句不得無禮，他說這位可是大人物，是顧團領顧會長，他伸手指指凳子，請顧益民坐上去。在土匪的哄笑裡，顧益民伸手小心翼翼捏住凳子，坐了上去。

張一斧笑著對顧益民說：「你可是值錢的貨。」

顧益民挺直腰坐在凳子上，他看看張一斧和其他土匪，然後說：「你們知道我的身分，請講明多少銀兩才能贖我出去，我立即修書讓家裡人送來贖金。」

張一斧搖頭說：「我們不要你的光洋，不要你的店鋪，不要你的女人，也不要你的房子，只要溪鎮民團的槍枝。」

顧益民說：「民團的槍枝非我個人財產，實難從命。」

張一斧冷笑一聲站起來說：「給你用了刑，就是你的財產了。」

張一斧上前兩步一腳踢翻顧益民，土匪一擁而上，先給顧益民「壓槓子」，把他的雙膝跪地，用木棍壓上，左右兩個土匪各將木棍端起使勁踏壓而下；又給顧益民「劃鯽魚」，剝下顧益民的長衫和襯衫，在他胸前背後用利刀劃出一個個斜方塊，還用辣椒麵撒在顧益民鮮血淋漓的身上；最後用竹棍插進了顧益民的肛門搖動起來，土匪告訴顧益民：

「這是『手搖磨』。」

顧益民幾次昏迷過去，幾次在重刑裡甦醒過來。「壓槓子」時他覺得自己骨頭斷了，「劃鯽魚」時他覺得自己身上的肉被一片片割下來，而辣椒麵撒上來時彷彿油炸了，「手搖磨」的時候他感到身體裡一片兵荒馬亂。痛不欲生的顧益民低聲求饒：

「我寫，我寫……」

他的求饒在呻吟聲裡斷斷續續，張一斧命令手下的土匪把竹棍從顧益民肛門裡抽出來，俯下身去問顧益民：

「民團槍枝是你的財產吧？」

顧益民哼哼地說：「是，是我的。」

溪鎮最有尊嚴的顧益民，用手指蘸著自己身上的鮮血，屈辱地寫下一封血書，要求溪鎮民團交出所有槍枝，來贖回他的一條性命。

張一斧拿起血書看了看說：「人已歪歪扭扭，寫出的字還他媽的直著。」

張一斧想起顧益民出城剿匪時乘坐的八抬大轎，又令顧益民在血書裡添上八抬大轎。

六十一

接到張一斧土匪派人送來的顧益民血書以後，溪鎮亂成一團。城裡有身分的人物走家串戶商議對策，以林祥福為代表的一派主張按照血書上的請求去做，用民團的槍枝去贖回顧益民，他們認為千軍易得，一將難求。林祥福歷數種種往事，包括當年潰敗的北洋軍沿途搶劫而來，顧益民從容應對，拯救溪鎮。

林祥福說：「溪鎮可以沒有民團，不可以沒有顧益民。」

另一派也是要去贖回顧益民，只是反對用民團槍枝去贖回。他們說沒有了槍枝，溪鎮就沒有了民團，沒有了民團，土匪就會大搖大擺進入溪鎮燒殺搶劫，溪鎮就會房屋盡毀生靈塗炭。

他們說：「顧會長是一定要贖回來的，只是不能以全城人性命去贖回，不能毀掉溪鎮千年基業。」

兩派爭執不下時，有人提議去省城購置槍枝，既可以贖回顧益民，又可以保全溪鎮民團的槍枝。大家覺得想法不錯，只是太費周折，恐怕要有一兩個月，土匪給出的期限只有十天。這時另有人提議去駐守沈店的官軍那裡購置槍枝，短則兩三天，長則一周就能完成，這個提議得到一致贊同。

沈店擔心自建的民團難以抵擋土匪，花錢請省城的督軍派來官軍剿匪。剿匪的官軍來了之後，沈店的百姓才知道是引狼入室。官軍差不多每月一次扛著槍枝浩浩蕩蕩出城，口口聲聲要剿滅土匪。與土匪相遇後，官軍丟下槍枝，撿起土匪扔下的光洋就跑；土匪則是丟下光洋，撿起官軍扔下的槍枝就跑。沈店的百姓眼看著剿匪的官軍扛著槍出了城，回來時人一個不少，衣服也乾乾淨淨，可是肩上原本扛著的槍都沒有了，土匪越剿越多，而官軍丟掉的槍枝也是越來越多，槍枝需要重新購置，這筆費用就攤派到商會頭上。

溪鎮商會的主要納捐人坐到一起，商議後決定由商會出資去購買駐守沈店官軍的三十枝槍，當然這是私下的買賣，他們已經聽聞官軍與土匪的交易，商會裡有人與沈店的官軍打過交道，這人說他可以前去沈店，他知道如何與那裡的官軍交易。

然後他們商議前去贖回顧益民的人選，大家認為這不是普通的贖金，是三十枝槍的贖金，要去贖回的也不是普通的人票，是溪鎮的頭號人物，因此給土匪送去三十枝槍的人選不能隨便找一個，應該是個有分量的人物。

這時大家沒有了聲音，這些體面紳士只是想到張一斧的殘暴，已經心驚肉跳了。沉默籠罩了他們，過了一會兒有人看著林祥福，其他幾個人也跟著去看林祥福，林祥福知道他們的想法，也知道自己是當仁不讓的人選，他低頭不語，他也想到了張一斧的殘暴，女兒林百家突然浮現在了眼前，讓他有了惴惴不安之感。林祥福想到了陳永良，如果陳永良在這裡，一定會站起來說他去。林祥福心想，即使陳永良在這裡，也不會讓陳永良去，他會自己去。林祥福抬起頭來，看見那些看著他的眼睛開始躲閃，他輕聲說：

「我去。」

六十二

溪鎮商會裡的重要人物商議對策的兩天裡，民團士兵心裡七上八下，他們聽說顧團領的血書裡要把民團的槍枝交給土匪，不知道是不是也要把民團的士兵交給土匪，他們抱著槍互相打聽，有的說是，有的說不是，說是的理由是萬畝蕩的土匪正在招兵買馬，他們這些訓練有素的民團士兵自然是土匪求賢若渴之人；說不是的理由是相信顧團領的人格，絕對不會出賣自己的部下。他們議論了兩天，直到在街上見到林祥福，向林祥福打聽後，知道血書裡沒有要把他們交給土匪，算是有些安心，接下去他們互相說道：

「沒有了槍，土匪來了怎麼辦？」

「沒有了槍，我們就不是民團士兵，就是老百姓了，土匪來了怎麼辦？像老百姓那樣逃跑。」

顧益民被土匪綁了票，要把民團的槍枝作為贖金交給土匪的消息傳出之後，溪鎮一些人準備好了行裝，扶老攜幼走出城門。這些人的提前逃跑，溪鎮人心惶惶了，也激起了很多人的不滿，有人站在大街上對那些揹著包袱出城的人指指點點，甚至罵了起來：

「民團還沒把槍枝交出去，你們就他媽的逃跑了，要是大家都逃跑，誰來照管溪鎮？」

白天逃跑的人被罵得面紅耳赤，接下去逃跑的人選擇晚上悄悄出城。自從顧益民被綁票以後，溪鎮天黑就關閉城門，那些個守衛城門的民團士兵生財有道了，逃跑的人家只要悄悄塞上錢，守城的士兵就會打開城門放他們出去。顧益民後來招募的民團士兵大多來自外鄉，這些人原本游手好閒，加入民團只是為了混口飯吃，眼看就要大難臨頭各自飛，沒想到還能發筆不大不小的橫財，他們說：

「這財運來了，門板都擋不住。」

四天後，從駐守在沈店的官軍那裡私下購置的漢陽造和三八式放在八抬大轎裡，八個民團士兵抬著進入溪鎮。

商會裡有人提議派出民團士兵護送林祥福前去，林祥福沒有同意，認為民團士兵去少了沒用，去多了難免會有開打的架勢，反而危及顧益民，他說只需一條船和一個船家。

六十三

臨行前一天的下午，林祥福在躺椅裡閉上眼睛後，看見了北方的家中，看見了母親的音容笑貌，還有父親，父親本來模糊的形象清晰了起來，接著小美出現了，小美拉著林百家的手走過來，這時聽到母親叫他名字的聲音，他驚醒過來，意識到自己剛才睡著了。

林祥福從躺椅裡起身，走到書桌前坐下，給北方老家的田大寫了一封信，讓田大帶上兄弟到溪鎮來接他回家，信上沒說其他的，末尾的一句話是「葉落該歸根，人故當還鄉」。寫完後他將信讀了一遍，讀到最後這句話不由一怔，然後拿起毛筆把「葉落該歸根，人故當還鄉」抹黑了。他在書桌前坐了一會兒，又給顧益民寫了一封信，信上說如果自己遭遇不測，還請顧益民按照兩人約定的日期完成顧同年和林百家的婚事。最後給女兒寫信，千言萬語湧上心頭，可是一個字也寫不出來。他呆坐半晌後，只是在紙上寫了書房地下埋有五個缸，每個缸裡裝有一千銀元，然後取出木器社的帳簿和萬畝蕩田地的地契，用布一起包好，在布上寫下「林百家」三個字，放進牆壁的隔層裡，林百家知道這個匿藏之處。

林祥福帶上兩封信來到翠萍這裡，他沿著嘎吱作響的樓梯走上去時，已經不再接客的翠萍打開房門迎候，熟悉的上樓腳步聲告訴她，林祥福來了。

林祥福走進翠萍的房間，看著翠萍關上門插上門閂，他在桌旁坐下後陷入了沉思，翠萍給他沏了一杯茶，就退回到床邊坐下，兩個人沒有說話。林祥福要帶著槍枝去土匪那裡贖回顧益民的消息已經傳遍溪鎮，翠萍也有耳聞，她忐忑不安地看著林祥福，想問又不敢問。

林祥福坐了一會兒後，告訴翠萍他想留下來吃晚飯，翠萍慌手忙腳起來，這是林祥福第一次要在她這裡吃飯，她沒有想到，急忙走過去打開衣櫥，右手伸進層疊的衣服裡，摸出來一個布袋，解開布袋才想起來裡面沒有銅錢了，她背對林祥福站著，停頓一下後又將布袋放回衣服之間，她關上櫃門轉過身來時已是一臉羞色，她對林祥福尷尬地笑了笑，之後趴到地上爬進床底下，她在床底下發出的響聲似乎移開了一塊磚，她爬出來時手裡拿著一塊銀元。

林祥福看著她手裡的銀元，問她這是做什麼。她說上街去買些魚肉回來做晚飯。林祥福說買些魚肉何須用銀元。她臉色通紅了，說沒有銅錢了，一文也沒有。林祥福從口袋裡摸出銅錢，接著又放了回去，他說家裡有什麼就吃什麼。她侷促不安地說家裡只有冷飯和鹹菜。林祥福說就吃冷飯和鹹菜。她搖搖頭走向房門，準備開門時林祥福一把抓住她的手，把她拉了回來，問她冷飯夠不夠兩個人吃。她點點頭，說夠兩個人吃。隨即補充說為了節省柴火，她做一次米飯可以吃兩天，眼下已過中秋，米飯放兩天不會發餿。林祥福再次說就吃冷飯和鹹菜，而且語氣堅定。她遲疑之後想到一個折中方法，她說：

「做個醬油炒飯。」

翠萍從窗台上養在瓷盆裡的小蔥裡摘下來一些，開門走到樓下，林祥福走到門外，站在樓梯口，看著樓下的翠萍在灶台上將小蔥切碎，點燃灶火，把鐵鍋燒熱後，放入豬油和小蔥，炒了幾下後，放入冷飯散炒，然後倒入醬油翻炒。

豬油、小蔥和醬油混炒米飯時的香味蒸騰而上，站在樓梯口的林祥福感到口水在嘴裡湧動了，翠萍端著醬油炒飯走上來時，看見林祥福的手擦起了嘴角。

然後林祥福與翠萍面對而坐，兩個人吃著醬油炒飯和鹹菜。自從陳永良一家搬去齊家村，林百家去了上海以後，林祥福第一次與人一起吃飯，而且吃的是美味的醬油炒飯。他稱讚翠萍的手藝，說炒飯好吃，又說翠萍醃製的鹹菜也好吃。翠萍只是吃了兩口，拿著筷子不再吃了，她面露愧色地看著林祥福，沒有讓林祥福吃上一頓豐盛的晚飯，她過意不去。

天色暗下來時，翠萍起身去點亮煤油燈，走回來把煤油燈放在桌子上，放在兩人之間。林祥福吃完晚飯，看著臉上閃爍著煤油燈光亮的翠萍，告訴她，他明天要去劉村給土匪送槍枝，說著他從口袋裡取出兩封信，先把給顧益民的信遞給她，說如果自己沒有回來，顧益民回來了，就把信交給他，如果顧益民也沒有回來，把信交給顧益民的夫人。翠萍不安地點了點頭，林祥福又把給田大的信遞給她，說自己沒有回來的話，請把這信寄出。然後林祥福從另一個口袋裡拿出一百兩的銀票，放在桌子上，這是送給翠萍的。

翠萍的眼圈紅了，她看了看桌子上的銀票，手裡捧著兩封信小心翼翼問林祥福：

「您回來了呢？」

「我回來了，」林祥福說，「兩封信還給我就是。」

六十四

張一斧只准手下的土匪進入柴房，所以陳永良不知道在他家柴房裡遭受土匪酷刑的人票是顧益民。他在顧益民手下做事多年，聽到的都是顧益民溫和的聲音，從未聽過顧益民的大聲訓斥。顧益民在柴房裡痛苦嗷叫和哭泣般呻吟的時候，陳永良不會想到發出如此撕心裂肺喊叫和如此淒慘漫長呻吟的是顧益民。

第九天的傍晚，看管顧益民的土匪鬆懈下來，忘了張一斧下令不准村裡人進入柴房，讓李美蓮給關在柴房裡的人票送點吃的過去，此前土匪都是把自己吃剩的扔給顧益民，像是扔給一條狗那樣，嘿嘿笑著看顧益民趴在地上的飢餓吃相，這天沒剩下吃的，就讓李美蓮做點吃的送去。

李美蓮端著一碗米粥走進柴房，走到這個血肉模糊的人票跟前，輕聲叫著，讓他喝點熱粥。李美蓮輕聲叫了十來下，這個人票才慢慢抬起頭來，李美蓮看清顧益民的臉以後失聲叫道：

「老爺，您是老爺。」

顧益民目光呆滯看著李美蓮，李美蓮又叫了幾聲，他仍然沒有認出李美蓮。李美蓮將碗送到他嘴邊時，他認出碗裡的粥，像嬰兒吮吸一樣，嗞嗞地將粥吸進了嘴裡。

李美蓮眼淚汪汪回到羊棚後，陳永良才知道柴房裡的人票是顧益民，他呆立很久，然後坐在地上，低頭聽著李美蓮的低聲嗚咽，李美蓮不停地說：

「老爺渾身是血，老爺快被他們打死了，老爺像是傻了。」

張一斧不知道顧益民和陳永良曾經的主僕關係，他在齊家村住了十天後，率領著大隊土匪去劉村領取顧益民的槍枝贖金，留下兩個土匪看管顧益民。

土匪們呼嘯而去後，陳永良覺得機會來了，他悄悄將村裡有威望的長者召集到一起，明確告訴他們，不管什麼後果，他都要營救顧益民，齊家村的長者贊成陳永良，他們說：

「別說是溪鎮商會會長顧益民了，即便是其他人家的人票，也豈能見死不救。」

陳永良說一旦救出顧益民，土匪必定會來報復，他讓村裡人悄悄準備好行李，該帶走的東西都帶走，鄰村有親友的暫時躲到鄰村去，沒有親友的走水路，躲到萬畝蕩的蘆葦叢裡去。他和陳耀武又去找了幾個身強力壯的年輕人，計畫如何救出顧益民，商議後決定以日照為信號，當下午的陽光照到院子西牆時，那幾個年輕人悄悄躲到院門外，他和陳耀武先動手控制土匪，聽到喊聲後他們衝進來，合力把土匪捆綁起來。

陳耀武說：「捆綁什麼，殺了這兩個傷天害理的土匪。」

陳永良連連搖頭說：「萬萬不可，我們是救人，不是殺人。」

六十五

早晨的時候，林祥福來到溪鎮的碼頭，身後是八個民團士兵抬著的轎子。他站在濕漉漉的石階上，對著十幾條大小船隻和坐在上面的船家說：

「我要去劉村送贖金，誰送我去？」

坐在早晨陽光裡的船家們一聲不吭，張一斧凶狠殘暴的傳聞，讓這些船家膽戰心驚，林祥福站在那裡喊了三聲，船家們不是低頭，就是扭頭，或者轉身進到艙裡，林祥福喊出第四聲：

「誰送我去劉村？」

林祥福聽到了划水聲和船與船的碰撞聲，那個嚇傻過的曾萬福划著竹篷小舟，從幾條船的中間駛了過來，靠在林祥福腳旁的石階上，他對林祥福說：

「林老爺，請上船。」

曾萬福的船裝上槍枝後，在旭日東昇裡划向萬畝蕩的劉村。林祥福坐在船頭神情嚴肅，曾萬福在船尾奮力划槳，劈波斬浪而去。林祥福思緒萬千，他想起十七年前懷抱林百家，身揹包袱，坐船前往溪鎮尋找小美的情景。也是在這個寬廣的水面上，也是這樣的竹篷小舟，也是這樣的船家。林祥福突然感到眼前的曾萬福可能就是十七年前將他帶到溪鎮的船家，林祥福開口詢問，曾萬福點點頭說就是他，他之所以還記得，是林祥福當初揹了一個龐大包袱。林祥福微微一笑，他說沒想到十七年後重新坐上曾萬福的小船。他告訴曾萬福，船資是兩塊銀元，為防被土匪掠去，放在商會那裡，等他們帶上顧會長返回溪鎮，他即可去取。曾萬福說兩塊銀元太多了，船資最多也就是幾文銅錢。林祥福搖搖頭，說此行非同尋常，兩塊銀元不多。此後林祥福不再說話，他聽著波浪擦著船舷，彷彿是木器社砂紙擦著家具的聲響。

這時候是秋收時節，林祥福滿眼望去不見人影，只有荒蕪的田地和倒塌的茅屋，還有幾具森森白骨遺棄在岸邊。林祥福想起曾經的繁榮景象，稻穀麥子棉花油菜花蘆葦青草竹林樹林布滿田野，炊煙在屋頂嫋嫋升起，耕牛在田地裡哞哞叫響，農夫在田埂上三三兩兩走來和走去……如今匪患兵亂讓人們流離失所，殺傷死亡讓萬畝蕩沒有了人煙，林祥福見到一個白髮老人拄著歪曲的樹枝，拉著一個幼兒的手站在岸上朝他們張望。

中午的時候，他們來到劉村的碼頭。幾個土匪和一輛板車等候在那裡，土匪向站在船頭的林祥福喊叫：

「槍送來了？」

林祥福指指船艙回答：「在這裡。」

船到碼頭，土匪說：「把槍遞上來。」

林祥福問：「顧會長呢？」

土匪說：「把槍遞上來，帶你去見他。」

林祥福向曾萬福點點頭，曾萬福將船靠上去，把纜繩繫在水邊一棵柳樹上，進了船艙把槍一枝枝遞給船頭的林祥福，林祥福又遞給土匪。槍枝裝上板車後，林祥福跳上岸，曾萬福回到船尾蹲下，看著林祥福跟著土匪和裝著槍枝的板車在小路上走去。

林祥福走進村莊，一些身上掛著長槍和菸槍的土匪看見林祥福時嘿嘿地笑，這些土匪手裡端著飯碗，一邊往嘴裡扒拉米飯一邊和走在林祥福前面的幾個土匪說話。

「槍送來啦。」

「送來啦。」

領路的土匪把林祥福帶到一幢磚瓦房前，讓他坐在門檻上，對站在那裡的土匪說：

「好好招待他。」

林祥福瞇縫眼睛坐在陽光照耀的門檻上，十多個端著飯碗的土匪圍著他，他們罵罵咧咧喜笑顏開。一個土匪給林祥福端過來一碗飯，林祥福起身接過飯碗，幾個土匪對他說：

「吃吧，吃吧，和我們一起吃。」

林祥福點點頭，重新坐在門檻上，他往嘴裡扒了一口米飯，看到碗裡還有幾片炒肝，就夾一片放進嘴裡嚼了起來。他嚼著炒肝，覺得不像是豬肝，也不像牛肝和羊肝，更不是鴨肝和雞肝，他不知道這是什麼肝。他皺眉將炒肝咽了下去，隨即想起流傳的張一斧土匪經常吃人肝，一陣噁心讓他胃裡翻江倒海，剛剛咽下去的又返回到嘴裡，林祥福不敢嘔吐出來，眼淚汪汪地將那些又黏又酸的東西重新咽下去。然後他不再吃了，端著飯碗看著眼前這些大口咀嚼的土匪，一個土匪對他說：

「吃呀，吃呀，他媽的為什麼不吃？」

林祥福說：「我吃飽了。」

另一個土匪說：「你他媽的只吃了一口，就說吃飽了，你他媽的全吃下去。」

林祥福看著碗裡的米飯和黑乎乎的炒肝，實在不想再往嘴裡放了，他對土匪說：

「我確實吃飽了。」

土匪們叫叫嚷嚷：「吃吃吃，吃下去，他媽的。」

這時屋子裡傳出來張一斧的聲音，張一斧說：

「不得無理，這位溪鎮來的老爺吃慣了山珍海味，哪咽得下你們的豬狗飯。請他進來。」

屋外的土匪推著林祥福走進去，走進了西邊的廂房。林祥福看到一個男子躺在菸榻上抽大菸，心想他就是張一斧。

林祥福問他：「這位老爺就是名揚四方的張一斧？」

張一斧放下菸槍，點點頭，起身盤腿而坐。林祥福看看四周，對張一斧說：

「我把槍枝帶來了，請把顧會長交給我。」

張一斧看著仍然端著飯碗站著的林祥福，對手下的土匪說：「還不讓這位老爺坐下。」

一個拿尖刀削著地瓜的土匪踢過去一隻凳子，另一個土匪將林祥福摁了下去，讓他坐在凳子上。

張一斧笑著問林祥福：「八抬大轎也帶來了？」

林祥福說：「匆忙找的小船，八抬大轎沒法運來，只要顧會長安然回到溪鎮，轎子隨即用大船運來。」

張一斧的笑臉隨即變成凶狠的臉，他說：「你們的顧會長死啦。」

林祥福霍地站起來，看著張一斧，彷彿沒有聽清他的話。張一斧看見林祥福手裡還端著那只飯碗，凶狠的臉又變成笑臉，問林祥福：

「這炒肝好吃吧？」

林祥福站在那裡沒有反應，張一斧嬉笑地對林祥福說：

「你吃的就是你們顧會長的肝。」

在張一斧和土匪們的笑聲裡，林祥福端著飯碗一動不動站在那裡，土匪們又叫嚷起來：

「你他媽的吃了一口就不吃了，你對得起顧會長的肝嗎，你他媽的是嫌顧會長的肝不好吃是吧？告訴你，這他媽的可是少有的新鮮肝啊，這叫生剖取肝，生剖出來就下油鍋，黃酒醬油蔥花爆炒，肝炒熟了你們顧會長還沒死呢，你他媽的還嫌棄，你吃不吃，你他媽的吃下去，全吃下去……」

林祥福眼睛血紅了，他看著張一斧，血紅的目光彷彿釘子一樣釘住了張一斧。張一斧看著林祥福的奇怪模樣哈哈大笑，他招呼其他土匪過來看看林祥福。幾個土匪湊過去，看見林祥福靜止的神態也是哈哈笑個不停，隨即有土匪發出驚叫，林祥福手裡的碗向他們飛去，那個一手拿著尖刀一手拿著地瓜的土匪，突然發現地瓜還在尖刀沒了。

林祥福撲向張一斧，前面的土匪身不由己地閃了開去，林祥福手握尖刀刺向張一斧的眼睛，張一斧一個翻身跳下菸榻，林祥福猛撲過去，仍然刺向張一斧的眼睛，張一斧就地一滾再次躲開，林祥福撲倒在地，尖刀插進了地磚的縫裡。滾在地上的張一斧對著那些傻站的土匪喊叫，土匪這才反應過來，當林祥福拔出尖刀再次刺向張一斧時，土匪一擁而上把他壓在地上，奪下他手中的尖刀。

張一斧站起來，嘴裡一個又一個「他媽的」，同時伸手摸了摸眼睛，對手下的土匪叫道：

「把他綁起來。」

土匪們在地上用繩子把林祥福捆綁後，張一斧讓兩個土匪把林祥福拉起來，又讓一個土匪把地上的尖刀撿起來遞給他，他手握尖刀走到林祥福面前，冷笑地說：

「你愛用尖刀啊。」

這時的林祥福對眼前的一切視而不見了，他分開雙腳，穩穩地站在那裡。張一斧左手揪住林祥福的頭髮，右手的尖刀往林祥福的左耳根處戳了進去，又使勁擰了一圈，林祥福的鮮血噴湧而出，抓住林祥福的幾個土匪叫著跳開去，用手胡亂抹去噴在臉上的鮮血。

死去的林祥福仍然站立，渾身捆綁，彷彿山崖的神態，尖刀還插在左耳根那裡，他的頭微微偏向左側。他微張著嘴巴瞇縫著眼睛像是在微笑，生命之光熄滅時，他臨終之眼看見了女兒，林百家襟上綴著橙色的班花在中西女塾的走廊上向他走來。

屋裡的土匪鴉雀無聲，他們吃驚地看著林祥福，奇怪他為什麼沒有倒下，過了一會兒一個土匪對其他土匪說：

「他媽的，他在笑啊。」

另一個土匪問：「他是不是變成鬼了？」

「這麼快就變成鬼了？」

「他媽的，死了不就是個鬼。」

「我的媽呀，活生生見著一個人變成了一個鬼。」

土匪們心驚肉跳了，一個個竄到屋外，張一斧發現屋裡只有自己，倒吸一口冷氣，他抬腳蹬了林祥福一下，林祥福沉重地倒在地上。張一斧走到屋外，對剛才竄出去的土匪說：

「倒啦。」

土匪們回到屋裡，去看倒在地上的林祥福，後面進來的問前面的：

「還在笑嗎？」

前面進來的低頭看了看叫起來：

「我的媽呀，還在笑。」

那時候曾萬福蹲在船尾，他蹲得兩腿發麻時，有兩個土匪喊叫著跑過來，曾萬福不知道他們叫些什麼，覺得他們的樣子窮凶極惡，他戰戰兢兢站起來，對著跑來的土匪又是哈腰又是點頭。土匪跑近了，才聽清楚土匪是讓他下船，土匪叫道：

「你他媽的快上來，快把那個鬼帶走。」

曾萬福不知道他們在說些什麼，繼續點頭哈腰：「老爺，把什麼鬼帶走啊？」

土匪說：「就是他媽的和你一起來的那個鬼。」

曾萬福跟著土匪跑到那幢磚瓦房前，他看見站在屋外的土匪一個個滿腹狐疑的模樣，有幾個土匪對著屋裡指指點點，要他趕緊進去。曾萬福心裡七上八下走進屋子，他在西邊的廂房裡看見倒在地上的林祥福，左耳根處插著一把尖刀，林祥福微笑的模樣讓曾萬福也嚇了一跳，彎下腰輕聲叫道：

「林老爺，林老爺。」

地上的林祥福沒有動靜，曾萬福不知所措走回到門口，向著外面的土匪點頭哈腰，問他們：

「各位老爺，林老爺怎麼了？」

土匪說：「死了。」

曾萬福說：「死了怎麼還在笑？」

土匪罵了起來：「他媽的，快把他帶走。」

曾萬福給土匪們鞠了一躬，跑回到屋子裡，隨即又出現在門口，點頭哈腰地說：

「各位老爺，誰幫忙抬一把，抬到我背上就行。」

一個土匪舉起長槍，拉上槍栓衝著他說：

「你他媽的自己去抬，你他媽的別再出來說話啦。」

曾萬福又給土匪們鞠了一躬，回到屋子裡，他這一次進去以後半晌沒出來，外面的土匪等了又等，他們說這小子怎麼就不出來了，是不是被鬼捉去了？正說著曾萬福揹著林祥福出來了，他跨過門檻後站住腳，對著土匪們點頭哈腰。

那個拿著長槍的土匪叫道：「別點頭啦，別哈腰啦，快給我滾，這他媽的傻瓜，真想一槍幹掉他。」

曾萬福揹著林祥福一路走去，幾個土匪跟在他身後，他將林祥福放進搖晃的船艙，自己站在船尾呼哧呼哧喘氣，他看見不遠處的幾個土匪向他揮手，他不知道土匪是要他趕快滾蛋，以為土匪是在和他道別，他也舉起手向土匪揮動。接下去一連串的槍聲響了，打得岸上的樹葉和樹枝飛舞起來，曾萬福哇哇叫著坐下去，哇哇叫著划船快速離去。

六十六

留下來看管顧益民的兩個土匪，看到陳永良和陳耀武出去很久才回來，起了疑心，舉槍走到院子外面看了一陣子，沒看到什麼，回來後插上門閂，對陳永良和陳耀武說：

「沒事別他媽的瞎走。」

兩個土匪抱著槍在院子裡坐到下午，坐久了呵欠連連，土匪抹著呵欠打出來的眼淚，起身回到房間裡，半躺在床上抽起大菸。

羊棚裡的陳永良和陳耀武走出來，端著李美蓮事先準備好的飯菜，走進土匪抽大菸的房間，對土匪說：

「老爺，吃晚飯了。」

兩個土匪沒有反應過來，心想吃過午飯沒多久，怎麼就要吃晚飯了？而且送飯的應該是李美蓮，怎麼成了陳家父子？土匪再往門外一看，外面陽光燦爛，心想壞了，趕緊去拿槍。這時陳永良和陳耀武把手中的飯菜往土匪臉上一扔，分別撲向兩個土匪。四個人在床上扭打起來，他們滾到地上，又從地上扭打到屋外。陳永良和陳耀武一邊和土匪扭打，一邊喊叫：

「快來人，快來人。」

院門插上了門閂，外面接應的人聽到喊聲也衝不進來，他們敲打院門喊叫：

「快開門，快開門。」

羊棚裡的李美蓮和陳耀文衝到院子裡，陳耀文手裡拿著一塊磚頭跑到近前的哥哥那邊，這時陳耀武一根手指被土匪卡斷了，陳耀武仍然扭住土匪不放，他看見陳耀文拿著磚頭過來，就喊叫陳耀文砸土匪的腦袋，陳耀文左瞄右瞄不敢下手，怕砸到哥哥腦袋上。李美蓮被眼前的情景嚇傻了，她哭著對外面的人喊叫：

「你們快進來呀。」

外面的人還在撞擊院門，還在叫：「快開門。」

李美蓮沒有去拉開門閂，她站在那裡哭叫：「你們快進來呀，你們怎麼還不進來。」

這時陳耀武扭住土匪一個翻身，讓土匪壓到自己身上，他對陳耀文喊叫：

「砸呀。」

陳耀文連人帶磚頭一起撲了上去，磚頭砸在土匪腦袋上，把土匪砸暈了過去，陳耀文也重重摔倒在地，他爬起來後看看這個一動不動的土匪，看見陳耀武撲向另一個土匪，與父親一起把那個土匪摁在地上，那個土匪拚命掙扎，陳耀文衝過去也給他一磚頭，把他也砸暈了，這次砸碎了磚頭。陳耀文再次爬起來，聽到外面喊叫的撞門聲，他跑過去拉開門閂，門突然打開後，外面的人撞了個空，一個個滾了進來，把陳耀文也撞滾在地，外面滾進來的人從地上爬起來後，看見兩個土匪一動不動躺在地上，陳家父子三人則是坐在地上呼哧呼哧喘氣，李美蓮這時破涕為笑了。

他們把土匪捆綁後拖進房間，陳永良進屋拿起一條被子披在身上，有人問他為何要披著被子，他說老爺渾身是傷，怕碰疼老爺。

陳永良讓兩個兒子小心把顧益民抬到他背上，走到村莊的碼頭，走到船前，他讓兩個兒子把顧益民接過去，自己上船將被子鋪在船艙，再和兒子一起將顧益民放進船艙。陳永良將船撐開時，叮囑岸上的村民，張一斧土匪回來後必會報復，他要大家離村出走。

陳永良搖著小船在萬畝蕩的水面上漸漸遠去，他看見村口延伸出去的小路上出現一些揹著包袱攜兒帶女的村民，有幾條船駛向茂盛的蘆葦叢，他遠遠認出李美蓮和兩個兒子在船上的身影。然後陳永良低頭看了看顧益民，血跡斑斑的顧益民仍然沉淪在昏迷裡，陳永良想起第一次在沈店見到顧益民，他和三個腳夫挑著顧益民的綢緞從沈店來到溪鎮，一晃這多年過去了，風光無限的顧益民，此時奄奄一息。

顧益民在清澈的划水聲和小船的搖晃裡漸漸甦醒過來，他看見一張有些熟悉的臉，慢慢認了出來，聲音虛弱地問：

「是陳永良嗎？」

正在划船的陳永良聽到顧益民叫出他的名字，立刻放下木槳，俯下身去湊近顧益民說：

「是我，老爺，你醒啦。」

顧益民問他：「我在什麼地方？」

陳永良說：「老爺，你在船上，我正送你回家。」

顧益民看見滿天的晚霞，聽到水聲，感覺到小船的搖晃，他記憶起土匪對他的折磨，他努力想著什麼，逐漸明白過來，他說：

「你救了我？」

陳永良點點頭說：「是的，老爺。」

陳永良繼續划起小船，顧益民閉上眼睛，不再說話，陳永良看到顧益民臉上出現一絲微笑，然後眼角流出了淚水。晚霞開始褪色，天色黑暗下來，陳永良划著小船，看見遠處的溪鎮有了光亮。

通往溪鎮城內的水路從東門進入，天黑後放下的木閘擋住了陳永良的小船。陳永良對東門城牆上的幾個民團士兵喊叫，說自己是陳永良，請他們吊起木閘。城牆上的士兵都是來自外鄉，不知道陳永良是誰。他們說，不能起閘，誰知道你是不是土匪。陳永良告訴他們，他是木器社的陳永良，又說船上有顧益民會長，顧會長傷勢很重，請他們吊起木閘。城牆上的士兵聽說船上有顧益民，都笑起來，他們說，別騙我們，你要說別人，我們還信，你說顧益民，誰他媽的會信，顧益民在張一斧土匪那裡呢。陳永良請他們仔細往下看看，他們說黑乎乎的看不清楚。陳永良急了，他破口大罵，說要是顧會長有個三長兩短，就要他們的腦袋。城牆上的士兵說，這分明是土匪的腔調。陳永良只好哀求他們，說即便是土匪，自己也只是一個人，你們城牆上有幾個人，你們也不用害怕。

他們說：「誰害怕啦？」

陳永良在東門水路的木閘外等了差不多一個時辰，他又是叫罵又是哀求，守城的士兵就是不吊起木閘。後來城上的士兵累了睏了，他們不再答理陳永良，他們坐下來靠著城牆打起了瞌睡。

陳永良也是筋疲力竭，他聽著城上士兵的鼾聲，不知道還有什麼辦法吊起木閘。神志清醒過來的顧益民沒有喊叫的力氣，他聲音虛弱地安慰陳永良，說天亮了會有船出城，那時就會吊起木閘。

這時候有一戶逃走的人家划著小船悄悄來到東門，他們給守城的士兵塞了錢，木閘終於吊起。這戶人家認出了陳永良和顧益民，他們的叫聲讓守衛的民團士兵知道這兩個人是誰了。

顧益民被陳永良救回來的消息迅速傳遍溪鎮，溪鎮有身分的人物紛紛來到顧益民的宅院，顧益民妻妾的哀聲本來已經偃旗息鼓，此刻又是哭聲四起。

六十七

曾萬福在廣闊的水面上不停划船，土匪打出的那一串子彈讓一個遺忘很久的情景回來了，子彈在冬天的寒風裡嗖嗖地飛來飛去，陳順和張品三倒在雪地裡，他在飛來飛去的子彈裡揮舞雙手狂奔，一顆子彈削去他的中指。

這樣的情景一直糾纏著他，他將竹篷小舟划回溪鎮的碼頭，這時夕陽西下，上了岸的曾萬福筋疲力竭。碼頭上的人圍了過來，他們看著船艙裡林祥福，流出的腦漿和血混在一起，左耳根還插著一把尖刀。他們的聲音高高低低，層層疊疊，詢問曾萬福是怎麼回事。

「怎麼回事？」曾萬福自言自語擦著臉上的汗水，慢慢舉起左手，讓他們看看斷了一截的中指，聲音沙啞地說，「告訴你們吧，是被子彈打掉的。」

林祥福的遺體運往城隍閣，溪鎮的居民一個個來到，看著林祥福躺在那裡的慘狀，有的失聲而哭，有的唉聲嘆氣，有的默默無聲。

曾萬福坐在城隍閣大門外的石階上，一遍又一遍說著他如何將死去的林祥福揹到船上，又如何在土匪呼呼的子彈裡划船逃出來。有人問他，林祥福是怎麼死的？他迷茫了，低頭去看自己少了一截的手指。

夜深後，溪鎮的居民陸續離去後，陳永良來了。陳永良與幾個人把顧益民抬回家中，他在路上聽說了林祥福送槍枝贖金慘遭張一斧土匪殺害，他走到顧家宅院門口，沒有走進去，看著那幾個人把顧益民抬進去後，他轉身來到城隍閣，那時候道士們已經休息，閣中空空蕩蕩，林祥福躺在一張長桌上，腳邊放著一盞長明燈，那個名叫翠萍的女子站在一旁低聲哭泣。陳永良覺得這個女子似曾相識，卻不知道她為何如此傷心。

翠萍聽見腳步聲進來，在微弱的長明燈的燭光裡抬頭看見走過來的是陳永良，她後退幾步到了暗處，陳永良沒再注意翠萍，他在長桌旁長久站立，看著林祥福微笑的面容，還有插在左耳根的尖刀。

往事雜草叢生般湧現在陳永良眼前，最多的是雪凍時的情景，林祥福身揹龐大包袱懷抱女兒走進他家，這個情景猶如雨中的屋簷滴水，出現一下，停頓一下，又出現一下……陳永良覺得眼睛模糊了，他伸手去擦，才知道自己已是淚流滿面。他擦乾淨眼淚後，拔出插在林祥福左耳根的尖刀，那一刻林祥福微張的嘴闔上了。陳永良看了看帶血的尖刀，對林祥福說：

「這尖刀我要還給張一斧。」

這是陳永良此生對林祥福說的最後一句話，說完他的右手放到林祥福冰冷的額頭上，慢慢往下移動，闔上了林祥福的雙眼。

六十八

兩個被捆綁的土匪，在陳永良一家離去後，一個土匪用牙齒咬斷另一個土匪身上的繩子，兩個土匪掙脫後，趁著夜色逃出齊家村，跑向劉村，跑得大汗淋漓，兩條落水狗似的跑到張一斧跟前，向張一斧報告：

「齊家村的人造反啦，救走了顧益民，他們人多勢眾，把我們兩個五花大綁，我們咬斷繩子才跑了出來。」

張一斧天亮之前集結起五十來個土匪，殺奔齊家村。張一斧行前對手下的土匪下令：

「給我斬盡殺絕，雞犬不留。」

早上的時候，幾個沒有離開的孩子，在村口看見大群的土匪沿著田埂走來，他們跑回去喊叫：

「土匪來啦，土匪來啦。」

一排子彈追上他們，他們絆腳似的一個個倒下去，土匪的槍聲讓齊家村驚慌失措。陳永良昨天走時叮囑村民盡快離去，大部分村民還在收拾東西準備離去，他們沒想到土匪這麼快就殺過來了。

大群土匪走來時又是朝人開槍又是揮刀砍人，村民亂竄逃命，那些女人們，看見自己的孩子在槍聲裡倒地，發出淒厲的叫聲，一個個撲了上去，手持利斧的張一斧對準撲上來的女人亂砍，其他土匪也用長刀砍向她們。四濺的鮮血讓空氣裡飄滿血腥氣息，後面的女人看見前面的女人被砍下肩膀、砍下胳膊、砍下腦袋，仍然視而不見地撲向自己的孩子。一個女人抱著孩子跑來，張一斧上去砍下孩子的頭，孩子的鮮血噴射而出，女人滿臉是血，她渾然不覺，抱著無頭的孩子仍在奔跑，她以為孩子安然無恙，跑出了村莊。

土匪挨家挨戶搜查，見人就殺，見物就搶，殺完搶完一把火燒了房子。齊家村頃刻成為火海，跑得快的從田地裡四散而去，不少人跳進水裡游向遠處的蘆葦叢。有人撐開一艘木船，向著蘆葦叢搖船過去，二十多個跳進水裡的人游向木船，一個一個努力爬上船，可是水裡的人還沒全上來，木船就翻了，他們在水裡亂成一團，竭力爬上翻轉過來的船底。

齊家村有兩百多人沒有逃脫，他們在熊熊火光裡被土匪驅趕到曬穀場，張一斧向他們喊叫：

「你們二十個人一隊，給老子站好，老子要斬草除根。」

土匪如同牽出羔羊一樣，一次拉出二十個人。土匪揮舞長刀，砍下一個個老少人頭，還有土匪扔出梭鏢，穿透一個個男女的胸背。尚未出生的孩子，被土匪戳死在母親肚子裡。梭鏢拔不出來的，土匪抬腳蹬向尚有氣息的身體，拔出梭鏢。兩百多人的鮮血在空中飛濺，濺滿曬穀場四周的樹葉，又從風中搖晃的樹葉滴落下來。鮮血染紅曬穀場的泥土，染紅老人的白髮、孩子的瞳孔和女人蒼白的臉。前一批村民被土匪殺得如同砍瓜切菜，後一批村民眼睜睜看著，他們淚流滿面，恐懼嚎哭，哀鳴低泣，此起彼伏的慘叫聲在風中抖動，讓躲進蘆葦叢的村民聽到後渾身戰慄。

十多個年輕女子留到最後，五十來個土匪撲了上去，把她們摁在鮮血和屍體上，強姦了她們。土匪們你爭我奪，為搶一個姑娘拔刀相見。有兩個土匪因為互不相讓，揮刀鬥毆，互相砍得鮮血淋淋，回頭一看，那個姑娘已在別的土匪強姦中了，這兩個土匪火冒三丈跑回去，每人一槍將那個姑娘打死，然後繼續揮刀互鬥。正在強姦姑娘的土匪滿臉是血，這個土匪暴跳如雷，他一手提著褲子，一手像是抹汗水那樣抹去臉上的鮮血，從地上撿起一把長刀向那兩個還在互鬥的土匪砍去，於是三個土匪混戰起來。旁邊仍在強姦中的土匪扭頭看著，一邊強姦一邊議論起來：

「這他媽的誰跟誰打呀？」

「他媽的看不清楚。」

張一斧強姦完兩個女子，他繫上褲帶，罵著走過來，他飛腳踹開正在打鬥的三個土匪，對他們破口大罵：

「他媽的真沒出息，放著那邊活蹦亂跳的鮮貨不要，在這裡為個死貨鬥得頭破血流。」

十多個年輕女子被土匪輪番強姦後，又被土匪用長刀砍落人頭。齊家村一片火海，劈啪爆裂聲經久不息。六百多人口的齊家村有二百四十九人慘死，河水紅了，青草紅了，樹葉紅了，泥土紅了，屍體橫七豎八，東一堆，西一堆，滿村都是。白天的齊家村腥風血雨，哭號慘叫不絕於耳；天黑後狂風吹來，狂風的哀鳴聲聲不息。

四十三具村民的屍體被土匪拋進村裡的小河，這是萬畝蕩伸進齊家村的水流，這些屍體從齊家村的小河漂浮進入萬畝蕩寬闊的水面。在萬畝蕩的水面順流而下，漂浮到了溪鎮的碼頭。蒼蠅雲集的屍體讓碼頭那裡的船家捂著鼻子忍受陣陣惡臭，要用竹篙撐開屍體，才能讓船隻進出。四十三具屍體在溪鎮的碼頭漂浮多日，萬畝蕩的河魚成群而來，爭食浮屍，將浮屍吃得千瘡百孔，最後剩下一具具白骨，然後沉落水底。

那幾天裡，溪鎮空氣裡惡臭瀰漫，人們無緣無故上吐下瀉，藥鋪裡的驅吐藥和止瀉藥被搶購一空。人們幾個月不敢飲用萬畝蕩的河水，捕撈上來的河魚也無人敢吃，有些大魚被剖開肚子後，裡面還有屍體的手指甲和腳趾甲。

六十九

逃離的村民第二天陸續回來，悲慘的景象讓他們嚎啕大哭，不少人暈厥倒地。陳永良在溪鎮住宿一夜後搖船回來，他在一片哭聲裡上岸，手裡握著那把帶血的尖刀走來，李美蓮和兩個兒子迎上來，他見到他們完好無損，長長出了一口氣，然後告訴他們，林祥福死了，為顧益民送槍枝贖金到劉村，被張一斧土匪用尖刀戳死，尖刀戳進林祥福的耳根，他拿起帶血的尖刀說：

「就是這把。」

悲傷接踵而至，李美蓮和兩個兒子先是震驚，後是痛哭，他們的哭聲匯入到齊家村的哭聲裡，在空中呼嘯而去。

陳永良在村裡走去時，看到回來的村民三三兩兩蹲在自家的廢墟瓦礫上，挖著、哭著、罵著，尋找還有什麼物件沒有被燒毀。有幾戶人家的地窖餘火未熄，藏在裡面的穀物還在燃燒，他們的手伸進煙火中，努力取出他們殘餘的穀物。

這裡曾經是萬畝蕩最為富庶的村莊，曾經是萬畝蕩棉布、牲畜、蠶絲和穀物的交易之所，曾經房屋連片，還有戲台和涼亭，如今屍橫遍野，滿目斷牆殘垣，處處灰燼廢墟。

然後他們給死去的村民掘墳安葬，死者太多，村裡的地不夠用，又有四十三具屍體在萬畝蕩水面上漂浮遠去，只能將死者集中葬在村東的空地裡，堆出兩百四十九個墳墓，有四十三個是空墳，墓園前立上石碑，正面刻著「貳佰肆拾玖人墓」，背面刻的是二百四十九個死者的名字。

陳永良站在墓碑前對村民們說：「既然苟且偷生不能，那就與張一斧土匪決一死戰。」

陳永良把尖刀綁在左手手臂上，從自家廢墟裡找出一把柴刀，陳耀武找出一把土匪扔下的長刀，陳耀文撿到一支長矛，村裡其他的人也從廢墟裡找出鳥槍和刀棍。村裡倖存下來的四十一個青壯男子，決定跟隨陳永良去報仇雪恨，他們鐵青著臉走出村莊。

齊家村報仇雪恨的隊伍走過鄰近的兩個村莊，沿途打聽土匪的行蹤。傍晚時他們聽說有一股土匪正在不遠處的錢村落腳過夜，陳永良讓大家在路邊坐下來，他說走了一整天了，大家好好休息，喝點水吃些乾糧，養精蓄銳準備殺匪。四十四個齊家村的村民散落在路的兩旁，他們手裡的鳥槍、長刀和長矛讓路上的行人見了害怕，以為是攔路搶劫的土匪，一個個遠遠躲避。陳永良向躲避的人喊叫，說他們不是土匪，是找土匪報仇的齊家村人。

張一斧土匪血洗齊家村很快傳遍附近村鎮，那些遠遠避開的人聽說是齊家村的人，紛紛走上前來，打聽土匪在齊家村的累累暴行，他們中的一些人還認識陳永良他們。於是落日西沉時的路上擠滿了人，齊家村報仇雪恨的男人本來沒有眼淚了，只有仇恨，因為別人的打聽，他們訴說時又是泣不成聲，聽者也是淚流而出，與齊家村的人一起哭泣。後來其他村莊被張一斧土匪殘殺了親人的也講述他們的悲慘遭遇。一個男人哭得渾身抽搐，斷斷續續講述他的女人被張一斧土匪一槍打死，他幼小的兒子被土匪拋向空中，掉下來身體穿在刺刀上，他兒子的手腳還在動彈。另一個男人已經沒有眼淚了，他說他的女人撲倒在兒子身上，因為兒子還有氣息，她用身體死死護住兒子，張一斧土匪用木棍亂打，把她的兩隻眼球打了出來，最後土匪用刺刀連他女人和兒子一起刺穿。一個女人講述她們村莊的悲慘情景，十多個男人被張一斧土匪趕進樹林，捆綁起來後扒掉他們的褲子，土匪用尖刀劃開他們的肛門，挑出裡面的腸子，繫在用手壓住的樹梢上，土匪一鬆手，腸子被樹枝的彈力拉出，一串一串掛在樹梢上，這十多個男人先是嚎叫後是嗚咽死去。他們說著這些淒慘事時嗚咽抽搐，齊家村的人開始為他們哭泣。天黑的時候他們之間已經不分你我，一些人哭著說不回家了，說要加入齊家村報仇雪恨隊伍，一起去殺張一斧土匪。

陳永良抹去傷心之淚，向人打聽錢村的情況。一個貨郎去過錢村，他告訴陳永良，錢村很小，不到二十戶人家，估計在那裡過夜的土匪不會多。陳永良了解錢村的情況後，讓大家出發。報仇雪恨的隊伍在月光裡向前走去，陳永良感到已不是剛出來時的四十四人，他站在路邊清點人數，一直數到六十八人，隊伍的突然壯大讓陳永良激動異常，他大聲說道：

「我們有六十八人，六十八條好漢。」

陳耀武在一旁提醒父親：「是六十九條好漢。爸，你忘了數自己。」

六十九個人在夜色裡向著錢村走去，他們七嘴八舌說個不停，各自打聽名字和經歷，他們像是趕集的人群，不像是殺匪的隊伍。

他們走近錢村，陳永良在山坡上借著月光看清下面的錢村，他伸手數了兩遍，只有十七戶人家，陳永良說：

「這是個窮村，沒有磚瓦房，十七戶都是茅屋，只要把茅屋圍住，土匪插翅難飛。」

陳永良話還沒有說完，有人舉起木棍大叫一聲：「衝啊，殺土匪啦。」

其他的人也跟著喊叫起來：「衝啊，殺土匪啦。」

六十八個人舉著長刀、舉著菜刀、舉著木棍、舉著鳥槍衝下山坡，在月光裡像是亂石滾下山坡。只剩下陳永良一個人在後面吼叫，陳永良要他們回來，說還沒有布置戰鬥任務。沒有人聽到陳永良的喊叫，他們耳邊灌滿了自己的喊叫聲，有幾個手裡拿著鳥槍的遠遠就向茅屋開槍，一時間喊叫聲、槍聲、刀棍碰撞聲響徹夜空。陳永良在後面喊破嗓子都無人回頭，他只好跟著衝下山坡。

在錢村過夜的土匪只有七人，他們分住在四戶人家，剛入睡就聽到山坡上喊聲震天，還有槍聲，土匪慌慌張張提著褲子提著槍走到屋外，看到月光透亮的山坡上黑壓壓的人群正在撲下來，「殺土匪」的喊叫聲也在撲下來，嚇得土匪往屋後竄，領頭的土匪對他們喊：

「別往那邊跑，那邊是山崖。」

土匪又竄回來，問領頭的：「哪邊有路？」

領頭的手指前面的山坡說：「路被他們占了，上屋頂吧。」

七個土匪手忙腳亂爬上屋頂。這時六十九個人衝了下來，他們齊聲喊叫，要土匪出來受死。錢村的村民驚慌失措走出屋子，以為這從天而降的隊伍也是土匪，他們哀聲求饒，說老爺們行行好，別燒他們的房子。陳永良使勁吼叫一陣，才讓殺匪隊伍安靜下來，他對錢村的村民說：

「各位鄉親，我們不是土匪，我們是殺土匪的齊家村人。」

陳永良剛說出齊家村，就有人在後面補充另外的村名，他們一口氣說出十來個村名。陳永良等他們說完，繼續說：

「我們是來找張一斧土匪報仇雪恨，請各位鄉親把土匪拉出來。」

錢村的村民聽說這是來找土匪報仇的齊家村人，放心了，他們互相議論，說到土匪血洗齊家村的事，有一個人對陳永良他們說：

「土匪不在屋子裡，都在屋頂上趴著，一共有七個。」

聽說土匪都在屋頂上趴著，他們伸長脖子踮起腳尖，往屋頂上看，看見有三間茅屋的屋頂上趴著人，就衝著屋頂上的土匪喊叫：

「快快下來，不然我們一把火燒死你們。」

錢村的村民聽說要燒房子，連聲說：「千萬別燒我們的房子。」

陳永良說：「我們不會燒房子，我們嚇唬嚇唬土匪。」

六十九個人裡面有人也要爬到屋頂上去，說上去把土匪揪下來。錢村的村民對他們說：

「不用上去，他們自己會掉下來的。屋頂鋪的是稻草，椽子是葵花稈，他們不動還好，打個噴嚏椽子就會斷。」

話音剛落，就聽到一片咔嚓的響聲，三個屋頂全塌了下來，七個土匪跌到地上，哎唷叫起來。六十多個人推推搡搡一擁而上，把土匪一個一個揪了過來，有人揮起長刀就要砍土匪，陳永良制止他們：

「不要在錢村殺人，不要弄髒錢村，把土匪捆綁，拉回齊家村去殺，去祭奠二百四十九個冤魂。」

這時有土匪說：「我們不是張一斧的人馬，我們與你們齊家村無冤無仇，你們報仇該找張一斧去。」

陳永良問他們：「你們不是張一斧的人馬，你們又是哪股人馬？」

那個土匪回答：「我們是『和尚』的人。」

陳耀武一聽是「和尚」的人，立刻問：「『和尚』在哪裡？」

站在陳耀武身後的一個土匪說：「我就是。」

陳耀武回頭仔細看了看，果然是「和尚」，他對陳永良連聲大叫：「爸，他是『和尚』，他真是『和尚』，他是土匪裡的好人，他救過我的命。」

陳耀武給「和尚」解了繩子，他對「和尚」說：「你還記得我嗎？我是溪鎮的陳耀武，你割過我的耳朵，你救過我的命。」

陳耀武滔滔不絕說著，旁邊的人越聽越糊塗，心想他在說些什麼呀，割過耳朵又救過命。「和尚」認出來他是誰了，「和尚」說：

「是你啊，你是在我家住過的陳耀武，你在船上差點被張一斧砍死，你長這麼高了。」

陳耀武對陳永良他們說起「和尚」的母親，如何給他繫上紅繩，如何給他煮了雞蛋烙了餅，讓他路上吃。陳耀武與「和尚」久別重逢，另外六個土匪鬆了口氣，他們對陳永良說：

「真是大水沖了龍王廟，快給我們鬆綁，都是一家人。」

這天晚上，「和尚」的七個人和陳永良的六十九個人合到一起，在錢村過夜。他們圍坐在一起商議今後的出路，「和尚」告訴陳永良，他們七個弟兄看不慣張一斧的殘暴，攻打溪鎮前就與張一斧分道揚鑣了。

「和尚」說：「身處這亂世若想種田過日子，必遭土匪劫殺；若做上土匪，不搶劫又活不下去。」

陳永良說：「亂世做土匪也沒什麼丟人的，不過做土匪也要有好心腸。」

「和尚」對陳永良說：「現在人數多於張一斧，可是憑幾枝鳥槍和一堆長刀長矛去敵張一斧土匪，那是以卵擊石。」

陳永良問「和尚」：「你有何主意？」

「和尚」說：「張一斧在萬畝蕩活動，占據水上便利，我們先避其鋒芒，去五泉一帶，那裡的山脈是最好的藏身之處，時機成熟後再戰張一斧。」

陳永良沉思良久後點點頭，對大家說：「『和尚』說得對，先留著張一斧的狗命，此仇不是不報，只是時機未到。」

此後的一個月，陳永良的隊伍壯大到一百來號人。可是一百來號人只有二十枝槍，其中十一枝還是鳥槍，就在陳永良與「和尚」愁於缺少槍枝彈藥時，顧益民的一個僕人突然來到，他對陳永良說，已在路上走了四日，沿途打聽齊家村報仇雪恨隊伍的去向，終於找到這裡。

他從胸口取出一封信遞給陳永良：「這是老爺的信。」

陳永良接過信，問僕人：「老爺傷勢如何？」

僕人說：「老爺傷勢已無大礙，只是還不能下床。」

僕人說他馬上就要返回，老爺在等著他的音信。陳永良叫來陳耀武，讓他帶上幾個人把顧益民的僕人送出山口送上大路。

陳永良拿起顧益民的信，信很厚，信封上沒有顧益民的筆跡，陳永良小心拆開封口，裡面沒有顧益民的書信，只有十張銀票，每張一千。陳永良為之動容，他把十張銀票遞給「和尚」，「和尚」數了數銀票後興奮說道：

「說到槍枝彈藥，槍枝彈藥就到了。」

陳永良問「和尚」：「如何才能購到槍枝彈藥？」

「和尚」告訴陳永良，駐紮在沈店的官軍，扛著槍枝抬著彈藥出城剿匪，與土匪遭遇後，官軍丟下槍彈，撿起土匪扔下的光洋就跑，土匪則是丟下光洋，撿起官軍扔下的槍彈就跑。

「和尚」說：「我去與沈店的官軍交易。」

七十

顧益民胸前背後的傷痕開始腐爛，流出的膿血黏住了床單，顧益民翻身時床單也翻了過去，僕人小心翼翼剝下床單像在剝下一層皮，顧益民呻吟不止。幾個中醫都說，腐肉不去，新肉難生，須用毒性大和腐蝕性強的升藥。於是從藥鋪裡取來升藥，那是由水銀、火硝和明礬等昇華而成，又配上煅石膏研成細末，敷遍顧益民全身。升藥的毒性讓顧益民已經腐爛的上身完全爛透，中醫從他身上刮下不少腐肉，每天都有一碗腐肉從顧益民的臥房端出來，他的妻妾哀聲不斷，她們覺得顧益民身上沒有什麼肉了。升藥去除腐肉之後，中醫使用辛溫無毒消炎抗菌的大蒜，將大蒜搗爛後外敷在顧益民身上。

痛不欲生之後，顧益民的呻吟停止了，神志也恢復清醒，可以與人說話，只是聲音虛弱輕微。聽到顧益民脫離危險，能夠躺在床上會客，溪鎮有身分的人前來探視。

清醒過來的顧益民聞到陣陣惡臭，那時候漂浮在溪鎮碼頭的四十三具屍體被河魚爭食後，剩下的白骨正在下沉。顧益民詢問來客這是什麼氣味。然後他知道陳永良救出他以後，張一斧殘暴血洗齊家村，陳永良組成一支隊伍去找張一斧土匪報仇雪恨。有一個來客將他聽聞的張一斧屠村時的種種暴行說了出來，顧益民還未聽完就暈厥過去，引發一陣驚嚇和恐慌，此後沒人再敢說起陳永良，也不會有人向他提起林祥福的死去。

顧益民從暈厥中醒過來，睜眼看著房頂，從剛才前來探視的客人那裡，顧益民得知張一斧將他綁票去的地方是齊家村，他想起來當初陳永良一家離開溪鎮就是去了齊家村。他在齊家村遭受土匪折磨的記憶在腦海裡片斷出現，他在昏迷中曾經聽到一個女人的聲音，他當時不知道是誰的聲音，現在知道了，那是李美蓮的聲音在呼喚他，然後他在搖晃的小船上認出了陳永良，陳永良將他救出送回到溪鎮。

顧益民想到齊家村兩百多村民被屠殺，他雙手捏成了拳頭，想到陳永良建起報仇雪恨的隊伍，他的拳頭慢慢鬆開。顧益民心裡想，陳永良要去與張一斧決一死戰，必須人多勢眾，這勢眾裡不能少了槍枝彈藥。

顧益民叫來帳房先生，讓他取出一萬銀票裝入信封，又叫來一個僕人，讓他把信交給陳永良，僕人看見信封是空白的，小心翼翼問顧益民：

「老爺，去哪裡找到陳永良？」

顧益民疲憊地回答：「去江湖上找。」

七十一

「和尚」用顧益民給的銀票換了銀元，又用銀元與駐守沈店的官軍換來槍枝彈藥，還招募來一些散落的北洋軍殘兵。

張一斧也在擴張勢力，脫離的豹子李和水上漂等幾股土匪重歸他麾下。陳永良在山裡搭建戲台，請來戲班子唱戲，以此招兵買馬；張一斧在萬畝蕩開設賭局，招待前來投靠的小股土匪。

「和尚」帶領招募來的北洋軍殘兵訓練這些村民，於是跑步、跳躍和臥倒的叫聲不停，子彈與梭鏢擊中靶子後的叫好聲不斷。有些村民常年在山裡打兔子，槍法本來就好；有些村民喜好站在船頭用梭鏢打魚，梭鏢自然扔得準。

然後陳永良隊伍與張一斧土匪在溪鎮附近的汪莊遭遇，兩邊三百多人激戰兩天，殺得天昏地暗。汪莊火光四起，硝煙瀰漫，長槍、短槍和土炮響聲震天，刀斧、長矛和梭鏢短兵相接。汪莊的人和附近村莊的人紛紛棄家離舍，扶老攜幼向著沈店或者溪鎮方向逃去。

激戰前一天，「和尚」告訴陳永良，四年前豹子李和水上漂叫上他，與張一斧在劉村打過一仗，他們打不過張一斧，就暫時歸順了張一斧。當時豹子李和水上漂的人加起來有三十七個，他手下只有三個弟兄，張一斧手下的人有四十三個，他和三個弟兄，還有水上漂手下五個人，埋伏在劉村的村口，那一仗他失去了兩個弟兄，一個埋伏在屋頂上開槍被張一斧看見，張一斧抬手一槍就打死了他，他的血順著屋簷往下滴；另一個埋伏在樹上，他開槍後就被張一斧的人發現，也被打死，屍體就掛在樹枝上；活下來的一個埋伏在一戶人家的窗口，眼看張一斧的人擋不住，他躲進了這戶人家空著的棺材裡，沒被張一斧的人發現，才保住了性命。他自己是邊打邊退，退到了豹子李那裡。那一仗是混戰，兩邊的人馬打散了，東一個西一個，都不知道自己的人在哪裡。

「和尚」說明天這一仗也將是混戰，他請陳永良下令，所有人左臂上綁上白布條，這樣打散了仍然能夠分辨敵我。

陳永良點點頭說：「你來下令。」

「和尚」說：「你是首領。」

陳永良看著「和尚」沒有說話，「和尚」又說到張一斧，他說張一斧生性殘暴，殺人就跟殺雞一樣，待人苛刻，豹子李和水上漂這些股土匪都是他得勢時前去投靠，他失勢時就離去，長年跟隨他的雖是亡命之徒，對他也未必忠心。張一斧精於槍術，但他喜用利斧，劈下對手腦袋和肩膀，以氣勢震懾人，因此與張一斧正面交鋒，一定不要畏懼，稍有畏懼，利斧就劈來了。張一斧眼疾手快，若要幹掉他，必須出手更快。

「和尚」請陳永良出發前將這些告知大家，陳永良說：

「你了解張一斧，你來說。」

「和尚」再次對陳永良說：「你是首領。」

陳永良沉思片刻後，對「和尚」說：「雖然我們相識不久，卻已有兄弟情誼，明日惡戰，不知生死，今日何不結拜為兄弟？」

「和尚」聽後笑了，他說：「你和土匪結拜，就得按土匪規矩來。」

陳永良問：「什麼規矩？」

「和尚」說：「土匪結拜發誓要對著槍口。」

「和尚」取下身上的盒子槍放到桌子上，陳永良也把盒子槍放到桌子上，兩枝槍並排放在一起，槍口對著他們兩人。兩人跪下後對著槍口叩頭，「和尚」先說，陳永良跟著說：

「從今往後，我們兩個是手足兄弟，有福同享，有難同當，不能同生，情願同死，誰有異心，槍來裁決。」

七十二

陳永良目睹了他的結拜兄弟「和尚」與張一斧的慘烈對決。那時兩邊的子彈都已用盡，刀斧、長矛和梭鏢擊打到一起。張一斧揮斧砍人，氣勢嚇人，連砍三人後，看見「和尚」就在他前面二十來步處，他大喊一聲：

「『和尚』，我送你去陰間。」

「和尚」扭頭看見張一斧手舉利斧奔來，知道自己沒有退路，只有與張一斧拚死一搏才有勝算，他毫不遲疑揮刀迎上，斧和刀都對準對方的脖子而去，似乎要同歸於盡，眼見利斧劈來，「和尚」毫不躲閃，張一斧見到長刀砍來，身子下沉腦袋後仰躲閃一下。張一斧的利斧沒有砍下「和尚」的腦袋，砍下了「和尚」的左臂，「和尚」的長刀也沒有砍下張一斧的腦袋，從張一斧雙眼劃過，劃破張一斧的兩隻眼球。

陳永良聽到了「和尚」的長刀劃斷張一斧鼻梁骨時的清脆聲響，在如此嘈雜的刀斧長矛梭鏢撞擊聲和廝殺叫喊聲裡，陳永良竟然聽到這個細微之聲。

張一斧滿臉鮮血倒地，雙手捂住眼睛哇哇大叫。被砍下了左臂的「和尚」仍然站立，他右手長刀撐地，不讓自己倒下，他對著自己熟悉的豹子李和水上漂他們說道：

「張一斧快死啦，你們各奔前程吧。」

這個平日裡從不喊叫，說話聲音也不大的「和尚」，這一刻依然聲音溫和，而且誠懇，他斷臂了仍然站立，鮮血從他斷臂處往下滴落，豹子李和水上漂這些土匪見了驚駭不已。

看著張一斧臉上鮮血直流，在地上打滾呻吟叫喊，豹子李和水上漂帶著自己的人馬離去，其他幾股土匪也帶著自己的人馬走了，張一斧手下的土匪一看大勢已去，趕緊抬起張一斧撤退。

「和尚」倒下了，他失血過多而死。臨死前他看著跪在身前的陳永良，陳永良在大聲喊叫，他一點也聽不見，他想說些什麼，張了張嘴，沒有聲音，然後他的眼睛黑暗下來。

陳永良對著這個結拜只有三天的兄弟嚎啕大哭，這是從林祥福慘死到齊家村二百四十九人慘死疊加起來的悲痛，他在慘烈死去的「和尚」這裡全部哭了出來。陳耀武無聲流淚，他此後的人生裡沒有「和尚」了，其他人被這悲痛的氣氛所籠罩，無聲地站在那裡。

陳永良隊伍用門板抬上「和尚」和其他死者，還有重傷者，返回了五泉。陳永良讓人去附近村莊找來幾個木匠，自己也動手，做了五十八具棺材，十一個戰死的北洋軍殘兵埋在五泉，「和尚」手下六個人死了三個，也埋在五泉。其他戰死者由各村來的人抬回去，「和尚」與齊家村的戰死者被抬回齊家村。陳永良將餘下的光洋分發給他們，槍枝也讓他們各自帶走，隊伍就地解散。

然後陳永良叫上陳耀武陳耀文和「和尚」的三個手下，讓這三個手下帶路，他們走山路來到一個小村莊。路上陳永良問那三個人，「和尚」叫什麼名字，那三個人都不知道，陳耀武知道，他告訴父親，「和尚」叫小山。

他們來到「和尚」母親的屋門前，陳永良伸手敲門，裡面傳來一個老太太的聲音，門打開後，陳永良對老太太說：

「媽，我是小山的結拜兄弟，我叫陳永良，我們接你去齊家村住。」

老太太看看陳永良，看看陳耀武和陳耀文，看看「和尚」的三個手下，她認識其中的兩個，她知道兒子死了，她知道這個遲早要來，現在來了。兒子對她說過，他死後若是有人來接走她，就是他在江湖上有手足兄弟；若是沒有人來接走她，就是他在江湖上沒有手足兄弟。

老太太心想，兒子在江湖上有手足兄弟。她對他們點點頭，讓他們進屋，她說收拾好衣物就跟他們走。老太太進裡屋收拾衣物時，在外屋的陳永良他們聽到她的哭聲，時斷時續。陳永良心裡想著該對她說些什麼話，可是她挽著包袱出來後，已經擦乾了眼淚。

他們走出屋門走上山路時，陳耀武把老太太手上的包袱拿過來遞給陳耀文，對老太太說：

「奶奶，我揹你。」

老太太還沒有反應過來，已經在陳耀武的背上了。陳耀武揹著老太太走去，他邊走邊問她：

「奶奶，你還記得我嗎？」

老太太問：「你是誰呀？」

陳耀武說：「你好好想想。」

老太太看見陳耀武少了一隻耳朵，留下一個耳洞，她伸手摸到陳耀武的耳洞上，哭了起來，她說：

「你是溪鎮的陳耀武，你長這麼大了。」

老太太嗚嗚地哭著，失去兒子的悲傷被陳耀武失去的耳朵激發出來，她無法再強忍下去，她的哭聲雖然小心翼翼，卻像走去的山路那樣漫長。

陳永良他們一路上沒有說話，聆聽老太太的嗚咽哭聲，他們低頭走著，走出山路走到萬畝蕩的水邊，老太太的哭聲終止了。他們坐上船，老太太和陳耀武開始說話，陳耀武說的是當年老太太給他繫上紅繩，他離開時又給他煎了兩張餅煮了兩個雞蛋。老太太說的是當年她做飯炒菜時，陳耀武坐在灶前燒火，她對陳永良說，這孩子吹火時，火焰吹得高高躥起。

陳永良在齊家村建立了自己的武裝，挖壕修堡，在村口打夯壘牆，牆上留出二十個槍眼。他還幫助鄰村建立武裝，聯合五個村莊，成立村聯會，一旦土匪來犯，一個村莊回擊，四個村莊增援包抄打擊，幾股來犯的土匪傷亡慘重，此後很長時間裡沒有土匪再來。

七十三

汪莊激戰之後，張一斧沒有死，眼睛瞎了脾氣更加暴躁，他手下的幾個亡命之徒起初還忍著，後來不忍了，他們說張一斧毫無用處，是個累贅，還是個罵罵咧咧的累贅，找個地方扔掉他算了。他們坐下來商議把他扔到何處，把他扔在荒山野林，他必然餓死，念在過去的交情上，還是把他扔在沈店的碼頭，那裡人來人往，他可以做叫花子討幾口飯吃，不至於餓死。

張一斧正吃晚飯，冷不防被他們用繩子捆綁，張一斧掙扎不過破口大罵，他們拿一塊破布塞進他嘴裡，張一斧只能用鼻孔使勁出氣來罵他們了。他們把張一斧抬到一條船上，划船來到沈店，在夜色裡把張一斧從船裡抬出來扔在碼頭上，又在他身旁扔下一個包袱，說包袱裡有一身冬天穿的棉服，還有一把盒子槍和二十發子彈，說他仇人多，子彈省著點用，然後抽出他嘴裡的破布，張一斧嚎叫起來：

「老子先用子彈崩了你們這幾個狼心狗肺的。」

他們嘻嘻笑著說：「你留著點力氣喊救命吧，求人給你鬆綁。」

張一斧再次嚎叫：「老子死也不會喊救命。」

他們說：「那你死吧。」

張一斧罵罵咧咧聽著他們上船和划船而去的聲音，他不知道在什麼地方，感覺坐在石板上，旁邊有水聲，他心想這裡是碼頭，四周寂靜無聲，應該是夜深時刻，過了很久，他聽到更夫敲更而來的聲音，他喊叫起來：

「救命，救命……」

此後的張一斧沒有做叫花子，他給自己取名半仙張，做起了算命先生，這是他做土匪前的行當。

他在碼頭附近一條熱鬧的街道上靠牆而坐，面前一張桌子，兩條桌腿綁了兩根竹竿，竹竿之間繫著一條橫幅「半仙張開口」，桌上鋪了一塊有八卦圖案的白布，桌子的抽屜被他抽出放在腳邊，上了膛的盒子槍放進抽出抽屜的空格裡。他左邊是剃頭的，右邊是修鞋的。他在碼頭這一帶很快有了名聲，他們說這個瞎子有能耐，你告訴他生辰八字，你以前的和以後的他都能算出來。

這天中午，陳永良乘坐竹篷小舟來到沈店，他跳上碼頭後沒有離去，而是在碼頭一帶四處查看。張一斧成了瞎子後被他的幾個手下拋棄在沈店的碼頭，這個消息在土匪裡一傳十、十傳百，在來犯齊家村被捕獲的兩個土匪那裡，陳永良得知了這個消息，於是陳永良來了。

陳永良走上碼頭附近這條熱鬧街道時，聽到一個算命先生的叫聲：

「先天何處，後天何處，要知來處，便知去處。」

陳永良循聲過去，在剃頭匠和修鞋匠之間，看見了張一斧，雖然他鬍子拉碴長髮披肩，陳永良仍然一眼認出了他。陳永良在那裡稍站一會兒，張一斧感覺面前有人，他的左手從桌子下面舉起來，指指前面的凳子說：

「這位請坐。」

陳永良在凳子上坐下來，隨意說出一個生辰八字，張一斧唸唸有詞時，陳永良仔細看起張一斧，他抬起空洞的雙眼，眼球在裡面萎縮了，兩眼之間的鼻梁上有一道隆起的刀疤，兩邊眼角也有疤痕。

張一斧說：「你八字中的五行個數，一個金，零個木，四個水，一個火，兩個土，五行缺木，你出生兩歲又八月始起大運，每十年進入下一步運，你兄弟多，五六個起……」

陳永良說：「沒有兄弟，我是獨子。」

張一斧左手舉起來拍了一下桌子說：「子午卯酉弟兄多，辰戌醜未獨一個。」

陳永良說：「我確是獨子。」

張一斧的左手又拍了一下桌子說：「你一定是時辰報錯，不是子時出生，應是丑時出生。」

陳永良說：「我是子時與丑時之間出生，或許是丑時出生。」

張一斧的左手指了指陳永良：「差之毫釐，謬以千里。」

陳永良問他：「丑時出生，我五行還缺木嗎？」

張一斧的左手放到桌子下面，唸唸有詞一會兒，然後說：「一個金，零個木，三個水，一個火，三個土，還是缺木。」

陳永良看著張一斧的左手不時從桌子下面舉起來，右手一直沒動，他看見抽出來的抽屜放在張一斧的右腳旁，知道有一把盒子槍對準自己。

張一斧滔滔不絕說了起來，從陳永良小時候說起，每當張一斧停頓一下試探陳永良反應時，陳永良立即點頭稱是，張一斧眉飛色舞了，他的左手上下揮動，右手在桌子下面一動不動。陳永良想起「和尚」說過的話，張一斧手快，若要幹掉他，必須出手更快。張一斧說完陳永良的過去，開始說陳永良的將來，說到將來就可以信口開河了，張一斧描繪了陳永良飛黃騰達的前景，也給予他忠告，要他凡事謹言慎行，因為言者無心聽者有意，要他特別留意與他人關係，以免因財失義。

陳永良看著張一斧的臉，記憶來到那個夜晚的城隍閣，死去的林祥福躺在一張長桌上。他仔細回憶後確認，尖刀是從林祥福左側耳根拔出來的。

張一斧的聲音終止了，他的左手回到桌子下面，沒有目光的眼睛看著陳永良。陳永良摸出一塊銀元放在桌子上，張一斧聽著桌子上的倒下聲響，知道不是銅錢是銀元，喜出望外說了一聲：

「是光洋。」

他的兩隻手都從桌子下面上來了，右手拿起銀元，放到嘴邊咬了起來。陳永良悄然起身，從袖管裡抽出那把從林祥福耳根處拔出的尖刀，繞過桌子，湊到張一斧左側耳邊，低聲說：

「尖刀還給你。」

張一斧一驚，銀元掉到地上，他右手拿到盒子槍時，尖刀已經從他左側耳根戳了進去，他條件反射地扣動扳機，「呯」的一聲槍響，子彈從桌子下面射出，擊中街對面的牆壁。兩邊的剃頭匠和修鞋匠驚恐地轉過頭來，他們原本坐著的顧客像是被彈簧彈了起來，瞪大眼睛朝這裡張望。

陳永良左手抓住張一斧的頭髮，右手手掌發力一拍，尖刀的刀柄從張一斧的左耳根進去了一半，陳永良感覺到有一聲類似刺在石頭上的聲響，知道尖刀刺到張一斧的頭蓋骨了。

陳永良將張一斧的身體推到牆上靠住，然後轉過身來，他手上和衣服上流淌著張一斧的血，迎著小心圍攏過來的人群走去，神態從容地從他們中間穿過去，走到了碼頭，跳上等待他的竹篷小舟，在寬闊的水面上遠去。

七十四

三個月後，顧益民可以下床了，在僕人的攙扶下走到後花園，他的妻妾看見本來清瘦的顧益民骨瘦如柴了。顧益民想起林祥福，自己臥床不起的這些日子，不少人前來探視，唯獨不見林祥福，他問道：

「為何不見林祥福？」

這時僕人才告訴顧益民，林祥福送槍枝贖金去劉村時被張一斧土匪殘忍殺害。顧益民坐在冬天的陽光裡，目不轉睛看著說話的僕人，僕人說林祥福行前給老爺留下一封書信，讓一個名叫翠萍的女人送來的。顧益民右手往前伸了一下，僕人知道他是要看書信，急忙跑回書房取來書信，顧益民雙手顫抖拆開書信，看完林祥福關於顧同年和林百家婚事的最後囑託，他微微點了點頭，接著想到顧同年偷了銀票不知跑去了哪裡，又搖了搖頭。

顧益民聲音虛弱地問僕人，林祥福的遺體如何處置的？僕人說，林老爺的遺體在城隍閣安放了三天，道士做了三天的法事，此後商會的幾位老爺不知如何處置，讓人抬回他家中安放，等候顧老爺的決定。顧益民沉默半晌，詢問林祥福的遺體是否安好。僕人說，商會的幾位老爺還是擔心林老爺的遺體腐爛，請來兩位蠟匠，用蜂蠟將林老爺的遺體封存了起來。

顧益民坐上四抬轎子來到林祥福家中。溪鎮的居民看見顧益民的轎子出來，他們跟隨轎子，互相說著顧會長顧團領康復了。顧益民從轎子裡出來時虛弱的模樣讓他們不敢相認，昔日威風凜凜的顧益民此刻瘦得沒有了人樣，他駝背拄著拐杖，在僕人攙扶下小心翼翼走進林祥福家，走向安放林祥福遺體的房間，來到老友跟前，他拄著拐杖站在那裡淚流不止，他擦眼淚時將頭埋進袖管渾身哆嗦。僕人搬來一把椅子，說老爺請坐。

顧益民坐下去時栽倒了，僕人失聲驚叫，看見顧益民口吐白沫倒臥在地，趕緊讓身旁的兩個人幫著把顧益民抬進轎子。四抬轎子向著顧家宅院奔跑而去，僕人驚慌地喊叫幾個中醫的名字，讓街上的人趕緊去把中醫叫來，他們說顧老爺口吐白沫，顧老爺昏過去了。

傍晚的時候，顧益民甦醒過來，他看見幾個中醫站在他床前。中醫說怒傷肝、喜傷心、思傷脾、悲傷肺、恐傷腎，說顧益民昏迷的症狀是悲傷肺，情志過極讓肺氣鬱滯，津液不能輸送，凝結成痰，痰氣互結。中醫用猴棗、麝香、礞石、天竹黃和月石配製的散劑讓顧益民化痰解鬱。

第二天上午，顧益民讓僕人去碼頭那邊將翠萍請來。顧益民吃力地坐在書房裡，翠萍站在他對面，顧益民請她坐下，她搖搖頭沒有坐下。顧益民詳細詢問林祥福給他書信一事，翠萍沒有正視顧益民，始終低頭輕聲說話，她告訴顧益民，林祥福還有一封書信是給北方老家一位名叫田大的人。她已經寄出，是在林祥福遺體從城隍閣抬回家中那天寄出的。顧益民沉吟片刻後點了點頭，心裡想寄回老家的書信應該是林祥福的遺言。

翠萍走後，顧益民思前想後，猶豫是否該給林百家一封書信，請她見信後即刻回來溪鎮。顧同年至今杳無音信，兩人的婚事只能日後再說。

顧益民猶豫之後，覺得還是應該讓林百家回來，見上父親最後一面，此後如何再從長計議。可是他提起筆來又猶豫了，想到看見的林祥福遺體，已被蜂蠟封存，不像是林祥福，像是一個假人。又想到眼下土匪橫行，若是路途上遭遇土匪，必然凶多吉少，即使順利接回到自己身邊，在溪鎮也不安全，顧益民覺得林百家還是暫時不回來溪鎮為好，在上海中西女塾畢竟安全。

想到林百家與顧同思顧同念同住一室，三人姊妹情深，顧益民心裡感到些許安慰，思忖再三後，覺得還是要寫信，應該把林祥福已死告訴林百家，只是時局動盪，路上與溪鎮都不安全，囑咐林百家在中西女塾繼續學業。

顧益民寫完信，叫進來一個僕人，把信交給他，讓他明天出發，去上海的中西女塾交給林百家。僕人出去後，顧益民想到林百家讀信後的悲傷情景，心裡突然發慌，心跳開始加速，接著想到顧同思和顧同念會去分擔林百家的悲傷，顧益民稍稍安心了一些。

七十五

顧益民的僕人懷揣書信出發前往上海，這個僕人走出城門時，見到四個衣衫襤褸的北方男人和一輛破舊不堪的板車迎面而來，板車上還躺著一個人。這四個北方男人停住腳，抬頭看著城門上兩個石刻的大字，互相說著什麼，見到顧益民的僕人走來，向他打聽上面石刻的兩個大字是不是溪鎮，顧益民的僕人點頭說就是溪鎮，他們覺得顧益民僕人的發音與他們的發音不同，但是看見僕人點頭了，知道這裡就是溪鎮，他們欣慰地說：

「到了，到了。」

他們和板車進入溪鎮，有人好奇地看著他們過來，上前詢問，這四個北方男人木訥地看著溪鎮的人，聽不懂溪鎮人快速的話語。說了不少話以後，四個北方男人才明白是在問他們從哪裡來，他們說出一個溪鎮人不知道的地名，有人問那是什麼地方，他們互相看看後還是說出那個地名。有人繼續問他們，是不是在長江北邊？問了幾遍他們才聽懂，搖頭說是在黃河北邊，溪鎮的人差不多知道他們是從哪裡來的。

這時有人指指板車裡一動不動躺著的人，問他得了什麼病。這話他們馬上聽懂了，他們說：

「死啦。」

他們中間的一個指指板車裡的死者，對溪鎮的人說，他是我們大哥，他在路上病死的。

溪鎮的人驚訝地看著他們，說路途這麼遙遠，你們到溪鎮來做什麼？他們臉上出現謙恭的神情，他們說：

「接我們少爺回家。」

溪鎮的人奇怪了，說你們拉著一個死人來接少爺回家，你們少爺是誰？他們這時想起來還不知道林祥福家住哪裡，問道：

「我們少爺家住哪裡？」

溪鎮的人再問：「你們少爺是誰？」

他們說：「林祥福。」

知道是北方老家的人來接林祥福回去，溪鎮見到他們的人唏噓不已，有人對他們說：

「你們少爺死了。」

這四個北方男人互相看來看去，好像都沒有聽懂這句話，溪鎮的人七嘴八舌告訴他們，林祥福是怎麼去送贖金，怎麼被土匪殺害的。他們聽懂了，四個男人裡的三個流淚了，年長的田二沒有流淚，他不相信林祥福死了，從胸口摸出林祥福的信，拿給溪鎮的人看，說這是少爺的親筆信，少爺想回家了，要我們來接他回去，他說：

「少爺要是死了，不會寫信的。」

溪鎮的人告訴田二，林祥福寫信的時候還沒死，他們收到信的時候已經死了。田二仍然不相信，搖著頭跟隨溪鎮的人來到林祥福家中，看見林祥福被蜂蠟封存的遺體，田二覺得他不像是他們家少爺，他讓三個弟弟看看，田三和田五也覺得不像，只有田四說這是他們家少爺，田四說少爺臉上有一層蠟，湊近了才能認出來。田二湊上去看了一會兒，認出來了，他慟哭了，一邊哭一邊說：

「我們天天盼您回家，終於盼來您的信，我們那個高興啊，大哥已經病倒了，我們勸他別來，他非要來，說少爺終於要回家了，他一定要來接您，我們就請人做了一輛板車，拉著他來接您回家，大哥死在半路上，他病重，我們找了一個中醫，中醫給了八服藥，我們沿途找好心人家煎藥，藥沒吃完大哥就死了。」

顧益民聽說林祥福老家來了五個人要接他回去，其中一個躺在板車裡已經死了。他坐上四抬轎子來到林祥福家門口，他被人攙扶著走過去，經過那輛破舊板車，看了看躺在裡面的田大，搖頭嘆息一聲。

顧益民走進去時，田二仍在哭訴，另外三個抹著眼淚。有人提醒他們，顧會長顧老爺來了，他們止住哭聲，給這位虛弱不堪的老爺行禮。

顧益民請他們坐下，他們抹了抹眼淚後沒有坐在旁人端過來的椅子裡，而是四個人擠坐在一條長凳上。顧益民和善地看著他們，詢問他們什麼時候動身的，路上是否順利。他們說收到少爺的信就動身了，路上還算順利，就是大哥的病耽誤了一些時候。他們又說到中醫和八服藥，藥沒吃完大哥就死了。說到這裡他們忍不住又哭了起來，他們說：

「我們勸他別來，他非要來。」

隨後田二問顧益民：「少爺什麼時候走的？我們收到信的時候他還好好的。」

顧益民問書信呢，田二從胸前的口袋裡摸出林祥福的書信遞過去，顧益民展開書信，信裡只有簡單的兩句話，第一句說他想回家了，第二句讓他們來接他回去。顧益民看到最後還有一句話被墨汁抹黑了，他把信舉起來，借著窗外的光亮，隱約看見「葉落該歸根，人故當還鄉」，顧益民眼睛濕潤了，他知道林祥福帶著槍枝去土匪那裡贖他之前，已經做好了所有的準備。他低頭擦了擦眼睛，對田氏四兄弟說：

「你們收到書信之前，他已經走了。」

田氏四兄弟再次嗚嗚哭了起來，哭了一會兒，田二想起了什麼，環顧四周後問顧益民：

「小姐在哪裡？」

顧益民說：「小姐在上海，她在上海念書。」

田二又問：「小姐好嗎？」

顧益民點點頭說：「還好。」

然後田氏四兄弟說明天就送林祥福還鄉，顧益民想了想，覺得遺體不好保存，路途又是遙遠，趁著仍是冬天盡早出發，他對田氏四兄弟說：

「兩天後動身吧。」

田二點點頭，從胸口摸出了地契和房契，還有一張銀票，遞給顧益民，說這是少爺的財產，原來抵押出去的田地，根據少爺的指示已經贖回，十多年前大哥就贖回來了，他們本來是要當面交給少爺的，少爺走了，只好請顧老爺轉交給小姐。

顧益民接過地契和房契，還有銀票，仔細看了一會兒，他舉起銀票問田二：

「這銀票是？」

田二說：「這是十多年來田地裡的收成。」

顧益民把銀票、地契和房契還給田二，他說：

「這些仍由你們保管，將來小姐回去祭掃之時，你們親自交給她。」

顧益民當天請來兩位蠟匠，用蜂蠟將田大的遺體也封存起來。又請來兩位裁縫，給田氏四兄弟各做一身新棉衣，還叫來三個原來木器社的工人，讓他們把那輛破舊板車好好加固。然後顧益民步履蹣跚走進滿是灰塵和蜘蛛網的木器社倉庫，看見三具沒有售出的棺材，吩咐手下抬出兩具擦拭乾淨後放入板車，板車窄了一些，兩具棺材並排放不進去。顧益民就讓三個工人趕製出一具與板車寬度相符的雙人棺材，兩天後又來查看，對連夜趕製出來的雙人棺材十分滿意，考慮到路上顛簸，顧益民讓工人把棺材固定在板車上。

這些完成後，田四恭敬地詢問顧益民：「是否能在板車上支起一個擋雨的篷子？」

田三埋怨田四，不該再有要求，他說：「顧會長已是十分周到。」

田四說：「雨水落在棺材上，子孫會遭遇貧寒的。」

田五說：「大哥死在半路上，一路過來雨淋了幾次。」

田四說：「大哥是沒辦法，少爺不能被雨淋。俗話說雨打棺材蓋，子孫沒有被子蓋。」

田二說話了，他責備田四：「小姐已是顧會長家的人，小姐怎麼會沒有被子蓋。」

顧益民看著田氏兄弟間的爭執，微微一笑，他聲音虛弱地對工人說：

「給板車支上一個遮日擋雨的竹篷。」

離去的這天清晨，田氏兄弟身穿新棉衣，小心翼翼把林祥福抬進板車的棺材裡，死去的田大換上新衣裳已經躺在裡面，他在棺材裡迎候林祥福。四兄弟一起把顧益民昨天讓人送來的一塊白布蓋在他們兩個身上，然後合上棺材板。

田氏兄弟拉著棺材板車走在溪鎮清晨的街上，這輛來時嘎吱作響的破舊板車，經過三個工人兩天的整舊加固，看上去煥然一新，板車拉過去時沒有嘎吱響聲了，只有車輪的滾動聲。溪鎮的居民聽到車輪的聲響，一個個屋門隨之打開，他們站立在自家門前，小聲說著林祥福要回去北方老家了。溪鎮的習俗是只有親屬可以靠近棺材，外人見了棺材應該避讓，以免日後遭遇凶厄。

田氏兄弟走近北門時，看到顧益民拄著拐杖站在城門那裡，日出的光芒照亮了他低頭躬背弱不禁風的樣子，他身後是轎子和四個轎夫，身旁站著一個僕人。田氏兄弟走到跟前，停下棺材板車，對顧益民鞠躬，四個人叫了四聲「顧會長」。顧益民從僕人那裡拿過來一個裝有盤纏的布袋，遞給田二，田二接過盤纏，四兄弟再次向顧益民鞠躬。

顧益民目光呆滯地看了一會兒板車上的棺材，對田氏四兄弟說：「路途遙遠，多加小心。」

田氏四兄弟點頭說：「是。」

他們拉起棺材板車從北門出了溪鎮，車輪滾動而去。走上大路時，田三回頭張望了一下，看見顧益民拄著拐杖步履蹣跚走來，他的僕人和四人抬著的轎子跟在身後，田三叫住三個兄弟，他們停下棺材板車，看著顧益民緩慢走來，顧益民見到他們停下了，擺擺手讓他們上路，他們上路後看見顧益民仍然在走來，於是又停了下來，顧益民又向他們擺擺手，讓他們繼續走，田四明白了，說顧會長這是送別少爺。他們拉起棺材板車向前走去，他們一邊走，一邊回頭看，顧益民一直跟在後面，顧益民的身影在陽光裡越來越小。

田氏兄弟拉著大哥和少爺，在冬天暖和的陽光裡開始了他們的漫漫長途。林祥福的童年是在田大肩膀上度過的，田大馱著他一次次走遍村莊和田野，現在他與田大平躺在一起，踏上了落葉歸根之路。

道路旁曾經富裕的村莊如今蕭條凋敝，田地裡沒有勞作的人，遠遠看見的是一些老弱的身影；曾經是稻穀、棉花、油菜花茂盛生長的田地，如今雜草叢生一片荒蕪；曾經是清澈見底的河水，如今混濁之後散出陣陣腥臭。

文城　補

一

在溪鎮，一些上了年紀的人目擊了小美和阿強的童年。其他孩子端著飯碗在街上嬉鬧，他們兩個吃飯時端坐在屋內桌前；其他孩子在街上歡聲笑語玩著跳繩遊戲，他們兩個坐在鋪子裡一聲不吭學習織補技藝。他們兩個自成一體，與其他孩子，或者說與童年隔了一層窗戶紙。

小美來自萬畝蕩西里村的一戶紀姓人家，十歲的時候以童養媳入了溪鎮的沈家。沈家從事織補生意，雖然是小本經營，在溪鎮也是遐邇所聞。沈家的織補手藝高超，只要是毛織品或者絲織品，不管是什麼顏色，遇上燒出的窟窿、撕開的口子，經沈家織補便看不出一點痕跡。阿強是沈家獨子，他名叫沈祖強，阿強是他的小名。

沒有人在意沈家這個童養媳的名字，有一天一位賒帳的顧客前來還錢時，只有她一人在看管織補鋪子，那位顧客看著她虔誠地翻開帳簿，笨拙地拿起毛筆，小心翼翼地蘸上一點墨汁，歪歪斜斜寫下自己的名字——紀小美，然後溪鎮有人知道這個沈家童養媳的名字了。

小美父母育有三男一女，她排行第二，在萬畝蕩的西里村租用田地種糧為生。困頓的日子讓小美父母喘不過氣來，深感無力撫養四個孩子，重男輕女是久盛不衰的觀念，他們覺得女孩早晚是別人家的人，不如早找一戶人家送去做童養媳，既可卸去眼下撫養的負擔，也為女兒找到一條出路。而在溪鎮以織補聞名的沈家，雖然家境尚可，也還不是什麼富貴人家，況且家中只有阿強一枝獨苗，沒有女孩，招個童養媳進來可以幫助做些家務活，也可以省去阿強將來定親的聘禮和結婚的費用。

於是小美十歲時第一次離開西里村，她的母親傾其所有，用乾淨的碎布給她縫製一身新衣，雖然是新衣，可是五花八門的碎布讓她看起來仍然是衣衫襤褸。小美拉著父親的衣角向前走去時，一臉茫然的表情，她不時回頭張望，看見母親站在茅屋前撩起衣角擦拭眼淚，她三個衣不蔽體的兄弟卻是羨慕地看著她前往傳說中的溪鎮。

然後父親的雙手將她抱了起來，放進搖搖晃晃的竹篷小舟，她坐在滿是補丁的草席上，沒有補丁的地方油光閃亮。頭頂的竹篷阻擋了她飢餓的視野，只看見船家的兩隻赤腳踏著擼槳來來回回，還有父親搖晃中的背影。她聽著父親和船家說話，說的就是送她去溪鎮沈家做童養媳的事情。他們之間的說話讓她聽起來很累，她嚮往竹篷外面廣闊的水域，她偷窺似的從父親的背影和船家踏著擯槳的赤腳之間張望外面的景色，竹篷小舟的搖晃和擦著船舷的流水聲，讓她的驚喜綿延不絕。

差不多兩個時辰以後，父親的雙手再次將她抱起，這一次把她放在溪鎮的碼頭上。她右手拉扯父親的衣角走在溪鎮的街道上，她的眼睛金子般地閃耀起來。她第一次見到磚瓦的房子，見到街道，見到店鋪，見到西里村沒有的人來人往的景象。有兩次她不知道父親已經走開，她的右手仍然向前伸著，好像仍然在拉扯父親的衣角。父親站住腳等待她走過來，第一次沒說什麼，第二次低聲斥責她了。父親的斥責讓她改成雙手去拉扯他的衣角，可是改變不了她眼睛裡金子般明亮的顏色。

他們在沈家的織補鋪子前站住腳，小美好奇地看著掛在門側的文字幌，一塊長方形的木板，中間鐫刻一個「織」字，小美當時不認識這個字。

然後十歲的小美第一次見到未來的公婆，這兩個人正在鋪子裡忙碌，同時指點一個十來歲的男孩學習織補技藝。小美不知道，這個好奇打量她的男孩就是自己未來的丈夫。小美那時仍然拉扯著父親的衣角，她的父親謙恭地自我介紹起來，說話結結巴巴。她未來的公公一臉和氣，起身給她父親讓座，她未來的婆婆卻是一聲不吭，冷漠地看著她，讓她心裡害怕。這時候身後傳來整齊的人聲，她扭過頭去，驚奇地看著四個男人抬著轎子在街上呼哧呼哧小跑過去。

小美站在沈家織補鋪子裡東張西望，讓她未來的婆婆心中不悅，覺得這是一個心思過於活躍的女孩。可是小美看上去乾淨清秀，讓她未來的婆婆心裡有了一些喜歡。這個外表嚴厲的女人一時拿不定主意，她注意到小美身上碎布縫製的衣服，說了一句：

「這樣的穿著怎能進沈家的門。」

小美的父親聽了這話，臉上一陣紅一陣白，剛剛挨著凳子坐下又馬上站了起來，結結巴巴地說出幾句告辭的話，拉起小美的手羞愧離去。

父親拉著她在溪鎮的街道上匆匆而過，小美跌跌撞撞走去時，眼睛仍然東張西望閃閃發亮。他們重新上了竹篷小舟，父親沒有和船家說話，一路上都是低頭沉思的模樣。小美沒再羞怯地坐在父親的身後，她悄悄爬到父親身旁坐下，這一次她看見的景色一下子廣闊了，小美十歲的眼睛歡呼雀躍了，直到傍晚時分回到西里村，金子般的顏色才從她眼睛裡消失。

二

一個月後，溪鎮的沈家託人給西里村的紀家捎去一身藍印花布的衣裳。此時紀家已經託人為小美尋找新的婆家，他們以為溪鎮的沈家沒有看中自己女兒，沒想到沈家竟然託人送來一身新衣裳。小美的母親欣然落淚，父親則是嘿嘿傻笑。父母在村裡走家串戶，欣喜地告訴鄉親們，溪鎮有名的織補沈家看中了他們的女兒，他們感歎道：

「那可是一戶好人家啊。」

小美卻不合時宜地穿上藍印花布的衣裳，在她三個衣不蔽體的兄弟簇擁下，在村裡遊走起來。小美興奮得臉色通紅，她的三個兄弟一聲聲叫道：

「新娘子，新娘子。」

村裡更多衣不蔽體的孩子簇擁上來，更多的叫聲響起來：

「新娘子，新娘子。」

小美紅彤彤的臉上掛滿笑容，她的幸福不是因為自己成為新娘子，是因為第一次穿上嶄新的花衣裳。

小美的父母正在挨家挨戶講述，小美將入溪鎮的織補沈家之門。身穿花衣裳的小美在「新娘子」的叫聲裡出現，鄉親臉上羨慕的神色變成嬉笑的表情。小美的父親差不多是鐵青著臉，將小美拉回家中。他們不是用快速脫的方式，是用小心剝的方式，取下小美身上的嶄新衣裳。

一頓斥責如暴雨般傾瀉下來，小美神情愉快仰臉看著怒氣沖沖的父親，一句責罵的話也沒有聽進去，她的心裡已經被藍印花布衣裳鼓滿了，如同船帆被風鼓滿了一樣，她知道很快又會穿上這身幸福的花衣裳。

小美的母親將藍印花布衣裳高舉在陽光裡，仔細查看上面是否有了汗漬，嘴裡嘮叨明天就要將小美送往溪鎮的沈家。直到母親說沒有弄髒新衣裳，父親的怒氣才得以平息。

小美再次出現在溪鎮沈家的織補鋪子前，鋪子裡的三雙眼睛亮了。穿上藍印花布衣裳的小美煥然一新，不像是從萬畝蕩來的鄉下女孩，像是從沈店來的城裡女孩。那個嚴厲的婆婆，緊繃的臉上鬆動了一下，好像是笑容閃現了一下。那一刻婆婆心裡湧上欣慰之意，覺得自己最終的選擇是對的。這一個月裡，這位婆婆見過另外幾個送上門來的童養媳，都是長相一般，神情木然的女孩。再三思忖，還是挑選了這個在她看來心思活躍的女孩。

可是第二天早晨，這位婆婆又隱約覺得自己可能選錯了。小美醒來發現自己的藍印花布衣裳失蹤了，放在床頭的是一身舊衣服，她傷心哭了起來。與在西里村家中被剝掉身上的花衣裳不同，這一次她不知道什麼時候才能重新穿上。婆婆臉色陰沉走進來，斥責道：

「什麼時候了？還不起床。」

小美不懂規矩，滿腹委屈地說：「我的花衣裳不見了。」

婆婆冷漠地說：「花衣裳豈能平常日子穿著。」

說完轉身離去，這位剛入中年的女人的背影像一塊古老的門板那樣僵硬。小美入門後以哭泣開始了第一個早晨，婆婆心裡出現不祥之兆，隱約覺得應該將這個不明事理的女孩送回萬畝蕩西里村。

這樣的想法在其後的日子裡逐漸淡去，婆婆慢慢喜歡上了小美。穿上舊衣裳的小美依然清秀伶俐，而且十分勤快，掃地擦桌一絲不苟。嚴厲的婆婆嘴上不說，看進眼裡，記在心上。小美進入沈家一個月後，開始學習織補技藝。決定將祖傳的手藝傳授給小美，意味著婆婆接受了這個童養媳。然後婆婆發現小美心靈手巧，也就是學了兩個月，其手藝已經超過她那個學了兩年的兒子。

三

小美點點滴滴了解到和藹的公公是沈家的入贅女婿。他來自沈店的一戶貧窮人家，十二歲到溪鎮沈家的織補鋪子做學徒，因為忠厚老實與勤奮好學，深得掌櫃喜歡，不僅教他織補技藝，也教他識字讀書，還將女兒許配給他。他十七歲那年出嫁為婿，成為沈家一員。在那個男尊女卑的年代裡，他反其道而行之，在妻子面前十分謙恭，言聽計從。這位入贅女婿每周會去一次商會，取來舊報紙，空餘之時仔細閱讀，然後再將舊報紙還回商會。報紙是顧益民從上海訂來的，顧益民讀完後就會放到商會那裡，供他人讀報。小美的公公是舊報紙的忠實讀者，這也是他唯一的嗜好。阿強漸漸長大，他也讓阿強讀報，他擔心阿強弄髒舊報紙，每次讀報前都要阿強去洗手，阿強見到舊報紙興致勃勃，只是阿強的興趣不在報紙的文字上，是在報紙的圖片和插畫上，那些插畫都是廣告。

小美在廣闊的萬畝蕩成長起來的活潑天性，來到溪鎮沈家以後被自己埋藏在了心底，然後悄悄凝聚在藍印花布的新衣裳上面。

這個女孩對花衣裳念念不忘，她在婆婆房間裡擦拭衣櫥上面的灰塵時，動作裡充滿愛惜之意，彷彿是在撫摸。婆婆見了心裡滿意，覺得這是一個心細的女孩。其實小美是在憧憬她的花衣裳，她知道花衣裳就在衣櫥裡。婆婆房間裡的衣櫥曾經有過明亮的朱紅色，天長日久以後開始發黑。

小美仔細擦拭它，日復一日想像花衣裳的美麗，直到有一天婆婆和公公外出時，小美才第一次打開櫃門，櫃門開啟時發出沉重的吱呀聲，把小美嚇了一跳，她感覺有人來到身後，她膽怯地回頭一看，看見那個與她同齡的男孩站在門口，這個未來的丈夫疑惑地看著她，不知道她在做些什麼。

小美放心了，她回頭仔細看起打開後的衣櫥，裡面的衣服層層疊疊，她的花衣裳在最下面一層，婆婆的衣服一層層壓在她的花衣裳上面。小美伸手抽出自己的花衣裳，在衣櫥前脫下滿是補丁的舊衣裳，在她未來丈夫的注視下，換上花衣裳，走到鏡子前旁若無人般地欣賞起來，其間她回頭看了一眼身後的男孩，站在門口的男孩那一刻看見她眼睛裡金子般的顏色。

小美與阿強還在十歲的時候，就建立了夫妻般的默契。後來的日子裡，只要家中的兩位大人外出，小美立刻走進婆婆他們的房間，脫下補丁舊衣服，換上花衣裳，在鏡子前流連忘返。阿強自覺地坐到鋪子的門檻上，為自己未來的妻子望風，看見父母遠遠走來，他會大叫一聲：

「回來啦。」

小美聞聲而動，迅速脫下花衣裳，疊好後讓花衣裳鑽到婆婆衣服底下。回到家中的婆婆走進房間時，小美已經穿上補丁舊衣服，正在撫摸般地擦拭那個紅得發黑的衣櫥。

四

阿強時常是一副心不在焉的神情，他坐在門檻上為小美望風的時候仍然如此，早晚要露餡。差不多兩個月後的一天，阿強看著街上往來的行人長時間發呆，他父母回家了也沒有察覺，直到父親在他腦門上拍了一下，他才猛然驚醒，身體從門檻上跳起來，可是眼前沒人，正在他覺得蹊蹺之時，腦門上又挨了一下，轉身後才發現父親站在屋裡了，同時看見母親正要走入那個房間。他不知道父母是什麼時候從他身旁的門檻跨過去的，他亡羊補牢又不識時務地喊叫了：

「回來啦。」

婆婆看見身穿藍印花布衣裳的小美正在鏡子前面展示自己，這個十歲的女孩伸展雙臂做出的一系列天真爛漫動作，在婆婆看來都是淫蕩的舉止。小美聽見外面阿強的喊叫，急忙脫下花衣裳，轉身後看見婆婆冷酷的眼睛，她眼前一黑，她眨了眨眼睛，重新看見婆婆在門口的陰影般身軀，小美瑟瑟打抖了。

阿強的喊叫暴露自己是小美的同謀，懲罰就從他開始。這個心不在焉的男孩起初沒有意識到自己要倒楣了，他好奇看著父親在鋪子外面插上門板，心想為什麼這麼早就打烊，然後他的父母搬著兩把籐椅坐到天井裡，父親手裡還拿著一根藤條，小美渾身哆嗦地站在他們前面，阿強仍然一副置之度外的模樣，直到父親嚴厲喝斥他：

「搬凳子去。」

阿強才知道禍從天降，他耷拉著腦袋走進屋子，搬出了一條長凳，放在父母前面，訓練有素地解開自己的褲腰帶，將褲子褪到大腿下面，露出光屁股趴在長凳上。他閉上眼睛的時候，聽見父親低聲問母親：

「幾下？」

母親遲疑了一下說：「十下。」

阿強臉上露出一絲笑容，暗暗告訴自己：是輕罪。小美看見阿強轉瞬即逝的笑容，心裡掠過一絲詫異。還在萬畝蕩西里村的時候，小美經常看見父親把她的三個兄弟吊在樹上，用樹枝抽打他們，三個兄弟的哭喊猶如牲口被宰殺時的嗷嗷叫聲，在空曠的天空裡飄揚而去，又以回音的方式飄揚而來。這樣的情形小美習以為常，她從不害怕，父親的氣急敗壞，兄弟們的嚎啕大叫。現在身處狹窄的天井裡，她未來的丈夫無聲地趴在長凳上，她未來的公公正用藤條抽打，她未來的婆婆臉上毫無表情，這裡的暴力都是那麼安靜，她害怕了。

阿強沒有哭喊，他咬緊牙關數數，數到第十下時，他臉上再次出現那一絲笑容，父親剛剛放下藤條，他就從長凳上下來，訓練有素地提起褲子，繫上褲腰帶，搬起長凳回到屋子裡，屁股上的傷痕讓他走去時像鴨子一樣搖晃，隨後他又像鴨子那樣搖晃地走出來，站在小美對面，等待父母下一步的發落。小美心想輪到自己了，她未來的丈夫已將長凳搬進屋子，懲罰的道具沒有了，她恐懼又迷惘地等待著。

公公和婆婆起身走進屋裡，阿強站在小美的對面，小美不安地看著他，他竟然打了一個呵欠，轉身搖晃著也走進屋裡。天井裡只剩下小美，還有兩把籐椅，小美彷彿被遺忘了，可是恐懼牢牢記著她，她獨自一人站在天井裡等待懲罰的來臨，時間被拉長了，一分一秒恍若一月一日。

五

對小美的懲罰是在天黑後的屋內進行，小美未來的公公在油燈下草擬了一封書信，遞給同樣坐在油燈下的婆婆，婆婆仔細讀了一遍後點頭認可，公公便起身拿來了印章和印泥，放在婆婆面前。

小美就站在一旁，她目睹了休書的整個過程。她忐忑不安看著他們，他們例行公事般地坐在一起，公公草擬書信時，幾次抬頭詢問婆婆，婆婆的回答裡沒有聲音，只是點頭和搖頭。從他們的片言隻語裡，小美預感到不幸正在降臨，他們要送她回到萬畝蕩西里村。這個十歲女孩瘦弱的肩頭微微抖動，她緊緊咬住自己的嘴唇，不讓眼淚流出。

婆婆將書信拿起來給小美看了一眼，放回桌上後說：「這封書信你帶上，交給你父親。」

婆婆正要說把她送回萬畝蕩，小美突然低聲說：「不是書信。」

小美搖著頭，絕望的情緒讓她脫口而出，她又說了一遍：「不是書信。」

婆婆說：「不是書信，是什麼？」

「是休書。」小美說著將嘴唇咬破了。

婆婆一怔，仔細端詳站在暗處的小美，小美緊緊咬住嘴唇。婆婆心想這女孩真是聰明，然後說：

「你還沒有正式過門，不能說是休書。」

說著婆婆搖了搖頭，修正了自己剛才的話，她說：

「說它是休書也對。」

婆婆看了一會兒暗處的小美，小美仍然緊緊咬住嘴唇。婆婆緩慢地說：

「古人云，婦有七去：不順父母，去；無子，去；淫，去；妒，去；有惡疾，去；多言，去；竊盜，去。」

婆婆將印章壓進了印泥，她問小美：「你犯了哪條戒律？」

婆婆的印章從印泥裡出來，舉在油燈下，看著小美，小美悲傷地回答：

「竊盜。」

「不對。」婆婆搖頭說，「你沒將衣裳拿出屋去。」

小美點點頭，仔細想了一會兒後，低下頭羞愧地說：

「淫。」

說完小美終於哭泣了，她的雙手垂落下來，肩膀抽動著輕聲痛哭起來。婆婆拿著印章的手舉在那裡，她動了惻隱之心，覺得眼前的小美是個難得的聰明伶俐女孩。她的印章沒有按到信紙上，而是拿過一塊擦桌布，慢慢地將印章上的朱紅色印泥擦拭乾淨，然後說：

「念你是年幼無知，暫且不送你回去。」

小美張開嘴，放聲大哭了。她看見婆婆在油燈下皺眉，立刻倒吸了一口氣，像是將哭聲吸了回來，她的哭聲戛然而止。

逃過此劫的小美，再也沒有打開過那個紅得發黑的衣櫥。這個衣櫥在此後的日子裡讓小美感到如墳墓那樣陰沉，曾經令她朝思暮想的花衣裳已經埋葬在這個墳墓裡了。

農曆新年來到時，溪鎮富裕一些人家的孩子都穿上了新衣裳，阿強穿上士青布的長衫，頭上抹了髮蠟，有了一點少爺的派頭。小美仍然穿著一身舊衣裳，只是上面沒有補丁。嚴厲的婆婆在大年初一的時候，沒有讓小美穿上藍印花布的衣裳，預示著懲罰仍在繼續。小美看著街上身穿新衣裳的孩子們嬉笑玩耍，低頭看看自己身上洗得發白的舊衣裳，不由眼圈紅了，那一刻她非常想念衣櫥裡的花衣裳。

風平浪靜的生活又是一年，這是小美來到溪鎮的第二個農曆新年，這一次婆婆讓小美穿上她的花衣裳，可是衣裳小了，袖管和褲管都短了一截。小美十二歲的時候，可以穿上她心愛的花衣裳，從婆婆眼皮底下走過去，走到眾目睽睽的街上。然而此時的小美，眼睛裡已經沒有金子般的顏色了。

六

婆婆按照自己的形象來塑造小美，教小美識字念書，教小美織補手藝，教小美管理帳目，小美長到十六歲的時候，婆婆隱約看見了過去尚在閨中的自己。小美乾淨整潔、不苟言笑、勤儉持家。此時小美和阿強已到男女婚配的年齡，婆婆決定擇期舉行當地禮俗約定的婚姻儀式。

織補沈家在溪鎮也算家境不錯，按理應該讓小美先回萬畝蕩西里村娘家，等待迎親的日子到來時，沈家前往接親。可是節儉的婆婆還是免除了迎親的儀式，只是邀請小美的父母前來吃一頓飯，舉行一個簡單的拜堂儀式，兩人進屋就算是圓房了。

於是冬天裡的一個風和日麗的下午，小美的父母和三個兄弟出現在沈家的織補鋪子前，他們身穿補丁的棉襖，五個人的雙手都插在袖管裡，五張臉上的表情是一樣的唯唯諾諾。

沈家託人捎去萬畝蕩西里村的書信裡，只是邀請小美的父母前來吃飯，沒有料到小美的三個兄弟也一起來了，所以小美的公公看見鋪子外站著五個人時，一時沒有反應過來，以為是上門的顧客，客氣地說：

「今天是沈家的大喜日子，不接生意。」

鋪子外的五個人聽了這話互相看看，嘿嘿笑了起來。小美的公公摸不著頭腦，以為他們說上一兩句恭喜的話就會轉身離去，他們卻一直笑著站在這裡。

這時小美的父親說：「我們是西里村的紀家……」

小美的公公才知道是親家光臨，急忙側身將他們讓進鋪子，小美的公公連聲說：

「六年不見，都認不出來了。」

小美的父親雙手插在袖管裡，張嘴啊啊了幾聲，率領也是雙手插在袖管裡的另外四個魚貫而入，走進裡面的廳堂。小美的父母被請坐在籐椅裡，三個兄弟擠在一條長凳上。

小美的婆婆出來與他們寒暄幾句後，在丈夫身旁坐下。然後小美和阿強出來了，阿強挨個看看小美的父母兄弟，看見他們滿臉討好地向自己微笑，他面有羞色地對他們笑了笑。

小美木然地站在那裡，六年的光陰在她心裡似乎只有瞬間的經歷。她看著自己的父母兄弟，六年來杳無音訊，如今突然出現在眼前，竟然如此的陌生，她覺得已經不認識他們了。他們都是雙手插在袖管裡，縮著身子的模樣。坐在籐椅裡的父母笑容可掬，擠在長凳上的三個兄弟好奇地看著她，像是看什麼新鮮東西。小美在他們的眼睛裡沒有看到同胞兄弟的目光，她看到的是陌生男人的目光。這時候母親的眼角滴出了淚水，母親抬手擦起眼角，遙遠的情感終於在小美心底被喚醒，她意識到自己的親人來了。

晚飯的時候，小美看著拘謹的父母兄弟，心酸地低下了頭。婆婆準備了一桌豐盛的菜餚，這五個來自萬畝蕩的貧窮親人卻是膽怯地吃著。雖然他們飢腸轆轆，雖然桌上的雞鴨魚肉香氣撲鼻，可是他們的雙手仍然插在袖管裡，彷彿是在互相等待，當父親的手從袖管裡出來，拿起筷子挾一塊肉放進嘴裡後，另外四個的手也從袖管裡出來，也拿起筷子挾肉。父親的雙手重新插回袖管後，另外四個的手也都跟著插回袖管。然後又是等待，下一個是小美的哥哥，他勇敢地將手伸出袖管，另外四個受此鼓舞也伸出袖管裡的手，當小美哥哥的雙手回到袖管後，其他人的手也都回歸袖管。就這樣，他們的手從袖管裡迅速出來，又迅速回去，快去快回像是小偷的手。小美低頭坐著，到後來不只是心酸，自卑的情緒籠罩了她。小美的公公和婆婆後來不動筷子了，他們沉默地坐在那裡，只有阿強大聲咀嚼，滿嘴的油光閃亮。

沉悶漫長的晚飯終於結束，拜堂的儀式開始。婆婆沒有給小美準備頭戴的鳳冠、遮臉的紅方巾、身內穿著的紅絹衫，只是給小美準備了一身紅棉襖紅棉褲和一雙繡花紅鞋。該省的都省了，不該省的也省去了。倒是十二個雞蛋的風俗儀式沒有省去，在房間裡給小美換上一身紅衣時，婆婆親自拿著十二個雞蛋，一個一個從小美的褲腰裡放下去，讓它們從褲腳滾出來。小美感受到十二個冰涼的雞蛋挨個沿著大腿滾到小腿的時候，似乎都在膝蓋處停頓一下，敲門似的敲打一下她的膝蓋骨。十二個雞蛋沒有一個破碎，婆婆從她的褲腳處接過去全部的雞蛋後，告訴小美，十二個雞蛋代表十二個月份，順利滾下來沒有破碎，意味著哪個月份生孩子都如母雞下蛋一般順暢。

小美認真點點頭，這已是小美在沈家的習慣，六年來只要是婆婆說話，小美聽了都要認真點頭。然後一身紅色的小美來到廳堂，與身穿長袍馬褂的阿強並肩站立東邊，拜罷天地，再拜高堂，夫婦交拜之後，這個童養媳的婚姻儀式也就草草結束了。

小美父母兄弟的雙手一直插在袖管裡，此刻起身告辭，他們像五個陌生人那樣來到，又像五個陌生人那樣離去。深更半夜，他們走出沈家，唯唯諾諾與沈家的人作揖告別，他們走去時只有母親回頭看了一眼，她沒有看見小美，那一刻母親的眼角再次流出淚水。

這五個雙手插在袖管裡的人離開沈家，來到溪鎮的大街上，立刻恢復了在廣闊田野裡成長起來的天性，他們在寂靜的街道上喊叫似的說話，彷彿他們不是走在一起，而是隔著幾塊稻田。他們讚歎不已，讚歎沈家磚瓦的房子多麼氣派，讚歎沈家桌上的菜餚多麼豐盛，讚歎新郎的長袍馬褂多麼神氣，讚歎小美一身紅色多麼富貴。小美的母親一邊點頭一邊抬起袖管擦拭眼淚，這是欣慰的淚水，因為女兒嫁給了一戶好人家。

他們走向溪鎮的碼頭，中間迷路三次，此前只有小美的父親來過溪鎮，另外四個都是第一次進城。迷路的時候他們站在街上繼續高談闊論，直到父親好像找到了方向，他們再朝著那個好像的方向走去。他們的議論最後集中在那一桌豐盛的雞鴨魚肉上，他們再次飢腸轆轆了，然後吞口水的聲音響起。就這樣，這五個飢餓的人興致勃勃說著雞鴨魚肉，走到溪鎮的碼頭，叫醒一個在夢鄉裡吃吃笑著的船家，坐上竹篷小舟，繼續雞鴨魚肉說著，兩個多時辰後回到他們的西里村，那時候熹微晨光剛剛照亮他們的破舊茅屋。

七

小美在冷清的新婚之夜將辮子挽起，以此告別姑娘時代，然後和阿強一起入了洞房。

她安靜地坐在椅子裡，聽著她的父母兄弟走出沈家，走上溪鎮的街道；聽著她的公公和婆婆走進他們的房間，吱呀一聲關上他們的房門。

她低頭等待，她不知道接下去應該怎麼辦。她知道沒有人會來鬧房，也就聽不到鬧房歌，沒有人竊竊私笑躲在門口窗下聽房，也就沒有人將她新婚之夜的笑柄傳誦給街坊鄰居。

穿著長袍馬褂的新郎坐在床上打了一個呵欠後，起身來到她的面前。儘管他們共同擁有六年的成長時光，儘管六年前她就知道這個人將是自己的丈夫，可是他在洞房之夜向她走來時，她仍然緊張得心裡咚咚直跳。過去的織補少爺，此刻的織補新郎走到她面前後，一邊注視她，一邊開始漫不經心地踱步，彷彿是一條獵狗在牠的獵物前繞圈，新郎盤算如何對待她，又一時拿不定主意。小美看著他的身影在地上拖過去又拖過來，中間停頓了一次，停頓的時候小美渾身抖動起來，接著身影又離開了，當小美抖動的身體慢慢安靜下來後，突然看到地上的身影裡伸出了手的影子，他撲了上來。接下去發生的讓小美感到眼花繚亂，也就是片刻的時間，她離開椅子來到床上。她被織補新郎弄到床上躺下後，伸開雙臂做出任人擺布的姿態。六年來她在沈家已經習慣任人擺布，新婚之夜也是同樣如此。她緊閉雙眼，咬緊牙關，一聲不吭，任憑新郎氣喘吁吁、滿頭大汗和手忙腳亂地折騰她。

新婚第二天，小美像往常一樣早起。當婆婆起床時，小美已經做好早飯，正在細心掃地。這是婆婆沒有料到的，新娘三日不下廚是溪鎮的習俗，勤快的小美在新婚的翌日仍然和往常一樣，婆婆心裡歡喜。然後婆婆看到小美沒有穿著她的紅襖紅褲，腳上也不是繡花紅鞋。小美穿著一身舊棉襖，她的頭髮已經盤起，腦後出現一個髮髻。婆婆不知道她是什麼時候偷偷學會將頭髮盤成髮髻，顯然她還不夠熟練，有幾縷頭髮已經鬆散開來。掃地的小美抬頭看見婆婆站在面前，以為是自己擋住了婆婆的去路，立刻拿著掃帚讓到一旁。

婆婆微笑地看著小美，她依稀想起六年前小美在沈家的第一個早晨，因為不見了藍印花布衣裳而哭泣不止的情景，現在她婚後第二天就脫下新娘衣裳。婆婆心裡湧上愛憐之意，她拉過小美的手，摁住小美的肩膀，讓她坐在椅子裡，給小美整理了髮髻，然後舉手取下自己腦後的銀簪子，插進小美的髮髻。

小美低頭不語，婆婆將自己的銀簪子送給了她，六年來她第一次感受到婆婆的情意，她無聲地哭了，眼淚一顆一顆掉落在胸襟。

八

小美起早貪黑，既要做織補活，又要料理家務，似乎沒有什麼空閒的時候，可是她的頭髮總是梳理得光滑透亮，腦後的髮髻上插著一支銀簪子。

婚後第三年的冬天裡，一個衣衫襤褸的男子來到沈家的織補鋪子前。那時候小美的公公婆婆和丈夫去了沈店，沈店的一戶親戚的新屋快要蓋成，邀請他們前去喝上梁酒。這天鋪子裡只有小美一人，她低著頭，雙手麻利地做著織補活。那個男子在織補鋪子前站了很久，低頭幹活的小美隱約覺得有一個人影在鋪子外留足不去，便抬起頭來，漠然地看了那人一眼，然後低頭繼續自己的織補活，她以為那是一個叫花子。

這個叫花子一樣的男子終於開口了：「姊姊。」

小美一驚，抬頭呆呆地看著這個男子，男子說：「姊姊，我是小弟。」

小美的目光彷彿擦去了歲月的塵埃，清晰的記憶由此呈現，她從這張年輕和疲憊的臉上辨認出來了，確實是她最小的弟弟，她輕聲叫道：

「噢，是小弟。」

小美站立起來，有些不安地扭頭往裡面張望一下，然後想起來公公婆婆和丈夫去了沈店，家中只有自己，她安心了，對鋪子外面的弟弟說：

「小弟，進來呀。」

小美的弟弟此刻眼淚汪汪了，他搖搖頭，沒有走進鋪子，而是開始漫長的講述。他的講述從二哥快要結婚開始，說到一個名叫彩鳳的女子，顯然是他二哥的新娘。他看見小美臉上迷茫的表情，他的講述就扯了開去，扯到萬畝蕩另外一個村莊的名字，彩鳳就是那裡的姑娘。小美在記憶深處找到了這個村莊的名字，她微微點了點頭。看到小美點頭了，他又提到自己村莊的一戶人家。小美再次到記憶深處去尋找，這一次沒有找到。她的弟弟滔滔不絕，已經不關心小美臉上的表情，他說彩鳳是這戶人家的親戚，給二哥做媒的也是這戶人家。小美點點頭，好像是聽明白了。他語無倫次，他的講述來到一頭豬的上面，這頭豬也有一個名字，他一口一個「小胖」地叫著，說著小胖如何長大，他又如何帶著小胖坐船來到溪鎮。小美迷惑地看著他，不知道小胖是誰，直到他絮絮叨叨說著如何將小胖賣給溪鎮的肉鋪，小美才明白小胖是一頭豬。他繼續語無倫次，說賣豬的錢就是為了給二哥籌備婚禮，可是那一串銅錢沒有了。他傷心地哭了，拉開自己的破爛棉襖，用手插進胸前的口袋，空手伸出來給小美看。

小美明白弟弟的意思，他賣豬所得的一串銅錢丟了，可能是讓溪鎮的小偷給偷走了，他不敢回家，所以來到這裡，站在鋪子外面哭訴。小美不安地看著他，身旁的抽屜裡有銅錢，這是沈家的銅錢，不是她的。她進入沈家八年，沒有一文私房錢。小美呆呆聽著弟弟翻來覆去的哭訴，覺得他是那麼的陌生，她聯想到了萬畝蕩西里村的父母兄弟，覺得他們和眼前這個弟弟一樣陌生，他們八年沒有音訊，她只是在婚禮那天，看見他們雙手插在袖管裡魚貫而入，又雙手插在袖管裡魚貫而出。

這個時候，小美弟弟的哭訴變換了內容。他說到了父親和兩個哥哥，說他們來過溪鎮，他們都走到沈家的織補鋪子附近，偷偷看看小美。因為小美的公公婆婆都在鋪子裡，他們不敢走過來。小美聽了這話，心酸起來，這是童養媳的心酸。她的弟弟繼續說，說他今天也是在附近站了很久，看見鋪子裡只有小美一人，才敢走過來。

小美心底的柔軟之處被觸碰了，她不由自主往前走了一步，右手拉開那個抽屜，將裡面用線繩串起來的銅錢拿了出來，雙手捧起快速遞給櫃檯外面的弟弟。她的弟弟急忙伸出雙手，將銅錢接過去，嘩啦幾聲將銅錢擱在櫃檯上，解開線結，嘴裡一、二、三、四、五地數了起來，數到賣豬所得的銅錢後，就將剩餘的銅錢從線繩上取下來，雙手捧起來還給小美，說道：

「姊姊，這些多了。」

小美木然地將剩餘的銅錢雙手捧過來，重新放回抽屜。她弟弟認真繫上線結，將小美給他的一串銅錢小心翼翼放進胸前的口袋，擦乾淨眼淚，憨厚地笑了笑，對她說：

「姊姊，我走了。」

小美點點頭，看著他雙手交叉抱在胸前，保護著銅錢走去。他走遠後，小美在凳子上坐下來，繼續手裡的織補活，可是她手上的動作不再麻利，變得遲緩，然後一動不動了。

小美陷入到不安的情緒之中，這不安的情緒越來越廣闊，彷彿田野一樣在擴展。婆婆嚴厲的面容開始時隱時現，小美不寒而慄，她意識到自己鑄成大錯了。她不該在婆婆外出之際，私自將錢給弟弟，她應該先讓弟弟回去萬畝蕩西里村的家裡，在婆婆回家之後，懇求婆婆同意給錢，再讓弟弟來取。想到這裡，小美不由苦笑一下，心想面對婆婆時，豈敢說出這些懇求的話，也就是趁著婆婆不在，自己才會膽大妄為。

九

這是一個窒息的下午，小美不知道接下來會發生什麼，她只是感到害怕，可是害怕什麼呢？她又不知道。她低頭坐在那裡，神思恍惚。後來聽到鄰居喊叫街上孩子吃飯的聲音，她抬頭看到天色將暗，想到公公婆婆和丈夫快要回家，她竟然還沒有做晚飯，急忙起身進了廚房。

天黑時去沈店親戚那裡喝上粱酒的三個人回來了，小美的公公和丈夫看到鋪子敞開著，動手上起了門板。婆婆逕直走入廚房，臉色慍怒，責備正在做飯的小美：

「天都黑了，還不上門板？」

小美戰戰兢兢，想說是忘記上門板，可是這樣的話她也不敢說。婆婆繼續責備小美：

「什麼時候了，仍在做飯。」

小美戰慄一下，婆婆不再說話，走出廚房，走過天井，走到外間的鋪子裡，在油燈下拉開抽屜，取出帳簿，數著抽屜裡的銅錢，清點起她離開兩日的收入。發現少了不少銅錢，她沉默了一會兒，闔上帳簿，推進抽屜，起身往裡走，走進廚房，看見小美正將飯菜端到桌子上，家中另外兩個已經坐在桌旁，等待開飯。婆婆語氣冰冷地對小美說：

「你過來。」

小美雙手在圍裙上擦拭著，跟隨婆婆走到外間的鋪子裡，當婆婆將帳簿和抽屜裡的銅錢放到櫃檯上時，小美渾身顫抖，語無倫次地說了起來，就像下午時候她的弟弟一樣絮絮叨叨。婆婆聽明白以後，面無表情地把帳簿和剩下的銅錢放回抽屜，從小美身旁走過，穿過天井，走入廚房。

熱氣騰騰的飯菜已在桌上，小美的公公和丈夫坐在那裡，沒有動筷子。小美婆婆在油燈昏暗的閃爍裡走過來坐下，兩個男人看見她臉色陰沉，她手裡拿起筷子，可是沒有挾菜也沒有吃飯，好像在想些什麼。小美的公公也沒吃，手裡拿著筷子看著家中的女主人，阿強慢條斯理自顧自地吃了起來。小美低頭走進來，怕冷似的身體哆嗦著，小心翼翼坐在飯桌旁。

小美的婆婆，這個在家中獨斷專行的女人，這個頭腦僵化言行教條的女人，小美未經許可拿出銅錢接濟弟弟的行為，在她看來就是竊盜。八年前小美剛入沈家時，年幼無知，偷偷試穿花衣裳，曾讓她萌生休退之意，此後又收回，現在她思忖如何處置小美。

漫長的晚飯結束之後，小美清洗碗筷，將廚房收拾乾淨，忐忑不安地走到廳堂裡，走入八年前出現過的情景之中。

婆婆神色嚴峻端坐在那裡，公公正在油燈下草擬一封書信，聽到小美進來的腳步，抬頭看了一眼小美，微微嘆息一聲，低頭繼續書寫。小美的丈夫阿強一臉的疑惑表情，看見小美進來時張了張嘴，沒有發出聲音。婆婆對小美微微點了下頭，示意她坐下。小美在稍遠的凳子上坐下來，她放在腿上的雙手輕微抖動，她看見印章和印泥，放在公公書寫的紙張旁邊，她知道什麼事情將要發生，一紙休書將要打發她回到離別八年的萬畝蕩西里村。小美感到眼淚在眼眶裡打轉，她咬住嘴唇，不讓它們流出來。

小美的公公微微搖著頭，寫寫停停，遲疑不決，幾次抬頭看一眼家中的女主人，好像要說什麼，她嚴峻的表情讓他欲言又止，只好低頭繼續書寫。寫畢遞給了她，她仔細讀了一遍後十分不滿，問他：

「為何不寫上竊盜？」

小美的公公不安地看了看小美的婆婆，輕聲申辯了一句：

「接濟自家弟弟，不該是竊盜吧？」

小美的婆婆一怔，二十多年來這個男人對她百依百順，第一次沒有順從她。她搖搖頭，然後扭頭去看她的兒子，強行要他表態：

「你呢？」

阿強疑慮的臉上出現了清醒的神態，他應和父親的話：

「接濟自家弟弟，不該是竊盜。」

小美的眼淚奪眶而出了，嚴厲的婆婆則是表情木然，她在家裡至高無上的權威受到挑戰，她走神似的長時間沒有反應，然後她的臉轉向小美，聲音僵硬地說出了八年前說過的那段話：

「婦有七去：不順父母，去；無子，去；淫，去；妒，去；有惡疾，去；多言，去；竊盜，去。」

她看到小美渾身顫抖，眼淚縱橫，她用八年前的話問小美：

「你犯了哪條戒律？」

小美雙手捂住臉，眼淚從指縫裡湧了出來，她聲音掙扎地回答：

「竊盜。」

小美的婆婆點了點頭，扭頭去看小美的公公，這個二十多年前的上門女婿低頭不語。她又去看兒子，兒子沒有看她，正在為無聲哭泣的小美愁眉不展。然後她提高聲音說：

「就是竊盜。」

小美的婆婆說著將手裡那份令她不滿的書信遞給身旁的丈夫，不容置疑地說：

「寫上竊盜。」

小美的公公拿起毛筆遲疑一下後又放下，低聲說：

「小美八年來謹小慎微，勤儉孝順，何必如此呢？」

小美的婆婆不認識似的看了一會兒自己的丈夫，這個男人竟然連著兩次違抗自己，然後去看她的兒子，阿強避開她的目光，低下頭去，片刻後說出一句倔強的話：

「她是我的人，應由我決定。」

小美的婆婆吃驚地看著兒子，她將沒有寫成的書信撕成四片，擱在油燈旁邊，看了看身旁低頭不語的丈夫和臉色鐵青的兒子，又去看了看已經止住淚水接受命運的小美，小美輕聲哀求婆婆：

「不用休書，我自己離去。」

小美的婆婆搖搖頭，從撕成四片的書信裡拿起一片，對小美說：

「這是懲戒書，不是休書，懲罰你回去西里村兩個月。」

小美沒有想到婆婆的懲罰只是讓她回去萬畝蕩西里村兩個月，之後她仍將回到溪鎮沈家。小美已經止住的淚水再次流出，她哭出了聲音，對婆婆說：

「我不會再犯。」

可是小美的公公和丈夫認為不該有懲罰，小美接濟自己家人沒有過錯，況且數額也不大。公公再次對婆婆說：

「何必如此呢。」

阿強接上父親的話，說得強硬，他對母親說：

「不該如此。」

小美的婆婆悲哀地看了看自己的丈夫和兒子，她原本只是想雷聲大雨點小的懲罰一下小美，可是丈夫和兒子連這樣的懲罰也要反對，她被激怒了，她聲音疲憊地對阿強和小美說：

「明日清晨，出西門，上大路，按溪鎮習俗了結此事。」

小美的婆婆說完起身上樓，小美的公公和丈夫坐在那裡目瞪口呆，他們沒有想到她會這樣決定，他們只是幫小美說話，結果幫了倒忙，他們知道覆水難收，不知所措去看小美，小美淚眼矇矓，對他們勉強笑了笑。

小美看見了自己命運的去向。在溪鎮八年的生活，耳濡目染種種溪鎮習俗，她知道婆婆所說的習俗，就是三人走上大路，婆媳各走南北，讓兒子選擇，應該跟誰而去。小美聽聞過兩次這樣的休妻事例，那兩個男人對妻子心裡不捨，難以落筆寫下休書，母親便帶上他們來到大路上，母親和妻子各走一方，那兩個男人最終都是跟隨母親而去，百善孝為先。小美心想，自己的男人也是個孝子，也會同樣如此。小美不再流淚，撩起衣襟擦了擦眼角的淚水。哭泣是因為希望尚存，絕望反而讓她平靜。她起身離開桌子，像往常一樣去給公公和婆婆端來洗腳的熱水，雖然婆婆已經上樓。

十

這個夜晚對於小美既漫長也短暫，她與這個相識八年，同床兩年的男人將是最後一夜。兩年的同床生涯在她這裡只有一個情景，阿強進了被窩以後動手不動嘴，匆匆扒掉她的粗布短褲和粗布內衣，匆匆爬到她身上，匆匆插進她的身體。兩年來，除了呼哧呼哧的喘息聲和高潮來臨的呻吟聲，他幾乎沒在被窩裡發出過其他聲音。最近半年來他只是扒掉她的粗布短褲，已經懶得脫掉她的粗布內衣，她的胸部彷彿被他遺忘，偶爾想起來時，他的手伸進她的粗布內衣捏上一陣。

這個夜晚不一樣了，他扒掉她的粗布短褲，又脫去她的粗布內衣，雙手抱住她，雙腿也夾住她，她感到自己的身體被他捆綁住了。他開始咬她，先是咬她的嘴唇，咬得很重，她感覺到了鹹的味道，知道嘴唇被他咬破了。他咬起了她的下巴，又長又深地咬著，疼得她想喊叫時，他的嘴鬆開了，咬起了她的肩膀，從左邊到右邊，咬了一次又一次。然後他的嘴來到了她的乳房上，咬了很長時間。她一直忍受著疼痛，直到他咬起乳頭時，她才輕輕呻吟幾聲。他沿著她赤裸的身體往下咬，他整個人鑽到被窩裡面，咬她大腿的時候，被子被他的屁股拱了起來，冷風進來，她怕他著涼，雙腳伸到被子外面，用腳趾使勁夾住被子。最後他咬起她的陰部，敏感又疼痛。那一刻她掉出了眼淚，知道這個男人捨不得她的離去。然後他才貼著她的裸體爬上來，他摸索一會兒，插了進來，熟悉的感覺插進來了。與他以往草草了事的風格不同，這一夜他在她的體內流連忘返。他一邊抽動，一邊慢吞吞咬她的嘴唇，咬她的下巴，咬她的肩膀，咬她的乳房，咬到乳頭時，她因為疼痛呻吟起來。像是條件反射，他也呻吟了，他的身體劇烈抖動，然後慢慢安靜下來。完事以後，他沒有像以往那樣翻身下去呼呼大睡，而是繼續壓在她的身上，一動不動，過了很久他才從她身上滑下來，她聽到他嘆息一聲，他好像有什麼話要說，可是稍後他的呼吸聲就均匀了，她知道他睡著了。

小美這一夜被阿強弄得傷痕累累，卻沒有疼痛之感。她在漆黑的夜裡睜著眼睛，看見的都是過去的時光。身邊男人均匀的鼾聲，襯托了這個夜晚的平靜，她在沈家八年的平靜經歷就像這個夜晚一樣。更夫打更的聲響一次一次從街上經過時，夜晚的平靜一次一次被驚醒，小美不平靜的往事也因此被驚醒了。她想起第一次穿上藍印花布衣裳的美好時光，想起新婚翌日婆婆將自己的銀簪子插進她的髮髻……

很多往事閃過之後，遠處傳來雄雞啼鳴聲，接著鄰居的雄雞啼鳴了。她知道應該做早飯了，她悄聲起床穿衣，踮腳出去，開門的吱呀聲讓阿強的鼾聲中斷，她站在那裡一動不動，聽到阿強翻身後鼾聲再起，她才踮腳跨出門檻，關門時又是長長的吱呀聲，她再次站住，過了一會兒才走向廚房，這時自家的雄雞也啼鳴了。

十一

這一天，小美的婆婆比往常早起，洗漱之後坐在梳妝桌前，將開始稀疏的頭髮仔細梳理，抹上髮蠟盤起來，在腦後盤出髮髻。她抬頭看了一眼窗外陰沉的天空，起身打開衣櫥，取出一身出門時穿的衣裳。此刻小美的公公醒來了，他坐起來穿衣服時，看見她穿上一身出門衣裳，先是一怔，而後想起來昨晚發生的事，這個兩鬢開始發白的男人微微搖了搖頭，忍不住嘆息一聲。她聽到他的嘆息，沒有去看他，抓了一把抽屜裡的銅錢，放進一個布袋，掂了掂分量，覺得夠重了，然後提著布袋走出房間。

婆婆提著布袋去小美他們的房間，她剛要舉手敲門，房門開了，阿強站在面前，一臉的苦相，看見她後低下頭，從她身旁走出去。她面無表情走進去，將布袋放在小美的梳妝桌上。她出來時，看見小美手裡端著碗筷走向廚房。她跟在她身後，小美感到身後有人，回頭一看是婆婆，立刻站到一旁，給婆婆讓道。婆婆看見小美破裂的嘴唇和下巴上的幾道傷痕，微微一怔，然後從她面前走了過去。

四個人圍坐在桌子旁吃起早飯，小美低垂著頭，把碗端在嘴邊，每一口都是難以下嚥，小美的公公一副心事重重的模樣，吃得十分緩慢，阿強愁眉苦臉，吃一口停一下，只有小美的婆婆鎮定自若地吃著，和往常沒有什麼兩樣，她看見兒子穿著平日裡做織補活的皺巴巴舊衣服，就對他說：

「去換一身出門穿的衣裳。」

小美最後一個吃完早飯，她將碗裡剩下的稀飯倒入嘴中，沒有咀嚼就咽了下去。然後她收拾桌子，洗乾淨用過的碗筷，再將廚房清理一遍，才回到自己的房間，坐在梳妝桌前，重新梳理自己的頭髮，抹上髮蠟後在腦後盤出髮髻，右手舉起銀簪子時遲疑了一下，沒有插入髮髻，而是將銀簪子放在梳妝桌上。這時她注意到桌子上的布袋，打開後看到裡面有很多銅錢，知道是婆婆給她的盤纏，心裡一動，眼睛濕潤起來。

小美起身打開衣櫥，將自己的衣服取出來包裹起來，還有三條藍印花布的頭巾，這是節儉的婆婆作為聘禮送給她的，她仔細疊好放進包袱，關上櫃門時看見藍印花布的衣裳，她十歲時就是穿著這身花衣裳來到沈家，她伸手將花衣裳取出來，準備把它帶走，可是花衣裳讓她感到心酸，她重又放回去，關上櫃門，走到梳妝桌前拿起裝有銅錢的布袋，放進包袱。

小美身穿乾淨的土青布棉襖，挽著包袱走出房間。她看見阿強換上棉長衫，婆婆穿上棉旗袍，他們像是在等她。婆婆看見她出來了就轉身往外走去，阿強轉身跟上，小美走在後面，出門時她回頭望了一眼站在鋪子裡的公公，看見他正用手指擦著眼角。

十二

在溪鎮這個陰沉的早晨，手挽包袱的小美走在婆婆和阿強的身後，與她第一次來到溪鎮時東張西望不同，此時的小美低垂著頭，看著自己的雙腳，一步一步告別溪鎮的街道。有熟悉的人與他們打招呼，婆婆沒有應答，阿強也是沒有聲音，所以她不用抬頭。

三個沉默的人走出溪鎮的西門，走上大路，來到一個十字路口，婆婆站住腳，阿強也站住腳。小美抬起頭來了，她仔細看著阿強的臉，她要把阿強的臉刻進心裡。婆婆站在一旁沒有說話，心想就讓她多看一會兒吧。這時小美的眼睛來看婆婆了，也是那樣的專注，婆婆的眼睛不由躲開。

婆婆看看大路的南北兩端，清晨的時候空無一人，婆婆說：

「就在這裡了。」

婆婆說著向南走去，小美點點頭向北走。她低頭向北前行，走出了百十步，身後沒有跟隨上來的腳步聲，這是她意料之中的，她知道阿強跟隨婆婆向南而去了。小美抬起頭，前面的天空裡烏雲翻滾，通向遠方的道路彷彿是黑夜裡的道路，小美一路向前，沒有回頭，冬天的寒風撲面而來，夾雜著零星的雨點，小美沒有感到寒冷，倒是感到渾身疼痛，她有些迷惘，不知道為何疼痛，而且疼痛越來越強烈。她的頭顱微微斜起，一邊走去，一邊在腦子裡尋找身體疼痛的來源，走了很久，她終於想起來了，是昨夜阿強在被窩裡將她的身體咬遍，這時她的眼淚流了出來。

小美知道自己的命運，她要回到離別八年的西里村。她站在寒風和雨點飄落的路上，想著如何走到溪鎮的碼頭。碼頭靠近東門，她不想走上回頭路，如果重新走到西門進城，就會走上人多嘈雜的大街，她想走在一個人的路上，她決定繞道走到東門那裡的碼頭。她抬手擦了擦眼睛上的雨水，辨認方向以後，繼續往前走了一段路程，然後拐上一條小路，這條彎彎曲曲的小路將她帶到了溪鎮的東門，她來到了碼頭。

小美站在碼頭上，幾個船家向她招手喊叫，她搖搖晃晃踏上最近的竹篷小舟，在船家的攙扶下，坐在船艙的草席上。船家雙手撐開竹篷小舟，雨點越來越多，船家戴上斗笠，披上蓑衣，問了小美要去的地方，然後坐在船尾，背靠一塊木板，左臂夾著一支划槳，掌握方向，兩隻赤腳一彎一伸踏著擯槳。在咿啞咿啞的聲響裡，竹篷小舟在雨點跳躍的水面快速而去。

船家是個中年人，他看著坐進船艙後的小美仍然手挽包袱，就說：

「把包袱墊到身後，靠著會舒服些。」

小美聽了這話點點頭，可是包袱還是挽在手臂上。船家又說了兩次這樣的話，小美也是兩次點了點頭，包袱仍舊在手臂上。船家笑了笑，說起別的話，他對小美說：

「我認得你，你是織補沈家的媳婦。」

小美點點頭，船家問她：「你是回萬畝蕩娘家吧？」

小美還是點點頭。竹篷小舟向著萬畝蕩西里村的方向快速而去，接下去船家說出的話，小美沒再聽進去。

離別八年，小美想不起父母兄弟的面容，即便是前天出現的小弟，她也想不起他的面容。她在焦慮中回想，可是記憶深處沒有父親的模樣，也沒有母親的模樣，倒是想起母親的一個動作，抬起手擦拭眼淚的動作，這個動作出現在何時何地？她想了又想，終於想起來了，是她出嫁的那一天，坐在她對面的母親，眼角滴出了淚水。然後她想起父母兄弟一行五人，都是雙手插在袖管裡，魚貫而入，又魚貫而出。他們為她進入溪鎮織補沈家而歡欣驕傲，如今她被沈家休掉，重回萬畝蕩的西里村，他們又會如何？她不敢往下想了。

十歲離別父母兄弟，來到溪鎮沈家八年，沈家已是她內心深處的家。阿強從不對她口出粗言，公公生性和氣，婆婆雖然嚴厲，但是八年來沒有虐待過她。童養媳被婆婆虐待在溪鎮屢見不鮮，打罵體罰是司空見慣，童養媳自縊身亡或投井自盡，小美八年來也是見聞過幾起。

小美在船艙裡哭泣流淚，讓船家驚慌失措，船家在雨中的船尾大聲喊叫，小美這才醒悟過來，知道自己正在竹篷小舟上，船艙外大雨滂沱，她看不清船家的臉，只聽到他的喊叫，她抬起手擦乾淨自己的眼淚後，可以看清船家雨中的臉了。船家的嘴一張一闔，正在和她說話，她聽不清楚，知道是在詢問自己，她向他擺擺手，表示自己很好。然後她安靜下來，船家在雨中的嘴也不張不闔了。

安靜下來的小美看到了自己的今後，一個被夫家休掉的女人回到村裡，父母兄弟覺得低人一等，左鄰右舍忌諱她前去串門。她仍然起早摸黑做家務活幹田裡活，可是她從此抬不起頭來。雖然父母兄弟就在身邊，村裡鄉親也在眼前，可是她終將孑然一身。在夜晚的時候，她會在黑暗中聽到父親的唉聲嘆氣，會在月光裡見到母親伸手抹向濕潤的眼角。

十三

小美離去之後，阿強的母親開始操持起家務，洗衣做飯，還要做織補活，早起晚睡十分辛苦，其實她完全可以找個女傭過來，可是節儉的本性讓她還是自己來做，她將生意上應酬的事交給丈夫，帳目仍是自己管理。阿強的父親也忙碌起來，對顧客迎來送往，點頭微笑十分周到，對待賒帳的，日期到了還要出門去催帳，稍有空閒立刻坐下來做織補活，他眼睛花了，只好雙臂伸直，針線離遠了才能看清做活。阿強一副魂不守舍的模樣，手裡拿著織補的衣物，從早到晚一動不動，他什麼都做不了，坐在那裡就是一個擺設。

母親知道阿強是在想著什麼，她沒有說出一句責怪的話。可是母親不知道阿強每次換衣服時，打開衣櫥都會見到小美沒有帶走的花衣裳，那時候阿強就會怔怔地看著花衣裳，腦子裡一片空白。

這期間有媒婆幾次上門，帶來幾個鄉下姑娘，阿強都是看了一眼後，眼皮沒再抬起來。有了前面清秀乾淨心靈手巧的小美對照，阿強的母親也是沒有看上一個。媒婆介紹過兩個城裡姑娘，一個就在溪鎮，一個在沈店，都是家境困頓人家，溪鎮那戶人家提出來的聘禮數目嚇了阿強母親一跳，自然是回絕了。沈店那戶人家暫且沒提聘禮，請他們先去看看，中意了再談聘禮。於是這一天的天亮時分，阿強的父母穿戴整齊前往沈店去相親。

這時已是春暖花開，小美被休回萬畝蕩西里村三個月了。看似懦弱又時常心不在焉的阿強，做出了在當時是大逆不道的事情，而且是即興的。

父母走後，阿強獨自一人坐在鋪子裡昏昏欲睡，十歲的小美身穿花衣裳站在衣櫥前的情景這時若隱若現了，阿強從似睡非睡裡清醒過來，此後一個念頭降落下來，他一躍而起，上樓走進房間，打開衣櫥，取出小美沒有帶走的花衣裳，又收拾了自己的衣物，給父母寫下一封書信，下樓打開儲藏雜物的小房間，移開一個破舊木箱，撬起一塊地磚，下面有一個瓷罐，裡面有兩百枚銀元，他揭開罐蓋，數著數拿出一百枚銀元，蓋上罐蓋，又拿走織補櫃檯抽屜裡全部的銅錢，闔上鋪子的門板，揹上包袱走過陽光照耀的街道，來到東門的碼頭。

上午的碼頭泊滿竹篷小舟，船家各自坐在船尾，東拉西扯聲音響亮。船家們看見阿強揹著包袱走來，紛紛向他招手，請他上船。阿強看到十多個船家同時招徠他，一時沒有了主意，不知道該上誰的船。

一個船家試探地問他：「是去西里村接回你女人吧？」

阿強一怔，隨即點點頭，上了這個船家的竹篷小舟。他剛在船艙的草席上坐下，竹篷小舟就脫離碼頭駛去。

船家讓他把包袱墊在身後，說這樣坐著舒服。阿強照辦了，船家對阿強說，當初是他送阿強的女人回的西里村，她在船上一直哭，他不知緣故，他見過回娘家時哭的，但是沒見過哭得那麼傷心的，後來才聽說她是被休掉的。船家說著提到了溪鎮的另外兩戶人家，都是休妻數月後又後悔了，又去接回。他問阿強：

「快有三個月了吧？」

阿強點點頭，船家看著他身後露出來的包袱，問他為何帶上包袱，阿強沒有回答，船家說去西里村是遠了點，來回一天時間也足夠了，何必帶上包袱。

十四

中午時分，竹篷小舟來到小美的村莊。阿強把包袱留在船上，撩起長衫跳上岸，回頭對船家說：

「請在此等候。」

他四處張望，都是農田，只有一條小路向前延伸，他走上了小路。走出一段路，見到在田地裡勞作的村民，向他們打聽小美父母的家。幾個田地裡勞作的村民沒有應答他的話，他們議論起來，然後向著不遠處的一個村民喊叫，一邊喊叫一邊伸手指點小路上的他。他看見不遠處田地裡的那個村民跳上田埂，一雙赤腳向他跑來，跑來的村民十五六歲，與小美有點相像，這個村民跑到他跟前，看著他問道：

「您是姊夫大人？」

阿強聽到「姊夫」的後面還跟著「大人」，有些不知所措，感覺這個村民可能是小美的弟弟。這時小美的弟弟完全認出他來了，高興地說：

「您就是姊夫大人，您不記得我啦，我是小弟。」

阿強心裡微微一顫，就是眼前這個小弟丟失了賣豬的錢，才使小美回到萬畝蕩。他看著小美的小弟，從頭看到腳，看到小弟的褲管高高捲起，腳上全是泥巴。小弟看到姊夫大人注意起他的一雙赤腳，不好意思地笑了笑，彎下身，放下捲起的褲管，起身後小心翼翼問他：

「您是來接姊姊回去？」

阿強點點頭，小美的小弟身體閃到左邊，左手往前一伸，請他先走：

「姊夫大人，您請。」

田地裡幹活的村民都直起腰，好奇地看這個溪鎮來的男人手撩長衫走在田間小路上。小美的小弟一臉歡喜跟在身後，對著田地裡的人大聲喊叫：

「我姊夫大人來接我姊姊啦。」

田地裡的村民明白過來，被休回到村裡的小美又是溪鎮織補沈家的人了。他們說沈家的人吃上後悔藥了，所以潑出的水能收回，說出的話能喊回。

阿強走出一段小路，身後的小弟對著田地裡的一個男子喊叫起來：

「二哥，二哥，姊夫大人來接姊姊啦。」

那個彎腰幹活的男子立刻直起身子，跳上田埂，也是一雙赤腳跑過來，跑到跟前，因為興奮，他滿臉通紅叫了一聲：

「姊夫大人。」

阿強微笑地點點頭，心想這是小美另一個弟弟。他繼續往前走，小美的兩個弟弟跟在身後，那個小弟悄悄扯了扯哥哥的衣角，指指他捲起的褲管，哥哥明白了，急忙彎腰放下褲管。他們沿途走過七八間茅屋，茅屋裡出來的男女老少，看戲似的看著他們，小美的兩個弟弟驕傲地告訴這些男女老少，他們的姊夫大人來接姊姊回溪鎮沈家。

走到一間看上去較新的茅屋前，小弟又喊叫了：

「大哥，大哥，姊夫大人來接姊姊啦。」

茅屋裡出來一個男子，看到阿強後，立刻跑過來。阿強看著跑來的男子，心想小美又一個弟弟來了，這個弟弟穿著草鞋，沒有赤腳。這個穿草鞋的男子跑到他面前，哈腰叫了一聲：

「妹夫大人。」

阿強點點頭，想起來這是小美的哥哥。小美的三個兄弟簇擁他往前走，村裡有一些人跟在後面，更多的人站立在田地裡，或者站立在屋門口，看著這個身穿長衫的男人一臉微笑走來。

小美的父母也在田地裡勞作，聽說沈家少爺來接女兒回去，急忙在水溝裡洗乾淨腳上的泥巴，放下捲起的褲管，穿上擺在田埂上的草鞋，往家中跑去，跑在前面的小美父親一邊跑，一邊回頭罵小美母親，嫌她跑得太慢。

那時候身穿滿是補丁衣服的小美正在家中做飯，聽到村裡人在屋外叫叫嚷嚷，她不知道也沒去想發生了什麼，繼續往灶裡放入木柴，用火鉗移動木柴的位置，將火勢分布均勻。這時父母跑回家中，父親一邊將草鞋換成布鞋，一邊指揮小美母親：

「別讓她做飯了，快讓她去洗洗乾淨。」

小美母親拉起小美眼淚汪汪說：「你男人來接你了，你又是沈家的人了。」

這突如其來的消息讓小美怔住了，母親嗚嗚哭著把小美拉到屋後的水邊，讓她蹲下去清洗自己的臉和手，自己匆匆跑回茅屋，把小美的衣服放入包袱，又拿出一身沒有補丁的土青布衣服跑到屋後，讓小美躲進旁邊的竹林換上。自己再次匆匆跑回茅屋，脫下草鞋換上布鞋。

這時阿強來到茅屋前，小美的父親已經站在那裡迎候，小美的母親匆匆跑出去，站在丈夫身旁，他們恭敬地叫了一聲：

「女婿大人。」

阿強也是恭敬地叫了一聲：「岳父岳母大人。」

接下去他們都不知道說什麼，只知道笑著站在那裡。村裡不少人來到紀家的茅屋前，有人說聞到焦糊味，另有人對小美的父母說，是不是你家的飯燒糊了？小美的父母沒有反應。

小美三個兄弟裡的兩個拉著他們的妻子跑過來，一個女人叫了一聲「妹夫大人」，另一個女人叫了一聲「姊夫大人」。

阿強對著這兩個陌生女人點起頭，這時小弟說：「姊夫大人，請屋裡坐。」

小美的父母知道該說什麼了，他們說：「請屋裡坐。」

阿強看見小美手挽包袱從茅屋裡出來，她看了他一眼後低下頭。這一眼讓阿強感受到了小美三個月來的忍辱負重，他眼圈紅了，聲音哽咽地對小美的父母說：

「岳父岳母大人，我來接小美回去。」

小美的父母連連點頭，嘴裡說好好好。小美低頭走到阿強跟前，身體微微顫抖，淚水在眼眶裡打轉。

阿強給小美的父母鞠了一躬說：「岳父岳母大人，這就告辭了。」

小美的小弟說：「姊夫大人，吃了午飯再走。」

阿強說：「不吃了。」

小美的父親說：「吃了再走。」

然後對小美的母親說：「快去盛飯。」

小美的母親急忙跑進茅屋，小美的父親請阿強進屋去吃飯，阿強看看身旁低頭的小美，碰碰她的胳膊，示意她一起進屋。這時小美的母親端著兩碗燒焦後黑乎乎的米飯出來了，過於激動的她沒有意識到米飯的焦黑，她把手裡的兩碗飯遞給阿強和小美，嘴裡說：

「吃了再走。」

小美的父親埋怨她：「急什麼呀，女婿大人還沒進屋呢。」

他們聽到眾人的哄笑，才看清焦黑的米飯已經不能吃了。小美的父親一臉尷尬，他對同樣尷尬的小美的母親說：

「快去做一鍋米飯。」

阿強再次對小美的父母鞠了一躬說：「我帶小美回去了。」

十五

溪鎮織補沈家的少爺出現在沒有一間磚瓦房的西里村，來接走小美，村裡喧譁起來，他們跟隨阿強和小美，走向那條竹篷小舟。

小美的三個兄弟緊隨其後喜氣洋洋，小美的嫂嫂和弟媳被擠散在人流裡，小美的父母被擠到後面，父母笑呵呵看著前面長長的人流，因為村路狹窄，不少人捲起褲管走在小路兩邊的水溝裡。

小美低頭前行，她的眼睛裡滿是走動的腳，她緊緊盯住長衫下面走動的兩隻腳，那是她丈夫的腳，她要寸步不離。

三個月前，小美從竹篷小舟跳到西里村的岸上，在遲疑的步伐裡低頭走回父母家中，此後她的頭再也沒有抬起來，即使在家中也是低頭的模樣。她沒有告訴父母，被休的原因是私自給了小弟銅錢。她說的原因是婚後兩年沒有懷孕，沈家認為她不能生育。

父親沒有責罵她，怔怔地坐在那裡沒有動靜，母親悄悄抹起了眼淚，三個兄弟裡的兩個覺得臉上無光，後來的日子裡幾乎不和她說話，只有小弟還在一聲聲叫著「姊姊」。小美被休回家後，父親說眼下不是農忙時節，田裡的活不多，小美不用下田，做好家務活就行。小美知道父親讓她暫時不要出門，免得丟人現眼，除了去屋後水邊淘米洗菜或者洗衣晾衣，小美沒有步出茅屋的正門。雖然小美始終低垂著頭，仍然察覺到村裡有人在茅屋門外指指點點，還有人繞到屋後看著蹲在水邊洗衣服的她低聲議論。

現在小美被接回溪鎮，父母兄弟重新揚眉吐氣，可是小美一直低垂著頭，直到她坐進竹篷小舟，船家將竹篷小舟撐開離岸，在水面上搖晃而去時，她才抬起頭來尋找岸上的父母，她的眼睛在岸上長長一條的人群裡看見了母親，母親雙手擦著眼淚，然後她看見了父親，父親也哭了，他正用手背擦著眼睛。

身旁的阿強拿過去小美懷裡的包裹，塞到她背後，讓她舒服靠著。阿強的體貼舉動讓她眼含熱淚，命運峰迴路轉，她真想大哭，可是她忍住了。竹篷小舟在水面上劈波斬浪而去，小美心想兩個時辰以後就會到溪鎮，就會走進織補沈家。想到要見到婆婆了，小美忽然有些緊張。

這時阿強對船家說：「去沈店。」

船家不解，問他：「不回溪鎮？」

阿強說：「不回溪鎮，去沈店。」

小美疑惑地看著阿強，好像沒有聽清他剛才的話。

船家說：「雖說去沈店比去溪鎮近了，可是我還要回溪鎮，天黑後不好行船。」

阿強說：「給你雙倍的船錢。」

小美疑惑不解看著阿強，阿強神色得意地解開他的包袱，讓小美看看放在最上面的花衣裳。小美的眼淚奪眶而出，她明白了，阿強不是來接她回去溪鎮沈家，而是帶她走向未知之地。

小美淚光模糊地看著午後的陽光灑滿水面，水面上金光閃閃，竹篷小舟在金光閃閃之上向前而去。

阿強神采飛揚，這是小美從未見到過的阿強，他望著前面寬闊的水面眼睛發亮，發亮的還有他和船家說話的聲音，他們之間的對話跳來跳去，前一句是溪鎮的小街，下一句是沈店的店鋪。阿強興致勃勃的聲音，讓小美感到那個心不在焉的阿強銷聲匿跡了。

小美沉浸在阿強的聲音裡，她分不清哪兒是笑聲哪兒是說話聲，只是感覺阿強的聲音包圍了她，如同一件大紅襖裙裹住了她的身體。小美十歲那年第一次離開西里村，抓著父親的衣角走在溪鎮的街道上時，她東張西望的眼睛裡閃耀出金子般明亮的顏色，這是八年前的顏色，如今她跟隨阿強遠走他鄉，金子般明亮的顏色重歸她的眼睛。

十六

他們在沈店度過了無拘無束的下午和夜晚，如同籠中之鳥飛上天空之後，喜悅的翅膀不停扇動，兩個人雖然飢腸轆轆，仍在沈店的街道上流連忘返，那是要比溪鎮街道寬闊繁華。

其間阿強心血來潮走進一家裁縫鋪，要給小美做上一身新衣裳，裁縫用尺子量了小美的尺寸，告訴他們三天後來取，準備付訂金的阿強轉身竄出了裁縫鋪，跑得比兔子還快。裁縫和小美面面相覷，兩個都沒有反應過來，然後小美臉色羞紅地走出裁縫鋪，看見阿強在街道斜對面向她招手，她走到跟前，阿強悄聲對她說等不了三天，明天就要去上海，到了上海再去找一家裁縫鋪做上一身好衣裳，上海的裁縫一定比沈店的技高一籌。

小美「啊」了一聲，輕聲說原來是去上海。沈家的顧客裡有去過上海的，曾經站在織補鋪子前說得口沫橫飛，小美因此有了上海的印象，一個大得走不到盡頭的地方，有很高的房子，有很多的人，很多的人裡面有洋人。

小美在沈店第一次走進餐館，第一次走進旅店，雖然她在溪鎮見過餐館和旅店，可是從未進入，只是經過時往裡面張望過幾眼。

走進餐館時，她小心翼翼跟在阿強身後，這是一家擺放了十張八仙桌的麵館，他們走到櫃檯那裡，小美跟隨阿強，抬頭看起兩排掛在牆上的竹簡，竹簡上刻著不同麵條的名稱和價格，小美沒有想到世上竟然有這麼多種類的麵條，她正在驚訝之時，阿強闊氣地點了一份豬肝麵和一份腰花麵，然後小美聽見銅錢在阿強手裡的碰撞之聲。

這樣的碰撞之聲再次響起已是臨近傍晚，他們站在旅店的前台，阿強付完房費之後，小美跟隨他走上樓梯，樓梯在昏暗裡發出嘎吱的響聲，讓小美感到樓梯要倒塌似的，她伸手拉住走在上面阿強的衣服，走入房間後才鬆開手。她問阿強，為什麼這裡的樓梯比溪鎮家裡的樓梯響聲大了那麼多。阿強說家裡的樓梯只有四個人走，而且走得小心，這裡的樓梯很多人走，亂踩亂踏，樓梯走壞了。

房間不大，有床有桌子有凳子，看上去十分整潔。落日的餘暉從窗戶照射進來，停留在床角，小美好奇察看房間的眼睛看到這落日的告別之光時，聽到阿強的叫聲，小美嚇了一跳，阿強驚魂未定告訴小美，他的父母也在沈店，他竟然忘記了這個。小美哆嗦了一下，臉色蒼白起來。阿強卻是變臉似的轉瞬間一臉輕鬆的表情了，他看看窗口夕陽西下的光芒，笑著對小美說，這個時刻父母應該回到溪鎮了。小美聽後仍然有些忐忑，阿強說：

「我們已經在旅店裡了，即使父母還沒有回去溪鎮，也不會碰見我們。」

話音未落阿強就抱住了小美，同舟共濟般地撲到床上。床嘎吱作響了，小美說這床是不是要塌了，阿強說不會塌的，小美說這床比家裡的響多了，阿強說家裡的床只是他們兩個人睡，這床很多人睡過。

阿強用眼花繚亂動作脫光小美的衣服，他脫光自己衣服時的動作則是井然有序。兩人赤裸裸躺進被窩，小美再次經歷了一個銘心刻骨的夜晚，前一個銘心刻骨的夜晚是她告別沈家前的那個夜晚。

十七

這是小美人生裡曇花一現的時刻，這樣的時刻還在繼續。她跟隨阿強來到了上海，他們看見兩個輪子的人力車過去。小美在溪鎮見過轎子，沒有見過人力車，她指指人力車悄聲問阿強：

「這是什麼車？」

阿強在記憶裡的舊報紙上尋找名字，他很快找到了，對小美說：「這個叫黃包車。」

他們看見一個高個子黃頭髮高鼻梁藍眼睛的西裝革履的男人坐上一輛黃包車時，阿強搶在小美提問前就說：

「這個是洋人。」

接著又補充了一句：「他穿的是西裝。」

這是阿強在舊報紙之外第一次見到洋人和西裝，他和小美一樣好奇地看著那個洋人坐上黃包車遠去。

一個手提皮箱穿長衫的男子走到他們身前，向前面的一輛黃包車招手，車夫拉著黃包車快步過來，這個男子坐上去後說了一句：

「滬江旅社。」

阿強學習這個男子的動作，向另一輛黃包車招招手，黃包車過來停下後，他讓小美先坐上去，自己再坐上去，他對車夫說：

「滬江旅社。」

車夫響亮地答應一聲，拉起黃包車小跑起來。他們靜若死水的生活在離開西里村搖往沈店的竹篷小舟上開始晃動，在上海像黃包車那樣跑了起來。

他們在滬江旅社裡第一次見到電燈，傍晚時阿強在房間裡尋找煤油燈，小美抬頭看見從屋頂掛下來的燈泡，她問阿強這是什麼。阿強也抬頭去看，覺得燈泡似曾相識，他繼續到記憶的舊報紙裡去尋找，又找到了，他驚喜地叫了起來：

「這是電燈。」

小美想起來了，那個去過上海的顧客說比煤油燈明亮很多的叫電燈，她「啊」了一聲後說：

「這就是電燈。」

接著小美問：「這電燈怎麼才能點亮？」

阿強看見有一根繩子在燈泡旁邊掛下來，他伸手抓住繩子拉了一下，電燈亮了，兩個人同時驚叫一聲，阿強說：

「電燈不用劃火柴去點，拉一下就亮了。」

小美問：「再拉一下呢？」

阿強又拉了一下繩子，電燈滅了，他說：「再拉一下就暗了。」

然後阿強讓小美試著拉了三次，電燈亮了又滅了，又亮了。阿強在記憶的舊報紙裡找到了「觸電」，他指著燈泡對小美說：

「這電燈不能去碰，碰了會觸電的。」

小美問什麼是觸電，阿強說就是碰一下會死人的，電死的。小美倒吸一口冷氣，此後的日子裡阿強每次去拉燈繩時，小美都會關照他：

「小心啊。」

他們在靜安寺那裡見到了有軌電車，他們看著電車響聲隆隆而來，鈴聲響起後慢慢停下來，一些人從電車裡下來，一些人上了電車，鈴聲再次響起後，電車響聲隆隆而去。

小美說：「這是什麼車？這麼大這麼長的兩個車連在一起。」

阿強剛好聽到身旁有人走過時用上海話說要去坐電車，他說：

「這是電車。」

小美聽到車也用電，就問阿強：「坐上去會觸電嗎？」

阿強不假思索地說：「會觸電。」

小美看著駛去的電車繼續問：「裡面的人怎麼沒觸電？」

阿強馬上改口說：「坐電車不會觸電。」

他們在上海晝出夜歸，有時候坐電車，有時候坐黃包車，有時候坐獨輪車，更多的時候是長時間步行，他們在商店櫥窗前駐足不前，或者在商店門口往裡張望，兩者都是琳琅滿目，雖然他們的眼睛裡閃現出驚奇的顏色，但是他們從不踏入進去，裡面的顧客或者西裝革履或者長衫旗袍，一個個都是闊氣的模樣，阿強應該是膽怯，沒有踏入商店，小美自然也不會踏入進去。

他們會踏入餐館，即使是菜餚豐盛的大餐館，阿強也會帶著小美走進去，坐下來點上一些吃的，飢餓克服了阿強的膽怯。

他們去過的餐館裡有一家設有菸房，供客人餐後進去吸鴉片。他們在那裡吃著菜和大肉麵，阿強正在感歎碗裡的肉又大又厚，聽到有客人問夥計有什麼土藥，夥計說剛進了雲南菸土，客人吩咐準備好菸泡，過會兒進去菸房試試。然後掌櫃走過來與這位客人聊起了菸土，說上個月來過幾個上海灘的名人，自帶印度產的馬蹄土，餐後進了菸房。客人說馬蹄土在洋藥裡是頂級菸土，一兩要四兩白銀。掌櫃說他是第一次見著，形狀確像馬蹄，開眼界了。

阿強也想去嘗嘗菸土，聽說一兩馬蹄土的價格是四兩白銀，嚇了一跳，隨後慶幸自己只是想了想，沒有說出口。

他們走出這家餐館後，阿強花了三文銅錢買了一盒強盜牌香菸，他用火柴點燃紙菸後一邊吸著吐著一邊走著，自我感覺在強盜牌香菸裡抽出了印度產馬蹄土的味道，他抽菸時呆板的動作和美滋滋的表情，讓走在一旁的小美忍不住笑出了聲音。

阿強帶著小美去大世界遊樂場看哈哈鏡，看著自己在一面鏡子裡變得像竹竿那樣細長，而且彎曲起來，小美驚叫一聲，阿強說：

「這是你的魂魄。」

小美嚇得躲到阿強身後，閉上眼睛不敢看，聽到阿強哈哈大笑，小美知道阿強是在逗她，她睜開眼睛，看見鏡子裡的阿強也是細長彎曲，與她的細長彎曲不一樣，阿強的頭下面還有一個頭，小美說：

「你的魂魄有兩個頭。」

阿強說：「另一個是你的頭。」

小美問：「我們兩個的魂魄在一起了？」

阿強說：「在一起了。」

阿強說著伸手又伸腳，也讓小美伸手伸腳，他們看見的魂魄有兩個頭，四隻手和四隻腳，在鏡子裡手舞足蹈。

他們在另一面鏡子裡看見自己像水缸那樣又矮又扁，小美笑著問：「魂魄會變形？」

阿強說：「會變形，變成各種形。」

小美接過來說：「就是變不了人。」

阿強帶著小美遊玩了城隍廟，吃著梨膏糖，看著賣梨膏糖的人站在凳子上，左手小銅鑼，右手小木棍，一邊咣咣咣敲出響亮鑼聲，一邊油嘴滑舌唱起小熱昏，四周的人嘻嘻哈哈地笑，小熱昏裡的葷段子阿強一下子沒聽懂，看見小美低頭而笑，輕聲問小美：

「你聽懂了？」

小美點點頭後臉紅了，阿強好奇地說：「我怎麼聽不懂。」

接下來的葷段子阿強聽懂了，他放聲大笑，誇張的笑聲讓其他人紛紛扭頭來看他。

聽完小熱昏，阿強去買了兩瓶荷蘭水，就是汽水，阿強說這是洋人喝的水。他與小美是第一次喝汽水，一口喝下去兩個人都瞪大了眼睛，甜的味道是一下子品嘗出來了，氣的味道讓他們驚訝了。這次小美首先反應過來，輕聲說道：

「這是氣。」

阿強發現似的叫了起來：「對，這是氣。」
兩個人小口品嘗汽水了，漸漸地味覺裡沒有氣了，阿強問小美：
「氣呢？」
小美說：「是不是跑掉了？」
阿強恍然大悟地說：「對，氣是會跑掉的。」
然後阿強說要帶小美去吃一次洋人的飯。三天以後，他們坐電車到英租界，走進一家西餐館，兩個人正在小聲商量要什麼菜時，夥計送上來麵包和黃油，阿強和小美互相看看，又看看夥計，心想還沒有要菜，吃的就上來了。夥計對他們兩人說，這麵包和黃油是送的，不要錢。聽說不要錢，兩人放心了，看到鄰桌的人把黃油抹在麵包上吃，他們也學著把黃油抹到麵包上，先是小心翼翼吃一口，隨後大口吃了起來。
阿強說：「好吃。」
小美點點頭，阿強剛才聽到夥計說了麵包，沒注意夥計說黃油，他小聲問：
「這吃起來滑滑的叫什麼油？」
小美也沒有注意，她說剛才夥計送過來時自己愣住了，沒有聽清叫什麼油。這時她聽到鄰桌的人說這黃油味道不錯，她低下頭笑了，輕聲說：
「黃油。」
他們在黃浦灘的公共租界那裡站立良久，出現在他們眼前的氣派房子讓他們的腳步長時間停頓，阿強發出一聲聲驚歎之時，小美聽到輪船噠噠的響聲，隨即看見一艘龐大的蒸氣船在江上駛來，船上的煙囪冒出滾滾黑煙，黑煙飄散時像是一面越拉越長的旗幟。阿強也看見了，他剛才的驚歎變成了驚叫，他說：

「這大船不是划槳的，這大船自己行駛。」

小美問：「這是不是電船？」

阿強又去了記憶裡的舊報紙，又找到了，他說：「這是蒸氣船。」

他們路過上海的樓台十二粉黛三千之處，他們在溪鎮見過青樓的模樣，這裡的花街柳巷則是完全不一樣的氣勢，面街的門牆雕梁畫棟，見到的女子濃妝豔服，二胡琵琶與歌聲笑聲此起彼伏。

他們在一個門口出神站立，見到裡面有一間屋子門窗開啟，嫖客和妓女相對而坐，一人奏琴一人吹簫，在溪鎮的青樓裡見不到如此的風雅。

阿強說：「這個溪鎮的青樓裡沒有。」

他們在另一個門口見到了另一個情景，裡面的屋子也是門窗開啟，兩個男人躺在那裡說話，六個妓女三個一組纏繞他們兩個，給他們敲背捶腿捏腳，嬉笑之聲一浪一浪傳過來。

阿強說：「這個溪鎮的青樓裡有。」

他們離開時，見到一個男人扛著一個年少女子從一處青樓裡出來，少女身體微側坐在男子左側肩膀上，男子雙手抱住少女的兩條小腿穩重走去。阿強和小美在路人的議論裡得知，少女是雛妓，男子是龜公，這是青樓界的規矩，第一次出台的雛妓是不能獨自前去的，要讓龜公扛著給人家送上門去。

他們在上海整日游手好閒，他們自己也不知道過去了多少日子，這天阿強突然拍了一下腦門，叫了一聲，他想起了在沈店裁縫鋪外說過的話，然後帶著小美去了一家衣莊，他說上海真是大地方，裁縫鋪叫衣莊。

對上海熟悉起來的阿強不再有膽怯之意，他帶著小美走進去時身體搖晃，故意讓口袋裡的銀元發出碰撞之聲。他為小美訂製了一件碎花面料的旗袍，海派風格的收腰開衩的旗袍。他拿出銀元遞給衣莊的裁縫師傅，裁縫師傅把銀元往櫃檯上一擲，覺得聲音很純，就收起了銀元。

裁縫師傅的這個動作讓阿強走出衣莊後稱讚不已，他對小美說，上海的裁縫師傅不僅做衣裳技藝高超，就是鑑別銀子純色也有功夫，擲在櫃檯上一驗就知道。溪鎮的裁縫師傅拿了銀元後，都是先要用手指去彈，再用牙齒去咬。

三天後的下午，小美在旅社的房間裡，穿上這件旗袍後說，開衩高了，到了膝蓋上面一點，別人會不會看見自己的大腿？阿強站著看了看，又蹲下去看了看，然後說：

「從上往下看，看見膝蓋；從下往上看，看見一點大腿。」

小美說：「在溪鎮是穿不出去的。」

「這是你在上海穿的。」阿強說完補充了一句，「我們不會回溪鎮了。」

這是小美聽到阿強說出來的最後一句美好話語。到了傍晚的時候，這個神采飛揚的阿強消失了，那個心不在焉的阿強回來了。

阿強腦袋歪斜著坐在窗口的凳子上，像是霜打的茄子蔫了。小美一怔，阿強神情的瞬間變化讓小美有了不祥之感，她坐在床上，坐在夕陽的餘暉裡，阿強遲疑不決的聲音開始響起，他告訴她，這些日子開銷過大，又是只出不進，他離家時帶出來的銀元所剩無多了。

小美眼睛裡金子般閃亮的顏色逐漸淡去，這樣的顏色在離開萬畝蕩西里村以後每天都在閃耀，現在隨著夕陽西下黑夜來臨，這樣的顏色在小美的眼睛裡熄滅了。

不做織補活、不打掃屋子也不做飯的這些日子，讓小美忘記了過去，她什麼都沒有去想，以為這樣的生活會一直持續下去，可是這樣的生活在這個來臨的夜晚戛然而止了。小美看見了往後的日子，漂泊不定餐風露宿，但是她和阿強不離不棄相依為命。

這天夜裡阿強睡著以後，小美想了很多，在上海的這些日子讓她見多識廣，她知道接下去做什麼了。她可以重操織補活，起初自然沒有顧客，那就挨家挨戶上門攬活；如果織補生意做不下去，她可以去一家商店做店員，在沈家織補鋪子接待顧客和管理帳簿的經驗能夠讓她成為一個店員；如果做不成店員，她可以去某個大戶人家做女傭；如果沒有大戶人家雇用她，她可以去普通人家做女傭，如果連普通人家也沒有雇用她……想到在上海花街柳巷的所見所聞之後，她不惜以賣身來養活阿強。

然後，她安靜地睡著了。

十八

早上醒來時，小美吃驚地看著站在床前的阿強，阿強又是神采飛揚了。見到小美醒了，阿強興致勃勃對她說：

「今天動身去京城。」

阿強告訴小美，去京城投奔他的姨夫，姨夫曾在恭親王的府上做過事，在京城應該是左右逢源，姨夫能夠為他在京城謀得一份差事，而且會是一份好差事。小美興奮之後，想起昨夜自己的各種謀畫，尤其是不惜賣身，她不由羞愧，臉色通紅了。

小美收好旗袍，穿上士青布衣服，頭上包上藍印花布的頭巾，跟隨阿強北上京城。他們換乘一輛又一輛的馬車，從十二匹馬三節套的馬車，到三匹馬二節套的馬車。他們還坐過兩次牛車，牛車差不多是以犁田的速度前行，使坐在牛車上的人一個個昏昏欲睡。他們住過一家又一家車店，有大車店也有雞毛小店，都是一間屋子裡睡上多人。小美時常是睡在阿強和一個陌生男人中間，為此她將路邊撿到的一塊石頭放入包袱，夜晚睡覺時拿出來放在她和阿強之間，以防不測。

她提防的事果然發生了，有一個夜裡她在夢中驚醒，一隻手已經伸進她的褲子，正在她大腿之間摸索，她知道是睡在左側的那個男人的手，她拿起石頭砸向那隻手的手臂，一聲低沉的慘叫後那隻手從她褲子裡逃脫了。此後她沒再入睡，右手一直握著那塊石頭。

她沒有把這事告訴阿強，她只是住進車店時盡量搶先占到牆壁的鋪位，自己貼牆而睡，讓阿強睡在她的外側，如果牆壁的鋪位都已被人占據，那麼躺在中間鋪位的她就會手握石頭一夜無眠。

阿強踏上前往京城之路時神采飛揚，可是只是飛揚了三天，然後他又是心不在焉的神情了。當時他們坐在擁擠的十二匹馬三節套的馬車上，男女老少南腔北調。坐在車頭雙手拉住韁繩的車夫時常喊叫，有時是「駕！啪！呵！」的聲音，有時是「唔唔」的聲音，有時是「哦哦」的聲音，有時是「越越」的聲音，有時是「呔呔」的聲音，在車夫的叫聲裡，馬車一路向前，往左走，往右走，走在上坡的路，跨過城鎮街道上的石頭門檻……正在前往的京城給予小美很多遐想，那是皇帝居住的地方，那裡的房屋街道應該比上海的更加氣派，在那裡阿強會有一份好差事，自己可以重新做起織補生意，在京城安定下來的憧憬讓小美異常興奮。可是小美的興奮也是只有三天，馬車在大路上拐彎向右而去之時，阿強的神情變了，拐彎前還是神采飛揚，拐彎後心不在焉了。小美知道這意味了什麼，她低下了頭，她的神情追隨阿強的神情，猶如身影追隨身體。

傍晚時分，他們站在一家車店門外，阿強告訴小美，他不知道姨夫的尊姓大名，只是聽母親說起過有這麼一位顯赫的親戚，年幼時去了京城，成年後回過一次沈店，那次回來是與母親的一位表姊完婚。這差不多是母親所說的全部，母親沒有說起他的姓名，母親說這位姨夫大人曾在恭親王府上做過事，母親說這話的時候顯然他已經離開恭親王府。

阿強憂心忡忡，對小美說：「京城這麼大，何處才能找到姨夫？」

小美看著猶豫不決進退失據的阿強，心想溪鎮是回不去了，又無其他去處，只能繼續前行，到了京城如果能夠找到姨夫大人，他們也就有了依靠。

小美對阿強說，京城是很大，恭親王府還是容易找到的，府裡也會有人知道姨夫大人，只要守在王府的大門外，向裡面出來的人一個個打聽，打聽一位來自江南沈店的人士，總會有人知道姨夫大人的消息。

阿強振作起來，他聽從了小美的話。兩人繼續北上，繼續更換不同的馬車，繼續在一個個車店過夜，兩人的話語越來越少，話語的減少不是他們之間有了隔閡，而是他們越是前行，京城的姨夫越是虛無縹緲，兩人心照不宣，他們對前往的地方都是忐忑不安。

十九

他們在秋天裡渡過黃河，來到一個名叫定川的地方過夜。阿強不知道前往京城仍有漫長路程，以為渡過黃河後，京城很近了，他吩咐小美，明天換上碎花面料旗袍，他也換上寶藍色長衫，他們要體面地進入京城。

一輛三匹馬二節套的馬車載上他們兩個，還有另外四人，清晨時刻馬蹄聲聲駛出了定川的城門。

在顛簸的馬車上，小美右邊坐著阿強，左邊是一個女人，對面坐著的三個男人同時看著她旗袍的開衩處，她微微臉紅了，將右腿貼住阿強的左腿，手裡的包袱放到左腿的旗袍開衩處，過了一會兒她偷偷看了一眼對面的三個男人，他們的目光已經移開，她覺得把自己藏好了。

中午的時候，他們在一家雞毛小店休息了一個時辰，車夫給三匹馬餵了飼料喝了水，他們幾個坐在店外的幾塊石頭上吃了自帶的乾糧。馬車出發時，坐在小美左邊的女人沒有上馬車，她手挽包袱站在車店門口，左顧右盼，像是等人來接她。

馬車繼續前行，小美在單調的馬蹄聲和單調的車輪滾動聲裡靠著阿強睡著了，阿強和對面的三個男人說話，互相打聽各自的去處，阿強說去京城，三個男人說出了阿強沒有聽說過的三個地名，阿強才知道他們不是一夥的，他們東拉西扯地說話，他們的聲音和馬蹄聲車輪聲一樣單調。

馬車一路前行，很長時間過去後，一個車輪突然發出一陣響亮的嘎吱聲，小美醒過來，正在驚訝之時，車輪支離破碎，馬車傾斜倒地，小美眼見對面的三個男人滾落下去，她來不及叫出聲音也和阿強滾到地上。

使勁抓住轡繩的車夫沒有滾落，他歪斜身體「吁吁」叫著，三匹馬拖著嘎吱作響的馬車停了下來。

車夫跳下側倒在地的馬車，先看看撒落在地的破碎車輪，再看看站起來正在拍打身上塵土的五個人，哭喪著臉說，馬車不能走了，他一個月的工錢賠進這車輪子裡去了。他伸手指了指道路的遠方說，往前走十多里路有一個車店，走得快的話天黑前能走到。車夫可憐巴巴拜託他們，到了車店請店主人派人送一個新的車輪子過來。

他們離開傷心的車夫向前走去，那三個男人走在前面，阿強和小美走在後面。小美故意放慢腳步，與前面的人拉開距離，前面走去的三個男人不斷回頭看看他們。小美前後左右張望，看見一條小河從遠處拐過來，與他們走去的道路並行延伸，走到黃昏來臨時，小河拐彎後去了遠處。

小美站住腳，她害怕與前面的三個男人共同走進黑夜。她拉住阿強的長衫，指了指旁邊的一條小路，阿強的目光沿著小路的延伸看見一個村莊，小美說去村裡找一戶人家借宿一夜。阿強明白小美擔心什麼，他看了看前面走去的那三個男人，轉身和小美走上了小路。

二十

阿強和小美走進村莊，一座磚瓦房的宅院在村口迎接他們，周邊都是茅屋，阿強不由輕輕叫了一聲，這是面對磚瓦房發出的驚訝之聲，他走向圍牆與房屋連接的宅院，有兩個窗戶打開著，他踮腳向裡面張望，在一個窗口他看見裡面有一個書櫃，書櫃裡整齊放著書籍，他再次輕輕叫了一聲，讓小美也踮腳向裡面張望，小美踮腳後看見書櫃最上面一排書籍。

他們順著窗戶走到院門，關閉的院門擋住了他們，他們站在那裡說話，阿強說這是一戶富裕人家，小美說這戶人家知書達理。這時候院門開了，身材高大的林祥福出現在他們面前。

林祥福在與阿強說話的時候，看了幾眼容顏秀美的小美，其間好奇地看起小美身上的海派旗袍，見到旗袍的開衩有些高，移開目光後臉紅了，隨後再去看小美時，小美也是臉色泛紅，她對林祥福笑了笑。

這天晚上，小美安靜地看著阿強和林祥福，聽著他們說話，心裡卻是波瀾起伏。自從阿強突然來到西里村帶走她之後，阿強時有驚人之舉，這個夜晚再次讓小美吃驚。阿強得知這兩排六間的磚瓦房只有林祥福一人居住後，他告訴林祥福，小美是他的妹妹，而且謊說父母雙亡。林祥福詢問他們家鄉在何處，阿強沒有說溪鎮，而是說出了一個小美不知道的文城。

阿強重又神采飛揚，他說話滔滔不絕，這個名叫林祥福的男人也說了不少話，他們兩個的眼睛都在閃閃發亮，林祥福的目光不時穿過煤油燈的光亮來到小美臉上，小美以微笑回應他時，他慌張地移開目光，直到他開始和小美說話，神情才趨向自然。

看著阿強神采飛揚地說話，小美預感到了什麼。有一段時間她沒有聽到阿強和林祥福的說話聲音，她沉浸在關於阿強的記憶裡。十歲進入沈家初見這個心不在焉的男孩，隨後這個男孩在她的記憶裡迅速長大，八年的光陰恍若瞬間，記憶在他們的新婚之夜停留了一下，又在她回到萬畝蕩西里村停留了一下，記憶停留最久的是在她忍辱負重之時，阿強突然出現在她面前，這個男人冒天下之大不韙將她帶上遠走他鄉，此後兩人同甘共苦一路走來。

這天深夜阿強躺在炕上看著從窗戶照射進來的月光，低聲細語，斷斷續續，語無倫次地說著話，小美側身躺在旁邊，看著阿強，阿強的臉在月光裡有著窗框的影子。

阿強講述了繼續前往京城的不安，阿強不知道是否真有一個在恭親王府上做過事的姨夫，母親沒有見過他，不僅沒有見過他，就是嫁給他的那個遠房表姊也沒有見過。阿強說到這裡停頓一下，等待小美的反應。小美說到了京城，找到恭親王府就會知道姨夫是否在那裡做過事。阿強已經放棄前往京城，小美仍然要去京城。阿強強調，若是姨夫沒在恭親王府上做過事，找到恭親王府也是打聽不到姨夫的消息。小美不為所動，她說即使找不到姨夫，只要吃苦耐勞，應該能夠在京城立足。阿強問她怎樣在京城立足，小美說織補手藝是不會丟掉的，有朝一日有了自己的織補鋪子，就是在京城立足了。

阿強沉默不語了，他再次說話時換了一個話題，講述了此刻囊中羞澀，再怎麼省吃儉用也維持不了多久。小美立即說把她的旗袍送進當鋪，應該能夠換出一些錢來。阿強歎息一聲說當掉衣物只是一時之計，不是長久之計。小美依舊樂觀堅定，她說總能找到生計的，天無絕人之路，即使一路討飯也能討到京城。

阿強不再說下去，過了一會兒開始說起林祥福，說他是個好人，家境也富裕。小美微微點頭，她也覺得林祥福是個好人。接下去阿強說話吞吞吐吐，說他明天獨自一人離去，他要小美留下來。後面還有很多話，他難以啟齒，嘴巴張了又張，始終沒有聲音。

小美安靜地看著月光裡阿強的臉，聽著阿強說出來的這些話，她知道阿強後面要說的是什麼，她等了一會兒，阿強沒有聲音，她知道那些話阿強說不出口，就安靜地問他：

「你在哪裡等我？」

阿強一怔，看著小美，然後他說：「在定川的車店。」

小美繼續問他：「你會一直等我？」

阿強抱住了小美，撫摸著脫去了小美的衣褲，又脫去了自己的衣褲，他的身體在小美的身體上流連忘返。小美從未感受過如此的溫柔，她知道這是阿強的回答，她用同樣的溫柔撫摸阿強。月光看見兩個身體在炕上糾纏，兩個抱在一起的身體一直在互相尋找，似乎要將身體的每個部分緊貼在一起。

二十一

小美在林祥福這裡經歷了半個秋天和一個冬天，在初春的二月裡悄然離去。林祥福就像北方的土地那樣強壯有力，他心地善良生機勃勃隨遇而安。小美感受到的是一個與阿強截然不同的男人，以及與溪鎮截然不同的生活。她在這裡目睹了樹葉紛紛飄落，大地逐漸枯黃，她從秋風習習經歷到了寒風凜冽。

小美擔憂阿強，不知道阿強每一天是怎麼度過的，在定川的車店是否受人欺負。當林祥福去田地裡察看莊稼回來，站在她面前時，她的思緒就會從阿強那裡跳躍出來，來到林祥福這裡，林祥福讓她感到心安。林祥福在木工間裡發出敲打的聲響和刨木料的聲響時，她會讓織布機響起來，以此聲呼應彼聲。如同抽刀斷水水更流，對於阿強的擔憂越是持續，她對於這裡的生活越是適應。久而久之，小美的心裡起了微妙的變化，她的眼睛裡出現了不同的神色，在擔憂阿強的時候，也在等待林祥福從田地裡回來。

這樣的日子不知不覺裡過去了一天又一天，直到那場匆忙婚禮的到來，才讓這樣的日子進入尾聲。婚禮中小美見到那個身穿寶藍長衫前來賀喜的村民時心頭一緊，覺得這是阿強的長衫，那個村民說是用半袋玉米從一個五十多歲的男子那裡換來的，小美懸起的心這才放下。婚禮後的深夜，林祥福從牆壁的隔層裡取出木盒，把金條展示出來，小美驚醒般地感到自己要離去了，隨後她心裡一片茫然，似乎突然站立在沒有道路的廣袤大地上。

那個夜晚林祥福睡著後，小美輾轉反側，那件寶藍長衫在她腦海裡不肯離去，她再次覺得這是阿強的長衫，長短肥瘦與阿強的長衫吻合，只是上面有了幾處無法洗淨的汙漬，她仔細回想後確定長衫上的汙漬不是血跡，稍稍安心一些。然後她想到阿強從這裡離去時，身上只有兩塊銀元和十三文銅錢，這些支撐不到現在。她猜想阿強把他的寶藍長衫送進了定川的當鋪，這件長衫幾度易手後增加了幾處汙漬，來到了這個村民身上，她覺得阿強可能把值錢一些的衣物都送進了當鋪。想到村民所說的那個男子額頭上有疤痕，小美哆嗦一下，害怕阿強被人用刀砍了，好在村民說那個男子是五十多歲的年紀，應該不是阿強。

寶藍長衫離去後，阿強來到了，窮困潦倒的模樣，依依不捨的神情，身上沒有寶藍長衫的阿強的出現，讓小美的思緒跳躍到了裝有金條的木盒，她戰慄了一下，她確定自己要離去了。她的身體已經出現異樣的感覺，她有所警覺，但是沒有往下去想。

這些日子林祥福每天去田間察看麥子長勢，在家的小美為林祥福做了一身新衣服和兩雙新布鞋，然後在廚房裡為林祥福做了足夠吃半個月的食物。

小美沒有用尺子，她用手掌量了林祥福的身體和腳，手掌量的時候一掌緊挨著一掌，手掌像是在林祥福身上走動，弄得林祥福陣陣發癢，身體抖動笑個不停。小美用手掌量林祥福的腳底時，林祥福癢得躺在炕上大笑，他兩次抽回自己的腳，小美就把他的腳拉回來，在懷裡抱上一會兒再用手掌去量。衣服和布鞋做好後，小美讓林祥福試穿，衣服合身，布鞋合腳，林祥福稱讚小美心靈手巧，說天底下的女人沒有一個比得上小美的。林祥福由衷的高興沒有感染到小美，小美的眼睛裡流露出一絲憂愁，林祥福沒有察覺。即使看見廚房的桌子上灶台上堆滿了吃的，林祥福仍然沒有察覺，他覺得這是過年的情景，笑著對小美說剛過完年，怎麼又要過年了。

離去的前一天，小美在林祥福去田間察看麥子的時候，從裡屋牆壁的隔層裡取出那只木盒，打開後看著十七根大的金條和三根小的金條，遲疑之後拿出七根大的和一根小的，用一塊白布裹好放進一個小包袱，再把木盒放回牆壁的隔層。她又在衣櫥裡把自己的衣物整理到一起，沒有馬上放進另外準備的大包袱。

小美沒有把裝有金條的包袱藏好，而是放在炕上貼近牆壁的地方，她不知道自己為什麼要這樣做，似乎是為了等待命運的裁決，看看林祥福是否發現。

林祥福上炕睡覺前看見了這個小包袱，他以為是小美明天去關帝廟燒香時要帶上的，走過去兩步，將沒有繫緊的包袱繫緊了。小美看著他走向這個包袱，他只要提一下就會感受到金條的重量。他沒有提起來，只是細心地繫緊了。小美看著他走過去做出這個動作時，心裡出奇的平靜，她聽天由命。

然後是天亮前，小美下炕後打開衣櫥，不慌不忙將自己的衣物取出來，先鋪在炕上，然後放入包袱繫緊。她把喜鵲登梅和獅子滾繡球兩塊頭巾，放在衣櫥裡林祥福的衣服上面，她讓這兩塊頭巾留在那裡，或許是想留下自己的痕跡，或許是想留下自己的內愧。她弄出來的聲響讓林祥福醒了一下，林祥福停止了鼾聲，含糊不清地說了一句話，翻身後又睡著了。

小美站在炕前，借助月光仔細看著睡夢中的林祥福，不捨之意在心裡湧起，湧起的還有負罪之感。她此生要告別這個男人，但她此生不會忘記這個男人。淚水在小美的臉上流淌，她發出了哽咽之聲。林祥福的鼾聲停頓了一下，隨即翻了一個身，繼續他的睡眠。

小美右手挽起小的包袱，身上揹起大的包袱，在逐漸退去的月光裡走出了林祥福家的院門，走上村裡的小路，晨風吹落她臉上的淚水，她走過小路，走上通向定川的大路，淚水已被晨風吹乾，這時候她的心裡充滿阿強了。她意識到與阿強的離別已有五個月，她在大路上快步走去，彷彿她要快速走過這五個月。她聽到身後的馬蹄聲和車夫的吆喝聲，她站住腳等著馬車過來，她坐上馬車以後，就以更快的速度去走過與阿強的這次離別。

小美在定川的車店沒有見到阿強。她只是在此住宿一夜，店主人記不起她。她打聽阿強，描述阿強，店主人記起了阿強，告訴她，阿強來住過，住了幾天就走了。

小美茫然站在路邊，腦子裡只有一個念頭，阿強在哪裡？她沒有想阿強可能離她而去，她覺得阿強會一直等她，可是阿強沒有在車店，他在哪裡呢？有馬車從她身旁出發，也有馬車來到她身旁，她感覺身後的車店不斷有人進出。她不知不覺裡從下午站到了傍晚，然後看見一個衣衫襤褸的叫花子從遠處快步跑來，叫花子向她揮手，她聽到了叫花子的叫聲：

「小美。」

小美聽見了阿強的聲音，她快步迎了上去，認出了阿強的容貌，這時的阿強又瘦又黑，還有一頭骯髒的長髮。跑過來的阿強站住腳，害怕什麼似的四下看看，隨後走到小美面前，他聲音顫動地說：

「小美，你來了。」

小美仔細看看阿強的額頭，沒有疤痕，她點點頭說：「來了。」

阿強說：「我以為你不會來了。」

小美看著阿強的模樣，心酸地問：「你怎麼會是這樣？」

阿強告訴小美，他身上的錢用完後，又把衣物當掉，此後只能乞討為生。阿強補充了一句，花衣裳沒有當掉，他捨不得。小美這才看到他身上揹著一個破舊包袱，看上去輕飄飄的，裡面大概只有那身花衣裳。阿強說著伸手指了指遠處，那個他剛才跑過來的地方，說他每天都會走到那裡往車店這邊張望，每天都是幾次，就是以為小美不會來了，他還是每天都來張望。說到這裡，阿強哭了，他對小美說：

「你終於來了。」

小美看不清阿強的臉，她的眼睛已被淚水遮掩，她有很多話對阿強說，可是出來的只有低泣聲。

二十二

五個月的離別在相逢之時蒸發了，他們似乎沒有過離別，他們回到了五個月之前的奔波，換乘一輛又一輛馬車，不是一路北上，而是一路南下，他們沒有想應該去何處，他們只是一路南下，這是對於南方的依戀，南方才是他們的安身之處，至於這個安身之處具體在哪裡，他們暫時不知道，渡過長江以後他們才會去尋找去決定。

他們不再去住嘈雜的車店，而是夜宿體面的旅社。阿強沒有想到小美會從林祥福那裡帶出來這麼多金條，他和小美一生都將衣食無憂。阿強在南下的馬車上興致勃勃，與不同的人說著不同的話，他的聲音連續不斷，就像一路前行的馬蹄聲。

小美沒有歡樂的神情，她眼睛裡出來的是憂愁的目光。她與阿強重逢後出現的笑容，在馬車的顛簸裡逐漸掉落。離林祥福越來越遠，小美感到自己在林祥福那裡留下的越來越多，那是無法帶走的，如同喜鵲登梅和獅子滾繡球兩塊頭巾，屬於林祥福那裡了。

還在林祥福那裡的時候，她的身體已經出現異樣的反應，在渡過黃河後南下的馬車上，她身體的反應開始明顯起來，有幾次她請求車夫勒住前行的馬匹，馬車停下來後，她站在路邊彎腰嘔吐。

她意識到已有身孕，在一個夜晚的旅社裡，她告訴了阿強，阿強的神情只是微微驚訝了一下，隨後恢復正常，他說渡過長江以後找一個長久居住之處，把孩子生下來。小美提醒他這是林祥福的孩子。阿強點點頭，似乎說他當然知道這是林祥福的孩子。

接下去小美沉默不語，她的思緒則是動盪不安。阿強說對孩子他會視若己出，小美微微點頭，她相信阿強會這樣。阿強說他會把織補手藝傳授給孩子，小美笑了一下，阿強意識到自己的織補手藝並不精湛，改口說還是讓孩子好好讀書，將來考取功名，喜鵲攀上枝頭變鳳凰。

小美的思緒開始安靜下來，阿強所說的話讓她心裡踏實，她有些調皮地問阿強，如果生下來的是女孩，是把織補手藝傳授給她，還是讓她好好讀書？阿強撓撓頭，不知怎麼回答，那年月女孩沒有考取功名之路，過了一會兒他答非所問地說，雖然這些金條足夠此生，仍然要省吃儉用，以備孩子之用，若是男孩，將來娶妻之用，若是女孩，將來置辦嫁妝之用。小美信賴地看著阿強，她的雙手放到腹部，這是護住腹中胎兒的手勢，她輕聲說渡過長江找到安頓之處後，不能坐吃山空，還是要開一個織補鋪子。阿強點點頭對小美說，若是女孩，把你的織補手藝傳授給她。小美再次笑了一下，她知道阿強這樣說是對他自己的織補手藝信心不足，她對阿強說，若是男孩，你負責他寒窗苦讀考取功名。阿強想起了仍在包袱裡的花衣裳，他說若是女孩，從小就讓她穿上花衣裳，以後每年給她做一身新的花衣裳，直到她出嫁。小美聽後含淚而笑。

此後的旅途裡，小美一直心事重重，小美影響了阿強，阿強沒有了興奮的神情，他坐在馬車上時很少與人說話，他覺得是腹中胎兒讓小美心事重重，他想找出一些話來對小美說，可是一句恰當的話也找不到，他能夠說出來的只是幾句無關緊要的日常話語，然後他不再說了，他與小美一樣，在沉默裡越陷越深。

來到長江邊的時候，小美的腹部已經微微隆起，雙腳出現浮腫。阿強說在這裡住上一夜，翌日再渡過江去。

在這個看得見長江聽不見江水拍岸的旅店裡，小美突然無聲流淚，林祥福把一切給予了她，她卻偷走林祥福的金條，又帶走林祥福的孩子，她心裡充滿不安和負罪之感，她覺得長江是一條界線，她過去了，就不會回頭，那麼林祥福不會知道也不會見到自己的孩子。

小美擦乾眼淚，把持續了一些日子的想法說了出來，她要回去，回到林祥福那裡，在那裡把孩子生下來。

她雙手護住自己的腹部說：「這是他的骨肉。」

阿強吃驚地看著小美，一下子沒有反應過來，小美再次說：

「這是他的骨肉。」

小美再次說出的這句話裡有了不容置疑的聲調，阿強的神情從吃驚到緊張，又從緊張到不安。過了一會兒，他有些結巴地說：

「你把金條偷出來，又再送回去……」

小美不解地問他：「為什麼要送回去？」

阿強疑惑地問她：「你不把金條送回去？」

「不送回去，」小美說，「我把孩子送回去。」

阿強「噢」了一聲，隨即害怕了，他問小美：「你不把金條送回去，他會不會殺了你？」

小美看著阿強，神色迷茫了，她說：「不知道。」

過了一會兒，她搖了搖頭，說道：「他是好人，他不會殺我的。」

又過了一會兒，她笑了，說道：「即使殺我，他也會等到孩子生下來。」

小美心意已決，要回到林祥福那裡生下孩子，阿強雖然擔驚受怕，也只能同意。在這個長江邊的夜晚，小美和阿強對調了他們此生的位置，此後不是小美跟隨阿強，而是阿強跟隨小美了。

兩人商量之後決定返回定川，阿強再次在定川等候。

小美說：「這次的等候會很久。」

阿強說：「無論多久我都會等你。」

小美說：「萬一有個三長兩短我死在了那裡。」

阿強說：「我會在定川等到死去。」

兩人淚眼相看，然後淚眼相笑。

阿強問小美：「生下孩子後，你就來定川找我？」

小美思忖片刻後回答：「孩子滿月後，我來定川找你。」

接下去他們輕聲細語說話，小美說，路上帶著金條很沉很危險，明日去找到一個大的錢莊換成銀票。小美拿出針線給阿強的內衣縫製了一個內側口袋，說把銀票疊好後放進內衣口袋，既方便又安全。阿強說，到了定川後他不住車店也不住旅社，車店和旅社人來人往，小偷混跡其間。他在定川的五個月，看見有處房屋可以租賃，租下一間廂房一人獨住，能夠保證銀票不會被人偷走。阿強又說，那處房屋離寺廟很近，走出一條街就是寺廟，他會每天去廟裡燒香，保佑小美平安。

二十三

長途跋涉之後，他們來到定川。小美接近林祥福了，她心裡平靜如水，這一路顛簸而來，她想到過種種的懲罰，無論什麼懲罰，她都會接受，只要讓她把孩子生下來，她相信林祥福會讓她生下孩子。

小美與阿強在定川度過了一個悄無聲息的夜晚，在租住的那間廂房裡，在院子裡偶爾響起的狗吠聲裡，在更夫敲打竹梆子的聲響裡，在煤油燈的閃爍裡，阿強憂心忡忡看著小美。翌日清晨送小美到車店，把小美扶上馬車時，阿強仍然是憂心忡忡看著她，馬車向前駛去時，小美看不見阿強的憂心忡忡了，因為阿強低下了頭。

小美乘坐的馬車離開定川，在北方的道路上前行，被風吹起的塵土在她眼前飛揚，她透過塵土看見田野裡麥浪滾滾，心想林祥福應該在準備收割麥子了。依然是中午的時候，馬車來到那家雞毛小店，這次停留的時間短，大概半個時辰，車夫給三匹馬餵了飼料喝了水之後，馬車繼續上路，小美開始留意道路兩旁，她記得那條小河，當她在馬車上看見那條從遠方拐過來的小河時，她怦然心動，馬上要見到林祥福了。她知道馬車已經經過了上次車輪出事的地方，她看著小河與道路一起向前延伸，在看見小河拐彎去向遠方時，小美下了馬車，她在路邊站立一會兒，看著田地裡的人影，有一個像是林祥福，另外一個也像是林祥福，然後她走上熟悉的小路，這時候她忐忑不安了。

林祥福以田野般的寬厚接納了小美，小美想過的種種懲罰無一出現，種種愛護一一到來。小美在這裡再次出嫁，這次比上次正式，寫庚帖合八字，庚帖在灶台上放了一個月，灶神爺保佑了他們。林祥福請來兩位漆匠一位裁縫，漆匠給家具刷上亮晃晃的油漆，裁縫給小美做了一件寬大的紅袍。然後林祥福把一張四方桌改造成花轎，小美身穿紅袍坐上花轎，女兒有驚無險出生。

此後的生活看上去平靜又快樂，林祥福沉浸其間，小美則是強作歡顏，女兒的出生彷彿是催促之聲，催促她再次離去。

小美與女兒在炕上形影不離，白天時抱在懷裡難以捨手，黑夜裡她會從睡眠裡醒來，伸手過去小心翼翼撫摸襁褓中女兒的臉，流連忘返的撫摸彷彿要把女兒的氣息隨手帶上永留在身。林祥福出現在屋子裡時，小美的眼睛才會離開女兒一會兒，她的眼睛去追蹤林祥福了。

小美盼望女兒滿月的日子慢點來到，可是每一天的日出到日落似乎是在眨眼之間。然後收生婆帶著剃頭匠來了，村裡來了很多人，院子裡站不下的，就站到院子外，看熱鬧的孩子爬到了樹上坐到了院牆上。剃頭匠用剃刀小心翼翼刮去女兒的胎髮和眉毛，小美用一塊紅布將女兒的胎髮和眉毛包裹起來的時候，雙手顫抖了。

看著小美將胎髮和眉毛包裹好了，收生婆說按規矩嬰兒滿月禮落胎髮後應該挪窩，由外婆或舅舅抱去自己家小住。林祥福說女兒的外婆不在人世了，舅舅遠在長江以南，路途千里，不便挪窩。收生婆想了想說也是，她說不挪窩了，只是走滿月還是要走的。林祥福問收生婆怎麼走滿月，收生婆說只能將就著走滿月了，只是要由女方親友帶上衣帽鞋襪來，揹著嬰兒向南走一走，因為嬰兒的舅舅在南方，這樣就算是走過了。林祥福指著田大說，他家代表女方親友，不過衣帽鞋襪需要三天來準備。收生婆說那就等三天，三天後揹上嬰兒走滿月。收生婆臨走時吩咐小美，折一束桃枝，用紅繩繫上五顆染紅的花生和七枚銅錢，桃枝是驅邪，花生是長壽，銅錢是七星高照人財兩旺。

三天後，小美手裡舉著繫上了花生和銅錢的桃枝，田大的女兒揹上襁褓中的嬰兒，走出林祥福家的院門。村裡人簇擁而去，林祥福跟在小美和田大女兒身後，走在旁邊的收生婆阻止了林祥福，她說走滿月應是女方的事，男方不用跟隨。林祥福站住腳，在嘈雜的人聲裡對田大女兒大聲說：

「先在村裡走一圈，上了大路往南多走一程。」

田大女兒回頭答應一聲，收生婆對她說：「走滿月不能回頭，回頭了就得退回重走。」手舉桃枝的小美和揹著嬰兒的田大女兒倒退著往回走，她們兩個都不敢回頭。退回到林祥福家的院門處，收生婆想起了什麼，問林祥福：

「有沒有在孩子懷裡放了寫有字的紙？」

林祥福搖搖頭說沒有放紙，收生婆說：「放上紙，孩子日後能讀書知禮。」

林祥福趕緊跑回屋裡，拿起一張他寫過字的紙，跑出來交給收生婆，收生婆仔細疊好後塞入嬰兒襁褓裡。

林祥福問收生婆：「還需什麼？」

收生婆想了想說：「去拿兩根蔥。」

林祥福跑進另一個屋子，拿了兩根大蔥過來。收生婆把兩根大蔥塞入嬰兒襁褓，襁褓裡像是長出了大蔥，熟睡中嬰兒的腦袋剛好靠在大蔥上。村裡人見了哈哈笑個不停，林祥福和小美也笑了，田大女兒看不見背後嬰兒的奇怪模樣，看見村裡人都在大笑，她也跟著笑起來。只有收生婆沒有笑，她對林祥福說：

「有了蔥，孩子日後聰明能幹。」

走滿月開始了，田大女兒揹著嬰兒在村裡走了一圈，收生婆和手舉桃枝的小美走在兩旁，村裡人前前後後走著，路窄時人群變窄，路寬時人群變寬。走出村莊，走上大路往南走去時，一直熟睡的嬰兒醒來了，腦袋依舊靠在兩棵大蔥上，懵懵懂懂看著這麼多的人，聽著這麼多的聲音。

看見嬰兒醒了，收生婆指著前面一個村民對嬰兒說：

「見過嗎？」

嬰兒沒有反應，睜著烏黑發亮的眼睛，看看這個，看看那個，收生婆指著另一個村民，繼續對嬰兒說：

「見過嗎？」

嬰兒還是沒有反應，村民們一個個上來，學著收生婆的話，指著別人對嬰兒說：

「見過嗎？」

嬰兒聽到不同的聲音有趣地此起彼伏，張開沒有牙齒的嘴笑了。看見嬰兒笑了，村民們爭先上前去說那句話，一個村民使用了滑稽的腔調，嬰兒笑出了咯咯的聲音，其他村民也開始拿腔變調說話了，嬰兒咯咯的笑聲接連不斷，兩棵大蔥不停抖動。

二十四

小美沒有在女兒走滿月之後離去，雖然她每天早晨醒來時，都會覺得與女兒與林祥福離別的時刻來臨了，可是她一天一天在拖延。她給女兒餵奶的時候，女兒的腦袋靠在她的臂彎裡，女兒的小手則是在她胸前輕微移動，正是這挽留之手，讓小美去意徬徨。

這一天林祥福終於有了空閒，他懷揣三十枚銀元牽著毛驢進城，這是一年收成的積餘，他要到聚和錢莊去換成一根小黃魚。

下午的時候，身穿土青布衣衫的小美，抱著女兒坐在院門口，迷離的眼睛眺望村口的大路，懷裡的女兒睜大眼睛端詳母親。上午出門的林祥福遲遲未歸，直到落日西沉之時，小美聽到毛驢的鈴鐺聲在風中飄來，她定睛一看，林祥福牽著毛驢已到村口。

林祥福一手牽著毛驢一手舉著一串糖葫蘆，笑呵呵走到小美身前，他將糖葫蘆遞給小美，又俯身看了一會兒自己的女兒，然後與小美一起走進院子。林祥福牽著毛驢在院子裡慢慢地遛圈，他告訴懷抱女兒坐在屋門前的小美，牲口下了套，一定要遛遛道。

這是一個被晚霞映紅的黃昏，坐在門前的小美不時將糖葫蘆放到嬰兒的嘴唇上，讓她舔舔甜的滋味，霞光照耀著她們，小美土青布的衣衫看上去像楓葉一樣紅了。

這天晚上，林祥福和小美都是遲遲沒有入睡。林祥福從牆的隔層裡取出那只木盒，他把小黃魚放了進去。兩個人躺在炕上，中間睡著他們的女兒。林祥福說，一路走回家時，胸口的小黃魚沉甸甸的，以後每年都會有一根，十年後就是一根大黃魚，就有十一根大黃魚了，等到女兒十六歲出嫁時，會有十一根大黃魚，還有八根小黃魚，那時一定要給她辦一套像樣嫁妝，讓她風光走進婆家。

林祥福的話讓小美哭泣起來，林祥福不知道小美哭泣的根源，心想她是在自責，他說有時自己想起那些金條也會氣上心頭，但是過一會兒就好了，過去的事已經過去了。

林祥福說完沉沉睡去，小美睡著沒有多久，被女兒飢餓的啼哭喚醒，小美起身下炕點亮煤油燈，再坐到炕上給女兒餵奶。女兒吃飽之後她解開襁褓，讓女兒趴在自己大腿上，給女兒換尿布。這時候小美驚喜地看見女兒的頭抬起來了，此前女兒的頭一直需要依靠，現在女兒的脖子突然有力量了，頭抬了起來，而且東張西望。

小美叫醒林祥福，她要和林祥福共同經歷這個時刻。林祥福支撐起身體，睡眼矇矓看著小美，小美讓他去看女兒，他看到女兒時「啊」地叫一聲，完全醒過來了。

女兒的頭一會兒往左，一會兒往右，一會兒往上，烏黑發亮的眼睛左邊看看，右邊看看，前面看看。林祥福笑出了聲音，他說女兒的頭動來動去，像是烏龜的頭，他補充說：

「烏龜的頭伸出來就是這樣。」

這時的小美淚流滿面，林祥福對著小美笑了，他說：「將來女兒出嫁時你定然哭成個淚人。」

林祥福不知道小美流下的是離別之淚，女兒的頭突然抬起來了，這是女兒成長裡的最初一步，小美見證了這一步，她告訴自己應該走了。

二十五

星辰尚未退去之時，小美已經走在通往定川的大路上，她眼含淚水走在天亮之前的月光裡，淚光在她眼眶裡閃爍。

一輛馬車在日出的光芒裡駛來，她懷抱包袱低頭上了馬車，低頭坐下後用袖管吸乾淚水，她抬起頭後臉色凝重沒有表情了，她看了看坐在馬車上的兩個女人一個男人，然後她去看無邊無際的田野，她看見的是空空蕩蕩，她心裡也是空空蕩蕩。

小美上次離去時，滿懷不捨之意和負罪之感，這次的離去是傷心之旅，她離開的不只是林祥福，還有初來人間的女兒。

下午的時候，她在定川的車店下了馬車，走到路口站住腳往四周看了看，記起來應該走上向左的街道，她知道一直走下去，看見寺廟的時候，就是快到阿強租住的房屋了。她在那裡住過不安的一夜，第二天她就要回到林祥福身邊，當時不知道命運會以何種方式迎接她。

她走過一個街口的時候，心裡突然升起一個念頭，阿強會不會不再等她，已經走了，已經回到溪鎮，回到他父母身邊，如果真是這樣，她就會回到林祥福和女兒身邊。這個念頭只是一閃而過，她覺得阿強不會離去，阿強會一直等著她。她這樣想著又走過一個街口，她聽到身後的叫聲：

「小美，小美。」

那是阿強的聲音，小美轉過身去，看見阿強興奮跑來。阿強跑到小美跟前，一把拉住她的手往回跑，小美被阿強拉著跑去，不知道阿強要幹什麼，阿強邊跑邊說：

「快去看，快去看馬抬轎子。」

阿強拉著小美跑到街口，向右一轉繼續跑去，跑到馬和轎子跟前，阿強才站住腳，他的右手指向馬抬轎子，興奮地說：

「你看，你看。」

小美看見一前一後兩匹馬抬著的一個轎子，兩個轎夫一個在前一個在後牽著各自的馬，轎子裡坐著幾個人。阿強讓小美去看轎子前後兩匹馬的步伐，步伐跟操練的兵勇那樣整齊統一。

阿強說：「兩匹馬的步伐不統一，這轎子裡的人就會掉出來。」

阿強又說：「我第一次見到馬抬轎子。」

然後阿強仔細看起了小美，看到小美此前隆起的腹部平坦了，小美的臉圓潤了，毫髮無損的小美讓阿強笑了，他覺得自己功不可沒，他說：

「我每天都去廟裡燒香。」

說完這話他的眼睛紅了，哽咽地說：「你終於來了。」

小美也是仔細看起阿強，覺得他胖了，他身上的長衫沒有見過，應該是他在定川的裁縫鋪訂做的。小美的臉上出現了笑容，這是她這個奔波一天裡的第一次笑容。

小美在定川住宿一夜後，再次與阿強長途跋涉，晝乘馬車夜宿旅店，一路南下，因為小美沉默寡言，阿強也就很少說話。渡過長江後，南方在他們眼前展開，樹木青草茂盛生長，莊稼鬱鬱蔥蔥，河流在田野裡縱橫交錯，炊煙在農舍的屋頂嫋嫋升起。離開定川時，他們的目的地只是回到南方，渡過長江以後他們就要面臨具體的去處。

小美繼續搭乘南去的馬車，阿強不知道小美要去何處，只是一路跟隨，接近上海的時候，阿強以為小美是要去上海，那裡記載了他們兩人最為快樂的時光。阿強問小美是不是去上海，小美搖搖頭，說在上海開銷太大。阿強迷茫了，過了一會兒他又問：

「去哪裡？」

小美的回答讓阿強吃了一驚，小美說：

「回溪鎮。」

二十六

阿強去萬畝蕩西里村接上小美遠走他鄉之後，沈母臉上嚴厲的神情不見了，陰鬱的表情取而代之。沈父萬萬沒有想到兒子會做出這種事情，偷了家裡一百塊銀元，還將櫃檯抽屜裡的銅錢席捲一空，他拿起兒子留下的書信看一遍就會嘆息一聲，然後說：

「不孝之子。」

十多天後一個熟悉的顧客上門取衣時，出於關切，詢問阿強和小美是否有了消息。沈母面無表情搖搖頭，沈父則是一怔，顧客走後，沈父愁眉苦臉，說他怎麼知道阿強和小美的事。沈母說：

「紙是包不住火的。」

一年過去後，阿強和小美仍然杳無音信，沈家的織補生意也是日薄西山，原本就不熱鬧的鋪子，如今冷冷清清只有兩個動作遲緩的老人，由於時常不能按期交貨，上門的顧客一天少於一天，後來經常是幾天見不到一個顧客，兩個老人早晨取下門板後，呆坐到傍晚再關上門板。

沈父此前一直喜歡這個勤快節儉心靈手巧的兒媳，沈母執意休掉她之後，他難過了幾天。現在他時常咒罵小美，說小美是妖精，兒子離家出走是被這個妖精迷惑了，末了還會後悔嘆氣，說小美初來時偷穿花衣裳那回就該休掉，當初不該心軟。

沈母神情陰鬱地聽著丈夫的咒罵，一言不發。自從兒子與小美遠走他鄉後，沈母沒有說過一句相關的話，其他的話也是越來越少。她每天早起晚睡操持家務，直到有一天病倒了。

沈母臥床不起咳嗽不止，一個毛手毛腳的女傭來到沈家，代替沈母做起了家務，然後沈家經常響起盆碗掉地的破裂聲。一個頭髮花白的中醫成了沈家的常客，隔上半月跨過門檻，走進沈母的臥房，身後緊跟一個精瘦的徒弟，頭髮花白的中醫坐在床旁的凳子上，給沈母切脈，精瘦的徒弟坐在桌案前，切脈之後中醫唱戲般地唱起藥方，坐在案前的徒弟奮筆疾書，將師父唱出的藥方用蠅頭小楷書寫在一張白紙上，又稍等片刻，等墨蹟乾透，才將師父的藥方雙手捧起遞給沈父，沈父給他銅錢，他說聲謝了。頭髮花白的中醫對沈父叮囑幾句，起身而去，精瘦的徒弟緊隨其後，那模樣和來時一樣，彷彿怕自己跟丟了。

沈父時常手捧著藥方匆匆出門，去藥鋪配藥，回家後直接進了廚房，親自為妻子煎藥，因為那個毛手毛腳的女傭打碎過一隻煎藥的砂鍋。

頭髮花白的中醫把藥方唱了又唱，始終是九味藥，只是劑量增減不同。沈母的病情在唱出的藥方裡有增無減，咳嗽時出現殷紅的血絲，此後床前多了一隻木盆，早晨時裡面放上清水，到了傍晚水質已經黏糊和暗紅。

沈母病倒後，織補鋪子的帳簿就放在她的枕頭旁邊，帳簿裡夾著小美離去時留下的銀簪子，如同書簽，她闔起帳簿時就會把銀簪子放入這一頁。起初她還能半躺著，一邊咳嗽，一邊核對帳目，其實那時候入帳已經很少。隨著病情加重，她已無力翻閱帳簿，即使如此，她也不讓帳簿離開。她醒來時左手就會哆嗦地擱到帳簿上，彷彿擱在自己的生命上。

這個曾經威嚴的女人那時目光空洞，有時神志不清，有一天晚上奄奄一息時突然叫出了小美的名字，一遍又一遍，越來越急促，睡在隔壁房間的沈父拿著油燈慌張地過來，對她說：

「小美不在這裡。」

「叫她過來，」沈母聲音虛弱地說，「帳簿要交給她。」

沈父伸出手說：「帳簿交給我。」

沈母繼續虛弱而固執地叫著：「小美，小美。」

沈父無奈地站在那裡，沈母叫累了，開始喘息起來，片刻後又對沈父說：

「叫小美過來。」

沈父回答：「小美不在這裡。」

沈母好像沒有聽到他的話，仍然說：「去叫小美過來。」

「她不在這裡，」沈父說，「她跟那個不孝之子走了。」

「走了……」

沈母安靜下來，慢慢閉上眼睛。她的呼吸逐漸消散，她似乎是在回想小美的時刻裡死去的。這個嚴厲的女人，這個一生都將情感深藏不露的女人，離世之時流露了對小美的想念。

沈母入棺時貼身穿著大紅細布做成的內衣，外套綠色絲綢的衣褲，頭戴縫上一顆珍珠的帽子，睡在繡著太陽和公雞的枕頭上。

出殯的時候，沈店來了七個親戚，全體穿白，沈父走在前面低頭而泣，護送沈母的棺材前往西山安葬。沈母生前清醒時再三叮囑喪事從簡，沈父沒有去請城隍閣的道士，也就沒有道士分列兩行的肅穆，更沒有笛、簫、嗩吶和木魚的悠揚之聲。沈父請來一支便宜的鄉下嗩吶隊，他們吹出來的嗩吶聲毫無悠揚可言，可是比道士們的樂聲響亮了許多，他們鼓起腮幫子，一路熱熱鬧鬧吹到西山。

二十七

掛在織補鋪子門側那塊長方形木板的文字幌開始汙漬斑斑，中間鐫刻的那個「織」字逐漸模糊不清，織補鋪子的門板仍然日出時開啟日落時闔上，可是沒有什麼顧客上門了。沈父仍舊每日坐在鋪子裡，沈母離世之後，他的魂彷彿追隨而去，其呆呆的神態如同櫃檯旁的一件擺設。那個女傭還在沈家忙碌，碗盆的破裂聲還在響著，這樣的響聲倒是讓沈家有了一些生機。

又過去了一年，沈父也病了，似乎是和沈母一樣的病，不斷咳嗽，而且咳出了血絲。那個頭髮花白的中醫和精瘦的徒弟再次成為沈家的常客，沈父沒有臥床，而是坐在鋪子裡就診，於是中醫來到時，織補鋪子門外會出現一些身影，他們是來欣賞中醫吟唱藥方的，抑揚頓挫的聲腔像是戲裡的老生。那個精瘦的徒弟站在一旁，俯向櫃檯奮筆疾書，仍然是那不變的九味藥。

入冬後的一天下午，有兩個兩抬轎子停在沈家織補鋪子前，前面的轎子裡出來了阿強，他遲疑地走向鋪子，看著呆坐在裡面的父親，也就是兩年時間，父親已是風燭殘年的模樣，他忐忑不安地叫了一聲：

「父親。」

父親一動不動看著他，他又叫了一聲，這時父親長長出了一口氣，聲音顫動地說：

「你回來了。」

阿強點點頭說：「不孝之子回來了。」

父親問他：「小美也回來了？」

他說：「也回來了。」

父親顫動地站起來，向鋪子外面張望，問兒子：「她在哪裡？」

阿強猶豫一下說：「在轎子裡。」

父親看著眼前的兩個轎子，叫了兩聲：「小美，小美。」

小美從後面的轎子裡出來，低頭站在那裡，她聽到公公說：「進來呀。」

小美低頭跟在阿強身後走進鋪子，然後她才抬起頭來，看見蒼老的公公像是另外一個人了，公公說：

「你們總算回來了。」

公公的話讓小美感到沈家接納了她。阿強看見家裡出現一個女傭，卻沒有看見母親，他問父親：

「母親呢？」

父親咳嗽起來，咳了一會兒說：「走了，去西山了。」

「去西山了？」阿強一下子沒有明白。

父親說：「死了，有一年了。」

阿強先是一怔，隨即淚流而出，他抹著眼淚說：「我不孝，我對不起母親。」

小美也哭了，她對公公說：「都是我的緣故。」

公公步履蹣跚帶著他們上樓去了臥房，從衣櫥裡拿出來帳簿，遞給小美，淒涼地說：

「她臨終之時一直叫你的名字，要把帳簿交給你，我說你不在，她不聽，一直叫。」

小美接過帳簿時，夾在裡面的銀簪子掉落在地，小美一怔，她彎腰將銀簪子撿起來後哭著說：

「都是我的錯。」

公公嘆息起來，他說：「這都是命。」

阿強與小美回來的消息很快傳遍溪鎮，沈家的織補鋪子前又熱鬧起來。阿強和小美把門側的文字幌擦洗乾淨，重新做起織補活。來到織補鋪子的大多是來打聽他們這兩年的經歷，偶爾才有送來損壞衣服的。這兩人一邊做著織補活，一邊輕描淡寫地說他們去了京城，從事的仍然是織補生意，京城人多，生意也興隆，只是那裡的冬天寒冷乾裂，一直適應不了。他們說這些話時，手上的織補動作依然迅速，畢竟是童子功手藝。熱鬧的景象也就是幾天，此後門可羅雀。阿強和小美已經無意繼續織補生意，只是因為沈父的期望，他們兩個繼續坐在那裡。

阿強和小美回來之後，沈父放心了，然後臥床不起。他的病情一天天加重，咳嗽越來越劇烈，咳出的血絲從嘴角掛到下巴，他的床前也放了一隻木盆，早晨裡面是清水，晚上水質暗紅了。他知道自己差不多了，把兒子兒媳叫到床前，交代起自己的喪事。他死後不用去城隍閣的水井買來沐浴水，用屋後水井裡的水給他淨身就行。壽衣不要用緞子，「緞」與「斷」諧音，不吉利，有斷子絕孫之嫌，陰間黑乎乎的，不宜用黑色，貼身是一套紅色衣褲，用大紅的細布來做，他說死後到陰間，最先要過的是剝衣亭，小鬼要剝掉陽間穿去的衣裳，小鬼剝到紅色，會以為剝出血來，就縮回手不再剝了。棺材還是要講究一些，取樹身筆直，年份長的杉木做棺材，可使棺材不易腐爛。出殯時不要請城隍閣的道士，那支便宜的鄉下嗩吶隊吹奏起來十分賣力。

看著六神無主的兒子和哭泣的兒媳，他最後叮囑：「如今家底薄了，今後凡事都要節儉。」三日後沈父溘然長逝，阿強和小美按其囑咐辦理了喪事，不隆重卻也體面。然後他們取下門側的文字幌，織補鋪子從此歇業。此後的日子，人們很少看見他們的身影，倒是經常見到那個女傭，在清晨的時候手挎買菜的竹籃開門而出，買了菜回來又推門而入。

阿強和小美悄無聲息地生活在那裡，只是有時夜深人靜，會有悽楚的哭泣傳出，人們覺得那是小美的哭聲，開始想入非非，猜測起他們在外兩年的種種經歷。也就是過去三個月，有關他們的傳聞已經平息，他們仍然居住在溪鎮，溪鎮已經遺忘他們。

二十八

回到溪鎮的阿強和小美沉淪在過去裡，來到的清晨不是他們的清晨，離去的黃昏不是他們的黃昏，他們的生活似乎也像織補鋪子那樣歇業了。

女傭每天見到的小美，一絲不苟的髮髻上插著一支銀簪子。小美待人和氣，家裡的力氣活不會讓女傭去做，而且她和女傭一起操持家務活，小美做事穩當又麻利，在她言傳身教之下，原來毛手毛腳的女傭做事細心了，盆碗落地的破裂聲也就很少聽到。

女傭眼中的阿強總是心不在焉，女傭不知道以前的阿強就是這樣。阿強時常坐在天井裡半晌不動，直到小美叫他進屋，他才起身離開天井。小美有時會走入天井坐在阿強身旁，嘴角出現一絲笑意，那是小美回想起阿強出現在西里村的情景，然後煥然一新的阿強和在上海曇花一現的快樂，浮現在了小美眼前。

阿強和小美之間話語不多，卻是相處和睦。女傭見過他們的親密，兩人相對而坐，捧著同一件長衫，應該是阿強的長衫，都是低頭認真的模樣，修補長衫上的幾個磨破撕裂之處。兩人的手指靈巧敏捷，小美的手藝顯然高於阿強，她修補完成後幾乎見不到痕跡，阿強修補之後痕跡明顯。然後阿強看著小美笑了笑，似乎在說自己技不如小美。小美也笑了笑，她稱自己修補的是撕裂處，阿強修補的是磨破處。她對阿強說：

「撕裂處好補，磨破處難補。」

女傭知道小美是童養媳入的沈家，通常人家的童養媳都是地位卑微，小美不一樣，這個家是小美做主。阿強雖然時常心不在焉，只要是男人做的力氣活，小美輕輕叫上一聲，阿強立即去做了。

米缸裡的米不多時，小美拿著米袋走到阿強跟前，對阿強說：

「米缸要見底了。」

阿強馬上起身，接過小美手上的米袋後，又去拿了一個小的米袋，平時不出門的阿強，一旦出門買米，就會在左肩上扛一袋大的，右手提一袋小的走回來，看著阿強回家後疲乏不堪的模樣，此後買米，小美就與阿強一起出門。

深居簡出的兩個人走上溪鎮的街道，阿強低頭走去，小美對人點頭，熟悉的人見了他們會打個招呼：

「好久不見。」

阿強表情木訥，小美微笑回答：「去買米。」

米店的掌櫃先生對他們說，別人買米多是半袋，你們是滿袋。掌櫃先生有一次說起自己的長衫不小心撕破，由於織補鋪子關張，只好自己用針線縫上，縫得像是一條刀疤。阿強聽了沒有反應，小美接過掌櫃先生的話，對他說雖然鋪子關張，只要是老顧客的衣衫，燒出了窟窿和撕開了口子，仍舊可以送過來，他們會細心修補。

他們從米店出來，溪鎮的人見到了夫唱婦隨的情景，阿強肩上扛著大袋的米走在前面，小美提著小袋的米跟在後面。阿強走得快，小美走得慢，阿強幾次停下來等著小美走上來。兩個人會在經過的石橋歇上一會兒，小美把米袋放在石階上，阿強把米袋擱在石欄杆上，雙手扶住，若是把米袋放到石階上，再扛到肩上時會很費力氣。兩個人站在那裡喘氣，小美用手絹擦汗，阿強用袖管擦汗。街上的人見了，不明白他們為什麼一次買這麼多的米，說他們應該是兩三次買的米一次就買了。

小美空閒下來時會坐在樓上臥房的窗前，她的眼睛很少向窗外張望，她低垂著頭，借著窗外的光亮做著針線活，女傭上樓打掃房間時，注意到她是在縫製嬰兒的衣服和鞋帽，起初女傭以為小美有了身孕，後來發現沒有，女傭覺得這大概是小美的求子之舉，畢竟小美婚後多年沒有生育。女傭不知道小美縫製嬰兒衣服鞋帽是對女兒的思念，她的思念都在這一針一線裡。

剛回溪鎮的時候，小美有時忍不住會從衣櫥裡拿出那個紅布包裹，打開包裹看到女兒的胎髮和眉毛就會淚流滿面，傷心讓她有一次暈厥了過去，她獨自躺在臥房的地板上，甦醒過來時一切如常，女傭在廚房裡弄出響聲，阿強仍舊呆坐在天井裡。小美後來沒再從衣櫥裡取出那個紅布包裹，她努力讓自己平靜下來，白天的時候做到了，夜晚的時候不由自主，她會在夢中見到女兒，而且女兒在夢中總是離她而去，她因此傷心哭泣，從睡夢裡哭醒。溪鎮有人在深夜時分聽到的悽楚哭泣，就是小美在夢裡失去女兒的哭聲。

傷口總會痊癒，傷心也會過去。小美縫製完成女兒的衣服和鞋帽，把它們放進衣櫥的底層，上面是一層又一層自己和阿強的衣服，看不見這套衣服鞋帽了，關上櫃門時她有了告別的感覺，彷彿她把那個過去放了進去。她曾經和林祥福有過兩段生活，她曾經有過一個女兒，這些都是曾經了。

二十九

那場龍捲風過後，溪鎮破敗淒涼的街道上出現一個身材高大的北方男人，他身揹龐大的包袱，懷抱一個女嬰走來。女嬰頭上包著鳳穿牡丹圖案的頭巾，他用濃重的北方口音向溪鎮的居民打聽一個名叫文城的地方。

那時候沈家二樓屋頂的瓦片追隨龍捲風而去，雖然南門外燒瓦的煙柱開始一縷一縷伸向空中，等待鋪上瓦片尚有時日，小美和阿強暫時住到一樓，二樓的地板暫時成為他們的屋頂。

林祥福在溪鎮出現的消息是女傭帶回來的。每天都要外出買菜的女傭總會帶回來一些家長里短，女傭一邊做活一邊閒言碎語，小美的表情模稜兩可，好像在聽她講述，又好像沒有在聽她講述，隨著女傭的話語結束，小美感到的只是女傭的聲音斷了。這次不一樣，女傭講述裡的揹著一個龐大包袱的北方男人、女嬰、鳳穿牡丹的頭巾、文城，讓小美神色突變，女傭因此一愣，小美看到女傭目光異樣地看著自己，知道是自己失態了，她讓手裡的盤子掉落在地，破裂的聲音響起之後，女傭嚇了一跳，注意力轉移到了落地的盤子上，小美說手滑了一下，她讓女傭把破裂的盤子撿起來，下午送去瓷器鋪子的師傅那裡修復。

然後小美出了廚房，來到天井，這是阿強心不在焉之地，她沒有習慣性地坐在阿強身旁，而是坐在他對面。阿強對小美笑了一下，表示知道小美來了。隨即阿強一怔，他看見小美的眼睛裡淚光閃閃，他疑惑又不安地看著小美，等著小美開口說話。

此時小美的記憶聽到了林祥福的聲音，在那個遙遠的北方之夜，林祥福語氣堅定地告訴她，如果她再次離去，他會抱著女兒去找她，就是走遍天涯海角，也要找到她。

小美舉起左手擦了擦兩側眼角，對阿強說：「他找來了。」

「他找來了？」阿強沒有明白過來。

小美說：「林祥福。」

阿強的身體從凳子上彈了起來，像是要逃跑那樣，看著小美坐著沒動，他左右看看，意識到是在自己家裡，身體慢慢下去，雙手摸到凳子後重新坐下。然後天井裡寂然了，只有輕微風聲，似乎是擦過屋頂瓦片時發出的，偶爾還有女傭在廚房裡的聲音傳來。

阿強和小美互相看著，卻是什麼也沒有看見。阿強的眼睛裡全是慌張，小美的眼睛裡都是淚光，慌張的眼睛看不見對面的淚光，淚光的眼睛也看不見對面的慌張。

兩個人彷彿井水與河水那樣置身於不同之處，一個想著井水的事，一個想著河水的事。林祥福的突然出現讓阿強惶恐，阿強沒有料到他會千里迢迢找來，而且找到溪鎮來了。小美的思緒走向林祥福的時候也走向了女兒，她心想女兒來了，林祥福抱著女兒找來了。沉默之後，兩個人說話了，一個說著井水的話，一個說著河水的話。阿強有了束手就擒之感，他聲音顫抖說，金條折換成了銀票，又花去了一些，怎麼辦？阿強覺得在劫難逃了。小美看上去靜若止水，心裡卻是暗流湧動，她輕言細語說，林祥福不要金條，是要她跟他回去。

這時阿強聽到敲門聲，他的身體再次從凳子上彈了起來，臉色慘白說林祥福找來了，正在敲門。小美仔細聽了聽傳來的響聲，她說不是敲門聲，是廚房裡女傭在砧板上切菜。阿強滿臉狐疑地聽了一會兒，確定是砧板上切菜的聲響，驚魂未定地坐回到凳子上。

小美心不由己，神思恍惚。眼前的阿強，驚慌失措地站起來，驚慌失措地坐下去，讓她覺得像是影子那樣迷離縹緲。不在眼前的林祥福和女兒卻是真真切切，她似乎看見了林祥福懷抱女兒不辭辛勞千里迢迢找來的情景，她的女兒，出生不久就流離轉徙，一路風吹日曬雨淋而來。

阿強突然問小美：「他為什麼不去文城？」

小美定神之後看著阿強，不知道阿強為什麼說文城。

阿強沒有對林祥福說過溪鎮，阿強說的是文城，因此阿強認為林祥福應該去尋找文城，可是林祥福來到了溪鎮。

阿強再次問：「他為什麼不去文城？」

小美問：「文城在哪裡？」

阿強也不知道文城在哪裡，他搖了搖頭。

阿強問小美：「有沒有與他說過溪鎮？」

小美想了一會兒說：「他不知道溪鎮。」

阿強說：「他不知道溪鎮，為什麼不去文城？」

小美再次問：「文城在哪裡？」

阿強再次搖了搖頭，小美想起剛才女傭說過，林祥福在街上向人打聽一個名叫文城的地方。

她把女傭所說的告訴阿強，阿強臉上慌張的神色開始消散，他感到林祥福不是找到溪鎮來的，林祥福只是從溪鎮經過，林祥福要去的地方是文城。阿強鬆了一口氣，說道：

「沒有人知道文城在哪裡。」

阿強想起什麼，起身走向傳來響聲的廚房，女傭正在那裡準備午飯，阿強站在廚房門口，突兀地詢問女傭，那個打聽文城的北方男人來到溪鎮幾天了？女傭放下手裡的活，雙手擦著圍裙說，她見到他已有三天。阿強點點頭轉身走開，女傭心裡詫異，呆立一會兒後才繼續做她手上的活。

女傭的詫異在此後的三天裡還在繼續，她買菜回來，阿強就會過來問她，見到那個北方男人了嗎？女傭回答見著他了，抱著女兒在街上走來走去，像是在找人。

小美也會向女傭詢問，她的詢問是旁敲側擊，在和女傭一起做活時，不知不覺裡把話題引向那個北方男人和他的女兒。小美耐心聽著女傭講述溪鎮的家長里短，有時會問上幾句，話題來到林祥福這裡時，小美的詢問悄然增多。

小美問：「他揹著的包袱有多大？」

女傭張開雙臂比畫起來，女傭說：「都說他把家裝進包袱裡去了。」

小美難過地搖了搖頭，問女傭，他夜晚住在哪裡，為什麼不把包袱留在住宿之處？女傭搖搖頭，她不知道他夜宿何處。女傭又說，她第一次見到他的時候，他揹著那個龐大的包袱，這幾次見到他沒有揹著包袱。

小美繼續問：「他女兒呢？」

女傭說：「長大了一定是個美人。」

小美嘴角出現一絲笑意，她問：「出牙了嗎？」

女傭想了想之後說：「快要出牙了。」

女傭告訴小美，她見到的女嬰總是在父親胸前的布兜裡睡覺，只有一次見到女嬰醒著，在她父親胸前睜著烏黑發亮的眼睛，張開嘴對身邊走過的人笑，女傭看見她嘴裡有兩點白色，應該是馬上就要長出來的門牙。

三十

林祥福懷抱女兒出現在溪鎮，阿強起初慌張隨後鎮靜了。他對小美說，家裡的女傭只要出門就會在街上見到林祥福，林祥福一定是在尋找他們，等著他們出現，他們只要閉門不出，林祥福見不到他們，就會離開溪鎮。

這樣的日子小心翼翼過去了四天，第五天早上，阿強冷不防驚叫一聲，小美沒有被他嚇著，她已經習慣他言行舉止的突然變化。阿強說，林祥福不知道溪鎮，但是知道他們的名字，他們把自己的名字告訴了林祥福。

小美一愣，她忘記了這一點，四天來她的心思都在林祥福和女兒身上，林祥福身揹龐大的包袱，女兒張著快要出牙的嘴對人而笑，這樣的情景在她的腦海裡從未離去，只是時近時遠。

阿強說：「他若是問到我們的名字，一定會找上門來。」

小美點點頭，她覺得林祥福若是打聽了他們的名字是會找上門來的。

阿強膽戰心驚，他覺得馬上就要大難臨頭，他們偷竊金條的事一旦暴露出去，就有牢獄之災。而小美卻已認命，如果牢獄之災不可避免，她會泰然接受。

小美說：「我們罪該如此。」

阿強看著小美，沒有想到她這麼說，他責怪小美說：「就不該聽你的話回來溪鎮。」

小美說：「你不該來西里村接走我。」

小美這句話讓阿強低頭不語了，小美感到傷害了阿強，她輕聲說：「你若當初不來接走我，就不會有如今的劫難。」

阿強沒再說話，他走到天井裡坐下，小美沒有跟到天井，她站在原處，通過敞開的門，看著阿強耷拉著腦袋坐在那裡。

阿強坐了一會兒後霍然起身，走回屋裡對小美說：「我們離開這裡。」

小美問：「去哪裡？」

阿強說：「不管去哪裡，我們先離開這裡。」

小美說：「先得確定去哪裡，才能前去。」

阿強說：「先去沈店，馬上就走。」

阿強說完又慌張了，他說走出家門走到街上，就會遇到正在尋找他們的林祥福。阿強慌張的時候，小美很鎮靜，她說等女傭買菜回來，讓她去商會門前叫兩個轎子過來，坐在轎子裡面，拉上簾子，外面的人是看不見的。阿強連連點頭，他說坐上轎子離去，林祥福就不會見到他們。

小美覺得去沈店不會長住，林祥福離去後他們還是要回來，女傭暫不辭退，讓她把家看管好。阿強繼續點頭，他重複小美的話，他說：

「讓她把家看管好。」

小美讓阿強把內衣口袋裡的銀票拿出來給她看看。回到溪鎮以後，銀票曾經藏在儲藏雜物的小房間地下的瓷罐裡，放在銀元上面，因為擔心潮濕，他們又取了出來，由於沒有其他藏匿之處，就放在了阿強的內衣口袋裡，這是小美縫製的口袋，每次為阿強洗內衣時，小美都會親手將銀票取出，放入另一件內衣的口袋，再讓阿強穿上那件乾淨內衣。

阿強的手從胸前伸進去，解開裡面的布扣，取出用一塊綢布包裹好的銀票，遞給小美，小美接過來打開綢布，看了看裡面的銀票，包裹好了交還給阿強，看著阿強把銀票放回內衣口袋，扣上布扣。

小美在屋裡走動，拿出一塊銀元和一小袋銅錢，這是留給女傭的。她把銀元和銅錢放入原來織補櫃檯下的抽屜裡，接著猶豫了，她覺得這次離去的日子或許會更長一些，她又去拿來一塊銀元，放入抽屜。然後小美走到衣櫥前，因為龍捲風捲走了瓦片，衣櫥暫時搬到了樓下。小美從衣櫥裡取出兩人的衣服放在兩塊藍印花布上面，這時候是夏季，她取出夏秋兩季的衣服，看看冬季的棉襖棉袍，沒有取出來，她覺得不會離去這麼長久，她把兩塊藍印花布紮成兩個包袱，關上櫃門時看見她縫製的嬰兒衣服和嬰兒鞋帽在底下顯露了出來。

憂傷在她心裡溪水般潺潺流動了，似乎有了輕微聲響，那是她內心深處的哭聲。這嬰兒衣服和鞋帽與其說是給女兒縫製的，不如說是給她自己縫製的，她是把思念聚集到手指上，聚集到一針一線裡，她縫製時根本沒有去想女兒是否會穿上它們。

她目不轉睛地看了一會兒嬰兒衣服和鞋帽，然後把櫃門關上，可是她轉身之後無法離開，似乎失去了腳步，她不由自主再次打開櫃門，這時她聽到女傭買菜回來的開門聲和關門聲，聽到女傭走進廚房後，她毅然取出嬰兒衣服和嬰兒鞋帽，走向廚房裡的女傭。

小美來到廚房門口，告訴女傭，他們要去外地住上一些日子，什麼地方小美沒有說，什麼時候回來小美也沒有說，小美只是說這個家暫時交予她看管。女傭吃驚不小，事先毫無徵兆，他們突然要離去一些日子，女傭還沒來得及點頭，小美就讓她去商會門前叫兩個轎子過來，女傭沒有想到他們馬上就要走，她問小美：

「現在去叫？」

小美點點頭說：「現在就去。」

女傭取下圍裙，準備走出廚房，可是站在門口的小美沒有動，擋住了她，女傭站住腳，感覺小美的神情有了變化，小美將捧在手裡的嬰兒衣服和鞋帽遞給女傭，說這衣服這鞋帽留著也沒有用處，不如送給那個北方男人，他女兒穿上或許合適。小美特別關照女傭，不要對那個北方男人說是誰送的。女傭接過嬰兒衣服和鞋帽後，小美這才轉身走開，她走了幾步停下來，對女傭說，先把嬰兒衣服和鞋帽送給北方男人，再去商會那裡叫來轎子。

三十一

女傭將嬰兒衣服和嬰兒鞋帽放進一只乾淨的竹籃，挎著竹籃來到溪鎮的街上，向人詢問那個北方男人，有人說看見他向南走去了，女傭向南而去，一路詢問北方男人的行蹤，聽說他已經走出南門，她挎著竹籃小跑起來，跑出南門才看見那個北方男人，她首先看見的是那個龐大的包袱，在前面的路上搖晃，她追上那個包袱，擋住北方男人的去路，從竹籃裡拿出嬰兒衣服和鞋帽，塞進北方男人手裡，指指他胸前布兜裡熟睡的嬰兒，匆匆說了一句：

「給小人穿。」

女傭想著小美關照的話，不要對他說是誰送的。她把嬰兒衣服和鞋帽塞進他手裡後，轉身快步往回走了，她聽到北方男人叫了一聲，她沒有回頭，快步走進了南門。

女傭在商會門前等候的轎子裡叫上兩個兩抬轎子，領著四個轎夫和他們抬著的兩個轎子回到沈家，她讓四個轎夫放下轎子在外面等候，自己進屋告訴阿強和小美：

「轎子已在門外。」

坐在原先是織補櫃檯裡面的阿強和小美，見到女傭回來，結束他們等待的姿態，起身走到櫃檯外面，提起各自的包袱，小美將包袱挽在手臂上問女傭，嬰兒的衣服鞋帽送給北方男人了？

女傭說送給他了，說那個北方男人已經走出南門離開溪鎮，她是一路小跑出了南門才追上他的。

女傭的話讓小美怔住了，她看看阿強，阿強滿臉驚愕，已經走到門口的他們站住腳，兩個人互相看著。

林祥福離開溪鎮了，這突如其來的消息讓阿強瞬間不知所措，他見小美把包袱放在織補櫃檯上，意識到小美決定不走了，他也把包袱放到織補櫃檯上。小美走到櫃檯裡面，把原本留給女傭的兩塊銀元和那小袋銅錢從抽屜裡取出來，銀元遞給阿強，讓他收好，從小布袋裡拿出四文銅錢，遞給女傭，讓她出去給外面等候的四個轎夫，小美對女傭說：

「不用轎子了，請他們回去。」

女傭這一天經歷了三次困惑，阿強和小美先是毫無徵兆要離開溪鎮，此後又是毫無徵兆不走了，還有小美讓她把嬰兒衣服和鞋帽拿去送給那個北方男人，小美的這個舉動讓女傭覺得唐突又不解。

林祥福的離去使阿強如釋重負，他覺得危險已過，此後的幾天他坐在天井裡的時候，嘴角偶爾會出現一絲笑意。小美則是心事重重，從纏繞她的苦悶裡出來後，又陷入到深不見底的失落中，林祥福懷抱女兒已是近在咫尺，她卻沒有見上他們一眼，尤其是女兒，屈指算來離別已有八個多月，她離去時女兒尚在睡夢中，襁褓中的女兒躺在偌大的炕上顯得那麼的小巧，現在女兒應該長大了一些，應該有了一點俏麗的模樣……她後悔沒有走上街去，躲在拐角處偷偷看看他們，她想像這樣的情景，女兒看見她了，張著嘴對她笑了又笑，然後林祥福看見她了，林祥福對她寬厚而笑，沒有一絲責怪的神情。

阿強不知道小美的心事，以為小美仍在擔憂之中，他對小美說：

「他越走越遠，去找尋文城了。」

阿強說到文城，小美不由再問：「文城在哪裡？」

阿強說：「總會有一個地方叫文城。」

這個虛無縹緲的文城，已是小美心底之痛，文城意味著林祥福和女兒沒有盡頭的漂泊和找尋。

三十二

林祥福越走越遠，他向南而行，不再向人打聽文城，他意識到阿強所說的文城是假的，沒有人知道文城在哪裡，他心想既然文城是假的，阿強和小美的名字也是假的。

漫漫長路有始無終，林祥福走走停停，停停走走，走過了秋季，走入了冬季，他時常陷入到沉思裡，他的身體前行之時，他的思維卻在往回走，當他距離溪鎮越遠，溪鎮在他心裡反而越加清晰。

有一個人在他腦海裡悠悠忘返，那個胳膊上挎著竹籃的年輕女子，在溪鎮南門外的大路上擋住他的去路，嘴角含笑從竹籃裡取出嶄新的嬰兒衣服和鞋帽，突兀地遞給他，對他說了一句簡單的話以後，就轉身離去。他沒有聽懂她快速的語調，愕然地將衣服和鞋帽捧在手中，等他反應過來，嘴裡叫出一聲「喂」的時候，年輕女子已經快步走去，走進溪鎮的南門了。

那天晚上住下的時候，林祥福在油燈下仔細察看了年輕女子所送的嬰兒衣服和鞋帽，大紅的綢緞，手工縫製。林祥福感歎綢緞的精美和手工的細緻，心想這位年輕女子真是好心人，一定是看見他懷抱女兒遊走在溪鎮的街巷，動了惻隱之心，把這身嬰兒衣裳送給了他。可是她自己的孩子呢？林祥福不安起來，難道是在龍捲風裡遭遇了不測？林祥福想到女兒也是在龍捲風裡失而復得，不由心頭一緊，不敢往下去想了。

此後的日子林祥福懷抱女兒向南而行時，不斷琢磨那個挎著竹籃的年輕女子飛快說出的那句話，他在路邊的一條小河裡用碗舀水，含在嘴裡給女兒餵水之後，終於明白那個年輕女子說了什麼，她說：

「給小人穿。」

他笑了起來，溪鎮人把孩子叫做小人。他覺得溪鎮的方言很難聽懂，可是他離開小河走上大路，繼續南行時，很多讓他不明白的溪鎮方言，那一刻他突然明白了。

林祥福越往南行，聽到的說話腔調越是古怪，越不像小美和阿強的對話，仔細回味之後，覺得溪鎮更像是阿強所說的文城。他想起來了，是突然想起來的，當時阿強說到文城時，說是渡過長江以後往南六百多里路，他覺得溪鎮距離長江差不多就是六百多里路程。

然後那個年輕女子所說的「給小人穿」的聲音，不斷在他腦海裡響起，一個場景在他記憶裡出現，在北方家中，他在陽光照耀下的院子裡與田氏兄弟鋪曬麥種，他告訴小美白露後要將這些麥種播種到田地裡，坐在屋門前的小美縫製完成一件嬰兒衣裳，舉起來給他看，對他說：

「那時候這衣裳裡面有一個小人了。」

林祥福在一座橋上站立很久後，決定返回溪鎮，他覺得阿強所說的文城就是溪鎮，雖然不知道他們此刻身在何處，他心想他們總會回到溪鎮的，他將在溪鎮等候，一年，兩年，或許更久。

林祥福在初冬的陽光裡轉身向北而行，換乘一輛又一輛馬車，漫漫長路之後，他與飛揚的雪花一起進入溪鎮。

三十三

林祥福懷抱女兒在雪凍時出現在溪鎮，阿強和小美並不知道。平時是女傭每天出門，如今冰雪封鎖了女傭出門的路，也封鎖了其他人出門的路，溪鎮已無開門的店鋪。好在阿強和小美每次買米都是滿滿兩袋，雪凍時米缸裡還有二十來斤大米，深秋時醃製了兩罎鹹菜。因為不知道雪天何時才會結束，小美和阿強從長計較，與女傭一起每日兩頓米粥配上一點鹹菜，吃完後躺到床上，減少身體活動，以此拖延飢餓的到來。

雖然阿強與小美深居簡出，雪凍帶給他們的是與世隔絕，彷彿沒有了人間的氣息，當外面一片死寂，日復一日的死寂時，阿強開始煩躁不安。雪凍之初，阿強與溪鎮其他人一樣，認為這只是一場雪，雪花飛揚一天或者兩天就會停止，陽光就會照耀溪鎮，積雪就會融化，可是雪花沒有盡頭地飛揚在溪鎮的上空，躺在床上的阿強因此心神不定，他應該是安靜的身體，在床上翻來覆去，所以飢餓總是很快到來。

同樣躺在床上的小美靜若幽蘭，阿強的身體動盪不安時，她的身體不受影響，長時間一動不動，似乎置身床外，她的心裡則是輾轉反側，女傭講述過的一個情景在她腦海裡淅淅瀝瀝出現，林祥福懷抱女兒走在龍捲風過後的街道上，手裡拿著一文銅錢，尋找別人家嬰兒的啼哭，然後去敲開那裡的屋門，來到哺乳的女人面前，將手裡的銅錢遞過去，懇求她們給他女兒吃上奶水。

女傭是在林祥福離去之後向小美講述的，這個情景不是女傭親眼所見，是女傭聽來的，女傭出門買菜，在街上與幾個女人說話，有一個提到已經離去的北方男人，另一個就說到了這些，然後幾個女人都說北方男人懷裡的嬰兒應該是吃過百家的奶水了。

小美聽著女傭的講述，女傭說到女嬰吃過百家奶水時，小美聽不下去了，強忍眼淚，轉身離去，在女傭錯愕的目光裡上樓，坐在床上無聲流淚，淚水沿著她的臉頰流到脖子上，又從脖子流到胸口，在胸口被衣服吸乾。

然後小美恢復了她的常態，一如既往的平靜，但是林祥福手裡拿著一文銅錢懇求哺乳中的女人的情景，女兒一家一戶進出吃著百家奶的情景，已在她腦海裡定居下來，她時刻都會想起來，因此心酸不已，苦痛的感覺在她這裡細水長流般地不再停息。

雪凍的一個深夜，小美從睡夢裡醒來，睜眼看著屋裡的黑暗。身旁的阿強仍在睡夢裡，他叫了幾聲，接著囈語連連，他睡著後仍然煩躁不安。小美沒有聽到阿強的叫聲和囈語，因為她在黑暗裡見到了林祥福和女兒，他們站在夏日陽光照耀下的街上，女兒在林祥福的手上，林祥福的眼睛在尋找她。這樣的情景讓小美既心痛又嚮往，她想像自己走過去了，走到林祥福面前，從他滿是灰塵的頭髮上取下一片小小樹葉，再從他手裡把女兒抱過來，抱在自己懷裡。

小美想起放在衣櫥深處的紅布包裹，裡面有女兒的胎髮和眉毛，之前每次打開這個紅布包裹都是讓她傷心欲絕，那次暈厥之後，她不敢再去看它，現在她想念它了。

她輕輕起床，在黑暗裡伸直手臂走過去，碰到衣櫥後，小心打開櫃門，右手伸進去，在裡面摸索，摸到紅布包裹時，她的手指好像熱了起來，她把小小的紅布包裹從其他衣物裡抽出來，輕聲關上櫃門，在黑暗裡小步走回床邊，躺回到床上，她把紅布包裹放在胸前，雙手護住它，那一刻她沒有了傷心之感，來到的是溫暖之感，彷彿她把女兒抱在了懷裡。她在感到抱住女兒的時候，也感到林祥福抱住了她，她和女兒進入了林祥福的臂彎。

白天來臨後，小美坐在椅子裡做起了針線活，給自己的三件內衣縫上內側口袋，又做了布扣，這是放置女兒胎髮和眉毛的地方。

小美安靜仔細縫製口袋時，躺在床上的阿強心煩意亂，他不再是在床上翻來覆去，而是幾次下床走到窗前，隔著窗戶紙去看外面，他看不清楚，有一次推開窗戶，灰白的天空裡布滿雪花，寒風撲面而來，雪花隨風紛飛進來，他又關上窗戶。

那一刻寒風吹到小美身上時，隨風進來的雪花飄落在她的手指上，她停下手上的動作，抬頭看了看阿強，阿強見到小美頭髮上有了幾朵雪花，覺得剛才推開窗戶的舉動不妥，他有些歉意地說，他想看看外面的雪停了沒有。小美點點頭微笑一下，看著阿強躺回到床上，阿強暫時安靜了。

小美縫製完成內衣口袋後，女兒的胎髮和眉毛就貼在了她的胸口，與她朝夕相處了，當感到女兒與自己朝夕相處，也會感到林祥福與自己寸步不離，她在心裡叫喚女兒時，也會不由自主去叫喚林祥福。在她這裡，女兒與林祥福猶如風和風聲一樣同時來到，不可分離。

有一個深夜，小美想起女兒還沒有名字，她不知道林祥福是不是給女兒取了名字。她開始自己去想女兒的名字，想出來一個，放棄一個，再想出來一個，再放棄一個，她想了一個又一個名字，每個名字她都在心裡叫上幾聲，接著再叫上幾聲林祥福的名字，似乎是在與林祥福商量女兒的名字。小美對女兒名字的不斷設想和不斷叫喚，將她從心底的苦痛裡暫時拯救出來，也讓她忘卻外面沒完沒了的雪花。

三十四

這一天有人來敲門，這是闊別已久的人間氣息來了，女傭去開門，樓上的小美和阿強凝神靜聽，是商會派來的人，告知他們，商會在城隍閣祭拜蒼天，祈求蒼天終止紛飛雪花，讓陽光照耀溪鎮。

接下來的兩天裡，屋外有了持續不斷的人聲，去城隍閣的和從那裡回來的在互相說話，他們聲音響亮，去的人詢問回來的人，城隍閣裡祭拜的人多不多，回來的人說很多，從早到晚城隍閣裡滿是跪拜的人，去的人問冷不冷，回來的人說不冷，閣中擺了兩排炭盆，即使沒有擺上炭盆，那麼多人在一起也不會冷。屋外的聲音一陣一陣響過去，對於屋裡的阿強和小美，還有女傭，彷彿是陽光正在一片一片照耀過來。

祭拜儀式進入到第三天，小美提議去城隍閣，她看見阿強點了點頭，女傭也是點了點頭，他們願意去城隍閣。她吩咐女傭中午不做米粥，做一頓米飯，去城隍閣祭拜蒼天，一定要吃飽了。

下午的時候，他們三人在厚厚的積雪裡艱難來到城隍閣，裡面已經擠滿跪拜的人，小美看了看阿強和女傭，兩個人的臉上都有喜悅之色，這裡正在洋溢人間的氣息。

他們三人與其他人擠在城隍閣的台階上，排隊向裡面張望，等待著裡面的人跪拜結束出來，他們可以進去跪拜祭天。他們身邊有人是連續三天都來祭天，說今天人最多，今天都擠不進去了。另外有人說站了快有一個時辰了，裡面只出來十多個人，說裡面的人大多是在祈求自己的事，祈求完自己的，又祈求一個個親人的事。旁邊有人說，大家都來祭天，都是來祈求蒼天，不該祈求自己的事，這人說著忍不住罵了一句裡面的人是占著雞窩不下蛋。有人責備他不該這麼說，這麼說要遭天罰的，說他這一句話很可能讓三天的祭拜白費了。這人自知失言，低頭不語了。有人為他圓場，說占著雞窩不下蛋不算難聽，蒼天不會生氣，占著茅坑不拉屎才是難聽話，蒼天才會生氣。一個女人尖聲叫道，把占著茅坑不拉屎這樣的話都說出來了，這下蒼天肯定生氣了。有人提醒她，你也說了這句話，隨後讓大家別說話了，言多必失。一位老者不緊不慢地說，說什麼不要緊，要緊的是心誠。

這時城隍閣外的空地上已經跪下了幾十個祭天的男女，站在台階上的一個人走向空地，他走去時說不等候了，在露天跪拜更顯心誠。有幾個人跟著走過去，小美也跟過去，阿強和女傭跟在她身後。

小美他們走到空地邊上，阿強看不見跪在積雪裡的人的小腿，他站住腳猶豫了，可是小美走了進去，女傭也走了進去，阿強遲疑之後跟著她們走了進去。小美找到一塊空出來的積雪處屈膝跪下，跪進了雪裡，女傭和阿強在她身邊跪下，跪進雪裡。他們在飄揚的雪花裡，在木魚敲打的節奏裡，在笛聲、簫聲和嗩吶聲的和聲裡，在燔燒三牲的氣味裡，他們雙手前伸放在雪上，叩頭至手，仰起後臉上掛上了雪。

不斷有人加入進來，在小美他們旁邊屈膝跪下，小美他們此前走進來的腳印上滿是屈膝而跪的人，沒有了他們的腳印，也就沒有了他們進來的路。優雅樂音從城隍閣裡傳出來，他們三個人和空地上其他人的身體在積雪之上和雪花之中一起一伏，如同波浪般的起伏。

陸續有人進來屈膝跪下，陸續有人艱難起身出去，起身的人腿腳麻木了，彎腰拍打著腿腳要走出去，可是沒有了出去的路，只能等著跪拜的人抬起身子時往前邁出一步，俯下身子時站住不動，出去的人在一個個跪拜起伏的身體之間走一步停一下，跪拜的人起身時碰到出去的人的膝蓋，就有了言語衝突。跪拜的人說，你站在我面前幹什麼，我是祭天，又不是祭你。出去的人說，誰要你祭我，我活得好好的，我是要出去。跪拜的人說，你出去就出去，站在我面前拍打什麼。出去的人說，誰要站在你面前拍打，我是腿腳凍僵了。

小美他們三個人跪在那裡，起初感到寒冷刺骨，阿強跪下不久就說太冷了，已跪拜祭過蒼天了，是不是該回去了。女傭點點頭，也說該回去了。小美像是沒有聽到他們兩個人的說話，她的身體在城隍閣裡傳出來的樂音裡一起一伏。阿強看看四周，全是跪拜身體的起伏，他的身體挺直了一會兒之後，繼續跟著小美的身體一起一伏，女傭的身體也繼續跟上他們兩個的節奏。

小美唸唸有詞祈求蒼天，阿強和女傭也是唸唸有詞，四周的人都是唸唸有詞，祈求蒼天的聲音在城隍閣前的雪地上嗡嗡響起。雪花紛紛揚揚，落在他們的頭髮上，他們頭髮白了；落在他們的身上，他們衣服白了；落在他們的眼睛上，他們目光茫然了。

很長時間過去後，他們身上的寒冷一絲一絲流失了，像是手指被割破後，血在滴答掉落那樣的流失。阿強感到失去了寒冷，也失去了腿的感覺，他對身旁的小美說：

「回家去。」

小美沒有反應，她祈求蒼天之後祈求林祥福了，林祥福懷抱女兒千里迢迢尋找而來，讓她心痛不已，又充滿負罪之感，她在心裡對林祥福說：

「來世我再為你生個女兒，來世我還要為你生五個兒子……來世我若是不配做你的女人，我就為你做牛做馬，你若是種地，我做牛為你犁田；你若是做車夫，我做馬拉車，你揚鞭抽我。」

阿強想站起來，他僵硬的手臂擱在小美跪拜的背上，支撐著要站起來，但是他的雙腿沒有知覺，他再次對小美說：

「回家去。」

小美仍然沒有反應，她看見林祥福了，林祥福就站在她面前，對她說：

「回家去。」

阿強說他熱了，脫下棉袍，女傭說她熱了，脫下棉襖，白茫茫的空地上很多人都在脫下棉衣棉袍。小美也感到身體越來越熱，她呼吸急促心跳加快，她解開棉袍上的布扣，讓棉袍敞開，仍然感覺很熱，她脫下棉袍，解開裡面的衣服。

這時候小美看見了女兒，女兒張開嘴對她嘻嘻而笑，女兒嘴裡有兩個白點，門牙生長出來了。小美淚流而出，這兩行眼淚是她身上最後的熱量。

三十五

城隍閣祭拜蒼天儀式進行到第三天，林祥福懷抱女兒經過的時候，外面的空地上跪了一百多個祭天的男女，他們的身體在城隍閣內傳出的樂音裡起伏不止。

祭拜儀式舉行前，道士們將這裡的積雪清掃乾淨，可是三天，也就是三天，積雪就厚厚地回來了。林祥福走過時，看不見跪拜祭天人群的小腿，積雪漫過去，抹去了他們的小腿，他們嘴裡哈出的熱氣匯集到一起成為升騰的煙霧，在灰白的空中散去。

這天下午，林祥福第一次走進陳永良家，他在那裡坐了很長時間，他和陳永良一生的友情自此開始。

當林祥福離開陳永良家，再次走過城隍閣的時候，一個災難展現在了他的眼前，很多跪在空地上祭拜蒼天的人凍僵死去了。這些死者仍然跪在那裡，不過已經看不見他們嘴裡哈出的熱氣是如何升向空中，他們無聲無息一動不動。林祥福彷彿走過了墓園，白雪包裹了他們屈膝而跪的身體，猶如密密麻麻的墓碑。

林祥福看見很多人來到這裡，那些先前在城隍閣裡面跪拜的人也出來站在了這裡。這是雪凍以來林祥福第一次看見這麼多的人聚集到一起，他聽到女人的哭叫沙啞了，男人的聲音反而變得尖利起來。

這個悲哀的時刻，那麼多的人喊叫著不同的名字，每一具凍僵的屍體前都圍上一團人，他們用手指摳挖著死者臉上的積雪，試圖辨認出自己的親人，可是當他們將積雪摳下時，也摳下了死者的頭髮眉毛，還摳下了死者的鼻子和臉上的皮肉。

林祥福見到一個清瘦的男子，就是顧益民，站在城隍閣的台階上，聲音響亮地說著什麼，嘴裡噴出的熱氣遮掩了他的臉。林祥福依稀聽到他在喊叫不要摳挖死者，他讓人們回家去燒熱水，他說用熱水來澆開死者臉上的積雪，他雙手作揖說道：

「請諸位保全他們的屍首。」

顧益民的喊叫使很多人離去，然後他們端著一盆一盆的熱水回來，他們將熱水澆到一個一個死者的臉上，城隍閣前蒸騰的熱氣濃霧似的瀰漫開來，死者的臉在熱氣裡一個一個顯露出來之後，哭叫聲更加沙啞也更加尖利，他們抬起自己的親人，在服喪般的白雪裡悲傷離去。

蒸騰的熱氣消散之後，淒厲的哭叫聲也四散而去，澆到死者頭上的熱水流到積雪上結成了冰，一片坑坑窪窪的冰雪之地顯示了出來。

城隍閣前的空地上剩下六具屍體，暫時無人認領留在那裡，顯得孤苦伶仃。站立在飛揚雪花中的林祥福不知道遠處的這六個死者裡面有小美和阿強，飛揚的雪花模糊了他的眼睛，他沒有看見遠處小美低垂的臉。那時候小美的眼睛仍然睜開著，只是沒有了目光。

林祥福見到站在台階上的顧益民和道長說了些什麼，他聽到了聲音，沒有聽到話語，然後他看見十多個道士從城隍閣裡走出來，走進已是坑坑窪窪的冰雪地裡，將六具屍體抬起來在冰雪裡離去，道士們把六具屍體抬進城隍閣。

林祥福望著最後一具屍體在冰雪凹凸的空地上離去，兩個道士抬著她，一個抬著她的雙腿，一個抬著她的肩膀，她的頭垂落離去。

然後空蕩蕩的情緒如同飄揚的雪花包圍了林祥福，女兒嚶嚶的哭聲將他喚醒，他感到風雪打在眼睛上，女兒的哭聲讓他意識到在雪中站立太久了，他抬腳離去，可是沒有了腳的感覺，也沒有了小腿的感覺，他向前走去時只有大腿的感覺。他覺得女兒的哭聲是飢餓之聲，他不由自主向陳永良的家走去。林祥福在樹木凍裂和鳥兒掉落的聲響裡，一步一步走到陳永良家門前，這時候小腿的感覺回來了一點。

林祥福沒有見到小美最後的形象——她的臉垂落下來，幾乎碰到厚厚積起的冰雪，熱水澆過之後的殘留之水已在她臉上結成薄冰，薄冰上有道道水流痕跡，於是小美的臉透明而破碎了，她垂落的頭髮像是屋簷懸下的冰柱，抬過去時在凹凸的冰雪上劃出一道時斷時續的裂痕，輕微響起的冰柱斷裂聲也是時斷時續。小美透明而破碎的清秀容顏離去時，彷彿是在冰雪上漂浮過去。

三十六

顧益民以商會名義安葬了小美與阿強，女傭遺體由她家人接去。小美與阿強葬在西山腳下僻靜之處，在溪水和小路之間，溪水長年流淌，小路在此中斷，那裡是西山北坡，終日不見陽光，青苔遍布，青草樹葉綠得發暗。這是沈家的祖墳之地，矗立七塊墓碑，其中一塊墓碑上刻著「沈祖強紀小美之墓」。

小美與阿強成殮時，顧家的女傭和僕人分別取出紅布包裹的嬰兒胎髮眉毛和綢布包裹的銀票。銀票數額之大讓顧益民暗暗吃驚，依靠織補生意難有如此收入。女傭打開紅布包裹，給顧益民看了嬰兒的胎髮和眉毛，又說在給小美清洗遺體時，注意到她腹部有妊娠痕跡。

顧益民心裡蹊蹺，不知道這兩人離開溪鎮去北方後做了什麼，有一點可以確認，小美在外有過生育，家裡的女傭和僕人說起他們兩人剛回溪鎮的日子，有人在夜深人靜之時聽到小美悲切的哭聲。顧益民想到小美把孩子的胎髮和眉毛珍藏在內衣口袋裡，孩子可能生下不久就夭折了，他們可能把孩子葬在遙遠的北方，可能鄰近一條寬闊的大路或者一條波濤翻滾的河流。

顧益民吩咐家裡的女傭和僕人，這些應是難言之隱，不要外傳。考慮到阿強已無親人，小美尚有父母，從阿強內衣口袋裡取出的銀票裡，顧益民拿出大部分派人送去萬畝蕩西里村紀家，餘下的存放在商會，阿強與小美的後事由此支出，日後派有專人負責沈家墓地，除草添土，清洗墓碑，這些費用也由此支出。

顧益民事必躬親，吩咐僕人去找木工做兩具棺材，即使棺材的材料，他也關心，他說：

「棺材要以松柏製作，不用柳木，松柏象徵長壽，柳樹不結籽，不吉利，會斷子絕孫。」

顧益民說完這話，想到阿強與小美已無後嗣，何來斷子絕孫，不由啞然失笑，過了一會兒他說：

「棺材還是以松柏製作。」

阿強與小美各自入棺時，顧家的僕人和女傭提到從紀小美內衣口袋取出的嬰兒眉毛和胎髮，詢問顧益民是否分出一半放入沈祖強的棺材，畢竟沈祖強是父親。顧益民思忖片刻，沒有同意，他說既然是從紀小美內衣口袋找出來的，也就應該放回到原處。

小美入土為安，她生前經歷了清朝滅亡，民國初立，死後避開了軍閥混戰，匪禍氾濫，生靈塗炭，民不聊生。

小美長眠於此，日復一日，年復一年，林祥福卻從未踏足這裡。林祥福很多次來到西山，他與陳永良爬上西山俯瞰溪鎮，他懷抱林百家，然後是手牽林百家，再然後是林百家在前他在後，父女一起爬上西山，可是他從未到過這僻靜之處。小美長眠十七年之後，才在這裡迎來林祥福。

田氏兄弟拉著棺材板車出了溪鎮北門的這天早晨，正是陳永良隊伍與張一斧土匪在汪莊激戰的開始。田氏兄弟出了溪鎮，走了沒有多遠，逃難的人群迎面而來，他們告訴田氏兄弟，不能往前走了，前面汪莊在打仗，好幾百人在打仗。他們快速的語調讓田氏兄弟聽不懂，他們慌張的神色讓田氏兄弟感到了危險，田氏兄弟停下棺材板車，一遍又一遍詢問從身旁過去的人，有人用他們聽得懂的話說了。

田二問這人：「誰和誰打仗？」

這人分不清陳永良與張一斧的不同，他說：「土匪和土匪打仗。」

田氏兄弟不敢往前走了，問這人，有沒有別的路可以繞開前面打仗的地方，這人指點他們走小路去西山，從西山那裡出去後，就繞開了前面的汪莊。

另一個逃難的人對田氏兄弟的板車十分好奇，走上來伸手摸著棺材，用他們聽得懂的話問：

「這麼大的木箱裝什麼呀？上面還有竹篷。」

把棺材說成木箱，田四不高興了，他說：「這是棺材，不是木箱。」

那人聽說是棺材，趕緊縮回手，後退兩步，自感晦氣地說道：「世上竟有這麼寬的棺材。」

田二對那人解釋：「裡面有兩人，一個是我們大哥，一個是我們少爺，我們要回去北方。」

田氏兄弟離開大路，走上通往西山的小路，田五前面拉車，田二和田四左右扶住，田三後面推著。小路起伏向前，時寬時窄，寬的地方過去順利，窄的地方過去艱難。走上窄路的時候，田五小心翼翼拉車，聽著後面俯身察看車輪的三個哥哥喊叫指揮，一會兒讓他往左邊一點點，一會兒讓他往右邊一點點。兩個車輪擦著路的邊緣一點點過去，過了這段窄路，來到寬路上，田四說剛才這段路過得細緻，比裁縫師傅剪裁衣服還要細緻。

走上寬路，兄弟四個說起了土匪，後面推車的田三說到了北方老家的土匪，他說：

「城裡聚和錢莊的孫家也被土匪綁了人票，花了好多光洋才把人贖回來。」

拉車的田五問：「孫家的誰被綁票了？」
田三說：「就是孫家的老爺。」
田五再問：「怎麼被綁的？」
田三說：「土匪進了孫家大宅，去敲孫家老爺的房門，孫家老爺睡下了，起床去開對拉門，剛開出一條門縫，一支長槍伸了進來。」
田四說到他們沿途南下時遇到的兩股土匪，他說：「土匪看見死了的大哥，生怕晦氣，都躲了開去。」
田五在前面說：「土匪不怕人怕鬼。」
田三聽了不高興，他說：「大哥怎麼就是鬼了。」
田五說：「人死了就是鬼了。」
田三說：「大哥死了不是鬼，是死人。」
田二讓兩個弟弟別吵了，他擔憂地說：「來時車上沒有棺材，土匪一眼就能見到大哥死了，回去車上有了棺材，又不像棺材，像木箱，怕是土匪會來搶劫。」
田三認同田二的話，他說：「剛才還有人問木箱裡裝了什麼。」
田五也認同，他在前面說：「土匪見了也會以為是木箱，要我們揭開看看裡面裝了什麼。」
田四說：「土匪揭開棺材蓋，影子就進了棺材，魂魄就被封在棺材裡了，土匪不敢揭開棺材蓋的。」

田三說：「棺材蓋土匪不敢揭開，木箱蓋土匪就敢揭開。」

板車又來到了窄路，兄弟四個又像裁縫剪裁衣服那樣讓板車細緻前行，走過這段窄路，前面的路更窄，田五愁眉苦臉說：

「前面過不去。」

田二走到前面，察看路況，向前走了十多米，回來時對三個弟弟說：

「過不去的路大約十來米，我們扛過去。」

田二與田五在左邊，田三與田四在右邊，兄弟四個站到路兩邊的水溝裡，蹲下身體，肩膀扛住棺材板車，齊聲喊叫一二三，抬起了棺材板車，四個人的腳蹬在水溝裡，深一腳淺一腳，嘴裡嗨呀嗨呀叫著前行。抬出了六米左右，年紀最大的田二雙腿一軟跪在了地上，板車一下子傾斜過來，田五用肩膀死死頂住，田三趕緊過來左邊頂住板車。然後兄弟三個慢慢蹲下，讓板車底板擱到路面，四個車輪只有一個在水溝裡支撐住了，另外三個沒著地。板車放下，他們隨即跌坐到地上，氣喘吁吁滿頭大汗。

田二跪在那裡呼呼喘氣，剛才他腿一軟跪下的那一刻聽到棺材裡的動靜，應該是田大滾到了林祥福身上，田三過來幫助頂回去後，田大好像又滾回原來的位置。田二喘著粗氣擦著汗水，對著棺材板車說：

「大哥，少爺，對不住。」

兄弟四個歇了一陣子，再次扛起棺材板車，嗨呀嗨呀地走出這段最窄的路。然後他們上坡下坡，艱難前行，接近中午的時候來到了小美這裡。他們見到七個墓碑，見到小路在這裡中斷了。

這時他們筋疲力竭飢腸轆轆，他們聽到了水聲，看見溪水就在前面流淌，田二說在這裡歇歇腳，喝點水，吃點乾糧再走。

他們停下棺材板車，停在小美和阿強的墓碑旁邊。紀小美的名字在墓碑右側，林祥福躺在棺材左側，兩人左右相隔，咫尺之間。

田氏兄弟踩著滿地青苔，小心翼翼來到溪水邊坐下，從包袱裡取出碗來舀水喝，溪水寒冷刺骨，他們喝下去咕咚一聲後是張開嘴啊啊的兩聲，田二說：

「水太冷，小口喝，嘴裡含一會兒再喝。」

他們小口喝溪水，大口吃乾糧，田五說：「這裡的水是甜的。」

三個哥哥也覺得水是甜的，他們說自己村裡水井裡提上來的水，喝下去有點澀，這裡的水喝起來甘甜。

田二又擔憂路上會遭遇土匪，他說：「出了山，去就近人家看看，有沒有白布賣的。買了白布剪成布條，紮在車上，掛在竹篷下，別人一看就知道是靈車，土匪也不會上來搶劫。」

田五說：「棺材裡有一塊白布，顧會長派人送來的，取出來撕成布條，現在就掛上。」

田四說：「這白布蓋在大哥少爺身上的，不能動。」

田二和田三也覺得棺材裡的白布不能動，田二責怪田五：「你胡謅什麼呀。」

然後田氏兄弟拉起棺材板車往回走，走過一段窄路，拐上另一條窄路，走了兩三里路之後，拐上了一條寬路。他們看見遠處有茅屋，有炊煙在茅屋上升起，棺材板車向著茅屋而去，他們要去打聽如何走出西山。

此時天朗氣清，陽光和煦，西山沉浸在安逸裡，茂盛的樹木覆蓋了起伏的山峰，沿著山坡下來時錯落有致，叢叢竹林置身其間，在樹木綿延的綠色裡伸出了它們的翠綠色。青草生長在田埂與水溝之間，聆聽清澈溪水的流淌。鳥兒立在枝上的鳴叫和飛來飛去的鳴叫，是在講述這裡的清閒。

車輪的聲響遠去時，田氏兄弟說話的聲音也在遠去，他們計算著日子，要在正月初一前把大哥和少爺送回家中。

如詩如歌　如泣如訴的浪漫史詩

——余華長篇小說《文城》讀札

丁帆

小引

讀完《文城》最後一句：「要在正月初一前把大哥和少爺送回家中。」正是庚子年歲末的臘月二十九晚上七時十五分，這個淒美的傳奇浪漫悲情故事時時不息地撥動著我的心弦，心潮難平之下，我立馬打開電腦，準備上路，以人性的名義將《文城》的評論在辛丑年大年初一完稿。無奈年前的瑣事干擾，直到辛丑年初一的第一縷陽光射進了我的房間，我才開始動筆把這個並不存在的「文城」傳奇浪漫故事的讀後感娓娓訴說出來。

從庚子到辛丑，一百二十年前的一幕人生的悲劇燭照映襯著一百二十年後的人類大悲劇，讓我們唯一能夠記取的歷史遺訓就是：無論在任何災難面前，人類只要人性的底線尚存，真善美終究是會戰勝假惡醜的，這才是人「活著」的真理性，唯有悲劇才能深刻地闡釋出這樣的人生意蘊。

我一直信奉毛姆說的「什麼是好小說」理念，除了形式技巧外：「小說家使用的材料是人性，雖然在各種不同的環境中人性千變萬化。」余華的小說，尤其是長篇小說之所以受到廣泛的閱讀，「人性的千變萬化」才是他小說中最堅硬的基石。無疑，《文城》的傳奇性、浪漫性、史詩性和悲劇性敘事元素都是圍繞著江湖「人性」展開的，「人性」的呈現才是直取人心，擊潰形式的巨大能量。

關於小說的傳奇性

我一直在反躬自問一個問題：為什麼余華的一些浪漫悲劇小說在後現代電子讀圖時代能夠俘獲千萬讀者的心？一部長篇小說《活著》居然成為閱讀銷量之最，其中的緣由在哪裡呢？從《文城》的敘事策略中我似乎找到了答案，當作者從先鋒小說的敘述圈套中爬出來的時候，余華的敘事風格就開始走向了平和冷靜與貌似通俗，讓廣大的非專業性閱讀者在沒有任何閱讀障礙中獲得作品傳達出的人性內涵，說到底，小說閱讀的前提一定是無障礙閱讀，否則它又何必從文言敘事的桎梏中解放出來呢！殊不知，在世界文學範圍裡，小說的傳奇性被奉為圭臬，像《堂吉訶德》這樣富有傳奇色彩的騎士文學作品，之所以成為世界經典，其中最重要的元素就是它的傳奇色彩。其實，在中國古代的「四大名著」中，有幾個不是以傳奇見長呢。

那麼，《文城》的小說敘事風格卻又是在《活著》、《許三觀賣血記》等作品上又有了新的變化，顯然，它在作品的傳奇性上下了一番功夫，但它又不是一般意義上的傳奇通俗小說，而是一次「借殼上市」的演練。我先前對《文城》存有的疑慮是——難道它是一百多年前通俗小說在紙媒時代的又一次復活嗎？答案顯然是否定的。無疑，小說的傳奇性是通俗小說的一個核心元素，這個元素被上個世紀八〇年代「現代主義」和「先鋒小說」在一夜之間被黑屏，然而，丟棄了小說故事閱讀明白曉暢傳奇性的「先鋒小說」並沒有走多遠，便又折返回來了，蘇童、余華是那時率先掃除閱讀障礙，回歸富有傳奇故事敘事風格的「先鋒小說」作者。當然，我們並不能因此就否定了「先鋒小說」在文學史上的地位，它們在小說技術上的修正與改造的意義是不容置疑的，但是，我們無法阻礙讀者的閱讀興趣和閱讀選擇，那些外在的小說形式和技法並不能俘獲和打動眾多讀者的心，對「怎麼寫」的那種意味，讀者並不買帳，他們要的是首先得讀懂小說，其次是故事能夠動心，再就是能夠讓他們思考。所以，《妻妾成群》和《活著》便是從形式技巧中突圍出來的優秀範本，尤其是余華《呼喊與細雨》中活過來後，一部沉甸甸的《活著》就讓他足以在中國百年文學史上占有一席重要的地位。然而，它並不是一部「鴛鴦蝴蝶派」式的傳奇小說，通而不俗才是它的本質特徵，換言之，它是一部地地道道的嚴肅小說，因為它的歷史性和悲劇性「史詩」效果就決定了它能夠突破通俗小說停滯於膚淺的傳奇故事的囚籠中不能自拔的弊端，以及在更深層面上發掘人性複雜與斑駁的缺陷。就此而言，《活著》雖然並非我們印象中的那種所謂厚重的「史詩性」作品，但是，它的歷史和悲劇的承載量卻是巨大的，我是一直將其作為一種深刻剖析人性的「史詩」來看的，雖然它並不是我們通常意義下的「史詩」樣本性長篇小說，像《白鹿原》那樣更容易被文學史所認可，但我們如果被僵硬刻板的「史詩」概念所束縛，我們對多樣性的「史詩」進入文學史的序列就是一種曲解性的思考。

當然，《文城》作為一本充滿著浪漫傳奇性的長篇小說，其傳奇故事色彩比《活著》要更加濃重，它讓那種急於解開小說謎底的讀者，手不釋卷，不忍輕易丟下書籍，一口氣讀完才能釋懷的閱讀欲望俘獲了讀者的心。顯然，這是余華嘗到了捨棄先鋒小說「為技術而技術」後博取讀者眼球的詭計。這種「詭計」是超越通俗小說的智慧，是作品釋放生命力的源泉，是對通俗文學的一種改造。然而，中國新文學從其誕生那天起，就與所謂的不入大雅之堂的「通俗小說」劃清了界限，取小說之上乎，乃梁啟超「群治論」中過於強調小說之社會與政治功利性，讓一幫新文學的先驅們紛紛詬病「通俗小說」，將其納入取小說之下乎而不登大雅之堂之流者，視為新文學之敵，實乃一大誤會。殊不知，「通俗小說」是小說從文言蛻變出來走向大眾的一次文體革命，它爭取了更多的讀者，也是小說「教化」功能的最大優化，通俗小說應該是與新文學並肩而行的文類文體，尤其是它擁有大量的讀者，正是新文學「現代性」不可或缺的傳導元素。當然通俗小說的弊端只有通過反思和改造才能保持其旺盛的生命力。

回過頭來再看《文城》，我們發現余華充分滿足了小說讀者的閱讀期待（無論舊時代還是新時代的讀者，閱讀小說的興趣都是首先需要滿足窺視故事隱祕和人物的命運），不過余華下手太狠，為這部小說繫上了一個巨大的「扣子」，從形式的結構上來說，「正篇」與「補篇」的設計正是作者巧妙構思的結果，本來一個完整的故事，活生生地被余華拆分為兩個板塊，前者是小說故事結構的表層，是讀者看到的男主人公林祥福遭遇到的故事平面，而其背後所隱藏著的故事結局才是浪漫傳奇的魅力所在。就「正篇」與「補篇」故事的時間長度來說，前者要比後者多出十七年，而後者女主人公小美的故事早在林祥福十七年前尋找她的時候就結束了，作者故意把謎底放在最後才呈現，顯然是浪漫傳奇小說的絕活。

為了迷惑讀者，作者一開始設計傳奇故事的圈套並不起眼，而是在平鋪直敘中展開人物在江湖中行走的平常故事，然後一步步讓你在叩問人物背後的故事中，進入作者設計的圈套，就像男主人公林祥福身後揹著的那個巨大的包袱一樣，余華塞給讀者的這個巨大的故事的「包袱」一直都堅持不抖開，這樣，越是背負著沉重包袱的讀者，越是想甩開這個包袱的壓迫，卻越不能夠解脫，被故事的謎底壓的喘不過氣來，只有在幾近窒息的閱讀中求結局，這就是傳奇小說誘惑力所在，之所以說余華下手太狠，就是他始終不讓兩個戀人生時再見面，即便死後也是匆匆擦肩而過，沒能同枕。直到小說的結尾處，作品才揭開了女主人公小美為何沒有與林祥福再見面的謎底，將一個在那場暴風雪中死去十七年的人物殘酷地呈現讀者面前：「林祥福沒有見到小美最後的形象——她的臉垂落下來，幾乎碰到了厚厚積起的冰雪，熱水澆過之後的殘留之水已在她臉上結成薄冰，薄冰上有道道水流痕跡，於是小美的臉透明而破碎了，她垂落的頭髮像是屋簷懸下的冰柱，抬過去時在凹凸的冰雪上劃出一道時斷時續的裂痕，輕微響起的冰柱斷裂聲也是時斷時續。小美透明而破碎的清秀容顏離去時，彷彿是在冰雪上漂浮過去。」這一幅精心雕刻出來的淒美人物冰雕，讓我們在真善美和假惡醜的歷史定格中佇立，陷入了人性的深度思考之中。

謎底終於揭開了，巨大的包袱卸下了，讀者也應該輕鬆釋懷了，然而，讀者在這場幾乎是在另一個巨大的歷史悲劇的叩問中，陷入了另一種作者設定的人生思考之中。也正是這種轉換，才彰顯出了「通俗小說」與「嚴肅小說」的差異性，才使小說突破古典小說的藩籬，具有了讓讀者進入哲理思考空間的可能性，這就是小說作者對「現代性」構成要素的理解，也是余華對通俗小說的修正。

一開始，我以為余華的敘事完全陷入了「通俗小說」的窠臼之中，不就是敘述一個古老的江湖小說「放鴿子」「仙人跳」的故事套路嗎？我嗅到中國現代文學許多浙籍作家擅長寫「典妻」故事的氣息，也意識到了浙江地域文學中鄉風民俗描寫的魅力，甚至猜想阿強與小美的故事會安排成《杜十娘怒沉百寶箱》情節鋪展開去，但是余華的設計思路卻是出乎我意料之外的。

本以為小說摻雜了山林土匪的故事來增強其可讀效果，這也是通俗小說的套路，土匪至多就是展示人性的參照物而已。但是，愈是往下看就愈是感到並不是這回事，直到《文城》補篇時，才發覺我是被余華的敘述圈套給欺騙了，那一刻，我感到余華的採用的傳奇故事敘述「詭計」是有效的，它尤似一柄圈住思緒如萬馬奔騰的眾多讀者的「套馬桿」，一下子就奔進了作者指引的敘述方向前進了。

通俗給了余華的敘事插上了翅膀，儘管他在敘事結構上一直壓抑窒息著讀者的窺視欲，但是他也是一直在激活著讀者的閱讀願望，讓讀者自己悟出走錯了閱讀的路徑，從故事和人物的敘述沼澤中爬出來，重新獲得閱讀快感。這就是這部小說所採取的傳奇性敘事策略的全部意義所在。

關於小說的浪漫敘事風格

我之所以強調了《文城》的「傳奇性」，就是因為它富有浪漫主義的敘事元素，正如勒內·韋勒克（René Wellek）所說的那樣：「敘述性小說的兩個主要模式在英語中分別稱為『傳奇』和『小說』。」「小說是現實主義的；傳奇則是詩的或史詩的，或應稱為『神話的』。」[1]無疑，傳奇小說的特質就是浪漫主義與現實主義的混合，你很難區分兩種創作模式在小說中的敘事板塊的呈現，但這絕非是那種所謂硬性拼貼的革命現實主義和革命浪漫主義「兩結合」的創作方式的

1 《文學理論》，勒內·韋勒克（René Wellek）、奧斯丁·沃倫（Austin Warren）著，劉象愚、邢培明、陳聖生、李哲明譯，江蘇教育出版社，二〇〇五年八月第一版，頁二五二。

運用。正因為這幾十年來浪漫主義被詬病，人們基本上遠離了這種被視為廉價的創作方法。正如當年浪漫主義一度被冷落的時候，已經八十一歲的歌德在一八三〇年三月二十一日說道：「現在，所有人都在談論古典主義和浪漫主義，然而已經有五十年沒有人想到這個問題了。」[2]這種狀況也同樣出現在我們的文壇上，四十多年來由於批判現實主義的回歸，由於現代主義和後現代主義的崛起，致使浪漫主義被束之高閣，從另一個角度來說，浪漫主義文學的定義從它誕生那天起，就讓許許多多的作家和藝術家，以及理論家和批評家都無法說清楚它的內涵與外延的理論邊界，所以，浪漫主義是一個讓作家和藝術家退卻，讓理論家和批評家生畏的創作方法和敘事模式。正如伯林（Isaiah Berlin）在〈尋找一個定義〉中所言：「事實上，關於浪漫主義的著述要比浪漫主義文學本身龐大，而關於浪漫主義之界定的著述要比關於浪漫主義的著述更加龐大。」[3]然而缺少浪漫主義元素的文學藝術的文本是寡淡無趣的，是缺乏激情與生命力的象徵。緣此，我們必須提倡浪漫主義敘事風格的作品進入文本的內部，使其鮮活起來，這才是一種具有開放性文本的呈現。「司湯達爾（Stendhal）說，浪漫主義是現代的和有趣的，古典主義是老舊的和乏味的。聽起來很簡單，但事實並非如此。他的意思是浪漫主義是去理解驅動你自己生命的各種力量，而不是遁隱於過時的事物。……海涅（Heinrich Heine）說，浪漫主義是從基督教的鮮血中萌發出來的激情之花，是夢遊的中世紀詩歌的甦醒，是夢中的塔尖，用露齒一笑的幽靈那種悲切的目光注視著你。馬克思主義者會補充道，浪漫主義是對工業革命恐怖的逃避，羅斯金（John Ruskin）會贊同這一點，他認為，浪漫主義是美麗的過去與可怕、單調的現實的對照；他只是修正了海涅的觀點，並沒另闢新說。」[4]毋庸置疑，《文城》所採取的浪漫傳奇敘事，在「有趣」、「激情」和「美麗」的敘事元素上下足了功夫，在這個歷經了幾個重要的歷史時段中，作品將人物的運命捆綁在一個淒美的愛情故事之中，其本身就把浪漫主義自然而然有機地融入到作品之中。

在以賽亞·伯林對浪漫主義定義的探討當中，我們可以清晰地看到他把浪漫主義看作一種具有啟蒙意義的敘事，是一種不可或缺的創作元素，它與古典主義的告別和決裂本身就有了「現代性」的意味，而後來的現代主義和後現代主義的敘事也都是浪漫主義的變形，這個觀點早在上個世紀二〇年代前就被茅盾們定義為「新浪漫主義」了，從這個意義上來說，浪漫主義是瀰散在各種創作方法之中的敘事形態。

所以，我不能說《文城》就是具備了完全浪漫主義敘事風格的傳奇小說，無論作家是否已經意識到了自己在文本的敘事過程中是否主觀的融入浪漫元素，但是從客觀效果上來說，作品在一定程度上已經將浪漫主義敘事風格嵌入了現實主義的寫作框架中，具有了浪漫主義的審美效果。

---

2 《浪漫主義的生活（一八二〇—一八四八）》，安娜·馬丁-菲吉耶著，杭零譯，山東畫報出版社，二〇〇五年二月第一版，頁二十七。

3 《浪漫主義的根源》，以賽亞·伯林（Isaiah Berlin）著，亨利·哈代（Henry Hardy）編，呂梁等譯，二〇〇八年一月第一版，頁九、二十一。

4 同註3。

毫無疑問，從謀篇布局上你就看出了作者的算計，「正篇」與「補篇」的結構本身就讓小說淌進了浪漫敘事與現實敘事交匯的河流之中，這正是作者的野心的呈現，一個有果無實的曲折淒美的愛情故事航船就在傳奇般的悲情浪漫敘事河流中徜徉徐行，直到那頁白帆落下，那兩根桅杆折斷戛然而止。

我們不能說《文城》浪漫主義的敘事元素是強烈的，然而，作為浪漫敘事的存在卻是不可否認的，雖然我們無法將其中的浪漫元素和現實元素進行生硬的剝離和進行精確的計算，但是我們能夠感受到浪漫的微風吹拂我們心靈的快感。亦如我們無法理解人們將維克多・雨果（Victor Marie Hugo）說成是浪漫主義文學大師一樣，明明他的作品是充滿著現實主義，甚至是批判現實主義小說風格，人們卻把他的作品定義為浪漫主義作家的傑作，或許歐美作家和批評家對現實的理解與我們不同，尤其是誕生於法國大革命時代的作家，在他們那裡，作品帶有愛情的感傷色彩就可以定義為浪漫，如果把感傷的愛情故事作為一種敘事母體，那麼其中具有傳奇小說效應的敘寫本身就成為一種浪漫主義風格的呈現。正如雅克・巴尊（Jacques Barzun）所言：「湧現於二十世紀五六〇年代的現實主義流派，是被糾正並彌補浪漫主義的願望激發起來的。」[5]因此，「浪漫主義的藝術，其實，就通俗的意義來說並不『浪漫』，而且在具體的意義上是『現實主義的』，充滿了細節，並且因此適合對歷史和科學的追根究底的精神。浪漫主義並不是主觀主義、過度地表達或多愁善感的同義詞，即使我們嚴格地了解了這些詞在哲學、技巧、浪漫主義美學和與生俱來的事件上各自表達的意思。」[6]我們應該注意到這樣一種現象，即，浪漫主義和現實主義一樣，對作品的敘事描寫「充滿了細節」，這與恩格斯（Friedrich Engels）在《致瑪・哈克奈斯》中強調的現實主義「除細節的真實外」是同樣的觀點，無論浪漫主義還是現實主義，細節的真實和細緻，是它們共同的藝術特徵，這或許也是兩者之間難以區分剝離的原因罷。《文城》的細節描寫也是纖毫畢現的，正是許許多多散落在作品中的細節支撐著這個浪漫的敘事。

還需點到的是，《文城》中不乏風景畫、風俗畫和風情畫的描寫，尤其是風景畫的描寫尤為突出，它完全與人物的命運交織在一起，大大地增強了小說的浪漫主義色彩。而風俗畫和風情畫的描寫也為小說「傳奇性」敘事抹上了斑斕的浪漫色調。

最後我還要強調一下《文城》在章節字數配置上的精心策畫，我們不難發現，整個作品分為「正篇」七十五個章節，「補篇」三十六個章節，乍看讓人覺得有支離破碎感覺，細細琢磨，這正是作者高明之處——在這個速食閱讀的時代，要使讀者能夠一次性看完一部幾十萬字的長篇小說是一件十分不容易的事情，為了適應這個時代生活的快節奏，作者試圖用切割故事情節段落的方法，讓讀者能夠拿得起放得下的即時性閱讀，進行時段性的分期閱讀，這不失為一個好方法。這是紙媒時代即將死去時聰敏睿智作家適應後現代閱讀市場的無奈之舉。

---

5 《古典的，浪漫的，現代的》，雅克・巴尊（Jacques Barzun）著，侯蓓譯，何念校，江蘇教育出版社，二〇〇五年五月第一版，頁九十四、七十。

6 同註5。

拉德威（Janice A. Radway）在《閱讀浪漫小說》中用統計學的方法調查過那些女性讀者對浪漫主義小說的閱讀期待和方法，尤其值得我們深思。她說：「由於強烈地渴望閱讀故事並體驗大結局所喚起的情緒，史密斯頓的很多女性於是都別出心裁地發展出了自己的策略，以確保自己能看到故事合情合理、不出所料地止於預期的敘事完結位置，雖然她們以各種各樣的方式歸類浪漫小說，但其中最基本的一種區分方法就是將其分為『快速讀物』（quick reads）和『大部頭』（fat books）。……而大部頭則會留在週末或者應該不會被打擾的長夜閱讀。這仍然是因為這些女性不願意在看到故事結尾之前被迫放下書本。在史密斯頓的讀者群體中，這種不被打擾的閱讀獲得了極高的評價，因為它讓她們擁有了一種獨自享受時光的快樂。雖然我們要到第四章才會細緻地考量浪漫小說的故事結構及其鋪展對於讀者所產生的影響，並詳細地探討這種敘事和情感上的收尾所具有的重要性。但我想在此指出的是，史密斯頓的讀者採取種種策略，以避免閱讀的中斷或不連貫性，這表明她們強烈地渴望看到故事的結尾，從而實現或獲得她們早已預期到的情感滿足（emotional gratification）。」[7]毫無疑問，《文城》給讀者留下的巨大懸念，會讓人手不釋卷地一直看下去，作為一個專業性的閱讀者，我也是用了一個無人打擾的整個白天一口氣讀完了整部作品，一直「渴望看到故事的結尾」，但又像補看一場精采的足球和籃球賽那樣，絕不希望預先知道結局。就這樣，我們在作者巨大懸念的誘惑中完成了「連貫性」的閱讀。滿足了自己的情感需求，在這一點上，《文城》的機智處理是完美的，它不僅滿足了一次性完成閱讀的人群，還以斷章的分節法兼顧了那些被快節奏生活所打擾而不能一次性完成閱讀的人群的情感需求。

關於小說的「史詩性」

我一直認同文學理論中對優秀的文學作品，尤其是長篇小說價值判斷的三個關鍵字，那就是「歷史的」、「審美的」和「人性的」三大要素。近些年來，我將這三大要素的秩序做了一個調整，即：人性的、審美的和歷史的。我以為文學作品將人性的價值觀放在第一位，是因為它是認知世界的前提，任何一個作家不可能不在自己的作品中直射或折射出這一價值觀，無論直書還是曲筆，它往往是隱藏在歷史敘事和審美表達之中，成為衡量一部文學作品優劣的潛在標準，尤其是在有大歷史內涵和構思宏大審美結構的「史詩」作品中，如果只是僅有歷史和審美的要素，而沒有人性的元素作為作品穩固的基石，給讀者留下思考的空間，這無疑是「史詩級作品」的一種遺憾。

如果用這樣一種標準來衡量並不十分厚重的長篇小說《文城》，我們是否能夠將這一部作品仍然納入「史詩性」的作品呢？

無疑，我們必須對「史詩」做出新的鑑別與判斷，才能看清楚定義「史詩」的本質特徵。從《荷馬史詩》開始，直到我們當下的文學理論都會強調史詩作品宏大結構中的歷史內涵，以及作品中的詩性格調，無意之中，就將那些具有更長歷史時段和更顯眼的歷史事件作為衡量史

7《閱讀浪漫小說》，珍妮斯‧A‧拉德威（Janice A. Radway）著，胡淑陳譯，二〇二〇年七月第一版，頁五十八—五十九。

詩作品的一個最重要的標準，其次才把考量作品所蘊含的「詩性」，也就是審美性作為第二標準。然而，我們恰恰忽略了的是在「史詩」作品一直在遊蕩著的那個超越一切意識形態的「人性的」潛在表達，殊不知，作為「希臘神話」的《荷馬史詩》，撇開它的神話元素（後來的浪漫主義作品往往是用「傳奇性」來替代史詩的神話性，關於這一點，我在下文要專門談這個問題），無論是在《伊利亞德》，還是在《奧德賽》中，作品在那個階級分化的「荷馬時代」裡恰恰是彰顯出超越階級性的人性元素，從民間文學衍變而來的文學作品是不在意各種意識形態表達的，恰恰相反，它們往往是模糊混淆了階級和階層意識的原生態作品。從這個角度來說，這種「無意後注意」使作品留有了更大的歷史和審美的闡釋空間，倘若一部作品在這個維度上進入了作家「有意後注意」的書寫敘事層面，那會產生一個什麼樣的效果呢？

如果說當代電影產生出的「史詩級」作品已經浩如煙海了，那麼有一部作品與眾不同，那就是電影大師柏納多·貝托魯奇（Bernardo Bertolucci）所導演的歷史／戰爭／愛情的影片《一九〇〇》（正好這也是《文城》描寫的歷史背景庚子年）就是在「有意後注意」中凸顯和放大了人性的元素，這個長達五小時十八分鐘的影片最終要表達就是：人性才是超越一切意識形態的文學藝術作品的歸屬。「個人是歷史的人質」這一主題的表達，似乎是這部電影作品把在重大歷史事件中的個人命運作為敘事的墊腳石，最終旨在消弭和填平的卻是階級分化的鴻溝。影片最後的畫面是兩個意識形態相向而行在歷經世事滄桑的老人在田野和草堆裡像孩子一樣摸爬滾打，雖然那列插滿紅旗的火車呼嘯而來，那個壓不死的奧爾茂已經不是歷經歷史滄桑的「地主」了，他又回到了童年的友誼和無邪的人性原始自然狀態之中……

這一歷史敘事的長鏡頭，不禁讓我想起了余華的《活著》中福貴的人生，作者能夠打動人的敘事不僅僅是歷史事件給人的命運和性格帶來的巨大反差，更重要的是人性所消弭的階級落差，讓一個敗家破落地主的多舛命運在人性的聚光燈下掛上了歷史的列車緩緩前行。

在《文城》中，這樣的「無意後注意」則更加明顯了，一切階級的分化都被人物之間的友誼和愛情所消弭，江湖的義氣和人與人的忠誠相對，讓這個浪漫傳奇故事有了別一樣的敘事風格，更重要的是，這樣充滿著人性的表達，已然改變了自一九三〇年代開始的近百年來文學史的一種對「史詩性」作品定義的曲解。

如果說《白鹿原》一開始就顛覆了許多年以來階級固化和臉譜化的革命小說敘事，將那個地主白嘉軒描寫成了一個比長工要勤勞刻苦的農民，那麼，《文城》中的林祥福卻不僅僅是一個能耐勞苦的地主，而且是一個勇於擔當的江湖義士。他與憨厚忠義的長工田家五兄弟結為金蘭，與萍水相逢的陳永良結為患難兄弟，贈與他們土地和房屋，直至死前對財產的分割贈予，不僅僅是「四海之內皆兄弟」的江湖義氣使然，更重要的是，他填平的是階級的鴻溝，消弭的是人與人之間的信任屏障，還人性於江湖，成為小說主題的一種隱藏的重要內核。直到小說的結尾，那幅田家四兄弟抬著裝有林祥福和在奔喪途中病死的田老大屍體的巨大棺槨上路的畫面，為人性的書寫畫上一個讓人潸然落淚的句號，讓我們在感動中進入了對亙古不變的小說人性主題的哲思空間，唯有人性的表達才是「史詩」內涵的核心元素。

無疑，作為一種「史詩性」的敘事，《文城》具備了構成「史詩」的要素，從歷史背景來看，從清末民初到二十世紀二三〇年代的歷史時段所發生的歷史事件，是影響和扭轉人物命運的重要因素，那個名字叫著小美的女主人公「她生前經歷了清朝滅亡，民國初立」；而男主人公林祥福卻是在不知自己的戀人小美早在與他擦肩而過的十七年前就已經死去，卻還在用「個人是歷史的人質」（這個「人質」就是他們的愛情結晶女兒林百家）來苦苦尋覓自己的戀人，他正是在小美「死後避開了軍閥混戰，匪禍氾濫，生靈塗炭，民不聊生」中艱難時世中度過的人生，長長的人生之路上布滿了這個北方漢子人性的足跡。

作為一部史詩性作品，余華創造了以人性為奠基石歷史敘事模式，這一敘事模式在人物命運的折射中得以圓滿的完成，我們可以從風景與人物的意象構圖中窺見一斑：「他在旭日的光芒裡第一次眺望萬畝蕩的土地，連根拔起樹木四處散落，田裡的稻穀東倒西歪如同被胡亂踩踏過的雜草，破裂的船板、叢叢的茅草、粗壯的大樹和空洞的屋頂在水面上漂浮……儘管這樣，林祥福仍然從這破敗的景象裡看出萬畝蕩此前的富裕昌盛，如同從一位老婦的臉上辨認出她昔日的俏麗。」是一種什麼樣的力量支撐著一個北方漢子能夠以堅強的毅力去戰勝空前的災難，獲得新生的希望，因為在他肩負著的巨大包袱裡藏著的是人性的真善美，那才是他闖蕩江湖的最大資本。

我欣賞馬克思對歷史重大題材文學作品的一個正面的定義——「歷史的必然」，延伸下去的意思就是，從某種意義上來說，歷史是有可能重複的，文學作品的歷史意義就是殷鑒作用，所謂一面鏡子，就是文學作品所釋放出來的全部歷史意義，就是折射出人性與真理性在歷史過程中的作用。歷史必然昭示現實，歷史必然重申真理，歷史必然重複人性。

《文城》就是這樣的語境中，將一個充滿著浪漫悲劇意味的傳奇故事推向了作品的高潮。

關於小說的悲劇性

毋庸置疑，《文城》的成功，一半的功勞來自於作家悲劇意識的覺醒與改造。進入二十一世紀以後，人類經歷了從現代文學作品的「悲劇的誕生」，到當下文學作品「悲劇的死亡」的過程，人們的審美情趣的反轉，僅僅是因為時代進入了商品文化的消費時代了嗎？如果這個結論成立，那麼，一切古典和現代的世界經典悲劇作品將成為歷史的「活化石」，只具有其文物價值，而褪去了其審美價值。悲劇能夠獲得新生嗎？這是文學作品生與死的哈姆雷特之問，從這個角度去考察《文城》，我們看到的是什麼呢？

作為「史詩」，其構成的重要元素就是其悲劇效應，它是文學作品進入深度模式的一種審美形態，從亞里斯多德《詩學》中的「同情與憐憫」的審美價值觀，到朗加拉斯和車爾尼雪夫斯基的悲劇「崇高說」，再到尼采的「酒神酒神」和「日神精神」的審美闡釋，最後定格在魯迅對中國現代文學中的悲劇概括上：「悲劇就是把人生有價值的東西毀滅給人看」成為中國百年來悲劇文學的普遍規律。林林總總的悲劇審美定義，讓悲劇的美學地位達到了空前日盛的地位，因為占主流地位的現實主義文學作品就是要表現人物與現實之間不可調和的矛盾衝突而造就的個人悲劇結局，這就是「個人是歷史的人質」所付出的代價，但是，這也是「把人生有價值的東西給人看」以後得不到讀者回應的一個悲劇，如前所言，如何建構一種能夠適應新時代悲劇美學效應的「史詩性」文本，應該成為今天純文學探求的問題。

在處理悲劇的問題上，《文城》的悲劇構造一方面沿襲著固有的悲劇審美的內涵，同時也創造了一種具有便於切入現代閱讀心理需求悲劇審美格局。

首先，亞里斯多德《詩學》中古老的「引起同情和憐憫」的悲劇審美心理需求的閱讀期待，是《文城》故事敘事中普遍存在的描寫板塊，無論是自然災害的龍捲風還是暴風雪描寫，都是作品「引起同情和憐憫」的書寫，而人禍造成的悲劇敘事，也沒有超越普世悲劇的一般「詩學」審美意義。換言之，在「同情和憐憫」的古典悲劇審美上，《文城》並無太多的創意，只是這種悲劇「詩意」的呈現往往就在於作者對寫作技巧的掌握中，比如在描寫林祥福擔心小美出走時亦真亦幻的朦朧之美如詩如歌：「小美的微笑始終在眼前浮現，清秀的容顏在他的睡眠裡輕微波動，彷彿漂浮在水上。後來，一條黃色大道向他滑行過來，他看到清秀的容顏正在大路上遠去。他突然清醒過來，不安和失落的情緒湧上心頭，伴隨他度過漫漫長夜。黎明來到以後，小美留下來了，林祥福心裡的白天也來到了。」作為心理描寫，像這樣有著通感詩意化的描寫很多，而更多的是那種風景與人，風俗與人，風情與人的描寫顯現，充滿著詩意，然而，越是詩畫了的描寫，就越是烘托了最終悲劇的殘酷性，其詩情畫意的喜境描寫襯托出的恰恰是悲劇審美的巨大反差。比如小美「在河邊洗乾淨腳以後，穿上木屐在城裡的石板路上行走，木屐響成一片，就像木琴的聲音」。這儼然就是一幅日本浮世繪的畫面，與最後小美慘烈死去的冰雕畫面形成了強烈的對比，讓人在人物悲劇的命運中充滿了「同情和憐憫」，從而獲得古典悲劇審美的快感。

這樣的具有反差審美效果的描寫在小說中屢次出現，尤其是在戰爭場面的描寫中，《文城》從不避諱慘烈的場景，這就是敢於將人生「有價值的東西毀滅給人看」的悲劇審美效應，由慘烈到「壯美」的轉換，則是由「同情和憐憫」引發的對人物悲劇的審美過程，最為壯烈的場景描寫就是民團在守衛溪鎮時與土匪武裝殊死一戰的場景描寫，三任團領英勇戰死於城垣，「擊退土匪後，溪鎮的百姓湧向南門，他們從城牆上和城牆下的亂石堆裡找出朱崇伯，找出徐鐵匠，找出陳三等十七具民團士兵的屍體，只有孫鳳三還有一絲氣息，孫鳳三胸前還抱著那把盒子槍。他們卸下十七塊門板，把民團士兵的屍體放到門板上，眾人齊力抬著走向城隍閣，街道兩旁擠滿百姓，當十七塊門板過去後，他們跟在後面，一直跟到城隍閣。」「城隍閣前豎起了十八塊墓碑，朱崇伯的墓碑上刻著『溪鎮民團首任團領』，徐鐵匠的墓碑上刻著『溪鎮民團次任團領』，孫鳳三的墓碑上刻著『溪鎮民團三任團領』。」這種悲劇的煽情描寫也並不稀奇，明清話本小說裡比比皆是，而且都是呼嘯江湖聚義中英雄的壯舉。然而，如何復活這種古典小說悲劇精神，而又不失一種現代悲劇審美特質的注入，這也許是每一個面對歷史題材，尤其是江湖大義寫作者如何處理素材的兩難困境。

也許《文城》在如何處理悲劇現代敘述困境時，有了一些新的思路。這就是在處理男女主人公的悲劇結局時所採取的別致技巧和灌注的人性內涵與一般的狹義悲劇英雄並不雷同。

在面對活吃人肝、十惡不赦的匪首張一斧的屠刀，作品描寫大義凜然的林祥福毅然決然地從「崇高」的英雄鎖鏈中掙脫出來了：「死去的林祥福仍然站立，渾身捆綁，彷彿山崖的神態，尖刀還插在耳根那裡，他的頭微微偏向左側。」看到這裡我緊張起來了，難道余華也會落入狹義小說英雄和革命英雄主義的描寫俗套之中？幸好，我們看到了主人公慷慨赴死的起因是從江湖義氣始，而終在「個人是歷史的人質」這個點位上，充分體現了人性才是自己內心最終訴求的旨歸的內涵：「他微張著嘴巴瞇縫著眼睛像是在微笑，生命之光熄滅時，他臨終之眼看見了女兒，林百家襟上綴著橙色的班花在中西女塾的走廊上向他走來。」這是人性光芒的迴光返照，所以他在笑聲中赴死，並非那種江湖英雄笑赴黃泉壯舉的套路，亦非阿Q式的「二十年後又是一條漢子」的即興表演，那是回到自己內心的笑聲。

同樣，在刻畫小美死時那尊冰雕時，作者並沒有將女主人公死在最美的微笑之中，就連她的死姿也很難看，作者似乎把這一幕寫得很淒慘，這個怪怪的描寫引起了我的遐思——或許正是這種殘缺的描寫，發出的則是一個動人資訊——她還欠林祥福一個道歉，她還欠女兒林百家一個道歉，她還欠這個世界一個道歉！因此，這個悲劇形象的塑造充滿著「淒美」的人性美學內涵。

也許這才是《文城》悲劇審美內涵的亮點所在。

餘論

作為一個史詩性的宏大敘事，余華給我們又留下了一個時空、故事和人物的巨大懸念，那個轟轟烈烈、生生死死戀情浪漫故事似乎並沒有畫上一個結局的句號，那個男女主人公留下的愛情結晶，那個正在大上海接受著現代文明教育並已步入青春期的漂亮女子，會有太多的浪漫敘事空間有待續寫，還有那個與之訂婚了的浪蕩公子顧家大少爺，被甩進了去國外的勞工貨倉裡，他的曲折傳奇故事會如何發生，這都是勾引讀者的期待視野。無疑，這個浪漫故事給讀者留下的想像空間太大了，而且，從「史詩」的角度去考察，時間的長度可以再延伸一百年，我們就不知道這是否是作者有意留下的一個「扣子」。

《文城》是一個三部曲嗎？這個時代能讓余華充分展示他的才華，讓他的想像力插上浪漫主義的翅膀飛翔起來嗎?!

二〇二一年二月十五日十時四十八分完稿於南大和園

丁帆，南京大學文學院資深教授／博導。

國家圖書館出版品預行編目資料

文城 / 余華作. -- 初版. -- 臺北市：麥田出版，城邦文化事業股份有限公司出版：英屬蓋曼群島商家庭傳媒股份有限公司城邦分公司發行，2021.05
面；　公分. --（余華作品集；15）
ISBN　978-986-344-902-7（平裝）

857.7　　110001945

余華作品集 15

文城

作　　者　余　華
責任編輯　林秀梅

版　　權　吳玲緯
行　　銷　何維民　吳宇軒　陳欣岑
業　　務　李再星　陳紫晴　陳美燕　葉晉源
副總編輯　林秀梅
編輯總監　劉麗真
總 經 理　陳逸瑛
發 行 人　涂玉雲
出　　版　麥田出版
城邦文化事業股份有限公司
104台北市民生東路二段141號5樓
電話：(886)2-2500-7696　傳真：(886)2-2500-1967
發　　行　英屬蓋曼群島商家庭傳媒股份有限公司城邦分公司
104台北市民生東路二段141號11樓
書虫客服服務專線：(886)2-2500-7718、2500-7719
24小時傳真服務：(886)2-2500-1990、2500-1991
服務時間：週一至週五09:30-12:00・13:30-17:00
郵撥帳號：19863813　戶名：書虫股份有限公司
讀者服務信箱E-mail：service@readingclub.com.tw
麥田部落格：http://ryefield.pixnet.net/blog
麥田出版Facebook：https://www.facebook.com/RyeField.Cite/

香港發行所　城邦（香港）出版集團有限公司
香港灣仔駱克道193號東超商業中心1樓
電話：(852) 2508-6231　傳真：(852) 2578-9337

馬新發行所　城邦（馬新）出版集團【Cite(M) Sdn. Bhd.】
41-3, Jalan Radin Anum, Bandar Baru Sri Petaling,
57000 Kuala Lumpur, Malaysia.
電話：(603)9056-3833　傳真：(603)9057-6622
E-mail：services@cite.my

書封設計　莊謹銘
排　　版　宸遠彩藝有限公司
印　　刷　前進彩藝有限公司

2021年5月　初版一刷
2024年1月　初版七刷

售價／450元
ISBN 978-986-344-902-7
ISBN 9789863449485（EPUB）